설득

J A N E   A U S T E N

설득

제인 오스틴 지음 | 이미경 옮김

시공사

일러두기

1. 이 책은 1817년 영국의 존 머레이(John Murray) 출판사에서 《노생거 수도원
   (Northanger Abbey)》과 합본으로 출간된 제인 오스틴(Jane Austen)의 《설득
   (Persuasion)》을 우리말로 옮긴 것이다.
2. 번역은 2003년에 출간된 펭귄 고전 시리즈의 《설득》(Gillian Beer 편집, Penguin
   Books 발행)을 대본으로 삼았고, 《주석판 설득》(David M. Shapard 주석 및 편집,
   Anchor Books 발행, 2010년)을 참고하였다.
3. 본문의 주는 모두 옮긴이 주이다.

Contents

오스틴을 사랑하는 한국 독자들에게

마틴 프라이어(주한영국문화원장)

18세기 영국 시골 마을에서 마흔두 해 짧은 생을 살다 간 제인 오스틴이라는 작가가 2백 년이 지난 지금도 전 세계적으로 사랑받고 있다는 건 매우 경이로운 일이다. 19세기에서 20세기 초만 해도 오스틴의 영향력은 주로 미국과 유럽 국가들에 한정되어 있었으나, 20세기 들어 널리 번역되어 읽히면서 오늘날 그의 작품은 언어와 문화권을 초월해 어마어마한 규모의 독자층을 형성하기에 이르렀다. 동아시아 지역도 예외는 아니어서 1920년대에는 일본어로, 1930년대에는 중국어로 번역되어 명성을 얻었고, 한국에서는 1958년 《오만과 편견》을 시작으로 주요 작품들이 차례로 소개되어 지금껏 식을 줄 모르는 인기를 누리고 있다. 특히 1900년대 후반부터 오스틴의 작품이 크고 작은 규모로 꾸준히 영상화되며 그의 아성은 더더욱 공고해졌다.

오스틴이 주제를 다루는 데 있어 한결같이 발휘한, 시공을 뛰어넘는 보편적 접근법 덕분에, 그의 작품이 아득히 멀고도 이질적인 18세기 영국을 배경으로 하고 있음에도 우리는 별다른 어려움 없이 그 속에서 공감을 느끼게 된다. 남녀의 성 역할, 사회적 지위, 돈, 결혼, 그리고 사랑까지…… 제인 오스틴의 소설에 담긴 다양한 주제는 2백 년 전 햄프셔의 작은 마을에 살았던 작가 자신뿐만 아니라 21세기를 사는 우리네 삶에서도 여전히 중요한 요소들이다.

일찍이 제인 오스틴의 탁월한 재능을 간파하고, 그가 영국 문학의 전통을 일구어 온 거장들에 견주어 한 치의 부족함도 없음을 알아본 또 다른 영국 여성 작가가 있었다. 버지니아 울프는 작가로서의 여성과 소설 속 인물들에 대해 쓴 에세이《자기만의 방》에서 제인 오스틴에 대해 이렇게 말했다. "1800년 무렵에 증오도 고통도 두려움도 없이, 항의하는 법도 설교하는 법도 없이 글을 쓰던 한 여자가 여기 있다. 그것은 셰익스피어의 작법이기도 했다." 어떤 비평의 언어도 이만큼 강렬한 울림을 전해주진 못할 것이다.

곧 이 위대한 작가가 세상을 떠난 지 꼭 2백 년이 된다. 부디이 책이 한국의 독자들에게 널리 사랑받아 다음 2백 년간도 여전히 유효한 고전으로 남게 되길 바란다.

2016년 10월
마틴 프라이어

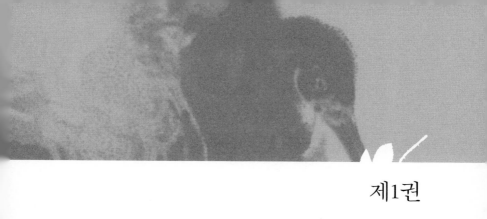

제1권

1

서머싯셔 주 켈린치 홀의 월터 엘리엇 경은 취미 삼아 책을 드는 일이 없는 사람이지만 준남작* 명부만큼은 예외였다. 여기에서 그는 소일거리를 찾았고 괴로울 때면 위안을 얻었다. 초창기 준남작들이 몇 명 남지 않은 것을 생각하면 스스로에 대해 감탄과 존경심이 일어났고, 지난 한 세기 동안 끝도 없이 생겨난 준남작들의 이름을 넘기다 보면 가정사로 인한 달갑잖은 걱정은 저절로 동정심과 경멸감으로 바뀌었다. 읽다가 다른 페이지들이 죄다 시들하다면, 흥미롭지 않을 수가 없는 자기의 가족사를 읽을 수도 있었다. 그가 사랑해 마지않는 이 책은 늘 이렇게 시작되었다.

---

*준남작은 기사와 함께 남작 아래의 하급귀족을 이루는 계급으로 일반 기사들과 달리 세습이 가능하다는 점에서 좀 더 우위를 점하고 있었다.

켈린치 홀의 엘리엇

월터 엘리엇, 1760년 3월 1일 출생, 1784년 7월 15일 글로스터 주 사우스 파크의 제임스 스티븐슨의 딸 엘리자베스와 결혼, 해당 배우자(1800년도에 사망)와의 사이에서 1785년 6월 1일 엘리자베스 출생, 1787년 8월 9일 앤 출생, 1789년 11월 5일 남아 사산, 1791년 11월 20일 메리 출생.

정확히 상기 내용이 식자공이 원래 새겨 넣은 구절이었지만, 월터 경은 본인과 가족들이 살펴볼 용도로 메리의 출생일 뒤에 "1810년 12월 16일 서머싯 주 어퍼크로스의 유지 찰스 머스그로브의 아들이자 상속자인 찰스와 결혼"이라는 문구를 추가하고, 상처 일자를 아주 정확하게 끼워 넣어 원본을 보충했다.

그 뒤로 오래되고 존경스러운 엘리엇 가문의 내력과 발흥에 대한 내용이 일상적인 표현으로 이어졌다. 어떻게 하여 처음 체셔에 정착했는지, 더그데일의 책*에는 어떻게 언급되어 있는지, 주 장관을 역임했고, 의회에서 3기 연속 자치구를 대표했고, 왕에 충성을 바쳤고, 찰스 2세 원년에 준남작의 지위를 얻었고, 다들 메리 아니면 엘리자베스와 결혼했고 등의 내용이 사륙판 크기의 책 두 페이지를 차지하면서 문장(紋章)과 제명

---

*《고대 문장(紋章) 관습》. 영국의 고물(古物)연구가인 윌리엄 더그데일이 1682년 출판한 17세기 귀족 명부.

(題銘)으로 마무리되어 있었다. "저택, 서머싯 주의 켈린치 홀"
이라는 말과 함께 월터 경의 자필이 다시 이렇게 대미를 장식
했다.

추정 상속인, 윌리엄 월터 엘리엇, 월터 경 2세의 증손자.

허영심은 월터 엘리엇 경이라는 사람의 시작이자 끝이었다.
외모에 대한 허영심과 신분에 대한 허영심. 젊은 시절 그는 용
모가 준수했고 쉰네 살의 나이에도 여전히 꽤 보기 좋았다. 웬
만한 여자도 월터 경만큼 외모에 신경 쓰진 못할 것이다. 주인
이 막 경으로 승격하여 덩달아 신분이 상승한 시종이라도 월터
경만큼 자신의 신분에 흐뭇해하진 못할 것이다. 그는 용모의
축복이 준남작 지위의 축복에 버금간다고 여겼다. 그리고 이런
축복을 겸비한 '월터 엘리엇 경'이 그 스스로가 계속하여 열렬
한 존경과 강한 애착을 보이는 대상이었다.
  잘생긴 외모와 신분에 대한 그의 애착은 충분히 그럴 만했
으니, 그가 어느 모로 보나 분에 넘치는 인품의 아내를 얻게 된
게 다 그 덕분이었던 것이다. 레이디 엘리엇*은 분별력 있고 선
량한, 아주 훌륭한 여성이었다. 어린 마음에 물불 가리지 않고
사랑에 빠진 것만 너그러이 용서된다면 이후의 삶에서는 분별
과 처신에서 문제 될 것이 전혀 없었다. 그녀는 남편의 약점을

---

* 준남작과 기사의 아내에게는 '레이디' 다음에 성을 붙여 부를 수 있었다. '레이디'
에 성과 이름을 붙여 쓰는 것은 그 이상의 지위에서만 가능했다.

어르고 달래고 가려주면서 17년 동안 남편의 준남작 체면을 높여주었다. 그리고 비록 세상에서 가장 행복한 존재는 아닐지라도 자신의 본분과 친구, 자식들 속에서 살아갈 이유가 충분했으므로 죽음을 앞두고 떠나는 일에 초연할 수 없었다. 세 딸들, 특히 열여섯 살과 열네 살의 두 큰딸은 어머니로서 두고 떠나기에 아까운 유산이었다. 아니, 허영심 덩어리인 어리석은 아비의 권위와 지도에 맡겨두고 가기에는 엄청난 부담이었다. 하지만 그녀에게는 사려 깊고 믿을 만한 아주 친한 친구가 하나 있었는데, 그 친구는 그녀를 너무 좋아해서 켈린치 장원에 터를 잡고 그녀 가까이에 살았다. 레이디 엘리엇은 딸들에게 열심히 가르쳤던 훌륭한 예법과 원칙들을 주로 이 친구의 친절한 조언에 의지했다.

이 친구와 월터 경은, 지인들 사이에서 둘의 결혼을 두고 억측이 구구했음에도, 그렇게는 하지 '않았다'. 엘리엇 부인이 세상을 뜬 지 13년이 흘렀지만 그들은 여전히 가까운 이웃이자 친한 친구였고 한 사람은 과부, 다른 한 사람은 홀아비로 남았다.

연륜과 인격을 갖춘 데다 부족한 것 없이 살고 있는 레이디 러셀에게 재혼 의사가 전혀 없다는 건 해명이 필요 없을 터였다. 사람들은 여성이 재혼하지 '않는' 것보다 재혼을 '한' 걸 두고 오히려 못마땅해하는 경향이 있으니 말이다. 하지만 월터 경이 계속 독신으로 지내는 데는 설명이 필요하다. 당시 알려지기로 월터 경은 마치 좋은 아버지처럼 (아주 어울리지 않는 주선에서 한두 번 혼자 실망하고 나더니) 사랑하는 딸들 때문에 독신을 유지하는 걸 자랑으로 여겼다. 딸들 중 하나, 장녀를 위해서는 말 그대로 뭐든 다 내줬을 테지만 그럴 뻔했던 일은 일어나지 않았다. 엘리자베스는 열여섯 나이에, 어머니의 지위와 유산 중 받을 수 있는 건 다 물려받았다. 그리고 아주 아름다운 데다가 아버지와 마찬가지로 항상 위력이 대단했기 때문에 두 사람은 함께 더없이 행복하게 잘 지냈다. 나머지 두 딸은 존재감이 아주 미미했다. 메리는 찰스 머스그로브 부인이 되면서 피상적인 존재감을 다소 되찾았지만 진정한 이해력을 가진 사람들에게는 높이 인정받았을, 지적이고 다감한 성품의 앤은 아버지에게든 언니에게든 보잘것없는 존재였다. 그녀의 말은 늘 귓등으로 지나갔다. 그녀에게 최선의 길은 언제나 양보였다. 그녀는 그냥 앤일 뿐이었다.

하지만 레이디 러셀에게 앤은 가장 아끼고 소중히 여기는 대녀였고, 가장 좋아하는 사람이자 친구였다. 레이디 러셀은 엘리엇 집안 딸들을 모두 사랑했지만 오직 앤에게서만 어머니의 모습이 보인다고 생각했다.

몇 년 전만 해도 앤 엘리엇은 아주 어여쁜 아가씨였다. 하지만 그녀의 한창때는 이미 지나가버렸다. 한창 물이 올랐을 때조차 그녀의 아버지는 (섬세한 이목구비와 연한 갈색 눈이 자신의 것과 완전히 딴판인) 딸에게서 칭찬할 만한 걸 별로 찾지 못했다. 시들고 야윈 지금에야 그녀의 용모에서 자부심을 느낄 만한 건 전혀 없을 수도 있었다. 그는 자기가 가장 좋아하는 준남작 명부의 다른 페이지에서 앤의 이름을 보리라고는 기대하지 않았고 지금은 아예 접은 듯했다. 동일한 신분과의 결합은 엘리자베스가 책임져야 했다. 메리는 그저 점잖고 부유한 지방 유지의 가문과 연고를 맺어서 그쪽 집안의 위신을 높여 주었을 뿐 돌아온 건 아무것도 없었다. 엘리자베스가, 언젠가 어울리는 결혼을 하게 될 것이었다.

가끔씩 스물아홉 살 된 여자가 10년 전보다 더 아름다운 경우가 있다. 일반적으로 병이나 고민 같은 게 전혀 없었다면 그때가 아직 매력이 고스란히 남아 있는 시기이다. 엘리자베스, 13년 전 물이 오르던 때와 똑같이 여전히 아름다운 엘리엇 양이 그랬다. 그러니까 월터 경이 딸의 나이를 깜박하는 건 봐줄 수 있는 문제일지 몰랐다. 아니, 적어도 다른 사람들의 용모가 다 망가지는 와중에 딸과 자신은 여전히 생기 있다고 생각한다고 해서 완전히 반편이로 여겨질 일은 아니었다. 왜냐하면 자기 눈에는 다른 식구들과 지인들이 나이 들어가는 모습이 똑똑히 보였기 때문이다. 앤은 초췌하고 메리는 품위가 없고 이웃들은 하나같이 더 볼품없어지고 있었다. 레이디 러셀의 관자놀이 주변으로 점점 늘어만 가는 까치발 같은 주름살을 지켜봐야하는 게 고역이 된 지도 오래되었다.

엘리자베스는 삶의 만족도가 아버지만큼은 아니었다. 그녀가 어려 보이는 외모로는 짐작할 수 없을 만큼 단호하고 침착하게 켈린치 홀을 통솔하고 이끈 지도 13년이 되었다. 13년간 그녀는 안주인 노릇을 하며 집안의 규율을 정해왔고 사두마차까지 갈 때 맨 앞에서 걸어갔으며, 지역 사교모임의 응접실이나 만찬실을 나설 때면 레이디 러셀의 바로 뒤에서 걸었다. 서릿발이 어김없이 내리는 열세 번의 겨울 동안 그녀는 몇 안 되는 이웃사람들이 여는 공식 무도회 때마다 맨 먼저 춤을 추었다. 꽃이 만발하는 열세 번의 봄 동안 매년 몇 주간 열리는 상류사회의 사교모임을 위해 그녀는 아버지와 함께 런던까지 여행했다. 그녀는 이 모든 걸 기억했다. 그녀는 일말의 후회와 불안이 느껴지는 스물아홉이라는 나이를 의식하고 있었다. 자신이 변함없이 꽤 아름답다는 사실에 충분히 만족하고 있었지만, 결혼 적령기가 지나가는 걸 느끼고 있었기에 앞으로 일이 년 안에 준남작 혈통의 남자에게서 제대로 청혼받을 거란 확신만 생긴다면 날아갈 듯이 기뻤을 것이다. 그러면 어릴 때처럼 즐거운 마음으로 다시 준남작 명부를 읽을지 모르겠지만 지금은 그러고 싶지 않았다. 여전히 생일만 적혀 있을 뿐, 막내 여동생 것 말고는 결혼 날짜가 적혀 있지 않은 그 책이 그녀는 불쾌했다. 아버지가 가까운 탁자 위에 책을 펴놓은 채 자리를 뜨면 그녀가 눈을 흘기며 그 책을 덮어 치워버리는 일이 한두 번이 아니었다.

더욱이 그녀에게는 그 책, 특히 그녀의 가족사에 이르면 항상 떠오르는 실망스러운 기억이 있었다. 다른 이도 아닌 엘리엇 집안의 추정 상속자, 아버지가 상속자의 지위를 아낌없이 후원해주었던 그 윌리엄 월터 엘리엇 씨가 그녀를 실망시킨 장본인이었다.

아주 어렸을 때, 자기에게 남자 형제가 없는 경우 그가 준남작이 된다는 걸 알게 된 순간부터 엘리자베스는 그와 결혼할 생각이었다. 아버지는 늘 그녀를 그와 결혼시키고 싶어 했다. 그가 아직 어렸을 때는 그의 존재가 이들에게 알려져 있지 않았다. 하지만 레이디 엘리엇이 죽고 나자 월터 경은 즉시 이 친척을 찾아냈다. 비록 결혼 제안에 대한 반응이 기대와 달리 뜨뜻미지근했지만 젊은 사람이 예의상 빼는 것이라고 이해하면서 끈기 있게 그의 의향을 타진했다. 여러 번에 걸친 부녀의 런던 여행 중 한 번, 엘리자베스가 막 물이 오르기 시작할 때였는데, 엘리엇 씨가 이들과 어쩔 수 없이 인사를 나누게 되었다.

당시 매우 젊었던 그는 법학 공부에 여념이 없었다. 엘리자베스는 그를 매우 마음에 들어 했고, 그가 계획하는 건 뭐든 좋게 보였다. 곧이어 그가 켈린치 홀에 초대되었고 그해가 다 가도록 화제의 대상이었다. 한 번 찾아오리라 기다렸다. 하지만 그는 결코 오지 않았다. 다음 해 봄 런던에 모습을 보였을 때, 그는 변함없이 유쾌해 보였고 여전히 기운이 넘쳤다. 다시 한번 그가 초대되었고, 다시금 오리라 기대되었지만 이번에도 그는 나타나지 않았다. 그다음 들려온 소식은 그가 결혼했다는 것이었다. 그는 엘리엇 가문의 상속자라는 미래 대신 좀 낮은 가문이지만 부잣집 여성과 결혼하는 경제적 자립을 택했다.

월터 경은 그 소식에 분개했다. 그는 이 젊은이가 집안의 어른인 자신과 상의했어야 한다고 생각했다. 사람들 앞에서 공공연하게 그를 후원했던 터라 분노는 더욱 컸다. "사람들이 함께 있는 우리 모습을 봤을 것 아니냐." 월터 경이 말했다. "한 번은 태터살*에서, 그리고 두 번은 하원 로비에서 말이지." 그가 불만을 표출해도 별로 신경 쓰는 이는 없는 것 같았다. 엘리엇 씨는 사과할 생각이 전혀 없었다. 월터 경이 그를 상대할 가치가 없다고 여기는 것처럼 그도 월터 경 가족으로부터 더 이상 인정받지 못하는 것에 신경 쓰지 않았다. 그들 사이의 모든 친분은 그렇게 끝이 났다.

엘리엇 씨의 이런 불쾌한 행적에 엘리자베스는 몇 년이 지난 지금도 분한 마음이 들었다. 그녀는 엘리엇 씨라는 사람 자체를 좋아했고 아버지의 상속자라서 더 좋았다. 가문에 대한 자부심이 강하다 보니 오로지 그만이 월터 엘리엇 경의 장녀에 어울리는 배필감으로 보였다. 준남작들을 A에서 Z까지 다 훑어봐도 그와 비슷하다고 기꺼이 인정할 만한 사람은 한 명도 없었다. 하지만 그의 처신이 너무 형편없었기 때문에 비록 지금(1814년 여름) 그가 아내를 애도하는 검은 리본을 달고 있어도 그는 배필로 다시 고려해볼 가치는 없었다. 첫 결혼 때 저질렀던 부끄러운 행동은 그 불명예를 물려받을 후사가 없으니 그가 더 나쁜 짓만 하지 않았으면 그냥 넘어갔을지 모른다. 하지만 친절한 친구들의 습관적인 뒷공론 덕에 알게 된 바에 의하면, 그가 그들에 대해 무례한 말을 내뱉었고, 자기 가문이기도 한 엘리엇 가문과 앞으로 자기 것이 될 준남작 지위를 얕보고 무시했다는 것이다. 이건 용서될 수가 없었다.

*런던의 마시장. 말은 당시 신사들의 주요 관심사였으므로, 자연스레 상류계층의 남성들이 모이는 장소로 즐겨 사용되었다.

이런 것들이 엘리자베스 엘리엇의 생각과 감정이었다. 이런 것들이 단조로웠다가 멋들어졌다가 하는, 화려했다가 공허했다가 하는 삶의 풍경에 그늘을 드리우는 걱정거리였고, 유용한 야외 활동이나 가사에 도움이 되는 재능, 부녀자의 소양이 있어야 할 자리를 대신 채우며 시골 한구석에서 오랫동안 평온무사하게 지내온 그녀의 삶에 흥미를 더하는 요소들이었다.

하지만 이제 또 다른 걱정거리가 추가되기 시작했다. 아버지가 돈 때문에 곤란을 겪는 일이 점점 늘어났던 것이다. 그녀는 아버지가 이제 준남작 명부를 집어 들었으니 상인들의 묵직한 청구서와, 개인 변호사인 셰퍼드 씨의 달갑잖은 조언은 안중에 없다는 것을 알고 있었다. 켈린치 장원의 수입은 상당했으나 월터 경이 지주의 품위 유지에 필요하다고 생각하는 수준에는 미치지 못했다. 레이디 엘리엇이 살아 있을 때는 월터 경이 자기 수입 내에서 딱 맞게 살 수 있도록 하는 체계와 절제, 검약이 있었다. 하지만 그런 올바른 마음가짐도 그녀와 함께 사라졌고 그 시기부터 그의 씀씀이는 계속 수입을 웃돌았다. 지출 감소는 불가능했다. 그는 월터 엘리엇 경으로서 쓸 수밖에 없는 돈을 썼을 뿐이었다. 하지만 자기 잘못은 아니더라도 점점 빚이 늘어나는 상황인 데다, 너무 자주 그런 말을 듣고 있으니 빚에 대해 (전부까지는 아니라도) 딸에게 숨기는 게 불가능해져버리고 말았다. 지난봄 런던에서 그는 딸에게 그런 사정에 대해 살짝 귀띔을 했다. 그는 "지출을 줄일 수 있을까? 줄일 만한 게 뭐가 있겠니?"라고까지 말했다. 엘리자베스는, 공평하게 말해서, 우선 여성 특유의 불안감을 드러내며 가능한 게 뭘까 심각하게 고민하더니 마침내 다음과 같은 절약 방안을 제시했다. 다소 불필요한 기부 행위를 끊는 것과 응접실에 놓을 새 가구 구입을 자제하는 것, 이 두 가지였다. 그러더니 덧붙여 해마다 앤에게 사다 주던 선물도 일절 하지 말자는 기특한 생각까지 내놓았다. 하지만 대책으로서 아무리 좋다 해도 이런 것들은 월터 경이 조만간 딸에게 털어놓을 수밖에 없을 전체적인 재정 문제의 해결에는 역부족이었다. 엘리자베스는 그 이상은 효과 있을 방안을 내놓지 못했다. 그녀도 아버지처럼 자기가 잘못 대우받고 있고 억울하다는 느낌이 들었다. 두 사람 다, 어떻게 보면 견딜 수 없는 일이었겠지만, 품위 손상이나 편의용품의 포기 없이 지출을 감소하는 방안은 하나도 생각해내지 못했다.

월터 경의 재산 중에 그가 처분할 수 있는 토지는 일부였다. 하지만 전 토지가 매도 가능했다 해도 사정은 달라지지 않았을 것이다. 되는 데까지 저당을 잡히는 상황까지 왔지만 결코 매도는 하지 않을 것이었기 때문이다. 결코. 그 정도까지 체면 구기는 일은 하지 않을 것이다. 켈린치는 그가 물려받았던 대로 온전히 양도될 것이다.

그는 그가 신임하는 두 명의 친구, 근처 읍내에 사는 셰퍼드 씨와 레이디 러셀에게 조언을 요청했다. 두 부녀는 자기들이 마음껏 즐기는 오락이나 허영심에 손상을 주지 않고 재정 곤란을 해결하거나 지출을 줄일 수 있는 묘책이 이쪽 아니면 저쪽에서 나와 줄 것이라 기대했다.

2

예의 바르고 신중한 변호사 셰퍼드 씨는 월터 경에 대해 자기가 갖고 있는 영향력이나 생각이야 어떻든, 유쾌하지 않은 문제에 대해서는 차라리 다른 사람의 의견을 듣게 했다. 그는 어떤 조언도 피하면서 그저 넌지시 레이디 러셀의 탁월한 판단을 들어보는 게 어떠냐고 제안했다. 익히 알고 있는 부인의 명석한 판단으로 미루어 보건대 결국 자기가 원했던 것과 똑같은, 아주 단호한 방안이 나올 것이라 충분히 예상했던 것이다.

레이디 러셀은 이 문제를 노심초사하면서 깊이 고심했다. 그녀는 판단이 신속하다기보다는 믿음이 가는 사람이었다. 이번 경우 두 가지 주요 원칙이 대립하는 까닭에 어떤 결정에 도달하기까지 그녀의 어려움은 매우 컸다. 명예를 민감하게 따지는 그녀는 본인 스스로가 아주 청렴했다. 하지만 월터 경의 감정을 지켜주고 싶어 했고 가문의 평판을 염려했으며, 생각 있고 믿을 만한 사람이라면 응당 그러하듯 그 가족이 신분에 걸맞은 대우를 받아야 한다는 귀족적인 사고를 가지고 있었다. 그녀는 자비롭고 관대하며 선량한 여성이었고, 깊은 우정을 보여줄 역량이 있었다. 행동이 아주 방정하고 예절 관념이 철저했으며 정중한 태도로 타인의 존경을 받았다. 교양 있고, 대체적으로 말해서 이성적이며 한결같은 성품이었지만 귀족 가문에 더 우호적이었다. 그녀는 지위와 신분에 가치를 두었다. 그때문에 지체 높은 사람들의 실수에 다소 관대했다. 본인 스스로는 고작 기사의 미망인이었으므로 준남작의 당연한 권리에 대해 경의를 보였다. 그녀가 봤을 때 재정이 곤란한 월터 경은 오랜 지인이자 세심한 이웃, 고마운 집주인, 절친한 친구의 남편, 앤과 자매들의 아버지라는 것에 상관없이, 월터 경이라는 것 자체로 지대한 연민과 배려를 받을 자격이 있었다.

그들은 지출을 줄여야 했다. 두말할 나위가 없었다. 하지만 그녀는 그와 엘리자베스가 되도록이면 고통을 겪지 않도록 무척 애를 썼다. 그녀는 절약 방안을 작성하고 정확한 금액을 산출한 뒤 다른 사람은 생각지도 않은 일을 했다. 즉, 가족들이 관련 당사자라고 생각해본 적이 없는 앤과 상의를 한 것이다. 그녀는 앤의 의견을 반영하여 경비 절감 계획을 세웠고, 그것이 마침내 월터 경에게로 넘어갔다. 앤의 수정안은 모두 체면보다 정직 쪽에 초점이 맞추어져 있었다. 그녀는 더 강력한 조처와 더 완전한 개선, 그리고 더 신속한 부채 정리를 원했고 공평무사한 일처리 외엔 관심을 두지 않았다.

"만약 네 아버지를 설득해서 이렇게 할 수 있다면," 레이디 러셀이 내용을 훑어보며 말했다. "많은 게 해결될 거야. 아버지가 이런 규정들을 받아들인다면 7년 후엔 부채에서 벗어나게 돼. 켈린치 홀은 그 자체로 존중받고 있고 이런 긴축 재정으로 영향받을 리 없다고, 그리고 소신 있는 사람처럼 행동하면 분별 있는 사람들 눈에 월터 엘리엇 경의 진정한 위신이 깎이는 일은 절대 없을 거라고 아버지와 엘리자베스를 설득할 수 있을 것 같아. 네 아버지도 대다수 상류 가문이 했던, 아니 했어야 하는 대로 처신하셔야지 않겠니. 그분이라고 다를 건 없지. 우리의 고통을 악화시키는 게 바로 그런 태도야. 비난받는 이유이기도 하고. 난 우리 뜻이 관철될 거라 굳게 믿어. 진지하고 단호해질 수밖에 없어. 왜냐하면 빚진 사람은 결국 마땅히 그 빚을 갚아야 하는 거니까. 네 아버지처럼 한 집의 가장이자 지체 있는 분의 기분도 살펴야 하겠지만 그보다는 정직한 사람이라는 평판을 더 신경 써야 해."

앤은 아버지가 이런 원칙을 바탕으로 빚을 갚아나가고 아버지의 지인들 역시 이런 원칙을 바탕으로 그를 설득하기를 바랐다. 그녀는 채권자들에 대한 채무를 최대한 신속하게 청산하는 것을 피할 수 없는 의무로 생각하고 이는 광범위한 경비 절감으로만 달성될 수 있었다. 이를 지키지 않는다면 자긍심은 있을 수 없었다. 그녀는 그것이 지켜지기를 원했고 이렇게 하는 것이 일종의 의무처럼 느껴졌다. 레이디 러셀의 영향력을 높이 평가했고, 본인의 양심적 판단에 따라 나올 수밖에 없었던 절감안의 강도에 대해서라면 아버지와 언니를 구슬려 완전히 바꾸도록 하는 것이나 절반만 바꾸도록 하는 것이나 별반 다르지 않을 것 같았다. 아버지와 엘리자베스를 잘 아는 그녀로서는 그들에게는 말 한 쌍을 줄이는 것이 두 쌍을 줄이는 것보다 딱히 덜 고통스럽지도 않을 것이고 레이디 러셀의 지나치게 관대한 절약 리스트 전체를 통틀어 다른 것도 마찬가지일 거라는 생각이 들었다.

어떻게 하면 더 엄격한 앤의 제안이 선택될 수 있을까 하는 문제는 고려의 여지도 없었다. 레이디 러셀의 제안도 전혀 먹히지 않았다. 참아낼 수가 없는, 배겨내지 못할 내용이었다. "뭐! 안락함은 끝났군! 여행, 런던, 시종, 말, 식사. 전부 축소에다 제약이야. 그나마 신사 생활도 변변히 할 수 없다니! 안 돼, 이런 수치스러운 조건으로 계속 켈린치 홀에 머무느니 당장 여길 뜨는 게 낫겠어."

'켈린치 홀을 뜬다.' 이 생각을 셰퍼드 씨가 바로 받아들였다. 그는 월터 경이 얼마나 경비를 절감하느냐에 자기 이익이 달려 있는 사람이었다. 그래서 그는 이사하지 않고서는 아무것도 해결되지 않으리라는 사실을 전적으로 납득했다. "결정하셔야 하는 분의 생각이 그러하니, 저도 그 생각에 전적으로 공감한다는 사실을 서슴없이 말씀드리겠습니다. 본디 손님 접대가 후하시고 예로부터 지켜온 체면이라는 게 있는데 월터 경이 그런 생활 수준을 전적으로 바꾸는 게 가능할까 싶군요. 다른 곳이라면 월터 경이 알아서 하시기 나름 아니겠습니까. 어떤 식으로 정하든 그에 따라 존경받으실 겁니다."

월터 경이 켈린치 홀을 떠나게 되었다. 뚜렷한 해결책 없이 한 며칠이 지난 다음에야 어디로 갈 것인가 하는 대난제가 해결되었고, 이 중대한 변화의 첫 윤곽이 잡혔다.

세 가지 대안이 있었다. 런던이나 바스 아니면 그 지방의 다른 집이었다. 앤이 바랐던 건 후자였다. 레이디 러셀과 계속 왕래할 수 있고 메리와도 가까이 있으면서 켈린치의 잔디밭과 수풀도 가끔씩 보는 기쁨을 누릴 수 있는 근처의 작은 주택이 그녀가 원하는 목표였다. 하지만 늘 그렇듯 무언가 의도했던 것과 정반대로 정해지고 마는 운명이 그녀를 기다리고 있었다. 그녀는 바스를 좋아하지 않았다. 바스가 자기 성향과는 맞지 않는다고 생각했다. 그런데 바스가 그녀의 집이 될 운명이었던 것이다.

월터 경은 처음에 런던을 더 염두에 두었다. 하지만 셰퍼드 씨는 런던은 월터 경의 씀씀이를 믿을 수 있는 곳이 아니라고 생각했다. 그래서 충분히 단련된 수완으로 그가 런던을 단념하고 바스를 택하도록 만들었다. 재정 곤란을 겪는 신사에겐 바스가 훨씬 더 안전한 곳이었다. 거기서는 비교적 돈 안 들이고도 귀하게 대우받을 수 있었다. 거기에 런던에 비해 바스가 가진 실질적인 두 가지 이점이 강조되었다. 켈린치와 50마일 거리로 이동이 편리하고, 레이디 러셀이 매년 겨울 얼마 동안을 그곳에서 보낼 수 있었다. 처음부터 이주 지역이 바스가 될 거라고 보았던 레이디 러셀로서는 대단히 만족스럽게도, 월터 경과 엘리자베스가 거기 정착하더라도 자신들의 사회적 지위와 즐거움을 잃을 염려가 없다는 설득에 넘어가주었다.

레이디 러셀은 자신의 의견이 사랑하는 앤의 바람과는 다르리라는 걸 알았다. 하지만 월터 경이 근처의 작은 집으로 물러앉기를 바라는 건 무리일 터였다. 앤 역시 그것이 생각보다 더 심한 수치임을 알게 될 것이고, 월터 경이 느낄 수치는 분명 끔찍하기 짝이 없었을 것이다. 앤이 바스를 좋아하지 않는 이유에 대해서는, 첫째 앤이 어머니가 돌아가신 후 바스에서 3년간 학교를 다녀야 했던 사정과, 둘째 그 뒤 딱 한 번 바스에서 겨울을 함께 보냈던 그때가 공교롭게도 앤이 낙담했던 시기였다는 데서 비롯한 편견과 오해로 치부했다.

레이디 러셀은 즉시 바스가 마음에 들었고 바스가 그들에게 적격이라고 생각하고 싶었다. 앤의 건강에 관해서라면 켈린치 홀의 별채에서 따뜻한 몇 달을 줄곧 함께 지내면 모든 위험을 피할 수 있을 것이다. 그리고 그건 사실 몸과 마음에 다 이로운 변화였다. 앤은 집을 떠나본 적이 거의 없었고 자신을 선보일 기회가 너무 없었다. 그녀는 앤이 좀 더 많이 알려지길 원했다.

월터 경에게 부근의 다른 집이 적당한 후보지가 아니라는 것은 한 가지, 그러나 아주 중요한 계략을 통해 확실하게 강조되었는데, 다행히 그게 처음부터 주입되었다. 그는 자기 집을 내줘야 할 뿐 아니라 그 집에 다른 사람이 사는 걸 봐야 했던 것이다. 분명 인내를 시험당하는 일이었다. 월터 경보다 더 단호한 사람들도 그건 심하다고 느꼈으리라. 켈린치 홀이 임대될 예정이었다. 하지만 이것은 극비였다. 그 집을 벗어나 외부로 흘러나가면 안 되는 내용이었다.

월터 경은 자기 집을 세놓는다는 계획이 알려지는 수모를 참을 수 없었을 것이다. 셰퍼드 씨가 '공시'를 한 번 거론했으나 다시는 감히 그 말 비슷한 것도 꺼내지 못했다. 월터 경은 어떤 식으로든 임차 의뢰를 받는다는 생각 자체를 일축했다. 임대 의향을 흘리려는 기미조차 용납하지 않았다. 어쨌든 켈린 치 홀의 임대는 흠잡을 데 없는 신청자가 간절히 원하기 때문에 마치 선심 쓰듯 자기가 원하는 조건을 받아들인다는 가정하에서만 이루어져야 했다.

좋아하는 게 있으면 그렇게 할 이유가 얼마나 쉽게 찾아지는지! 레이디 러셀의 입장에서 월터 경과 가족이 거길 뜨는 게 더없이 반가운 이유가 바로 가까이에 있었다. 엘리자베스가 최근 친하게 지내는 친구가 하나 있었는데 레이디 러셀은 그 교제가 중단되었으면 싶었다. 결혼 생활이 불행으로 끝난 후 아이 둘을 달고 아버지의 집에 돌아와 있던 셰퍼드 씨의 딸과의 친분이었다. 젊고 영리한 여자고, 환심 사는 기술, 적어도 켈린치 홀에서 환심을 사는 법을 알고 있었다. 그리하여 엘리자베스의 마음을 어떻게 홀렸는지 그녀는 이미 여러 번 켈리치 홀에서 머물렀고, 그런 친분이 도가 지나치다고 여긴 레이디 러셀이 주의와 자제를 넌지시 당부하기에 이르렀다.

레이디 러셀은 사실 엘리자베스에게는 거의 영향을 주지 못했다. 그녀는 엘리자베스가 사랑받을 자격이 있어서라기보다는 사랑해야 할 것 같아서 사랑하는 것처럼 보였다. 엘리자베스에게서도 피상적인 관심 외에 예의 범절을 넘어서는 그 이상은 아무것도 받아본 적이 없었다. 엘리자베스 본인의 의향에 반하는 자신의 뜻을 관철시키지도 못했다. 그녀는 앤을 쏙 빼놓고 런던을 방문하는 이기적인 계획이 부당하기도 하고 평판이 나빠지는 원인이기도 하다는 걸 뻔히 알기에 앤을 데려가게 하려고 계속 애썼다. 그리고 그보다 더 사소한 경우에도 여러 번, 엘리자베스에게 자신의 더 나은 판단과 경험을 충고하려고 애썼다. 하지만 언제나 허사였다. 엘리자베스는 자기 생각대로 하려 했고, 이 '클레이 부인'이라는 선택에서보다 더 확실하게 레이디 러셀에 맞서는 태도를 보여준 적도 없었다. 그녀는 더없이 훌륭한 여동생을 외면하고 그저 예의만 차리는 대상일 뿐 아무 존재도 아니어야 할 사람에게 애정과 신뢰를 바치려 했다.

레이디 러셀이 판단할 때 클레이 부인은 신분상 아주 격이 맞지 않는 사람이고, 성품상으로도 아주 위험한 동무였다. 그런 고로 클레이 부인을 떼내고 엘리엇 양 가까이에 더 어울리는 다양한 친구들을 만들 수 있는 이사가 가장 시급한 문제였다.

3

"월터 경, 제가 한 말씀 드려야겠습니다." 어느 날 아침 켈린치 홀에서 셰퍼드 씨가 읽던 신문을 내려놓으며 말했다. "지금 정세가 우리한테 아주 유리합니다. 이번 평화협정으로 부유한 해군 장교들이 죄다 뭍으로 돌아오게 된다는 말이지요.* 다들 집이 필요할 겁니다. 세입자를, 아주 믿을 만한 세입자를 다양하

*나폴레옹 전쟁에서 유럽연합군이 승리를 거두고, 연합군의 주력이었던 영국 해군들이 해산하여 집으로 돌아오고 있는 상황이었다.

게 고를 수 있는 더없이 좋은 기회예요, 월터 경. 전쟁 중에 엄청난 거금을 쥐게 된 사람들입니다. 만약 부유한 해군 대장이 우리한테 온다면…….”

“아주 운 좋은 사람인 게지, 셰퍼드.” 월터 경이 대꾸했다. “할 말은 그뿐일세. 켈린치라는 전리품이 그자에게로 갈 것 아닌가. 엄밀히 말해 이보다 더 큰 전리품이 어디 있겠나. 아무리 그전에 뺏은 게 많다 해도 말이야. 그렇지 않나, 셰퍼드?”

셰퍼드 씨는 이런 유머에 웃어야 한다는 것을 알고 있기에 웃으면서 이렇게 덧붙였다.

“한 마디 하자면 거래로 볼 때 해군 쪽 신사들이 다루기가 아주 좋습니다. 그들의 거래 방식에 대해 좀 아는 게 있어서 드리는 말씀인데, 그들은 돈에 쩨쩨한 사람들이 아니라서 우리가 접하게 될 그 어떤 부류만큼이나 훌륭한 세입자가 될 가능성이 있어요. 그러니까 월터 경, 제가 말씀드리고자 하는 바는 이겁니다. 만약 경이 세를 놓을 것이라는 소문이 바깥으로 흘러나가는 경우—그럴 수 있다는 점을 생각해봐야 되는 것이, 한쪽의 의향과 행동을 다른 쪽의 관심과 호기심으로부터 지키는 것이 얼마나 어려운지 알기 때문이지요. 유명세라는 게 있지 않습니까. 저, 존 셰퍼드는 가정사를 어떤 식으로 결정하든 비밀로 할 수도 있을 겁니다. 왜냐하면 자기들 시간까지 써가며 절 지켜볼 만하다고 여길 사람은 아무도 없을 테니까요. 하지만 월터 엘리엇 경에게는 아주 피하기 힘든 눈들이 있습니다. 그런고로 감히 말씀드리자면 우리가 온갖 주의를 기울이는데도 진상에 대한 소문이 흘러나간다면, 전 그러려니 할 겁니다. 어쨌든, 말씀드리려 했다시피 그렇다고 가정한다면 신청자가 분명 있을 테니 부유한 해군 대장들 중 한 사람쯤은 말을 들어볼 만하지 않겠습니까. 조심스럽게 덧붙이자면, 두 시간만 주시면 어느 때고 제가 건너와서 경이 골치 아픈 회신을 할 필요 없도록 해드리겠습니다."

월터 경은 고개만 끄덕였다. 하지만 곧바로 일어나더니 방을 서성이며 냉소적으로 말했다.

"해군 나리들 중에 이런 격조 있는 집에 살 수 있는 기회가 온 걸 알고 놀라지 않을 사람이 있을까 싶군."

"분명 주위를 둘러보고는 자신들의 행운에 감사할 거예요." 클레이 부인이 말했다. 그녀도 그 자리에 있었던 것이다. 딸을 켈린치에 태워 오는 것만큼 좋은 게 없다 싶었던 셰퍼드 씨가 그녀를 태워 왔다. "하지만 전 해군이 아주 좋은 세입자가 될 수 있을 것 같다는 아버지 말씀에 동감이에요. 제가 직업이 해군인 사람들을 많이 알고 있어요. 그분들은 후하기도 한 데다가 매사에 아주 깔끔하고 조심스럽답니다! 이 귀한 그림들 말인데요, 월터 경, 놔두기로 결정하더라도 이것들은 절대적으로 안전할 겁니다. 이 집 안팎에 있는 모든 것이 잘 관리될 거예요! 정원과 관목림들도 지금과 마찬가지로 아주 가지런하고 질서 있게 유지될 거고요. 엘리엇 양도 아끼는 화단이 방치될까 걱정할 필요가 없답니다."

"이 모든 것과 관련하여 말일세," 월터 경이 차가운 어조로 다시 응수했다. "집을 세놓는다 해도, 난 임대에 포함된 특전에 관해서는 마음을 정하지 못했다네. 세입자에게 딱히 호의를 베풀고 싶지는 않거든. 저택 녹지는 물론 개방될 거야. 해군 장교든 여타 직업을 가진 사람이든 그렇게 넓은 공지를 마음껏 쓸 수 있었던 자는 없을 테지. 하지만 정원의 사용에 대해서는 내가 어떤 제한을 두든 그건 다른 사안이야. 내 관목들에 언제건 접근할 수 있다는 생각이 난 맘에 들지 않는다는 말일세. 그러니 엘리자베스에게 정원과 관련하여 주의를 당부해야겠어. 분명히 말하지만 난 선원이든 병사든 켈린치 홀의 세입자에게 예외적인 호의를 베풀고 싶은 마음이 전혀 없어."

잠시 후 셰퍼드 씨가 대담하게 끼어들었다.

"이 모든 경우 임대인과 임차인 사이의 모든 사안을 쉽고 명백하게 해주는 일반 약정 사항이 있습니다. 월터 경, 경의 이익은 안전합니다. 세입자 그 누구도 정당한 임차권 외의 것을 갖지 못하도록 조처할 테니 저를 믿으십시오. 감히 말씀드리는데 걱정은 이 존 셰퍼드가 다 할 테니 월터 경은 경의 권리에 대해 조금도 걱정하지 마십시오."

이때 앤이 말했다.

"지금까지 우리를 위해 많은 희생을 했던 해군 병사들은 여느 가정에서 얻을 수 있는 안락함과 특전을 적어도 다른 부류의 사람들과 동등하게 누릴 권리가 있다고 생각해요. 그들이 안락한 삶을 누려도 좋을 만큼 충분히 애쓰고 있다는 걸 우린 인정해야 합니다."

"맞습니다, 맞고말고요, 앤 양의 말은 지당합니다." 셰퍼드 씨가 응수했고, "아! 물론이에요." 그의 딸이 맞장구쳤다. 하지만 곧바로 월터 경이 이렇게 말했다.

"그런 직업도 다 쓸 데가 있지만 내 지인 중에 누가 해군이란 걸 알게 된다면 실망스러울 걸세."

"설마!" 대꾸하는 표정이 놀란 듯했다.

"그렇다네. 해군은 두 가지 점에서 거슬리지. 그 직업이 탐탁지 않은 두 가지 큰 이유가 있다네. 첫째 해군이 미천한 출신의 사람들에게 어울리지 않는 지위를 갖게 해서 그들의 부친이나 조부가 결코 꿈꿔본 적 없는 영예로운 자리까지 오르게 하는 수단이라는 것이고, 둘째 그 일이 젊음과 활력을 끔찍하게 손상시킨다는 것이야. 수병은 그 누구보다 빨리 늙지. 난 일평생 그걸 봐왔어. 그 어떤 체계보다 해군이라는 직업에 몸담고 있을 때, 남자는 선대에서 자기 부친이 말 섞는 것도 창피해했을 사람을 부친으로 둔 사람이 출세하는 데서 모욕감을 느끼고 너무 빨리 스스로에게 혐오감을 느낄 위험이 있어. 지난 어느 봄날 런던에서, 나는 지금 말하고 있는 정확한 사례를 떠오르게 하는 남자 둘과 함께 있었네. 세인트 아이브스 경은 다 알다시피 부친이 입에 풀칠하기도 힘든 시골 부목사였지. 난 세인트 아이브스 경과 볼드윈 제독이라는 사람에게 상석을 양보해야 했어. 제독이라는 이 사람은 아마 가장 비참해 보이는 풍모였다고 상상하면 돼. 얼굴은 적갈색 피부에 몹시 거칠고 울퉁불퉁했고, 깊은 주름과 잔주름투성이에, 옆머리는 세었고 정수리는 분만 약간 발랐을 뿐 아무것도 없었어. '도대체 저 늙은 이는 누군가?' 옆에 있던 친구(배질 몰리 경)에게 내가 물었지. '오랜 친굴세!' 배질 경이 외치더군. '볼드윈 제독이야. 몇 살로 보이는가?' '예순, 아니 예순둘쯤'이라고 내가 말했어. '마흔이네. 딱 마흔이야'라고 배질 경이 대답하더군. 내가 얼마나 놀랐을지 상상해봐. 볼드윈 제독은 쉽게 잊지 못해. 배를 타는 생활이 그렇게 끔찍할 수 있다는 걸 처음 본 거야. 어느 정도까지는 선원들이 다 그렇다는 걸 알고 있어. 다들 육체적으로 혹사당하면서 온갖 기후와 날씨에 노출되니 못 볼 지경이 되는 거지. 그들이 차라리 일찍 죽지 않고 볼드윈 제독의 나이가 된다는 건 유감스러운 일이야."

"그렇긴 하지만, 월터 경." 클레이 부인이 소리를 높였다. "이건 사실 진지한 문제예요. 선원들에게 자비를 좀 보여주세요. 우리가 모두 번듯하게 태어난 건 아니잖아요. 바다에서는 당연히 아름다워질 수가 없어요. 선원들은 일찍 늙습니다. 그런 걸 종종 봤으니까요. 그들은 금방 청년의 모습을 잃어버려요. 하지만 많은 직업이 마찬가지 아닌가요? 아마 대부분이 그럴걸요? 현역 복무 중인 육군 병사들도 나을 게 없어요. 게다가 좀 더 차분한 직업에서조차 육체를 쓰지 않으면 정신을 쓰게 되어 있고 그런 경우 시간의 흐름에 따라 자연스럽게 늙어가기 힘들어지잖아요. 변호사는 끊임없이 일에 찌들어 살고, 의사는 시간에 상관없이 일어나고 날씨에 상관없이 왕진을 가죠. 목사조차……." 그녀가 목사에 대해선 어떤 말이 효과가 있을까 생각하느라 잠시 말을 멈추었다. "게다가 목사조차 오염된 방 안으로 들어가서 온갖 위험이 도사리는 유해한 환경에 자신의 건강과 신체를 노출시켜야 합니다. 사실 제가 오랫동안 확신해왔다시피 그래도 모든 직업은 나름대로 필요하고 존경할 만해요. 건강하고 훌륭한 용모의 축복을 오랫동안 유지하는 건 오직 아무 직업도 가질 필요가 없는 사람들의 운이에요. 그런 사람들은 자기 사유지에서 자기 편한 시간에 자기가 좋아하는 걸 추구하면서 시골에서 관습에 맞춰 살아갈 수 있으니까요. 고생스럽게 더 얻으려고 애쓸 필요가 없지요. 그건 그저 그 사람들 운인 것 같아요. 그런 사람들 말고는 젊음이 지나가도 어느 정도 매력을 잃지 않는 사람은 본 적이 없답니다."

세입자로 해군 장교를 긍정적으로 검토해주십사 월터 경에게 이처럼 열심히 청하는 셰퍼드 씨는 선견지명이 있었던 모양이다. 켈린치 홀에 대한 첫 임차 신청이 크로프트라는 이름의 제독에게서 왔던 것인데, 이 제독을 그는 얼마 후 톤턴의 주 분기회의에서 만나게 된다. 그는 사실 런던의 거래처로부터 제독에 대한 정보를 받아두고 있었다. 켈린치로 서둘러 넘어온 그 정보에 따르면 크로프트 제독은 서머싯셔 출신이었다. 그는 상당히 큰 재산을 만든 뒤 고향에 정착하기를 원했고 바로 근방에 나와 있는 물건을 둘러보려고 톤턴까지 내려왔지만 마음에 들지 않았다. 우연히 켈린치 홀이 세 나올지 모른다는 이야기를 듣고 (정확히 셰퍼드 씨가 예견한 대로였다. 월터 경의 우려가 비밀로 지켜질 수 없다는 걸 그가 말했었다) 셰퍼드 씨가 집주인과 연관이 있다는 걸 알게 된 제독은 셰퍼드 씨에게 자기를 소개하고 그 집에 대한 임차 요청을 했다. 꽤 긴 시간 이야기를 나누는 동안 그는 그 집에 관한 설명만으로 빌리고 싶은 마음을 느꼈던 사람답게 강한 임차 의향을 피력했다. 그리고 셰퍼드 씨에게 자기가 어떤 사람인지 분명하게 설명하면서 모든 면에서 세입자로 가장 믿을 수 있는 적격자라는 근거를 제시했다.

"그런데 크로프트 제독이 누군가?" 월터 경이 못 미더운 듯 냉랭하게 물었다.

셰퍼드 씨가 그가 신사 가문이라고 대답하면서 어디 출신인지를 말했다. 잠시 후 앤이 이렇게 덧붙였다.

"그분은 백색 해군 소장*이에요. 트래펄가 해전에 참전했다가 그 후로 쭉 동인도 제도에 있었어요. 거기서 아마 몇 년 주둔했을 거예요."

"그렇다면 당연히, 그 사람 얼굴은 내 제복의 소맷부리와 망토처럼 오렌지색 비슷하겠구면." 월터 경이 말했다.

셰퍼드 씨는 서둘러 크로프트 제독이 아주 건장하고 기운차며 건강이 좋은 사람이며, 풍우에 시달리긴 했지만 분명 심하진 않다고 확신을 심어주었다. 그는 생각이나 처신 등 모든 면에서 정말 신사이고 계약 조건에 대해 아주 사소한 꼬투리도 잡을 가능성이 없다고 했다. 단지 편안한 집을 찾아서 가능한

*해군 제독에는 소장, 중장, 대장의 3계급이 있고 각 계급은 적색, 백색, 청색으로 다시 나뉜다.

한 빨리 들어가고 싶어 할 뿐이며, 자신이 누릴 안락함에 대해 대가를 지불해야 한다는 것과 가구가 갖춰진 그런 격조 높은 집의 집세로 얼마나 요구할지 알고 있기 때문에 월터 경이 더 요구한다 해도 놀라지 않을 것이라고, 게다가 그가 장원에 대해 물어보았고 물론 수렵권을 준다면 기쁘겠지만 그걸 크게 강조하지는 않았다고 했다. 그는 때때로 총을 뽑지만 살상은 한 번도 해본 적이 없는 사람이라며, 정말 신사였다는 말을 늘어놓았다.

셰퍼드 씨는 제독의 이런 점에 관해 열변을 토했다. 그는 제독의 집안 상황을 모두 말했고 그 내용 덕분에 특히 적당한 세입자로 보였다. 그는 결혼했고 아이는 없었다. 바라던 딱 그런 상태였다. 셰퍼드 씨는 여자 없이 집은 잘 관리되기 힘들다고 했다. 그는 자녀들이 많은 집만큼이나 여자가 없는 집의 가구가 상하기 쉽다고 믿었고, 아이 없는 집의 여자가 세상에서 가구를 제일 잘 보존한다고 여겼다. 셰퍼드 씨는 크로프트 부인도 만났다. 부인은 톤턴에서 제독과 함께였는데 이 문제를 이야기하는 동안 거의 내내 자리를 같이했다.

"매우 언변이 좋고 고상하며 똑똑한 여성 같았습니다." 그가 말을 이었다. "집, 계약 조건 그리고 세금에 대해 제독보다 더 많이 물어보았고 사업에도 밝은 것 같았지요. 게다가 남편도 그렇지만 부인도 이 지방과 전혀 연이 없는 것도 아니더군요, 월터 경. 말하자면 그녀는 한때 우리들과 같은 지역에서 살았던 한 신사의 누나입니다. 자기가 직접 그러더군요, 몇 년 전

몽크퍼드에 살았던 신사의 누나라고. 세상에! 이름이 뭐였더라? 얼마 전에 들었는데도 지금 기억이 나지 않는군요. 퍼넬러피, 몽크퍼드에 살았던 그 신사, 크로프트 부인의 남동생 이름 좀 말해주려무나."

하지만 클레이 부인은 엘리엇 양과 열심히 이야기를 주고받느라 아버지의 요청을 듣지 못했다.

"셰퍼드 자네가 누굴 말하는지 전혀 감을 못 잡겠군. 트렌트 주지사가 있었던 이후로 몽크퍼드에 신사가 살았던 기억이 전혀 없어."

"맙소사! 이렇게 이상할 데가! 이러다 곧 제 이름까지 잊어버리겠어요. 아주 잘 아는 이름입니다. 얼굴도 잘 알았지요. 수도 없이 봤어요. 언젠가 이웃사람의 사유지 침범 문제로 제게 상담하러 왔던 걸로 기억합니다. 농장의 일꾼 하나가 자기 과수원에 침입했는데, 벽이 헐리고 사과를 도둑맞았지만 범죄 현장에서 붙잡았습니다. 그 뒤 제 생각과 반대로 원만한 협상안을 받아들였지요. 정말 이상하군요!"

잠시 더 기다리더니 앤이 말했다.

"웬트워스 씨 말씀인 것 같네요."

셰퍼드 씨는 고마워 어쩔 줄 몰랐다.

"웬트워스, 바로 그 이름입니다! 웬트워스 씨가 그 사람이에요. 그러니까 월터 경, 그가 과거에 몽크퍼드의 부목사를 2년인가 3년 정도 지냈습니다. 1805년도에 거길 갔어요. 맞아요. 그 사람을 기억하실 텐데요."

"웬트워스라고? 아! 그래 몽크퍼드의 부목사 웬트워스 씨. '신사'라 해서 오해했잖은가. 난 또 자네가 재산 있는 누군가를 말하는 줄 알았지. 내 기억에 웬트워스 씨는 아무도 아니야. 전혀 관련 없어. 스트래퍼드 가문*과 아무 상관없다네. 우리 귀족들 이름이 어찌하여 이렇게까지 흔해졌는지 모르겠군."

셰퍼드 씨는 크로프트 부부와 관련된 이 이름이 월터 경에게 깊은 인상을 주지 못했다는 걸 깨닫고 더는 말을 꺼내지 않았다. 그는 이들에게 반박할 수 없을 만큼 더 유리한 정황이 무엇일지, 말하자면 부부의 나이, 가족 수, 그들의 재산, 켈린치 홀에 대해 갖게 된 깊은 인상과 이 집을 빌리는 혜택을 누리려는 열렬한 갈망 같은 것들을 다시 열심히 점검해보았다. 이는 마치 그들이 이 세상에서 월터 경의 세입자가 되는 것보다 중요한 건 없다고 생각하는 것처럼 보이게 했다. 예사롭지 않은 취향도 분명 월터 경의 심중에 있는 세입자의 조건으로 고려될 수 있었을 것이다.

어쨌든 설득이 성공했다. 비록 켈린치에 들어오려는 사람은 누구라 할 것 없이 경멸하고, 최고의 조건으로라도 집을 얻게 된 건 그들에게 과분한 행운이라고 생각하는 마음은 변치 않겠지만 월터 경은 마음을 돌려 셰퍼드 씨에게 계약을 진행하고 아직 톤턴에 체류중인 크로프트 제독을 찾아가 집을 보여줄 날짜를 정하도록 위임했다.

---

*스트래퍼드 백작이었던 토머스 웬트워스를 말하고 있다.

월터 경은 아주 현명하진 않았지만 세상을 겪을 만큼 겪었기에 중요한 모든 점에서 크로프트 제독보다 더 나아 보이는 세입자가 나타날 가능성이 거의 없다는 걸 느꼈다. 여기까지 생각이 미치자 제독의 신분이 그의 허영심에 약간 더 위로가 되었다. 적당히 높은 지위고 너무 높지도 않았다. "크로프트 제독에게 집을 빌려주었다"고 하면 상당히 괜찮게 들릴 것이다. 그저 아무개 '씨'에게 빌려주었다는 것보다 훨씬 나을 것이다. 아무개 씨라고 하면 (아마 전국적으로 예닐곱 명 정도를 제외하고) 늘 설명이 필요했다. 제독이면 그 자체로 높은 지위였고 동시에 준남작을 초라하게 만들 일은 결코 없을 터였다. 두 당사자 간의 계약과 의사소통 과정에서 월터 엘리엇 경은 언제나 우위에 있어야 했다.

엘리자베스와 상의하지 않고는 아무것도 진행할 수 없었다. 하지만 그녀 역시 이사 가고 싶은 마음이 점점 커져가고 있었기 때문에 즉시 세입자가 나타나 (그것도 바로 가까이에서) 이사 문제를 일사천리로 해결하게 되어 기뻤다. 그녀 입에서 결정을 지연시키는 말은 한 마디도 나오지 않았다.

셰퍼드 씨가 법적 권한을 완전히 위임받았다. 그런 내용이 결정되자 모든 것을 주의 깊게 듣고 있던 앤이 찬 공기에 홍조 띤 얼굴을 식히려고 방을 나갔다. 가장 좋아하는 숲을 따라 걸으며 그녀가 가벼운 한숨과 함께 이렇게 말했다. "몇 달만 더 있으면 '그 사람'이 여길 거닐고 있겠구나."

4

'그 사람'은 몽크퍼드의 전임 부목사였던 웬트워스 씨가 아닌, 그렇게 생각된 것도 당연한 일이었지만,* 그의 동생 프레더릭 웬트워스 대령이었다. 세인트 도밍고 연안 전투가 끝나고 지휘관으로 승진한 후 함선을 바로 배정받지 못했던 그는 1806년 여름 서머싯셔로 왔고 부모가 다 돌아가신 터라 반년 동안 몽크퍼드를 집 삼아 지냈다. 당시 그는 용모가 준수한 청년으로 지성과 활기, 재치가 넘쳤다. 앤은 지극히 아름다운 처녀로, 사근사근하고 조신하며 미적 안목과 감수성이 있었다. 어느 쪽이든 가진 매력의 반만으로도 충분했을 것이다. 왜냐하면 웬트워스 씨는 아무 할 일이 없었고 앤은 사랑하는 사람이 없다고 봐야 했기 때문이다. 그렇게 남아도는 장점들이 만나는데 실패할 수가 있겠는가. 그들은 서로를 알아가게 되었고 알게 되자마자 급히 그리고 깊이 사랑에 빠졌다. 둘 중 누가 상대에게서 더 완벽한 이상형을 보았는지 혹은 둘 중 누가 더 행복했는지 말하기는 어려울 것이다. 그의 고백과 청혼을 받은 그녀였을지 아니면 청혼 승낙을 받아낸 그였을지.

더없이 행복한 시간이 잠시 동안 이어졌다. 하지만 짧은 행복이었다. 문제가 곧 나타났다. 결혼을 허락해달라고 하자 월터 경은 승낙을 실제로 보류한 것도 아니고 그렇다고 절대 안

---

*보통 성에 '씨'를 붙여 부르는 것은 그 가족의 장남이다. 마찬가지로 엘리엇 양이라고 했을 때는 앤 집안의 장녀인 엘리자베스를 말하게 된다.

된다는 말도 않은 채 경악과 냉담과 깊은 침묵으로 거절의 의사를 표현했다. 그러고는 딸을 위해 아무것도 하지 않을 작정이라고 딱 잘라 말했다. 그는 이것이 아주 체면을 구기는 결혼이라고 생각했다. 좀 더 아량 있는 자긍심을 지닌 레이디 러셀도 이 결혼을 아주 유감스럽게 받아들였다.

가문과 미모, 지성을 겸비한 앤 엘리엇이 열아홉 살에 스스로를 던져버리려 하고 있었다. 열아홉 살의 나이에, 내놓을 건 자기 자신밖에 없고 부를 성취할 아무런 희망도 없이 그저 해군이라는 매우 불확실한 직업의 운에 몸을 맡긴 채 진급을 보장할 확실한 연줄 하나 없는 젊은이와 약혼하려고 하는 것이다. 사실상 삶을 내던지는 일이고 나중에 후회막급일 일이었다! 젊디젊고 소개된 적도 거의 없는 앤 엘리엇이 인맥도 없고 재산도 없는 낯선 이에게 채여갈 판이었다. 아니, 더 정확히 말해 그런 사람 때문에 피곤하게 전전긍긍하며 청춘이 다 가도록 속절없는 대기 상태*에 빠지려 하고 있었다. 그럴 수는 없었다. 어머니 같은 사랑과 권리를 지닌 사람이 정당하게 끼어들어 이의를 제기해준다면 그런 일은 막을 수 있을 터였다.

웬트워스 대령은 재산이 전혀 없었다. 해군으로 있으면서 운이 좋았지만 돈이 들어오는 대로 흔전만전 쓴 결과 한 푼도 모으지 못했다. 하지만 그는 곧 부자가 되리라 자신했다. 패기만만했고 열정이 넘쳤다. 그는 자기가 곧 사령관이 될 것이고

---

*남편이 성공하여 안정된 기반을 마련할 때까지 한없이 기다리는 상황.

함선을 배정받아 원하는 걸 전부 손에 넣으리라 자신했다. 그는 늘 운이 좋았다. 계속 그러리라 확신했다. 열정이 넘치는 그런 자신감과 종종 그런 자신감을 표출하는 재치에 넋이 빠지는 것만으로도 앤에게는 분명 충분했을 것이다. 하지만 레이디 러셀은 달랐다. 그의 낙천적인 성미와 담대한 기질은 그녀에게 다른 효과를 자아냈다. 그녀에게는 그것이 불운을 악화시키는 것으로만 보였다. 과도한 자신감은 그를 더 위험스러운 인물로 보이게 만들었다. 그는 재기가 넘쳤고 방자했다. 레이디 러셀은 재치를 별로 좋아하지 않았다. 경거망동 비슷한 것이면 무엇이든 질색이었다. 그녀는 모든 면에서 그 결혼을 반대했다.

이런 감정들에서 생겨난 그런 반감은 앤이 물리칠 수 있는 게 아니었다. 비록 어리고 순했지만 그녀는 언니의 다정한 말 한 마디 혹은 따뜻한 눈길 한 번 없이도 아버지의 적의를 견뎌낼 수 있었을지 모른다. 하지만 늘 좋아하고 의지했던 레이디 러셀이 너무나 다정하게 확고한 자기 생각을 끊임없이 조언하니까 모른 척하기가 힘들었다. 앤은 그녀의 말을 받아들여 이 약혼이 잘못된 것이라고, 무분별하고 경솔하며 성사되기 힘든, 성사될 만한 가치가 없는 것이라고 믿게 되었다. 하지만 파혼은 이기적인 자기 보호를 위한 것이 아니었다. 자기 자신보다 그의 행복을 훨씬 더 염두에 두지 않았더라면 쉽사리 포기하지 못했을 것이다. 무엇보다 그를 위해 신중하게 따져서 자신을 희생했다는 믿음이 이별의, 최종적인 이별의 고통 속에서 최고의 위안이었다. 위안이란 위안은 다 필요했다. 납득할 수도 굴복할 수도 없다는 그의 말과 포기를 강요받는 데서 그가 느낀 부당함은 그녀에게 또 다른 고통으로 다가왔던 것이다. 그 후 그는 서머싯셔 주를 떠났다.

그들의 교제가 시작되고 끝난 건 고작 몇 달 만이었다. 하지만 그로 인해 앤이 겪은 고통의 몫은 몇 달로 끝나지 않았다. 그녀의 애착과 후회는 오래도록 젊은 시절의 즐거움에 그늘을 드리웠고, 그녀가 꽃다운 젊음과 활기를 일찍 잃어버린 건 그 후유증이었다.

애석한 이 짧은 연애가 막을 내렸던 때로부터 7년이 훌쩍 지났다. 세월 덕분에 그에 대한 특별한 애정은 상당히, 아마 거의 남김없이 희석되었을 것이다. 하지만 그녀는 시간에만 너무 의지했다. 다른 곳으로 여행을 가거나(결별 직후 바스에 한 번 간 것 말고), 새로운 사람 혹은 더 많은 사람을 만나서 위안을 얻어본 적이 없었다. 그녀의 기억 속에 남아 있는 프레더릭 웬트워스와 비교할 만했던 사람이 켈린치 가족 안으로 들어온 적은 한 번도 없었다. 몇 명 안 되는 사람들 사이에서, 섬세한 감성과 까다로운 취향을 가진 그녀에게 그녀 나이의 유일한 자연적 치유책이었을, 행복하고 충분한 치유책이었을 또 다른 사랑은 여의치 않았다. 스물두 살 즈음 앤은 한 청년에게서 구혼을 받았는데 그 청년은 얼마 안 있어 자기가 청혼한 아가씨의 여동생이 더 결혼에 적극적이라는 걸 알았다. 레이디 러셀은 앤의 거절을 유감스러워했다. 찰스 머스그로브는 한 집안의 장남으로, 아버지 소유의 토지와 사회적 지위가 그 지방에서 월터 경

다음으로 대단했으며, 성격도 좋고 용모도 준수했기 때문이다. 앤이 열아홉 살일 때는 레이디 러셀도 좀 더 많은 것을 요구했겠지만, 스물두 살에는 그녀가 아버지의 편애와 부당한 대우로부터 그럴듯하게 벗어나서 자기 옆에 영원히 정착하는 걸 볼 수만 있다면 무척 기뻤을 것이다. 하지만 이번 경우 앤은 설득당하지 않았다. 늘 자신의 사려분별에 만족하여 결코 과거를 되돌리고 싶지 않은 레이디 러셀도, 앤이 재능 있고 재산 있는 남자를 만나 그녀의 따뜻한 애정과 가사 습관에 특히 잘 맞는 결혼을 할 생각이 없는 건 아닌가 하는 두려움이 들기 시작했다.

두 사람은 앤이 웬트워스를 포기했던 결정에 대해 서로의 생각이 여전한지 아니면 바뀌었는지 알지 못했다. 그 문제는 한 번도 입에 오르지 않았기 때문이다. 하지만 스물일곱 살인 앤은 열아홉 살 어쩔 수 없었던 때와는 아주 다르게 생각했다. 그녀는 레이디 러셀을 책망하지 않았다. 그녀에게 이끌렸던 자신을 질책하지도 않았다. 하지만 비슷한 상황에 있는 젊은이가 조언을 요청해 온다면 불 보듯 빤한 목전의 불행이나, 한 치 앞도 알 수 없는 미래의 행복 같은 말은 들려주지 않을 것이다. 집안의 반대라는 온갖 불리함과, 직업에 따르는 온갖 불안, 있을 법한 두려움, 기다림, 실망 속에서도 그녀는 파혼보다 약혼을 유지하는 게 더 행복했을 거라고 확신했다. 그리고 그런 온갖 걱정과 불안의 일반적 몫이 아니라 그보다 더 많은 몫을 감당해야 했을지라도 달라질 건 없었다. 자신들의 경우는 공교롭게도 합리적으로 계산했던 것보다 사실 더 일찍 성공할 수 있었다. 그의 낙관적인 기대와 확신이 옳았음이 모두 증명되었다. 그는 타고난 재능과 정열로 어느 쪽이 자신의 성공 방향인지를 미리 예견하고 그것을 실현시킨 것 같았다. 그는 파혼 직후 바로 함선을 배정받았고, 일어날 거라고 그녀에게 말했던 모든 일이 일어났다. 그는 두각을 나타냈고 일찌감치 대령의 지위에 올랐다. 연이어 적함을 나포했으니 지금은 분명 상당한 부를 이루었을 것이다. 전거로 삼을 건 함적(艦籍)과 신문밖에 없었지만 그가 부자라는 사실은 의심의 여지가 없었다. 그리고 그의 지조 있는 성품에 비추어 생각해보면 그가 결혼했을 리도 만무해 보였다.

앤 엘리엇은 멋지게 설득할 수 있었을 것이다! 적어도 그 열렬한 사랑과 미래에 대한 유쾌한 자신감을 편들면서, 노력을 비하하고 천우(天佑)를 미심쩍어하는 듯한 지나친 우려를 멋들어지게 반박하고 싶었을 것이다! 그녀는 어린 나이에 어쩔 수 없이 신중해야 했고 나이가 들어가면서 연애 감정을 알게 되었다. 부자연스러운 시작의 자연스러운 귀결이었다.

이 모든 상황과 기억, 감정들 때문에 그녀는 웬트워스의 누나가 켈린치에 살게 될 것 같다는 말을 들으니 이전의 고통이 되살아났다. 그렇게 흔들리는 마음을 잠재우기 위해 연방 한숨을 내쉬면서 여기저기를 걸어 다녀야 했다. 그녀는 그게 어리석은 생각이라고 스스로를 몇 번 다독인 다음에야 이어지는 크로프트 부부의 임차 논의가 불편하게 느껴지지 않을 만큼 무덤덤해질 수 있었다. 유일하게 과거의 일을 알고 있는 세 사람이 보여주는 철저히 무관심한 태도가 도움이 되었다. 그 일에 대한 어떠한 기억도 허락지 않는 것 같았다. 앤은 아버지나 엘리자베스와는 달리 레이디 러셀이 그렇게 하는 것은 선의에서라는 걸 알았다. 그녀의 침묵은 좋은 감정으로 존중할 수 있었다. 하지만 어떤 마음에서 비롯되었든 그들 사이에 자리한 대체적으로 잊어버린 듯한 분위기는 크게 도움이 되었다. 정작 크로프트 제독이 켈린치 홀에 들어오는 일이 닥치니, 늘 감사하게 생각했던 거지만 친척이나 지인 중 자신의 약혼 사실을 아는 사람이 오직 세 사람뿐이라는 사실이 새삼스레 기뻤다. 그들에게서는 일언반구도 새어 나오지 않을 것이었다. 그의 친척 가운데 유일하게 함께 살고 있었던 형은 듣기는 했지만 한참 동안 그 지방을 떠나 있었고, 분별 있는 사내로 당시 독신이었으니, 웬트워스에게서 약혼 사실을 들은 사람이 아무도 없을 거라고 믿었다.

그의 누나인 크로프트 부인은 당시 해외 주둔지로 남편을 따라가느라 영국을 떠나 있었고, 그녀의 여동생인 메리는 학교를 다니고 있었다. 그래서 누군가의 자존심과 또 다른 누군가의 세심한 배려 덕분에 이 사실은 그 이후로 조금도 알려지지 않았다.

이런 근거로, 그녀는 크로프트 부부와 친분을 맺더라도—레이디 러셀이 여전히 켈린치에 살고 있고 메리는 겨우 3마일 거리에 있으니까 교류가 있을 수밖에 없었다—특별히 어색해질 일은 없으리라 기대했다.

5

크로프트 제독 부부가 켈린치 홀을 보기로 한 아침, 앤은 매일 그랬던 것처럼 레이디 러셀의 거처까지 산책을 가서 일이 다 끝날 때까지 사라져주는 게 아주 당연한 일일 것 같았다. 그때 그녀는 그들을 보지 못해 아쉬운 마음이 드는 것도 아주 당연한 일 같았다.

두 당사자들의 만남은 매우 만족스러워 보였고 전체 사안이 단번에 확정되었다. 크로프트 부인과 엘리자베스는 이미 합의할 마음이 있었기 때문에 서로에게서 훌륭한 태도밖에 보지 못했다. 신사분들로 말할 것 같으면, 제독 쪽에서 유쾌하게 툭 터놓고 믿어주는 관대함 같은 게 있다 보니 월터 경이 그의 영향을 받지 않으려야 않을 수가 없었다. 그는 더욱이 제독이 자기의 정중한 태도를 본보기로 삼고 있더라는 셰퍼드 씨의 언질에 우쭐해져서 최대한 점잖은 태도를 보였다.

저택과 대지, 가구 일체가 사용 승인이 났다. 크로프트 부부도 괜찮았고 계약 조건과 기간, 이것저것, 이 사람 저 사람 다 만족스러웠다. 셰퍼드 씨의 직원들이 계약서 작성에 착수했고, "이 계약서는 명시한다"고 한 전체 문구 중에서 단 한 개의 임시 수정 사항도 나오지 않았다.

월터 경은 제독이 여태껏 봐온 선원 중 가장 인물이 좋다고 서슴없이 말했다. 그리고 한술 더 떠서 자기 시종더러 머리만 좀 손보게 하면 함께 어디를 가더라도 남부끄럽지 않겠다고 단언했다. 제독은 마차를 타고 저택 녹지를 통과하여 집으로 오는 길에 아내에게 이렇게 말했다. "여보, 톤턴에서 경에 대해 사람들이 해준 말이 있었지만 나는 계약이 금방 성사될 줄 알았소. 큰 그릇은 아닐지 몰라도 악의는 없는 사람인 것 같소." 서로에 대해 예의상 하는 말이었고, 서로 엇비슷하게 받아들일 만했을 것이다.

크로프트 부부는 미카엘 축일*에 임차권을 갖게 되어 있었고 월터 경은 그보다 한 달 앞서 바스로 옮기겠다고 했으니 이사와 연관된 준비를 모두 마치는 데 시간 손실은 전혀 없었다.

그들이 얻을 집을 결정하는 데 앤이 쓸모가 있다거나 중요한 존재로 끼지 못할 거라고 확신한 레이디 러셀은 그녀를 그렇게 급히 보내는 게 마뜩찮았다. 크리스마스가 지난 후 자기가 직접 그녀를 바스로 데려가도 될 터였다. 하지만 나름대로 용무가 있어 몇 주간 켈린치를 비우게 된 탓에 레이디 러셀은 하고 싶었던 정식 초대를 할 수가 없었다. 앤은 온통 반사된 햇빛으로 번쩍거릴 바스의 9월 더위가 두렵고, 감미롭고 울적한 서머싯셔의 가을철을 만끽하지 못하고 떠나는 게 슬펐지만 모두 따져봐도 남고 싶다는 생각은 들지 않았다. 다른 사람들과 함께 가는 게 가장 적절하고 가장 현명할 것이며, 결과적으로 가장 덜 괴로울 것이었다.

---

*미카엘 대천사 축일(9월 29일)은 크리스마스, 성모 영보 대축일(3월 25일), 세례 요한 축일(6월 24일)과 더불어 1년을 4등분 하는 날 중 하나이다. 당시의 주택 임차는 대개 이중 하루를 기준으로 시작되었고 대금 결제도 이때 이루어졌다.

하지만 우연찮게 그녀에게 다른 임무가 생겼다. 병치레가 잦고 항상 일신의 불편만 생각하면서 무슨 일만 있으면 습관처럼 앤을 찾는 메리가 몸이 좋지 않았다. 그녀는 가을 내내 몸이 편할 날이 없겠다 싶었는지 앤이 와주길 간청했다. 아니 정확히 말하면 오라고 요구했다는 게 맞을 것이다. 바스로 가지 말고 어퍼크로스로 와서 원하는 만큼 곁을 지켜달라고 하는 건 간청일 수가 없었기 때문이다.

"앤 없이는 도저히 안 돼"라는 게 메리의 논법이었다. 엘리자베스의 회신은 이러했다. "그러면 앤이 남는 게 좋겠어. 바스에서는 앤을 찾는 사람이 없을 테니까 말이야."

비록 온당치 않은 형식이었지만 쓸모가 있어 부름을 받는 건 최소한 쓸모없다고 퇴짜당하는 것보다 나았다. 앤은 남는데 즉시 동의했다. 어딘가에 쓰인다는 생각에 반가웠고 뭐가 됐든 할 일이라고 정해진 게 있어서 기뻤고 시골의, 사랑하는 서머싯셔에서 그 일을 하게 되어 확실히 기뻤다.

메리의 이 제의로 레이디 러셀의 고민은 사라졌다. 그리하여 레이디 러셀이 데리고 갈 때까지 앤은 바스에 가지 않고, 그동안 어퍼크로스 코티지* 아니면 켈린치 별채에서 보내는 것으로 정리되었다.

지금까지는 만사가 완벽하게 괜찮았다. 하지만 레이디 러셀은 켈린치 홀 이사 계획에 일부 잘못된 점이 있다는 사실을 깨

---

*시골 가옥 스타일로 지은 전원 주택. 당시 상류층 사이에서 시골에 코티지를 갖는 것이 유행이었다.

닫고 깜짝 놀랐다. 내용인즉슨 클레이 부인이 엘리자베스 앞에 놓인 모든 문제를 처리하는 데 가장 중요하고 소중한 조력자로서 월터 경과 엘리자베스와 함께 바스에 가게 된 것이다. 레이디 러셀은 어쨌든 그런 대안이 찾아졌다는 것이 심히 유감스러웠다. 의아하고 마음 아프고 두려웠다. 앤은 아무것도 아닌데 클레이 부인은 그렇게 대단한 존재로 쓰이니 앤이 대체 어떠한 모욕을 참고 있는 것인지 레이디 러셀은 화가 치밀었다.

막상 당사자인 앤은 그런 모욕에 무뎌져 있었지만 그 경솔한 처리 방식만큼은 레이디 러셀과 마찬가지로 뚜렷이 느꼈다. 오랜 기간 말없이 상황을 지켜보고, 때때로 덜 알았으면 하고 바랐던 아버지의 성격을 알게 되면서 그녀는 클레이 부인과의 친분이 가족에 미칠 결과가 예상보다 더 심각하다는 걸 깨달았다. 아버지가 지금 결혼할 것 같지는 않았다. 클레이 부인은 주근깨도 있고 뻐드렁니에 손목도 볼품없었다. 부인이 없을 때 아버지는 줄곧 이런 점을 심하게 들먹였다. 하지만 그녀는 젊었고 전체적으로 봐서 분명 괜찮은 외모였다. 게다가 이해력이 빠르고 지치지 않는 유쾌함 때문에 단순한 외모상의 매력보다 더 치명적인 매력을 소유하고 있었다. 상황의 심각성을 확신한 앤은 언니에게 그걸 인지시키지 않고서는 넘어갈 수가 없었다. 그게 성공할 거란 기대는 거의 하지 않았다. 하지만 아버지와 클레이 부인이 결혼한다면 자신보다 더 딱한 처지가 될 엘리자베스가 아무 경고도 보내지 않은 걸 트집 삼아 자신을 책망해서는 안 될 일이었다.

그녀는 말을 해버렸다. 기분만 상하게 한 것 같았다. 엘리자베스는 앤이 어떻게 그런 가당찮은 의심을 하게 되었는지 이해할 수 없었다. 그러더니 아버지와 클레이 부인은 각자의 신분을 철저히 알고 있다고 분연히 말했다.

"클레이 부인은 자기가 누군지 잘 알아." 그녀가 열을 올리며 말했다. "게다가 부인의 감정에 대해선 너보다 내가 더 잘 알고 있으니까, 아버지와 클레이 부인이 결혼 문제에 특히 신중하다는 건 확실히 말할 수 있어. 부인은 신분과 계층이 맞지 않는 결혼을 그 누구보다 강하게 반대하는 사람이야. 그리고 아버지로 말하자면 우릴 위해 그토록 오래 독신을 유지하셨던 분인데 그런 의심을 받을 필요가 있었을까. 만약 클레이 부인이 절세미인이라도 되면 내 옆에 부인을 오래 두는 게 물론 잘못일 수도 있어. 아버지가 품위 떨어지는 결혼을 하게 될 것 같아서가 아니라 아버지가 불행해질 것 같아서야. 하지만 온갖 장점이 다 있는데도 가엾은 클레이 부인은 봐줄 만하다는 생각이 결코 들지가 않아. 정말이지 클레이 부인은 여기서 문제없이 지내고 있다고 생각해. 넌 마치 아버지가 부인 용모의 단점을 말하는 걸 한 번도 들어본 적 없다는 식으로 말하는구나. 하지만 그런 얘기 수없이 많이 들었잖아. 그 뻐드렁니와 주근깨라니! 난 주근깨는 아버지가 보시는 것만큼 거슬리진 않아. 그게 있어도 그렇게 볼썽사납지 않은 얼굴도 봤지만 아버지는 주근깨를 혐오하시지. 아버지가 클레이 부인의 주근깨에 대해 지적하는 걸 너도 분명 들었을 거야."

"태도가 유쾌하면 얼굴의 단점 같은 건 웬만해선 그냥 다 넘어갈 수도 있어."

"내 생각은 완전히 달라." 엘리자베스가 퉁명스럽게 받았다. "활달한 태도가 잘생긴 얼굴을 더 돋보이게 하는 일은 있어도 결코 평범한 이목구비를 달리 보이게 하진 못해. 그건 그렇고 이 문제는 누구보다 나한테 더 큰 위협이니까 네가 나한테 충고할 필요는 없을 것 같구나."

앤은 끝냈다. 그게 끝나서 기뻤고 도움이 전혀 안 되는 건 아니었다. 그런 의심에 발끈하긴 했지만 엘리자베스도 이제 그 문제를 지켜볼지 몰랐다.

사두마차가 마지막 임무 수행으로 월터 경과 엘리자베스 그리고 클레이 부인을 바스로 모셔 갈 예정이었다. 일행이 즐거운 기분으로 출발했다. 나와 있으라는 말을 들었는지 어쨌는지 모르지만 슬픈 표정으로 서 있는 소작인들과 차지인들 일동을 향해 월터 경은 품위 있게 작별 인사를 건넬 준비를 했다. 앤은 그 시간, 일종의 적막한 고요 속에 첫 주를 보내게 될 별채로 걸어갔다.

레이디 러셀의 기분도 앤보다 별반 더 낫지 않았다. 그녀는 엘리엇 가족과의 이별을 굉장히 고통스럽게 받아들였다. 그들의 명망은 자신의 것만큼 소중했고 그들과의 일상적 교류는 소중한 습관이 되어 있었다. 황량한 녹지를 바라보는 것이 고통스러웠고 그곳이 새로운 이의 수중에 들어가는 걸 상상하는 건 더더욱 고통스러웠다. 그녀는 너무나 쓸쓸하고 우울하게 바뀐 마을에서 벗어나고 크로프트 제독 부부가 이사 오는 날 눈에 띄지 않기 위해, 자신이 집을 떠나는 날을 앤을 보내야 하는 날과 맞추기로 작정했다. 따라서 두 사람은 동시에 떠나게 되었고, 레이디 러셀의 마차가 처음 정차한 어퍼크로스 코티지에 앤이 내려졌다.

어퍼크로스는 아담한 크기로 몇 년 전만 해도 옛 영국의 모습을 그대로 간직한 마을이었다. 겉보기에 자작농이나 소작농들의 것보다 좋아 보이는 주택은 딱 두 채였다. 높은 담과 커다란 대문 그리고 고목들이 있는, 단단하게 지어진 개축 안 된 지주의 저택이 그 하나이고, 깔끔한 정원으로 둘러싸인 작고 아담한 목사관이 나머지 하나인데, 목사관 여닫이창 주변으로는 담쟁이덩굴과 배나무 한 그루가 자라고 있었다. 하지만 머스그로브 씨 아들이 결혼하게 되자 목사관은 거기 살게 될 사람을 위한 농가 개축 과정을 거쳐 고급 코티지로 변모했다. 그래서 여러 가지 아기자기한 것들이 많은 어퍼크로스 코티지는 약 반마일 거리의 더 견고하고 중후한 외관을 가진 그레이트 하우스만큼이나 여행자의 눈길을 사로잡았다.

앤은 여기서 종종 지냈었다. 그녀는 켈린치만큼 어퍼크로스의 방식을 잘 알았다. 두 집의 가족들은 때를 가리지 않고 걸핏하면 서로의 집을 들락거릴 만큼 지속적으로 왕래했다. 그랬기 때문에 앤에게는 메리가 혼자 있는 모습이 좀 뜻밖이었다. 하지만 혼자일 때 그녀가 아프고 기운 없는 건 드문 일도 아니었다. 메리는 앤보다 몸매는 더 풍만하게 타고났지만 언니의 이해심과 기질은 갖지 못했다. 건강이 좋고 행복한 상태에서 적당한 관심을 받을 때는 익살도 잘 부리고 굉장히 활기찼지만 좀 아프기라도 하면 완전히 가라앉았다. 그녀는 고독을 전혀 즐기지 못했고 엘리엇 가문의 자부심을 상당히 물려받은 터라 갖은 고민에다 사람들이 자기를 돌보지 않고 아무렇게나 대한다는 상상을 보태는 경향이 있었다. 인격 면에서는 두 언니에 비해 뒤떨어졌고 전성기였을 때도 겨우 '괜찮은 아가씨' 정도였다. 그녀는 작고 예쁜 거실의 빛바랜 소파에 누워 있었는데, 한때 우아했던 소파는 4년 사이에 두 아이를 낳고 키우는 동안 조금씩 낡아서 해져 있었다.

"드디어 왔네! 이제 영영 못 보겠다고 생각하려던 참이야. 너무 아파서 말도 안 나와. 아침 내내 사람 그림자도 못 봤으니!"

"몸이 안 좋아서 어떡하니." 앤이 대답했다. "목요일엔 아주 잘 지낸다고 써 보내고선!"

"맞아, 그러려고 했지. 내가 늘 그래. 하지만 그때도 전혀 괜찮지 않았어. 오늘 아침처럼 아파보기는 처음인 것 같아. 너무 아파서 혼자 있기 힘들었어. 상상해봐! 내가 끔찍하게 졸도라도 해서 누구 하나 부를 수도 없었다면 어땠겠는지! 그런데 레이디 러셀은 마차에서 내리지도 않는구나. 부인은 올 여름 이 집에 두어 번밖에 오지 않았던 것 같아."

앤은 적당히 둘러대면서 남편의 안부를 물었다. "아! 찰스는 사냥 나갔어. 7시 이후로는 보지 못했어. 내가 얼마나 아픈지 말했는데도 간댔어. 오래 있진 않을 거라 해놓고 돌아올 기미가 안 보여. 벌써 1시가 다 되었는데. 정말이지 언니, 이 기나긴 아침나절 내내 개미 새끼 한 마리 얼씬거리는 걸 못 봤어."

"애들은 같이 안 있었니?"

"있었지. 시끄럽게 구는 게 참아질 때까지는. 근데 너무 제멋대로들이니까 좋기보다는 힘들어. 어린 찰스는 내 말을 하나도 듣지 않아. 월터도 점점 마찬가지야."

"이제 곧 나아질 거야." 앤이 쾌활하게 말해주었다. "내가 오면 넌 항상 낫잖아. 그레이트 하우스의 시댁 사람들은 어떠시니?"

"아무 할 얘기 없어. 시아버님 말고는 오늘 아무도 못 본 것 같아. 그냥 들러서는 창문 사이로 얘기했어. 말에서 내리지도 않으시더라고. 내가 얼마나 아픈지 말했는데도 누구 하나 코빼기도 내밀지 않네. 시누이들은 올 생각이 안 났겠지. 와보려고 하지도 않아."

"이제 보겠지. 아침이 다 지난 것도 아니잖아. 아직 일러."

"아무도 안 왔으면 좋겠어. 너무 크게 웃고 떠드니까 내가 감당이 안 돼. 아! 언니, 몸이 너무 안 좋아. 목요일에 오지도 않고 언닌 정말 무정해."

"메리, 네가 얼마나 잘 있다고 써 보냈는지 생각해봐. 더없이 즐거운 어조로 썼잖아. 너무 잘 지내니까 서둘 필요 없다고. 그런 상황에, 내가 레이디 러셀과 마지막 순간까지 함께 있고 싶어 한다는 걸 넌 분명히 알았을 거 아냐. 그것 말고도 그동안 정말 바빴어. 할 일이 너무 많아서 그렇게 쉽사리 켈린치를 더 일찍 나오는 못했을 거야."

"맙소사! '언니가' 해야 하는 일이라는 게 뭐야?"

"엄청 많아. 금세 다 떠올릴 순 없지만 몇 가진 말해줄 수 있어. 난 아버지의 책과 그림 목록의 사본을 만들고 있었어. 몇 번은 정원에 나갔어. 레이디 러셀에게 줄 엘리자베스의 화초가 어떤 건지 알아보고 매킨지에게 말해주려고 말이야. 나름대로 자잘하게 신경 써야 할 것투성이었어. 책과 악보도 분류했고, 어떤 걸 마차에 실을 건지 제때 파악 못 해서 내 트렁크를 몽땅 다시 꾸렸지. 그리고 좀 더 괴로운 임무가 하나 있었어, 메리. 교구민들을 일일이 찾아가서 작별 인사를 해야 했단다. 그래 주길 바란다고 들었거든. 이런 것들 모두가 엄청난 시간이 걸리는 일이었어."

"아! 그건 그렇고." 잠시 있다가 메리가 이렇게 말했다. "언닌 어제 풀즈 씨 댁 정찬에 대해선 한 마디도 안 물어봤어."

"그러면 갔다는 거니? 그 얘길 물어보지 않은 건 네가 어쩔 수 없이 포기했겠구나 생각했기 때문이야."

"오! 갔어. 어젠 몸이 아주 괜찮았어. 오늘 아침까지도 아무 문제 없었어. 안 갔다면 이상했을 거야."

"그 정도로 괜찮았다니 다행이다. 정찬은 즐거웠겠지."

"특별한 건 없어. 음식이 어떻게 나올지 누가 올지 사람들은 미리 다 알잖아. 우리 마차가 없으니까 가는 게 무지무지 불편해. 시부모님이 날 데려갔는데 자리가 너무 비좁았어! 두 분 다

덩치가 있어서 어찌나 자리를 많이 차지하는지! 게다가 시아버지는 항상 앞에 앉으시지. 그래서 나는 뒷자리에 헨리에타, 루이자와 함께 끼어 있었어. 오늘 내가 아픈 게 어쩌면 그것 때문일 가능성이 커."

앤이 좀 더 참을성을 발휘하여 억지로 즐거운 척하니 메리는 거의 나은 것 같았다. 조금 있으니 그녀가 소파에서 일어나 앉았고 저녁 식사 때쯤이면 소파에서 일어날 수 있겠다고 생각하기 시작했다. 그다음엔 언제 그런 생각을 했냐는 듯 방 끝에서 꽃다발을 꾸몄다. 그러고 나서 냉육을 먹어치웠다. 그러더니 잠깐 산책을 나가자고 할 정도로 좋아졌다.

"어디로 갈까?" 산책 준비를 마치자 그녀가 말했다. "시댁 식구가 와보기 전에 언니가 먼저 그레이트 하우스를 방문하고 싶지는 않겠지?"

"그런 건 전혀 상관없어." 앤이 말했다. "너희 시부모님처럼 잘 알고 지내는 분들에게까지 그런 예의를 따질 생각은 전혀 없어."

"아! 그래도 되도록 빨리 찾아와보셔야 해. '내' 언니에 대한 도리가 무언지 아셔야지. 하지만 가서 잠시 같이 앉아 있는 게 좋겠다. 그렇게 하고 나서 산책을 즐기면 되겠지."

앤은 늘 그런 식의 방문이 매우 무례하다고 생각했다. 하지만 양가에 계속적인 무례의 문제가 있어도 양쪽 다 이미 이렇게 하지 않을 수 없게 되었다고 생각했기 때문에 앤은 그걸 막아보려는 노력을 그만둔 상태였다. 따라서 그들은 그레이트 하우스로 갔고, 번쩍이는 바닥에 작은 카펫이 깔린 구식의 네모 반듯한 응접실에서 30분을 꽉 채워 앉아 있었다. 거기서 함께 있던 그 집 딸들이 그랜드피아노와 하프, 그리고 사방에 놓인 화분대와 작은 탁자들 옆에서 응접실 분위기를 점점 정신없이 만들고 있었다. 벽판에 걸린 초상화 속 인물들은, 갈색 벨벳 복장의 신사들과 블루 새틴 차림의 숙녀들은 돌아가는 상황이 잘 보이지 않았을까. 질서와 정연함이 온데간데없이 사라져버린 걸 똑똑히 느낄 수 있었을 것이다! 초상화 속 인물들이 놀란 눈으로 빤히 쳐다보고 있는 듯했다.

머스그로브가 사람들도 자기들 집처럼 개조되고 있는 상태였다. 어쩌면 개선되고 있는지도 몰랐다. 부모는 구식이었고 젊은 자녀들은 신식이었다. 머스그로브 씨 부부는 사람들이 아주 선량했다. 교육은 별로 받지 못했고 품위 같은 건 전혀 없었지만 다정하고 우호적이었다. 자녀들은 좀 더 현대식 사고방식과 태도를 갖고 있었다. 가족 수가 많았지만 찰스를 제외하고 성인은 헨리에타와 루이자 둘뿐이었다. 스무 살과 열아홉 살인 두 처녀는 엑서터의 학교에서 일반적인 소양을 모두 쌓고 돌아와 이제 수많은 다른 처녀들처럼 세련된 차림으로 행복하고 즐겁게 살고 있었다. 의복은 구석구석 유행을 따랐고 얼굴은 예쁜 편에다 활기가 넘쳤고, 쑥스러워하지 않고 유쾌한 태도를 지니고 있었다. 그들은 집 안에서도 애지중지 여겨졌고 집 밖에서도 인기가 있었다. 앤은 곰곰이 생각해볼 때 늘 지인 중에 그들이 가장 행복한 사람들인 것 같았다. 하지만 우리 모두 남보다 낫다고 느끼는 마음 때문에 남과 자리를 바꾸고 싶다는 소망을 피해 가듯 그녀는 그들이 누리는 것들 때문에 자신의 더 품위 있고 고상한 지성을 포기하지는 않을 것이었다. 서로를 완벽하게 이해하고 서로를 따르는 모습, 서로에 대한 정다운 우애만이 부러울 뿐이었다. 그런 건 그녀가 언니나 여동생에게서 거의 느껴본 적이 없는 것이었다.

그들은 큰 환대를 받았다. 메리 시댁 쪽은 전혀 불편해하지 않는 것 같았다. 앤도 잘 알다시피 대개 그쪽은 비난할 게 전혀 없는 사람들이었다. 30분이라는 시간이 담소로 즐겁게 흘러갔고, 담소가 끝날 즈음 메리의 특별 제안으로 두 사람의 산책에 메리의 두 시누이가 끼게 되었어도 앤은 전혀 놀라지 않았다.

6

앤은 이 어퍼크로스 방문이 아니었더라도, 한 곳에 있다가 다른 데로 가게 되면 비록 3마일밖에 안 되는 거리라고 해도 종종 대화나 의견, 사고방식 등이 완전히 달라진다는 사실을 이미 알고 있었다. 거기서 지낼 때는 늘 그런 생각이 들었다. 켈린치 홀 안에서 중요한 화제로 노상 다루어지는 관심사를 거기선 아는 사람도 없고 관심 두는 사람도 없었다. 앤은 이 사실을 아버지와 언니도 볼 수 있게 되길 늘 바랐다. 하지만 이런 경험에도 불구하고, 그녀는 집을 벗어나면 우리가 아무 존재도 아니라는 걸 깨닫기 위해서는 또 다른 교훈이 꼭 필요하다는 걸 인정할 수밖에 없었다. 왜냐하면 몇 주간 켈린치의 두 집을 완전히 장악했던 문제로 머릿속이 가득 차 있던 그녀로서는 분명 다음과 같은 말보다는 더 큰 관심과 연민을 기대했었기 때문이다. 머스그로브 씨와 부인은 말은 각각 했지만 내용은 매우 유사했다. "그러니까 앤 양, 월터 경과 언니가 갔군요. 바스 어디에서 지낼 거 같은가요?" 대답을 기다릴 새도 없이 이런 말이, 아니 어린 숙녀들의 참견이 이어졌다. "겨울에 우리도 바스에서 지내면 좋겠어요. 근데 아빠 기억하세요. 가더라도 좋은 위치라야 해요. 아빠가 좋아하는 퀸 광장* 쪽은 절대 안 돼요!" 불안한 어조로 메리까지 가세했다. "어머나, 아가씨들이 바스에서 희희낙락 지낼 때 난 아주 잘 먹고 잘 살겠네요!"

그녀는 앞으로 혼자만의 그런 기대는 하지 않기로 마음먹을 수밖에 없었고, 진정한 공감을 보여주는 레이디 러셀을 친구로 둔 특별한 은혜를 떠올리며 깊은 감사의 마음을 느꼈다.

머스그로브 씨 부자는 사냥감들을 보호하거나 죽이거나 했다. 여성들은 가사 관리나 이웃들, 의상, 춤, 음악 등 다른 모든 일상사에 전적으로 전념했다. 앤은 조그만 사회도 제각각 모두 나름대로의 관심사가 있는 게 매우 적절하다는 것을 인정했고, 머잖아 자기도 지금 발을 들여놓은 그 사회에 어울리는 구성원이 되길 바랐다. 적어도 두 달은 어퍼크로스에 있게 될 테니 그

---

*재력가나 유명인사들이 즐겨 찾던 바스의 명소. 하지만 당시 바스에는 세련되고 젊은 층에 인기 있는 거주지들이 점차 늘어나고 있었다.

녀로서는 생각이나 추억, 의견 등을 되도록 어퍼크로스에 맞추는 게 꼭 필요했다.

두 달이라는 이 기간이 두렵지 않았다. 메리는 엘리자베스처럼 사람을 겉돌게 하거나 남같이 굴지도 않을뿐더러, 근처에 얼씬거릴 수 없게 하는 것도 아니었다. 메리의 집을 이루는 다른 요소들에서도 편안함을 방해하는 건 아무것도 없었다. 앤은 제부와 항상 스스럼없이 지냈고, 자기를 거의 엄마처럼 좋아하고 엄마보다 자기를 더 존경하는 조카들은 관심을 갖고 놀아주고 돌봐줘야 할 대상이었다.

찰스 머스그로브는 정중하고 상냥했다. 감성과 성품 면에서는 분명 아내보다 나았지만 재능이나 사교성 혹은 품위 면에서는 그렇지 않았기 때문에 어쨌든 앤은 그와 이어지지 않은 과거를 곱씹으며 애석해하지는 않았다. 그렇지만 그와 동시에 그가 좀 더 비슷한 짝을 만났더라면 훨씬 발전이 있었을 거라는, 즉 정말 지적인 여성을 만났더라면 그의 성격이 좀 더 진중하고, 습관과 취미가 좀 더 쓸모 있고 이성적이며 고상하게 되었을 수도 있다는 생각은 레이디 러셀과 같았다. 사실 그는 운동 경기를 제외하고는 열심히 하는 게 아무것도 없었다. 그러니 시간은 책이나 그 밖의 다른 것에서 얻을 수 있는 혜택도 없이 허비되고 있었다. 그는 매우 활기가 있었다. 그 때문에 아내가 이따금씩 의기소침한 모습을 보여도 그다지 영향 받는 것 같지 않았다. 메리의 터무니없음을 참아주는 모습이 앤은 때때로 존경스러웠다. 대체로 사소한 의견 충돌이 꽤 자주 있는 편이지만(양쪽의 호소를 듣다 보면 때때로 그런 말다툼에 그녀는 의도보다 더 많이 개입되었다) 행복한 부부로 통할 만했다. 두 사람은 더 많은 돈이 필요할 때와 아버지로부터 후한 선물을 열렬히 원할 때만은 철저하게 의견이 일치했다. 하지만 이 문제에서도 대개의 경우처럼 그가 더 나았다. 메리가 그런 선물을 받지 못하는 것을 무척 아쉬워하는 반면 그는 언제나 아버지가 다른 곳에 돈 쓸 데가 많고, 원하는 곳에 자신의 돈을 쓸 권리가 있다고 했기 때문이다.

아이들의 관리라면 그의 이론이 아내보다 훨씬 나았고 실제 적용 면에서도 그렇게 나쁘지 않았다. "메리의 간섭만 아니면 내가 어떻게든 아이들을 잘 다룰 수 있어요." 앤은 그가 이렇게 말하는 것을 종종 들었고, 그의 말이 옳다고 생각했다. 반면 메리가 "찰스가 아이들을 다 버려놓아서 내가 제대로 길들일 수가 없어"라고 비난하면, "정말이야"라고 말할 마음이 전혀 생기지 않았다.

그녀가 거기서 지내는 동안 가장 즐겁지 않은 상황을 꼽자면, 사방에서 속내를 털어놓기 때문에 양쪽 집의 은밀한 불만 사항을 너무 많이 알게 된다는 것이었다. 여동생에게 영향력이 있다는 게 알려지자 그녀는 쉴 새 없이 부탁을, 아니 최소한 자기가 할 수 있는 범위 이상의 영향력을 행사해달라는 암시를 받았다. "메리한테 늘 아프다고 상상하는 것 좀 그만두라고 해주면 얼마나 좋겠습니까." 찰스의 말이다. 그러면 기분이 나빠져 있는 메리는 이렇게 말했다. "죽어가는 걸 눈으로 봐도 찰스는 내가 어디 잘못되었다고 생각지 않을 사람이야. 정말이야, 언니. 마음만 먹으면 언니가 그이한테 내가 정말 아프다고 말할 수도 있잖아. 내가 실토한 것보다 훨씬 더 아프다고 말이야."

메리는 딱 잘라서 이렇게 말했다. "시어머니가 늘 손자들을 보고 싶어 해도 난 애들을 그레이트 하우스로 보내는 게 싫어. 할머니가 걔들을 어르고 달래면서 응석을 다 받아주고 별 시답 잖은 것들과 단것을 너무 많이 먹이니까, 애들이 탈이 난 채 집에 와서는 내내 짜증을 부리거든." 머스그로브 부인은 처음으로 앤과 홀로 있게 될 기회가 오자 이렇게 말했다. "아! 앤 양, 며느리가 언니의 교육 방법을 조금이라도 배우면 좋겠다는 생각을 하지 않을 수가 없어요. 앤 양과 있으면 손자들이 정말 딴 판이 된다니까요! 하지만 대체로 그 아이들이 너무 제멋대로인 건 분명해요! 며느리에게 앤 양처럼 애들을 다루도록 할 수 없다니 애석한 일이죠. 손자들은, 우리 애들이라 하는 말이 아니라, 언제 봐도 건강하고 무탈한 애들이에요. 하지만 찰스도 개들을 어떻게 다루어야 하는지 몰라요. 세상에, 가끔씩 얼마나 말썽을 부리는지! 정말이지 앤 양, 그 때문에 손자들이 우리 집에 그렇게 자주 오는 걸 원치 않게 돼요. 며느리는 내가 애들을 더 자주 부르지 않는 게 마음에 들지 않을 거예요. 하지만 알다시피 '이거 하지 마, 저거 하지 마' 하면서 시시각각 감시해야 하는 사람과 아이들을 함께 두는 건 좋지 않아요. 어떨 땐 건강에 좋지 않을 만큼 케이크를 안겨야 겨우 잠잠히 시킬 수 있다니까요."

게다가 그녀는 메리에게서도 이런 말을 들었다. "시어머니는 하인들 모두가 무지 착실하다고 생각하셔. 그러니까 그걸 의심이라도 하면 엄청나게 기분 나빠 하시지. 하지만 분명히 있는 그대로 말하는 건데, 고참 하녀하고 세탁 하녀는 하라는 일은 안 하고 하루 종일 마을을 어슬렁거리며 돌아다니고 있어. 어딜 가든 보인다니까. 육아실에 들어가보면 둘 중 하나는 꼭 있어. 제미마가 그렇게 믿을 만하고 착실하지 않았으면 그것만으로도 걜 망쳐놓았을 거야. 자길 꼬드겨 항상 같이 산책 가자고 그런대." 머스그로브 부인 쪽 이야기는 이랬다. "며느리 일에 절대 간여하지 않는다는 게 내 철칙이랍니다. 왜냐하면 그래봐야 소용없을 걸 알기 때문이죠. 하지만 앤 양이라면 바로잡을 수 있을 테니까 말할게요, 앤 양. 난 며느리의 보모를 결코 좋게 보지 않아요. 이상한 애기가 많이 들려요. 늘 쏘다닌다는군요. 그리고 내가 알기론 옷을 아주 잘 입고 다녀서 가까이 지내는 하녀들이 죄다 물들 정도예요. 며느리가 그 애를 믿고 있다는 건 알아요. 하지만 이런 말을 해줬으니 한번 지켜보세요. 혹시 잘못하는 게 보이면 말 꺼내는 걸 주저할 필요가 없답니다."

이건 다시 메리의 불평이다. 그녀는 그레이트 하우스에서 다른 가족과 식사를 할 때 시어머니가 자기가 당연히 차지해야 할 상석을 내주지 않다고 했다. 결혼하기 전 서열을 두고 왜 자기가 결혼 후 서열로 대우받아야 하는지 그 이유를 도무지 알 수 없다는 거였다. 어느 날 앤은 메리의 시누이들하고 산책을 하고 있었다. 그중 한 명이 지위니 지체 높은 양반들이니 지위에 대한 시샘이니 하는 얘기를 하다가 이렇게 말했다. "앤 양 앞에서는 일부 사람들이 자기네들 지위에 대해 참 얼토당토않은 생각을 갖고 있다는 얘길 서슴없이 털어놓아도 되겠죠. 앤 양이 그런 것엔 관심도 없고 연연하지 않는다는 걸 모두 잘 알잖아요. 하지만 올케한테 그렇게 고집부리지 말라고 누군가가 귀띔이라도 좀 해주면 좋겠어요. 특히 엄마의 자리에 앉으려고 들지 말라고 말이죠. 올케가 엄마보다 상석에 앉을 권리가 있다는 걸 의심하는 사람은 없지만 그걸 물고 늘어지지 않는 게 훨씬 올케에게 맞는 처신일 거예요. 엄마가 그걸 신경 쓰신다는 게 아니라 많은 사람들이 지켜보고 있으니 하는 말이에요."

앤이 어떻게 이 모든 문제를 바로잡겠는가? 그냥 참을성 있게 들어주고 각자의 불만을 누그러뜨리고 서로를 위해 변명해주는 것만이 그녀가 할 수 있는 전부였다. 그렇게 지척에 사는 사람들끼리 서로 참아야 한다고 넌지시 비치면서, 동생에게는 최대한 분명하게 알려서 그녀가 조심하도록 시키는 수밖에 없었다.

그 외 다른 면에서는 그녀의 방문은 아주 순조롭게 시작되고 진행되었다. 장소와 화제가 바뀐 덕에, 3마일 떨어진 켈린치에서 옮겨 온 덕에 기분도 나아졌다. 옆에 늘 말동무가 있으니 메리의 병도 완화되었다. 머스그로브 가족과의 일상적인 왕래는 앤과 메리 사이에 특별한 애착이나 친밀감도 없고 집중하는 가내 활동도 없는 상황에서 방해라기보다는 오히려 도움이 되었다. 최대한 늦게까지 서로 머물렀고, 매일 아침 모이면 저녁까지 거의 붙어 있다시피 했다. 하지만 그녀는 머스그로브 부부가 늘 부모답게 존경스러운 모습을 보여주지 않았다면 그리고 담소와 웃음, 두 딸의 노래가 함께 하지 않았다면 모임이 그렇게 잘 이어질 수 없었을 거라는 생각이 들었다.

앤은 머스그로브 씨의 두 딸보다 피아노 연주 솜씨가 훨씬 좋았다. 하지만 노래에 소질이 없고 하프도 연주할 줄 모르는데다 옆에 앉아 자기의 연주를 즐기는 듯한 상상에 빠지는 다정한 부모님도 안 계신 탓에 그녀의 연주는 그다지 대수롭지 않게 여겨졌다. 그저 앤 본인도 잘 알고 있다시피, 다른 사람들의 기분을 전환시켜줄 요량으로 다짜고짜 부탁받는 게 다였다. 그녀는 연주하는 동안 오로지 자기 혼자만 즐긴다는 걸 알고 있었다. 그런 감정은 낯선 게 아니었다. 하지만 짧았던 연애 기간을 빼면 열네 살 이후로, 사랑하는 어머니를 여읜 이후로 누군가가 자신의 연주를 듣고 있다는 행복감, 아니 그냥 듣거나 아니면 진정으로 이해하는 모습에서 힘을 얻는 행복감은 한 번도 느껴본 적이 없었던 것이다. 음악 속에서 그녀는 언제나 이 세상에서 혼자라는 사실을 느끼곤 했었다. 머스그로브 씨 부부가 딸들의 연주를 더 좋아하고 다른 사람의 연주에 아무 관심이 없어도 그녀는 실망스럽다기보다는 그런 그들 때문에 훨씬 더 즐거웠다.

그레이트 하우스의 파티는 때때로 다른 손님들의 합류로 규모가 커지기도 했다. 동네는 크지 않지만 항상 누군가가 이 집을 찾아왔기 때문에 그 어떤 집보다 만찬이 많이 열렸고 그 어떤 집보다 초대된 손님들과 불쑥 찾아온 방문객들이 많았다. 머스그로브 씨 가족은 모두에게 인기가 있었다.

딸들은 춤을 아주 좋아했다. 그래서 저녁은 종종 계획에도 없던 소규모 무도회로 마감되곤 했다. 어퍼크로스에서 조금만 걸어가면 형편이 조금 덜 좋은 사촌 가족이 살고 있었는데 이들은 즐길 거리를 머스그로브 가족에게서 찾았다. 어느 때고 와서 뭐든 같이 끼어 놀려고 했고 어디서든 춤추려 했다. 몸을 더 움직이기보다 음악을 연주하는 역할이 더 좋은 앤은 그들과 함께 몇 시간이고 컨트리댄스 곡을 연주했다. 이런 친절한 행동은 머스그로브 부부가 앤의 음악적 재능에 더욱 주목하게 만들어 종종 이런 칭찬까지 이끌어냈다. "잘했어요, 앤 양! 세상에! 날아다니는 저 작은 손가락들이라니!"

그렇게 3주가 흐르고 미카엘 축일이 되었다. 지금 앤의 마음은 보나마나 다시 켈린치에 가 있을 것이다. 사랑하는 집이 다른 사람에게 넘어가고 아끼는 방들과 가구, 작은 숲과 전망이 다른 사람들의 눈과 손발을 받아들이기 시작하는 날이 아니던가! 9월 29일, 그녀는 그것 말고 다른 것은 생각할 수 없었다. 저녁에 월별 행사를 적던 메리가 이렇게 외쳤을 때는 드물게 서로 공감하기도 했다. "맙소사! 오늘이 크로프트 부부가 켈린치로 들어오는 날 아냐? 일찍 생각 안 난 게 다행이네. 너무 울적해져!"

크로프트 씨 부부는 누가 해군 출신 아니랄까 봐 민첩하게 집을 차지하고 앉아 내방객을 받으려 하고 있었다. 메리는 방문해야 한다는 것 때문에 혼자서 탄식을 했다. "내가 얼마나 괴로울지 아무도 몰라. 되도록 나중까지 미루고 싶어." 심기가 편치 않던 그녀는 결국 찰스를 구슬려 일찌감치 그곳까지 데려다 달라 하더니, 돌아왔을 때는 마음이 붕 뜬 듯 생기 있고 기분 좋은 상태였다. 앤은 거기로 타고 갈 게 없는 상황이 도리어 기뻤다. 하지만 크로프트 씨 부부를 만날 수 있기를 바랐고, 그들이 답방 왔을 때는 그 근처에 머물고 있어서 다행이라고 생각했다. 그들이 왔다. 찰스는 집에 없었고 앤과 메리만 함께 있었다. 제독이 메리 옆에 앉아서 기분 좋게 메리의 아이들 재롱을 즐기는 동안 앤이 크로프트 부인의 말상대를 맡게 되었다. 그 사람과 닮은 점을 잘 살펴보았다. 만약 얼굴 생김새에서 그게 보이지 않으면 목소리나 특유의 감정이나 말투에서 찾으려 했다.

크로프트 부인은 키가 크거나 살이 찐 편은 아니지만 굴곡이 없고 꼿꼿하며 다부진 체형 때문에 관록 있어 보였다. 눈은 밝은 검은색이고 치아 상태도 양호했으며 전반적으로 호감 가는 인상이었다. 남편만큼이나 오랜 시간 바다에서 지낸 결과 붉고 거칠어진 피부 탓에 서른여덟 살인 실제 나이보다 더 들어 보였다. 태도는 솔직하고 스스럼없었으며, 스스로에 대한 신념과 해야 할 일에 대한 확신을 갖고 있는 사람처럼 자신에 차 있었다. 상스러움과는 거리가 멀었지만 그렇다고 유머 감각이 모자라지도 않았다. 앤은 켈린치와 관계된 모든 점에서 자신을 배려해주는 그녀가 몹시 고마웠다. 특히 맨 처음 소개받는 그 짧은 순간 크로프트 부인이 그 어떤 종류의 편견을 가질 만큼 무언가를 안다거나 미심쩍어하는 기색이 전혀 없다는 사실이 기뻤다. 앤은 그 문제에서 마음을 놓았고 그 결과 용기와 자신감이 차올랐다. 그러다가 별안간 크로프트 부인이 꺼낸 말에 감전이라도 된 듯 화들짝 놀라고 말았다.

"이제 보니 언니가 아니라 앤 양이었군요. 동생이 이 지방에 있을 때 다행히 친분을 익혔다는 사람이 말이죠."

얼굴 붉힐 나이는 지났다고 생각했는데 아직은 흔들리는 나이인 모양이었다.

"동생이 결혼한 걸 어쩌면 몰랐을 수도 있겠군요." 크로프트 부인이 덧붙였다.

앤은 어떤 말을 해야 할지 몰랐다. 그리고 이어지는 말에서 부인이 말하고 있는 사람이 웬트워스 대령의 형이라는 게 설명되자, 어느 쪽에도 이로울 것 없는 말을 하지 않고 그냥 있은 게 다행이다 싶었다. 크로프트 부인이 프레더릭이 아니라 에드워드를 염두에 두고 말하는 게 당연하다고 금방 납득했다. 그래서 스스로의 건망증이 민망하여, 예전에 이웃이었던 사람이 어찌 지내는지 제대로 관심을 보였다.

남은 시간은 다 평온했다. 그들이 자리를 막 옮기려는 찰라 제독이 메리에게 하는 말이 들리기 전까지는 말이다.

"처남 하나가 조만간 여기 올 예정입니다. 아마 이름은 들어 봤을 겁니다."

그의 말이 불쑥 중단되었다. 마치 오랜 친구라도 되는 듯 가지 말라며 열심히 달라붙는 아이들 때문이었다. 그가 코트 주머니든 어디든 안에 넣어 데려가 달라고 조르는 아이들 때문에 혼이 달아나, 하던 말을 끝낼, 아니 무슨 말을 했는지 떠올릴 틈도 없었기 때문에 앤은 문제의 그 사람 역시 같은 형일 거라고 확신하고 있었다. 그렇지만 그 확신은 그리 깊지 않았다. 여기 오기 전 크로프트 부부가 방문했던 메리의 시댁에서 이 사람에 대한 말이 나왔었는지 듣고 싶어 조바심이 일었다.

시댁 식구들은 이날 메리 집에서 저녁을 보낼 예정이었다. 낮이 짧아 걸어오기에는 늦은 시간인지라 마차 소리가 들리나 귀 기울일 때였는데 머스그로브 씨 막내딸이 집 안으로 들어왔다. 그녀가 사과하러 왔구나, 오늘 저녁은 우리들끼리 보내겠구나, 하는 것이 첫 번째 든 암울한 생각이었다. 메리가 기분 상할 준비를 하고 있는데 그때 루이자가 하프 실을 공간이 필요해서 걸어오게 되었다고 말해준 덕에 아무 탈이 없었다. 하프가 마차로 운반되고 있었던 것이다.

"왜 그런지 말씀드릴게요." 그녀가 덧붙였다. "전부 다요. 엄마와 아빠가 오늘 저녁 우울하시다는 걸 미리 알려드리려 온 거예요. 특히 엄마가요. 불쌍한 리처드 생각에 푹 빠져 계시거든요! 그래서 우리는 하프를 연주하는 게 제일 좋겠다고 의견을 모았어요. 엄마는 피아노보다 하프를 더 즐기시니까요. 엄마가 왜 우울해졌느냐 하면요, 크로프트 부부가 오늘 아침 방문했을 때 (그다음 여기로 왔죠, 아닌가?) 크로프트 부인의 동생인 웬트워스 대령이 막 국내로 귀환했다던가, 아니 복무가 끝났다든가 해서 바로 자기들을 보러 온다는 말을 우연히 하게 된 거예요. 그리고 재수 없게도 엄마의 뇌리에 박힐 어떤 말을 하고는 그분들은 떠나버렸죠. 웬트워스인가 그 비슷한 뭔가가 한때 불쌍한 리처드의 함장이었던 사람 이름이래요. 언젠지 어디선지는 몰라요. 하지만 불쌍한 오빠가 죽기 한참 전이래요! 오빠가 보낸 편지와 물건들을 보면서 엄마는 그걸 알게 되었고, 그게 바로 그 사람 이름이라는 걸 확신하고서는 머릿속이 그 일로, 불쌍한 리처드 일로 꽉 차버린 거죠. 그래서 우린 최대한 즐거운 분위기를 만들어야 해요. 그래야 엄마가 그 우울한 일에 대해 생각하지 않을 테니까요."

가족사의 한 부분을 차지하는 이 애처로운 이야기의 실상은 이러했다. 머스그로브 가족에게는 불행하게도 아주 말썽꾼에 가망 없는 아들이 하나 있었고 다행히도 그 아들은 스무 살이 되기 전에 죽어버렸다. 그는 뭍에서는 너무 어리석고 감당이 안 되는 까닭에 바다로 보내졌다. 가족들에게서 사랑을 받는 게 당연하지만 그는 어느 때고 거의 관심을 받지 못했다. 들리는 얘기도 없었고 서운해하지도 않을 때인데 그가 2년 전 객사했다는 소식이 어퍼크로스로 날아들었다.

지금은 여동생들이 최대한 그를 위한다고 '불쌍한 리처드'라고 부르고 있지만 그는 사실 멍청한, 무정한, 구제불능 딕 머스그로브에 지나지 않았다. 살아서건 죽어서건 딕이라는 이름으로 불릴 짓 말고는 한 게 없었다.

그는 몇 년간 바다에 나가 있었는데, 그때 모든 지휘관이 기

피하는 후보생들이 탈락하는 장교 후보생 전원의 재배치 과정에서, 프레더릭 웬트워스 대령이 이끄는 소형 호위함 라코니아에서 6개월간을 복무하게 되었다. 라코니아에서 그는 상관의 영향을 받아 편지를 딱 두 통 썼는데, 그건 그가 집을 떠나 있는 동안 부모가 받아본 유일한, 말하자면 사심이 들지 않은 유일한 진짜 편지들이었다. 나머지는 다 그냥 돈 좀 보내달라는 것들이었다.

각각의 편지에서 그는 자신의 상관인 대령을 칭찬했다. 하지만 가족들은 그런 문제에 관심 두는 게 영 버릇이 붙어 있지 않았다. 병사들의 이름이나 함선의 이름에 주의를 기울이지도 않았고 관심도 없었기 때문에 그 이름은 당시 큰 인상을 남기지 못했다. 머스그로브 부인에게 바로 이날 별안간 웬트워스라는 이름이 아들과 연관되어 기억났던 건, 사실 이따금씩 일어나는, 특별한 기억의 소환 같아 보였다.

부인은 편지가 보관된 곳으로 가보고서 모든 게 자기 예상대로였음을 알았다. 아들이 영영 떠나버린 지, 그래서 그의 잘못이 잊힌 지 아주 오랜 시간이 흐른 후 이 편지들을 다시 읽게 된 그녀는 엄청난 충격을 받았고, 아들의 사망 소식을 처음 알고서 느꼈던 것보다 더 깊은 슬픔에 빠지게 되었다. 좀 덜하긴 해도 머스그로브 씨 역시 충격을 받았다. 아들 집에 도착했을 때 그들은 우선 누군가 이 이야기를 다시 들어줄 대상이 필요해 보였다. 유쾌한 가족들의 위안은 그 다음이었다.

그들은 웬트워스 대령에 대해 아는 대로 이야기를 나누었고, 끊임없이 그의 이름을 들먹이며 과거를 곰곰히 돌아보았다. 그러더니 마침내 그들은 그가 클리프턴에서 돌아온 뒤 한두 번 만났던 바로 그 웬트워스 대령일지도 모른다고, 아마 그 대령일 거라고 확신하게 되었다. 아주 괜찮은 청년이었어. 하지만 그게 칠팔 년 전 일인지는 잘 모르겠어. 그런 말은 앤에게 새로운 긴장감을 안겨주었다. 하지만 이제 그런 것에 익숙해져야만 했다. 그가 이 지방으로 오는 건 기정 사실이니 그 점에 무심해지는 법을 배워야 했다. 다들 웬트워스가 빠른 시일 내에 나타나길 기다리는 눈치인 데다 머스그로브 가족은 그가 불쌍한 딕에게 보여주었던 친절에 열렬히 감사드리고, 불쌍한 딕을 6개월간 밑에 데리고 있었던 걸로 증명되는 그의 인품에 깊은 경의를 표하기 위해, 그가 도착했다는 소식만 들리면 곧 달려가서 자신들을 소개하고 친분을 쌓겠다고 벼르고 있었다. "선생으로서 '너무 카다로운 것'만 빼면 늠름하고 괜찮은 사람"처럼 인상적이지만 철자가 맞지도 않는 칭찬까지 들먹여가면서 말이다.*

그렇게 작정하고 나니, 그들은 이제 편안한 저녁을 보낼 수 있었다.

---

*해군 장교 후보생들이 장교로 임명되기 위해서는 시험을 통과해야 했고 이를 위한 교육도 자체적으로 이루어졌다. 교육관을 따로 둘 수 없는 함선에서는 이 부분이 함장의 재량에 맡겨져 있었으므로, 웬트워스가 딕의 교육에 적극적이었다는 것은 일반적인 함장과는 다른 그의 인품을 보여준다고 할 수 있다.

7

며칠 뒤 웬트워스 대령이 켈린치에 있다는 소식이 알려졌다. 머스그로브 씨가 그를 찾아간 뒤 아주 좋은 인상을 안고 돌아왔고, 대령은 다음 주 주말경 크로프트 부부와 함께 어퍼크로스에 만찬 초대를 받았다. 머스그로브 씨는 더 일찍 시간을 잡을 수 없어서 매우 아쉬워했다. 그는 대령을 자기 집에 모시고 최고급 포도주로 대접하면서 감사의 마음을 표하고 싶어 조바심을 쳤다. 하지만 일주일이나 있어야 했다. 앤의 계산으로는 고작 일주일이었다. 그러면 두 사람은 만나게 되어 있었다. 그러자 이제는 일주일 동안만이라도 마음 편히 있고 싶다는 생각이 들기 시작했다.

웬트워스 대령이 머스그로브 씨의 답방 격으로 아주 일찍 찾아왔는데, 앤도 하마터면 같은 시간에 30분간 거기에 있을 뻔했다. 그녀는 메리와 그레이트 하우스로 갈 예정이었고, 나중에 안 사실이지만, 마침 그 시간에 메리의 장남이 심각한 낙상 사고로 집으로 실려 와 떠나지 못한 일이 아니었더라면 그와 만날 수밖에 없었다. 아이가 아픈 탓에 그레이트 하우스 방문은 뒷전이 되었다. 이후 아이 걱정으로 전전긍긍하는 와중에서도 앤은 하마터면 그와 마주칠 뻔했던 이야기를 무심히 들어넘길 수가 없었다.

아이는 빗장뼈가 탈골되었고 위험하다는 생각이 들 만큼 척추에도 심각한 부상을 입었다. 고통스러운 오후였다. 앤은 즉시 모든 조처를 취했다. 약제사를 데리러 보내고 아이의 아빠를 찾아서 사실을 알렸다. 아이 엄마를 부축하고 신경 발작을 막으면서 하인들에게는 작은 아이가 사라지지 않도록 지켜보게 했다. 그리고 아픈 아이를 간호하고 진정시켰다. 그뿐 아니라 생각나자마자 그레이트 하우스에도 이 사실을 알리러 보냈다. 그 결과, 필요할 때 도와주는 대신 겁에 질린 채 질문만 쏟아내는 가족들이 당도했다.

제부가 돌아온 것이 앤에게는 가장 안심이 되는 일이었다. 그는 아내를 가장 잘 돌볼 수 있는 사람이었다. 그다음으로 다행스러운 건 약제사의 도착이었다. 약제사가 와서 아이를 살펴볼 때까지 두려움에 빠져 있던 그들은 막막한 상태에서 더 나쁜 상상을 했다. 부상이 심각한 건 아닌가 생각했지만 어디가 심각한지는 몰랐다. 하지만 그때 빗장뼈가 제자리에 맞춰졌다. 로빈슨 씨가 계속 만져보고 문질러본 뒤 심각한 표정으로 아이 아빠와 이모에게 나지막이 말을 했고, 그들은 괜찮아질 거라 믿으면서 웬만큼 추스르고 저녁 먹으러 헤어질 수 있을 정도가 되었다. 그들이 막 헤어지려던 참이었다. 그때 아이들의 두 고모가 조카 얘기를 겨우 잠시 접고 웬트워스 대령의 방문에 대해 말하기 시작했다. 그들은 부모님을 앞서 보내고 5분 더 머무르면서 웬트워스와 같이 있어서 얼마나 즐거웠는지 열심히 쏟아냈다. 여태껏 알던 남자들, 어쨌든 지금까지 아주 마음에 든 남자들은 상대도 안 될 정도로 미남인 것 같더라, 게다가 성격은 또 얼마나 유쾌한지 모른다, 아빠가 더 있다가 저녁을 들고 가라고 했을 때 정말 기뻤는데 그가 어쩔 수 없이 가야 해서 정말 아쉬웠다, 엄마 아빠의 거듭된 초청에 응해주어서 다시 뛸 듯이 기뻤다 등등. 내일, 바로 내일이에요! 마치 우리의 진심을 너무나 잘 안다는 듯이 어찌나 기분 좋게 약속하던지! 요컨대, 쳐다보며 얘기하는 품이 너무 수려해서 자기들은 분명 웬트워스에게 매혹당한 것 같다고 했다. 그러더니 뛰어가버렸다. 얼마나 좋아하면 그렇게 신이 나는 건지 머릿속에는 어린 찰스보다 웬트워스가 더 많은 것 같았다.

저녁 어스름을 헤치고, 아이가 어떤지 물어보기 위해 두 아가씨가 아버지와 함께 왔다. 아까와 똑같은 이야기와 똑같은 무아지경의 심경이 되풀이되었다. 손자에 대해 이제 처음만큼 불안하지 않은 머스그로브 씨도 웬트워스 대령과의 만남을 연기할 일이 절대 없기를 바라며 딸들을 거들어 그를 칭찬했다. 오로지 유감이라면 아들네 식구들이 그를 만나려고 아픈 아이를 남겨두고 오려 하지는 않을 것 같다는 점이라고 했다. "아니, 아일 놔두다니요!" 당장의 심각한 사태에 기겁한 찰스와 메리는 생각조차 하기 힘든 일이었다. 앤은 그 자리를 모면할 수 있다는 반가움에 동생 내외의 열렬한 반대에 동의할 수밖에 없었다.

하지만 시간이 좀 지나자 찰스 머스그로브도 가고 싶은 쪽으로 마음이 기울었다. "아이는 괜찮아지고 있고, 웬트워스 대령을 정말 소개받고 싶으니 저녁에 합류하면 되지 않을까. 저녁은 거기서 먹지 않을 테고, 그냥 산책 삼아 가서 30분 정도 있을 수 있을 거야." 하지만 이 생각은 아내의 완강한 반대에 부딪혔다. "어머, 안 돼요! 정말이에요, 찰스. 당신이 가게 놔둘 수 없어요. 무슨 일이라도 생겨봐요!"

아이는 잘 잤고 다음 날 괜찮아지고 있었다. 척추에 아무 손상이 없다는 걸 확실히 알려면 분명 시간이 걸릴 테지만 로빈슨 씨는 더 걱정할 것 없다고 생각했다. 따라서 찰스 머스그로브는 이제 집 안에만 있을 필요가 없다고 생각하기 시작했다. 아이는 침대에만 있을 것이고 되도록 얌전하게 놀아줘야 했다. 하지만 아빠가 할 수 있는 게 없지 않은가? 이건 전적으로 여자들의 영역이었고, 집에 가둬놓아봐야 아무 짝에도 쓸모없을 그에게는 아주 불합리한 일일 터였다. 그의 아버지는 아들이 웬트워스 대령을 만날 수 있기를 바랐다. 그리고 그러지 못할 이유도 딱히 없었기에 그는 가야만 했다. 결국 이 문제는 사냥에서 돌아온 그의 대담한 선언으로 끝이 났다. 옷 갈아입고 나서 바로 본가에서 저녁을 먹겠다는 것이다.

"애는 잘 회복되고 있어." 그가 말했다. "방금 아버지께 가겠다고 했더니 잘됐다고 하시더군. 처형이 당신과 함께 있으니 내가 망설일 이유가 없지. 당신은 애를 놔두고 싶어 하지 않지만 당신도 알다시피 내가 무슨 쓸모가 있겠어. 무슨 일 생기면 처형이 날 부르러 사람을 보낼 거야."

남편과 아내는 반대해도 소용없는 때를 대개 안다. 메리는 찰스의 말하는 품새로 보아 그가 확실히 갈 생각이며, 졸라봐야 소용없는 일이란 걸 알았다. 그래서 아무 말 하지 않았다.

이윽고 그가 방을 나갔다. 들을 사람이 앤밖에 없자 메리가 말했다.

"그래! 언니하고 나, 이렇게 둘이서 아픈 애와 함께 서로 위안을 삼을 수밖에 없군. 저녁 내내 얼씬거리는 사람 하나 볼 수 없다니! 내 그럴 줄 알았어. 내 팔자가 항상 이렇지! 불쾌한 일이 있을 때면 남자들은 항상 빠져나가지. 찰스도 똑같이 나쁜 사람이야. 참 무정해! 아픈 애를 두고 도망치다니. 회복되고 있다는 소리나 하고! 애가 회복되고 있는지 자기가 어떻게 알아? 30분 뒤에 갑자기 무슨 일 생기지 않을 걸 자기가 어떻게 아냐고? 난 찰스가 이렇게 무정하리라 생각 못 했어. 그래, 자기는 사라져서 혼자 즐기고 난 불쌍한 어미라서 꿈쩍도 하면 안 된다는 거지. 그렇다 하더라도 아이 옆에 있기엔 내 건강이 엉망이잖아. 달리 그런 게 아니라 내가 엄마니까 감정이 혹사당하면 안 되는 거야. 그런 걸 감당해내질 못하거든. 어제 내가 얼마나 신경이 곤두섰는지 언니도 봤지."

"그렇지만 그건 네가 갑작스레 놀라서, 갑작스레 받은 충격 때문에 그랬지. 다시 흥분하진 않을 거야. 불안해할 일은 없어. 로빈슨 씨의 지시를 완전히 이해했어. 난 전혀 겁나지 않아. 그리고 사실, 메리, 네 남편도 그럴 만해. 간호는 남자들 일이 아니잖아. 네 남편이 할 일이 아냐. 아픈 아이는 항상 엄마 몫이지. 엄마의 모성애 때문에 대개 그렇게 되는 거야."

"나도 다른 엄마들처럼 내 아이를 좋아했으면 좋겠지만 병자 옆에선 나도 찰스만큼이나 쓸모없는 것 같아. 아파하는 불쌍한 아이를 계속 나무라고 성가시게 할 순 없으니 말이야. 오늘 아침에 언니도 봤잖아. 가만히 있으라고 해도 이리저리 돌아다니기 시작하던 거. 내 신경이 그런 걸 견디지 못해."

"하지만 저녁 내내 아이 곁에 있지 않아도 맘이 편할 수 있을까?"

"있어. 걔 아빠는 되는데 난 안 될 이유가 뭐야? 제미마가 엄청 세심해! 걔가 아이 상태에 대해 시간마다 보고해줄 수도 있어. 찰스가 아버님께 우리 둘 다 간다고 말하는 게 나았을 거같아. 어린 찰스에 대해선 나도 이제 찰스보다 더 불안해하진 않아. 어젠 몹시 두렵더니 오늘은 많이 나아졌어."

"음, 너도 간다고 하는 게 그렇게 늦지 않았다면 남편도 가고 너도 가면 되겠네. 어린 찰스는 내가 돌볼게. 내가 옆에 있으면 네 시부모님도 그게 잘못됐다고 생각지 않으실 거야."

"정말이야?" 메리가 눈을 반짝이며 소리쳤다. "세상에! 아주 좋은 생각이야. 정말이야. 진짜 그냥 가는 게 낫겠어. 집에선 아무것도 못 할 테니까, 그렇지? 괜히 괴롭기만 할 테고. 엄마의 심정을 알 리 없는 언니가 적임자야. 언닌 찰스를 뭐든 하게 할 수 있어. 걘 언니 말을 항상 잘 들으니까. 제미마에게만 맡겨놓는 것보다 훨씬 낫겠다. 아! 꼭 갈 거야. 갈 수 있으면 가는 게 맞는 거 같아. 시부모님이 찰스만큼이나 나도 웬트워스 대령에게 무척 소개하고 싶어 하시니까. 그리고 언니가 혼자 있는 걸 개의치 않는다는 걸 내가 아니까. 정말 훌륭한 생각을 했어, 앤! 가서 찰스에게 말한 다음 바로 준비해야지. 무슨 일

생기면 지체 없이 우릴 부르러 보내. 하지만 걱정할 건 아마 전혀 없을 거야. 언니도 알겠지만 사랑하는 내 아이가 안심이 안 되는데 내가 가겠어?"

다음 순간 그녀는 남편의 드레스룸 문을 두드리고 있었다. 앤이 그녀를 따라 위층으로 올라갔고, 때맞춰 둘의 대화를 전부 듣게 되었다. 대화는 기쁨에 겨운 메리의 말로 시작되었다.

"당신과 함께 갈래요. 찰스. 당신만큼 나도 집에서 할 일이 없어요. 아이하고 집에 틀어박혀 있어도 개가 하기 싫다는 걸 하게 만들 재간이 없는걸요. 앤이 남을 거예요. 앤이 집에 남아서 찰스를 돌봐요. 이건 앤의 생각이니 난 당신과 같이 가요. 훨씬 잘됐어요. 화요일 이후로는 시댁에서 식사 한 번 제대로 못 했잖아요."

"처형이 참 배려가 깊군." 그녀의 남편이 대꾸했다. "당신이 가게 되어서 기쁘지만 처형이 혼자 집에 남아서 아픈 우리 애를 간호하는 건 좀 매정한 거 같은데."

앤은 즉석에서 나름대로의 이유를 말했다. 그녀의 진지한 태도는 그를 납득시키기에 충분했고 적어도 그가 선선히 받아들일 만했다. 그는 처형을 저녁 시간에 혼자 놔두는 것에 대해 더는 가책을 느끼지 않았지만, 그렇다고 해도 아이가 잠들 수 있는 시간이니 만찬에 합류하는 것이 어떻겠냐며 나중에 데리러 오겠다고 설득했다. 하지만 그녀는 완전히 요지부동이었다. 이렇게 해서 잠시 후 앤은 기분 좋게 함께 출발하는 그들을 흔쾌히 배웅했다. 그들은 떠났고 그녀는 두 사람이 행복하길 바랐다. 그 행복이 아무리 이상하게 짜 맞춰진 것일지라도. 그녀로 말하면, 미묘하게 편안한 마음으로 남았다. 아마 앞으로도 그녀의 몫일 듯한 그런 감정이었다. 그녀는 자신이 아이에게 가장 유용한 존재임을 알고 있었다. 그리고 프레더릭 웬트워스가 겨우 반 마일 밖에서 다른 사람들에게 호감을 사고 있는 게 대체 무슨 상관이란 말인가!

그녀는 그가 자신과의 만남을 어떻게 생각하는지 알고 싶었다. 아마 관심 없겠지. 만약 그런 상황에서 무관심이 존재할 수도 있다면 말이야. 관심 없거나 내켜하지 않을 게 뻔해. 날 한 번이라도 다시 볼 마음이 있었다면 지금까지 기다리지도 않았을 테니까. 그랬더라면 무훈으로 그렇게나 필요했던 한 가지, 재산이 모이던 그때 (내가 그 사람이라면) 했을 것이 분명한 그 일을 했을 거야.

여동생 부부가 새로운 만남과 만찬에 전반적으로 흡족해하며 집으로 돌아왔다. 음악과 노래, 담소와 웃음에 모두가 더없이 유쾌했다고 했다. 웬트워스 대령은 호감 주는 태도를 보였고, 쑥스러워한다거나 말이 없거나 하지도 않았다. 서로 잘 아는 사이인 듯 느껴졌고, 그는 바로 다음 날 아침 찰스와 사냥 가기 위해 올 예정이었다. 조찬을 함께할 예정이었지만 코티지로 오는 건 아니었다. 처음에는 그럴 생각이었지만 그레이트하우스에서 그러지 말고 자기들한테로 오라고 압력을 넣었다. 그도 아이 때문에 힘들 머스그로브 부인에게 폐가 될까 두려웠던 것 같았다. 그래서 어쩌다보니 찰스가 본가에 조찬을 들러

와서 그를 만나는 것으로 이야기가 끝났다.

앤은 이해했다. 그는 자기와 만나는 걸 피하고 싶었던 것이다. 그녀는 그가 예전에 약간 알았던 사이에 어울린다 싶을 만큼 가볍게 자기 안부를 물었다는 걸 나중에 알았다. 아마 나중에 만났을 때 소개를 해야 하는 상황을 피하겠다는 똑같은 생각에서 자기가 안다고 했던 만큼 아는 체한 것 같았다.

별채의 아침은 늘 본가보다 늦었다. 다음 날 그 차이는 아주 컸다. 그래서 찰스가 들어와서 이제 출발할 텐데 사냥개들을 데려가려고 온 것이며, 여동생들이 웬트워스 대령과 함께 오고 있다는 말을 했을 때 메리와 앤은 겨우 조찬을 시작한 상태였다. 여동생들은 올케와 아픈 조카를 볼 생각이었고, 웬트워스 대령도 방해가 안 된다면 메리를 방문하겠다고 했던 것이다. 찰스가 아이가 불편해할 정도로 아픈 상태는 아니라고 설명했지만 웬트워스 대령은 찰스를 보내 미리 알리지 않고는 맘을 놓지 않으려 했다.

이런 관심에 매우 만족한 메리는 그를 반갑게 맞이했다. 반면에 앤은 만감이 교차했다. 그런 와중에도 곧 끝날 거라는 사실이 위안을 주었다. 그리고 그 만남은 금방 끝이 났다. 찰스의 고지가 있고 2분 후에 사람들이 모습을 드러냈다. 그들은 응접실에 있었다. 그녀와 웬트워스 대령의 눈이 살짝 마주쳤다. 허리를 굽힌 절과 무릎을 살짝 구부린 인사가 오고 갔다. 그의 목소리가 들렸다. 그가 메리에게 말을 했다. 하는 말이 다 정중했다. 머스그로브 씨의 두 딸에게 뭔가를 말했다. 편한 사이임을 짐작게 하는 대목이었다. 방 안이 사람들과 목소리들로 가득 찬 것 같았는데 몇 분 만에 다 끝나버렸다. 찰스가 창문에 모습을 드러냈고 모든 준비가 완료되자 내방객은 절을 한 뒤 사라졌다. 머스그로브 씨의 두 딸도 마을이 끝나는 데까지 그들과 함께 걷겠다며 사라졌다. 손님들이 다 나갔다. 할 수 있다면 앤은 아침을 마저 먹어도 되었다.

"끝났다! 끝났어!" 그녀는 불안한 마음으로 감사해하며 거듭 혼잣말을 했다. "악몽은 끝났어!"

메리가 말을 걸었지만 그녀는 듣지 못했다. 그를 봤어. 우리가 만났어. 우리가 다시 한 번 같은 공간에 있었던 거야!

하지만 그녀는 곧 정신을 차려 이성적으로 생각하기 시작했다. 들뜨지 않으려 애썼다. 전부 포기한 후로 8년, 8년 가까운 세월이 지났다. 그 세월 동안 아스라이 먼 곳으로 내쫓은 마음의 동요가 다시 시작되다니 얼마나 터무니없는 일인가! 8년인데 뭔들 안 일어났을까? 온갖 사건들이, 변하고 멀어지고 이사하고—이런 것들이 다 일어났겠지. 과거도 잊었을 테고. 너무나 당연해. 틀림없기도 하고! 그 세월 속에는 3분의 1에 가까운 내 인생이 들어 있었어.

아아! 온갖 생각을 다 해본 뒤 그녀는 자신이 품고 있는 감정에 8년이란 세월이 아무것도 아닐 수 있다는 걸 알았다.

그렇다면 그의 감정은 어떻게 해석해야 하는 걸까? 나를 피하고 싶은 그런 건가? 다음 순간 그녀는 바보같이 그런 걸 묻는 자신을 자책하고 있었다.

제아무리 지혜로운 그녀도 자문하지 않고는 넘어갈 수 없었을 또 다른 질문에 대해서는 이내 모든 불안이 해소되었다. 머스그로브 씨의 딸들이 다시 돌아와서 못다 마친 방문을 끝내고 떠나자 메리가 묻지도 않았는데 이런 말을 했던 것이다.

　"웬트워스 대령이 언니한테는 그다지 친절하지가 않아. 그래도 내겐 아주 살가웠어. 여기서 나간 뒤 헨리에타가 대령에게 언니가 어떻더냐고 물었더니 '너무 변해버려서 못 알아볼 뻔했다'고 했대."

　메리는 대체적으로 언니의 감정에 무관심했다. 하지만 지금 그녀는 자기가 언니의 상처를 건드리고 있다는 건 꿈에도 생각 못 하고 있었다.

　"알아보지 못할 정도로 변했대!" 앤은 깊은 치욕을 아무 말 없이 고스란히 받아들였다. 그건 분명한 사실이었다. 그녀는 그 치욕을 되갚을 수가 없었다. 그에게는 변한 게, 아니 더 나빠진 게 없었기 때문이다. 그녀는 이미 그것을 자인했다. 달리 생각할 수가 없었다. 그건 그가 자기를 어떻게 생각하는지와 관계없는 일이었다. 불가능했다. 젊음과 꽃다움을 앗아간 그 세월 동안 그는 유독 더 정열적이고 남자다우며 자신만만해졌고, 그의 싱싱한 외모는 조금도 삭지 않았다. 그녀는 변치 않은 모습의 프레더릭 웬트워스를 보았다.

　"너무 변해버려서 못 알아볼 뻔했다!" 그녀는 이 말을 생각하지 않으려야 않을 수가 없었다. 하지만 이내 그 말을 듣게 된 걸 기뻐하기 시작했다. 그 말이 정신을 차리게 해주었다. 흥분을 가라앉게 했고, 감정을 가라앉혔다. 결과적으로 그 말이 그녀를 더 행복하게 해주었다.

프레더릭 웬트워스는 그 말, 아니 그 비슷한 무언가를 했지만 그걸 그녀가 듣게 되리라고는 생각지도 않았다. 그녀가 많이 변했다고 생각하던 차에 질문을 받는 바람에 느끼는 대로 말해버린 것이다. 그는 앤 엘리엇을 용서하지 않았다. 그녀는 자기를 형편없이 취급했다. 자기를 버렸고, 낙담시켰다. 더 나쁜 건 그런 과정에서 그녀가 보여준 우유부단한 성격이었다. 웬트워스 본인은 단호하고 자신만만한 성격이었기에 그런 걸 참지 못했다. 다른 사람들 말에 복종하느라 날 포기해버렸지. 설득의 남용이 낳은 결과였어. 나약함과 소심함 때문이었던 거야.

그는 그녀를 열렬히 사랑했었고, 그 뒤로는 그녀에 버금가는 여성을 한 명도 보지 못했다. 하지만 자연스레 생기는 호기심만 아니면 그녀를 다시 보고 싶은 마음은 추호도 없었다. 그에 대한 그녀의 영향력은 영원히 사라졌다.

그가 이제 바라는 건 결혼이었다. 그는 부자였고 뭍으로 돌아온 상태였다. 적절히 끌리는 상대가 나타나는 즉시 결혼할 생각이 충분히 있었다. 실제로 그는 주위를 둘러보았고, 명쾌하게 생각해보고 금세 마음에 들기만 하면 언제든지 사랑에 빠질 준비가 되어 있었다. 머스그로브 씨의 딸들이 그 조건을 충족시키기만 한다면 어느 쪽이든 마음이 있었다. 요컨대 자기 앞에 나타나는 유쾌한 여성이라면 다 좋았다. 앤 엘리엇만 아니면 된다. 이것이 누나의 질문에 대답하면서 그가 마음속에 감추어둔 단 하나의 예외 사항이었다.

"맞아, 소피아, 어리석게 결혼할 생각으로 내가 여기 있어. 열다섯 살에서 서른 살 사이의 여성은 누구든 원하기만 하면 돼. 좀 예쁜 얼굴에 잘 웃고 해군에 경의를 표한다면 난 그녀의 제물이야. 이 정도면 여성이라곤 사귀어본 적 없는 해군에게 충분히 까다로운 조건 아냐?"

동생의 말이 자신의 반박을 염두에 두고 있다는 걸 그녀는 알았다. 자신 있게 반짝이는 눈빛이 까다로운 조건에 대한 그의 확신을 드러내고 있었다. 하지만 그가 만나고 싶은 여성을 좀 더 진지하게 묘사한 것을 보면 앤 엘리엇은 그의 생각 밖으로 밀려나 있지 않았다. "상냥한 태도에 의지가 강한 여인"이 설명의 전부였던 것이다.

"이게 내가 바라는 여성이야." 그가 말했다. "물론 어느 정도 결점은 감수해야 할 테지만 너무 많으면 안 돼. 내가 바보 같아 보인다면 진짜 바보인 거야. 그 누구보다 이 문제를 많이 생각했으니 말이야."

8

이후 웬트워스 대령과 앤 엘리엇은 같은 집에서 계속 마주쳤다. 그들은 이내 머스그로브 씨의 집에서 함께 식사를 하고 있었다. 아이가 회복되었기 때문에 조카 때문에 빠진다는 건 더 이상 핑계가 되어주지 못했다. 이것은 또 다른 만찬과 또 다른 모임들의 시작에 불과했다.

예전 감정이 회복될 것인지는 지켜보아야 할 문제였지만 옛 시절이 각자의 기억에 떠오른 건 분명했다. '그들은' 옛날로 되돌아갈 수밖에 없었다. 화제에 오른 소소한 묘사나 설명에서 자신들의 약혼 연도가 그의 입에서 나올 수밖에 없었다. 그는 직업상 그런 말을 할 자격이 있었고 기질상 그런 말을 하게 되었다. 그래서 "1806년이었습니다"나 "그게 1806년, 제가 출항하기 전의 일입니다" 같은 말이 그들이 처음 함께했던 저녁 자리에서 나왔다. 비록 목소리에 떨림도 없었고 말할 때 눈길이 자기 쪽에 머문다고 생각할 이유도 전혀 없었지만, 그녀는 그가 무슨 생각을 하는지 알고 있는 입장에서 그가 자기만큼이나 옛 기억을 떠올릴 수밖에 없을 거라고 느꼈다. 똑같이 바로 연상되는 생각이 분명 있을 터였다. 그래도 그녀는 그것이 똑같은 고통일 거라고는 생각하지 않았다.

둘 사이엔 대화가 전혀 없었고 통상적인 의례 말고는 친밀감의 표시도 없었다. 한때는 서로에게 소중한 존재였는데! 이젠 아무것도 아니었다! 많은 사람들이 지금 어퍼크로스의 응접실을 가득 채우고 있었다. 그들도 대화를 멈추는 게 가장 힘들다고 여겼을 때가 '있었다'. 유달리 애착을 느끼고 행복해하는 크로프트 제독 내외만 제외하면(앤은 결혼한 부부들까지 생각했을 것이다) 그들만큼 그렇게 솔직하게, 그들만큼 그렇게 닮은 취향을 갖고, 그들만큼 그렇게 공감하고, 그들만큼 그렇게 사랑하는 표정을 짓는 이들은 없었을 것이다. 이제 그들은 낮선 사람들이나 마찬가지였다. 아니 더 가까워질 수가 없으니 낮선 이보다 더 못했다. 영원한 멀어짐이었다.

그가 말할 때 그녀에게는 예전과 같은 목소리가 들렸고 예전과 같은 생각이 보였다. 참석자들은 죄다 해군 문제는 대개 잘 몰랐다. 그래서 그는 질문을 많이 받았다. 특히 웬트워스 말고 다른 사람에게는 아무 관심도 없어 보이는 머스그로브 씨의 두 딸은 선상 생활이라든지, 일상 규정, 음식, 근무시간 등을 물어보았다. 실제 숙소 시설과 내부의 수납 수준에 대한 그의 설명에 자매가 놀라자 그의 유쾌한 놀림이 이어졌다. 이를 보며 앤은 자신 역시 아무것도 몰랐던 옛날이 떠올랐다. 그녀도 수병은 먹을 게 없거나 있다 해도 조리할 요리사가 없고, 시중들 하인이나 들고 먹을 나이프와 포크도 없이 선상에서 살아가는 줄 안다고 놀림 받았었다.

이렇게 이야길 들으면서 생각에 잠겨 있던 그녀는 머스그로브 부인이 속삭이는 말에 별안간 정신이 들었다. 실없는 회한에 사로잡혀 있던 머스그로브 부인이 말하지 않고는 배길 수 없었던 것이다.

"아! 앤 양, 하늘이 도와 내 아들이 살아 있었다면 지금쯤 아마 꼭 저런 모습이었을 겁니다."

앤이 웃음을 참으며 다정하게 귀를 기울이는 사이 머스그로브 부인은 마음의 위안을 좀 얻었다. 그러느라 그녀는 몇 분 간 다른 이들의 대화 내용을 따라가지 못했고, 다시 원래 관심사로 돌아왔을 때 머스그로브 씨의 두 딸이 함적(어퍼크로스에서 처음부터 갖고 있었던 함적)을 막 갖고 온 걸 알았다. 그러더니 다 같이 앉아서 웬트워스 대령이 지휘했던 배를 찾아보기 위해 그걸 꼼꼼히 살폈다.

"대령님 첫 배가 애스프죠, 기억나요. 우리가 애스프를 찾아 볼게요."

"거긴 없을 겁니다. 너무 낡아서 해체되었죠. 제가 그 함선 의 마지막 지휘관이었습니다. 당시 배는 원거리 항해가 불가능 한 상태였지요. 일이 년 정도 연안 배치에 맞는다는 보고가 나 왔고, 전 서인도 제도로 전출 가게 되었습니다."

두 아가씨는 매우 놀란 듯했다.

"해군 본부는 이따금씩 출항시킬 수도 없는 배에 수백 명의 수병을 실어 보내면서 자위합니다. 보낼 병력이 수없이 많으니 까, 물속에 가라앉히는 게 제일 낫겠다 싶은 수천 명 병사 가운 데 누가 아깝지 않을지 구별하는 건 불가능하지요."

"이런! 이런!" 제독이 외쳤다. "이 젊은이들이 무슨 터무니 없는 얘길 하고 있는 건가! 그 당시 애스프만큼 괜찮은 범선도 드물었네. 구식 범선치고 애스프만한 걸 찾긴 힘들 거야. 그걸 받았으니 운 좋은 친구지! 그 당시 애스프를 맡겠다는 더 잘난 지원자가 스무 명도 더 되었다는 건 처남도 알잖은가. 연줄도 없이 그렇게 빨리 뭐라도 받았으니 얼마나 운이 좋아."

"저도 운이 좋다고 느꼈습니다. 믿으셔도 됩니다, 제독님." 웬트워스 대령이 진지하게 말했다. "바라시는 대로 임용에 저도 매우 만족했습니다. 당시 바다로 나가는 건 저의 큰 목표였으니까요. 아주 커다란 목표였지요. 전 뭔가에 몰두하고 싶었습니다."

"그랬겠지. 처남같이 젊은 사람이 반년 동안 육지에서 뭘 하겠나? 아내가 없으면 금세 다시 바다로 나가고 싶어지지."

"하지만 웬트워스 대령님." 루이자가 외쳤다. "애스프에 와보고 그렇게 낡아빠진 배를 배정했다는 걸 알고 무척이나 화났겠어요."

"그전에 애스프에 대해 상당히 잘 알고 있었습니다." 그가 웃으며 말했다. "더 알아낼 게 없었지요. 루이자 양이 유행이나 펠리스*의 장점에 대해 알아냈을 내용만큼이나 없었습니다. 언제부턴지는 모르지만 주위 사람들이 거의 다 펠리스를 물려 입는 걸 봐왔는데, 그런 펠리스를 비 오는 어느 날 드디어 루이자 양이 넘겨받게 된 거라고나 할까요. 아! 제겐 사랑스러운 고물 애스프가 그런 거였습니다. 원하던 걸 다 해주었어요. 그러리란 걸 나는 알고 있었지요. 같이 물속으로 침몰하거나 아니면 나를 성공시켜줄 거란 걸 알았다는 말입니다. 게다가 애스프를 타고 바다에 나가 있는 동안 악천후가 이틀을 넘긴 적이 없습니다. 게다가 흡족하리만큼 충분한 적국의 사략선(私掠船)**

*당시 유행했던 몸에 잘 맞는 가벼운 여성용 외투. 오스틴은 사적인 편지에서도 이 코트를 자주 언급했었다.
**정부로부터 적국의 상업 선박을 약탈할 수 있는 권한을 부여받은 함선. 일종의 면허를 가진 해적선이라고 할 수 있다.

을 나포하고 나서 다음 해 가을 귀국 길에 전 운 좋게도 제가 찾던 바로 그 프랑스 호위함을 물리치는 행운까지 잡았습니다. 적선을 끌고 플리머스에 입항했는데 이게 또 다른 행운이었지요. 우리가 플리머스 만에 정박한 지 여섯 시간도 채 안 되었을 땐데, 그때 돌풍이 내습했어요. 돌풍은 나흘 꼬박 이어졌지요. 불쌍한 고물 애스프는 이틀 만에 끝장났을 겁니다. 프랑스와의 교전이 끝나고 손볼 여유도 없었으니까요. 하루 뒤 신문 귀퉁이의 작은 기사에서 겨우 범선에서 전사한 용감한 웬트워스 대령이라는 이름만 볼 수 있었을 테지요. 저 같은 건 아무도 생각하지 않았을 겁니다."

앤은 혼자서 조용히 몸서리를 쳤지만 머스그로브 씨의 두 딸은 진지한 만큼이나 드러내놓고 불쌍하고 끔찍하다는 말을 할 수 있었다.

"그러니까 그때였겠군요." 머스그로브 부인이 마치 독백하듯 조용한 목소리로 말했다. "그러니까 그때 라코니아로 갔고 거기서 우리 불쌍한 아들을 만났던 게로군요. 찰스, (자기에게 오라고 손짓하며) 대령에게 어디서 네 불쌍한 아우를 처음 만난 건지 물어봐다오. 늘 잊어버리는구나."

"지브롤터였어요, 어머니. 제가 압니다. 와병 중이었던 딕을 전임 상관의 추천으로 웬트워스 대령이 맡게 되었던 겁니다."

"아! 찰스, 대령에게 내 앞에서 불쌍한 딕 얘기 하는 걸 겁낼 필요 없다고 말해다오. 저렇게 훌륭한 분이 아들 얘기 하는 걸 들으면 도리어 기쁘겠구나."

그렇게 될까 오히려 좀 더 걱정스러운 찰스가 알겠다는 표시로 고개를 끄덕이며 물러났다.

딸들은 이제 라코니아를 열심히 찾고 있었다. 웬트워스 대령은 숙녀들의 수고를 덜어주는 기쁨을 만끽하며 귀한 함적을 손에 들고 다시 한 번 함선 명과 선박 지위, 은퇴 등급 등이 표시된 작은 설명 부분을 큰 소리로 읽었고, 라코니아도 인류 역사상 가장 멋진 배 중 하나였다고 말했다.

"아아! 라코니아를 지휘했을 때가 정말 봄날이었습니다! 거기서 얼마나 빨리 돈을 모았는지! 친구 하나와 전 아조레스 제도 연안을 함께 순항했습니다. 불쌍한 하빌, 누나도 알지! 그 친구가 돈이 무지 필요했다는 거 말이야. 저보다 심했지요. 아내가 있었거든요. 멋진 친구였어요! 얼마나 행복해하던지 잊을 수가 없습니다. 그게 다 아내를 위해서였습니다. 그다음 해 여름, 지중해에서 다시 대운을 맞았을 땐, 그 친구가 옆에 없는 게 얼마나 서운하던지요."

"분명한 건요, 대령님." 머스그로브 부인이 말했다. "대령님이 그 배의 지휘관이 되었던 그때가 '우리에겐' 행운의 날이라는 거예요. 우리는 대령님의 은혜를 결코 잊지 못해요."

그녀의 목소리가 감정이 북받쳐 낮아졌다. 내용을 일부밖에 못 들은 데다 아마 딕 머스그로브는 안중에도 없었을 웬트워스 대령은 무슨 말이 나올까 더 들어보려고 기다리는 듯했다.

"오빠 말이에요." 딸 중 하나가 속삭였다. "엄마는 불쌍한 리처드 오빠를 생각하고 있어요."

"불쌍한 녀석!" 머스그로브 부인이 계속 이었다. "더없이 착실하게 컸고, 대령님 밑에 있는 동안 그렇게 편지도 잘 보냈는데! 아! 대령님 곁을 떠나지 않았다면 더없이 행복했을 거예요. 웬트워스 대령님, 아들이 당신을 떠난 건 확실히 유감이에요."

이 말에 웬트워스 대령의 얼굴에 일순 표정이 서렸다. 반짝이는 눈이 모종의 눈짓을 지었고 아름다운 입꼬리가 치켜 올라갔다. 그걸 보니 앤은 그가 아들에 대한 머스그로브 부인의 순진한 희망에 공감하기는커녕 그 아들을 떼내기 위해 고생깨나 했을지 모르겠다는 확신이 들었다. 하지만 그가 혼자서 재미있어한 건 너무 짧은 순간이어서 그녀만큼 그를 잘 알지 못하는 다른 사람들에게는 그의 속마음이 읽히지 않았다. 다음 순간 그는 더할 나위 없이 침착하고 진지했다. 곧바로 그는 앤과 머스그로브 부인이 앉아 있는 소파로 가서 부인 옆에 자리를 잡았다. 그리고 아들에 관해 그녀와 조근조근 대화를 나누었다. 너무도 깊은 연민과 정중함이 담긴 그 태도에서 머스그로브 부인의 자연스럽고 진실된 감정을 최대한 배려하고 있는 게 보였다.

그들은 사실 같은 소파에 앉아 있었다. 머스그로브 부인이 선뜻 그를 위해 자리를 만들었던 것이다. 두 사람을 가르는 것은 머스그로브 부인뿐이었다. 그것은 대수롭지 않은 벽이 결코 아니었다. 부인은 푸짐하고 넉넉한 체구여서 민감해하고 감상에 젖어 있기보다 유쾌하고 활기찬 모습이 훨씬 잘 어울렸다. 앤의 가냘픈 몸매와 수심 어린 얼굴 덕분에 그녀가 동요하는 모습은 완벽하게 가려졌다 하더라도, 살아생전 거들떠보지도 않았던 아들의 운명을 두고 토해내는 머스그로브 부인의 둔중한 한탄을 들어주는 웬트워스 대령의 자제력은 칭찬할 만했다.

사람의 덩치와 심적 고뇌의 양은 결코 비례하지 않는다. 덩치가 큰 사람도 더없이 우아한 팔다리를 가진 사람만큼이나 깊은 고통에 충분히 빠질 수 있다. 하지만 정당하든 그렇지 않든, 이성이 존중하려 해도 헛일이고 취향이 견뎌내질 못하며 실소를 자아내는 어울리지 않는 조합이 있다.

기분을 전환하려고 뒷짐 지고 방을 두세 번 왔다 갔다 하던 제독이 아내에게 불려 가서 무슨 지시를 듣더니 웬트워스 대령에게로 다가갔다. 그리고 자기가 무슨 말을 가로채는 건지 살피지도 않고 자기 생각만 하면서 이렇게 말했다.

"지난봄 리스본에 일주일 더 있었으면 말이야, 프레더릭. 레이디 메리 그리어슨과 딸들로부터 승선시켜달라는 부탁을 받았을 거네."

"그래요? 일주일 더 있지 않아서 다행이군요."

제독은 처남이 여성에게 친절할 줄 모른다고 나무랐다. 그는 나름대로 변호했지만 그래도 무도회나 몇 시간 이내의 방문을 제외하곤 자진해서 자기 배에 숙녀를 들이는 일은 없을 것이라 선언했다.

"제가 저 자신을 안다고 한다면, 그렇게 하는 건 여성들에 대한 친절이 부족해서가 아닙니다. 오히려 아무리 노력하고 희생해도 여자들이 응당 누려야 하는 편의시설을 마련하는 게 불가능하다고 느끼기 때문입니다. 여성들의 요구를 '높이' 받들어 하나에서 열까지 편안하게 해주려는 마당에 친절이 부족하다니 요, 제독님. 저는 이렇게 합니다. 전 배 위에서 여자들의 말소리 가 들리거나 모습이 보이는 게 싫습니다. 할 수만 있다면, 제 휘 하의 배는 어디가 됐든 여성 가족들은 수송하지 않을 겁니다."

이 말에 누나가 끼어들었다.

"오 프레더릭! 그런 말을 하다니 믿기지 않는구나. 편의시 설이라니, 모두 허무맹랑한 소리야! 여자들은 고대광실에서나 배 위에서나 똑같이 편안할 수 있어. 나도 선상 생활을 할 만 큼 했으니까 하는 말이지만, 군함 숙소보다 나은 건 별로 없어. 내 주위에, 심지어 켈린치 홀조차도(앤에게 정중하게 머릴 숙 이며), 내가 배에서 지낼 때보다 더 편안하고 즐길 거리가 많은 건 아니라고 난 분명히 말할 수 있어. 내가 배에서 지낸 건 통 틀어 다섯 번이나 돼."

"그 말이 아니잖아." 동생이 대답했다. "누나는 매형과 함께 지내고 있었고, 승선한 사람들 중 유일한 여성이었어."

"그런데 너도 포츠머스에서 플리머스까지 돌 때 하빌 부인, 부인의 여동생과 사촌, 세 자녀를 데려왔잖아. 그럼 그때는 네 가 말하는 극도로 세밀하고 특별한 친절은 어디로 치워둔 거 니?"

"모두 우정에 녹아들었지, 소피아. 난 혈육 같은 장교의 아 내라면 누구든지 최대한 도울 거고, 하빌이 원한다면 뭐가 됐 든 세상 끝까지 가서라도 갖고 올 거야. 하지만 그렇다고 해서 내가 그게 옳지 않은 일이라고 느끼지 않았다는 건 아니야."

"그들은 더없이 편안했을 텐데."

"그렇다고 그들이 더 좋아지지는 않아. 그만한 수의 여자들과 아이들이 배 위에서 편안함을 누릴 '특권'은 없는 거니까."

"프레더릭, 넌 정말 허무맹랑한 말을 하는구나. 제발, 다들 너처럼 생각한다면 남편 따라 이 항구에서 저 항구로 실려 다니는 불쌍한 우리 선원 아내들은 어떻겠니?"

"생각은 그렇게 해도 하빌 부인과 가족을 플리머스로 데려 왔잖아."

"그런데 네가 까다로운 신사처럼 그렇게 말하는 건 듣기 거북하구나. 마치 모든 세상 여자들을 이성적 존재가 아니라 까다로운 숙녀들로 보는 것 같아. 바다에서 지낼 때 바다가 잔잔하기만 할 거라 기대하는 사람은 우리 중에 아무도 없어."

"이런, 여보!" 제독이 말했다. "처남도 아내가 생기면 얘기가 달라질 거요. 우리가 운이 좋아 다음번 전쟁이 날 때까지 산다면, 결혼해서 처남도 당신과 나 그리고 다른 많은 사람이 했던 대로 따라 하는 걸 보게 될 거요. 자기한테 아내를 실어다준 누군가에게 아주 고마워할 테니까."

"그래요, 그럴 거예요."

"이제 그만하지요." 웬트워스 대령이 소리쳤다. "결혼한 사람들이 '오! 결혼하면 다를 거야'라면서 절 공격하기 시작하면 전 '안 달라집니다' 하고 말죠. 그러면 또 '암 달라지고말고' 이럽니다. 그러면 전 입을 닫습니다."

그는 일어서더니 가버렸다.

"세상에 많이도 다니셨네요, 부인!" 머스그로브 부인이 크로프트 부인에게 말했다.

"결혼 생활 15년 동안 꽤 다녔어요. 더 많이 다닌 부인들도 있겠지만요. 대서양은 네 번 건넜고 동인도 제도도 한 번 갔다 왔죠. 딱 한 번요. 그 밖에 영국 연안 여러 곳, 코르크, 리스본, 지브롤터에 있었어요. 그렇지만 지브롤터 해협 너머로는 한 번도 안 갔어요. 서인도 제도도 안 가 봤어요. 버뮤다나 바하마는 있잖아요, 서인도라고 하지 않거든요."

머스그로브 부인은 뭐라고 반박할 말이 없었다. 여태 살아오는 동안 그런 데를 어떤 이름으로든 불러본 적 없는 자신을 나무랄 수는 없었다.

"그리고 분명한 건요, 부인." 크로프트 부인이 말을 이었다. "군함 숙소를 능가하는 건 없다는 거예요. 그러니까 제 말은 큰 대형 선박들 말입니다. 호위함에 타게 되면 물론 더 좁긴 하지만, 이성적인 여자라면 그런 곳에서도 지극히 행복하겠죠. 그리고 제 인생에서 제일 행복했던 시절은 배 위에서 보냈던 때라고 해도 과언이 아닐 거예요. 남편이랑 같이 있으면, 전혀 무서울 게 없어요. 세상에! 전 다행히 늘 건강이 좋았고 어떤 기후도 체질에 잘 맞아요. 바다에 나가면 첫날이 항상 약간 불편하지만 그 뒤로는 뱃멀미를 전혀 하지 않는답니다. 딱 한 번 심신이 고통스러웠던 적이, 딱 한 번 내가 아프거나 위험하다고 느낀 적이 있는데, 제독이(그땐 크로프트 대령이었죠) 북해에 나가 있는 동안 딜에서 저 혼자 겨울을 보낼 때였어요. 그때 전 줄곧 두려움 속에 지냈어요. 혼자서 뭘 해야 할지, 다음번 소식은 언제 듣게 될지 알 수 없으니 아프지 않은 데가 없는 것 같았어요. 하지만 남편이 옆에 있으면 아플 일이 없었어요. 손톱만 한 불편 사항도 겪지 않았답니다."

"아, 여부가 있겠어요. 네, 그렇다마다요. 아, 네, 정말 동감이에요." 머스그로브 부인의 진심 어린 대답이었다. "떨어져 있는 것보다 나쁜 건 없지요. 정말 동감해요. 그게 어떤 건지 '제가' 압니다. 머스그로브 씨가 항상 순회재판에 참석하거든요. 재판이 다 끝나서 남편이 안전하게 돌아오면 그렇게 기쁠 수가 없답니다."

그날 저녁은 무도회가 대미를 장식했다. 무도회를 갖자는 말이 나오자 평소처럼 앤이 연주를 자청했다. 피아노 앞에 앉아 있으면 때때로 눈물이 차오르곤 했지만 연주를 해줄 수 있다는 것이 매우 기뻤고 아무런 보상도 바라지 않았다. 그저 아무도 보는 사람이 없기만을 바랐다.

유쾌하고 즐거운 파티였다. 웬트워스 대령보다 더 기분 좋은 사람은 없는 것 같았다. 그녀는 그가 기분 좋지 않을 이유가 뭐가 있을까 싶었다. 동석자 전원에게서 관심과 경의를 받은 데다, 특히 젊은 아가씨들의 관심은 그의 독차지였던 것이다. 이미 얘기한 바 있는 사촌 헤이터 씨 딸들도 그에게 반할 수 있는 영광이 허락된 듯했다. 헨리에타와 루이자를 보자면, 둘 다 그에게 완전히 빠져 있는 모양새라서, 서로 계속 사이가 좋아

보이는 모습만 없다면 두 사람이 확실한 경쟁 관계라고 생각될 만했다. 모든 이가 자기를 그렇게 열렬히 좋아해주는데 좀 우쭐거리는 건 당연하지 않겠는가?

앤이 생각에 잠겨 있는 동안 손가락은 실수 없이 고르게, 아무 느낌도 없이 30분 동안 쉬지 않고 기계적으로 움직였다. '한순간' 그녀는 그가 자기를, 변한 이목구비를 쳐다본다는 걸 느꼈다. 아마 한때 자신을 매혹했던 얼굴의 흔적을 찾아보고 있었을 것이다. 그리고 어느 순간 그가 자기에 대해 물었다는 걸 알았다. 대답을 듣고서야 안 것이지만 그가 파트너에게 앤 양이 춤은 안 추느냐고 물은 게 확실했다. 대답은 이러했다. "아! 전혀 안 춰요. 춤은 단념했던데요. 앤 양은 연주하는 게 낫대요. 지치지도 않고 연주해요." 한번은 그녀에게도 말을 걸었다. 춤이 끝나자 그녀가 피아노 앞을 떠났고 그는 머스그로브 씨 딸들에게 음악을 좀 안다는 인상을 주고 싶어서 그 앞에 앉아 있었다. 그러다 예기치 않게 그녀가 그 자리로 돌아오게 되었다. 그녀를 보더니 그가 즉시 짐짓 정중한 태도로 일어서면서 말했다.

"실례했습니다. 당신 자리군요." 그녀가 곧 단호하게 아니라며 몸을 뺐지만 그는 다시 앉으려 하지 않았다.

앤은 그런 태도와 말투를 더 보고 싶지 않았다. 그의 차가운 호의와 지나치게 예절 바른 태도가 그 무엇보다 끔찍했다.

9

웬트워스 대령은 켈린치를 집처럼 여기며 원하는 만큼 머물러 있었다. 그는 제독이 아내가 그러는 것만큼이나 완전한 우애를 베푸는 대상이었다. 처음 도착하자마자 그는 내친김에 슈롭셔까지 가서 거기 정착해 살고 있는 형을 만날 생각이었다. 하지만 어퍼크로스의 매력에 이끌리는 바람에 이 계획이 미루어졌다. 넘치는 호의와 찬사, 그리고 넋을 뺄 만한 모든 것이 어퍼크로스에서 그를 맞이했다. 나이 든 사람들은 아주 호의적이었고 젊은 사람들은 매우 유쾌했다. 그래서 그는 여기에 남아 있으면서 형수의 뛰어난 교양과 매력은 좀 더 있다가 만끽해야겠다고 마음먹을 수밖에 없었다.

어퍼크로스는 이내 그가 하루가 멀다 하고 가는 곳이 되었다. 머스그로브 씨 가족도 언제라도 그를 초대할 준비가 되어 있었고 켈린치에 말동무가 없는 아침나절에는 더욱 그랬다. 아침이면 제독 부부가 대개 함께 나가서 새 거처와 목초지, 양떼를 관심 있게 둘러보면서 다른 사람은 못 버틸 정도로 유유자적하게 산책을 다니거나 최근 새로 들여온 이륜마차를 몰고 나가버렸기 때문이다.

지금까지 머스그로브 씨 가족 사이에서는 웬트워스 대령에 대해 오직 한 가지 평판만이 존재했다. 어디서나 한결같이 열렬한 찬양 일색이었다. 하지만 이런 무간한 관계가 자리 잡는가 싶었을 때 찰스 헤이터라는 사람이 그들 사이에 다시 끼어

들었다. 그는 이 관계를 상당히 불안해했고 웬트워스 대령을 커다란 장애물이라 생각했다.

찰스 헤이터는 사촌들을 통틀어 제일 맏이였고, 붙임성 있고 유쾌한 젊은이였다. 웬트워스 대령이 소개되기 전 헨리에타와 그는 꽤 사랑했던 사이 같았다. 그는 성직자 자격이 있었고, 상주할 필요 없는 인근의 부목사직을 맡고 있어서 어퍼크로스에서 겨우 2마일 거리인 부친의 집에서 기거했다. 잠시 집을 떠나 있는 바람에 이 중요한 시기에 사랑하는 여인에게 신경을 쓰지 못했는데, 다시 돌아와서 그녀의 태도가 예전 같지 않다는 걸 알게 되자 웬트워스 대령의 모습을 보는 것이 고통이 되어버렸다.

머스그로브 부인과 헤이터 부인은 자매였다. 두 사람 다 각자 재산이 있었지만 결혼으로 그들의 사회적 지위에 현저한 차이가 생겼다. 헤이터 씨는 본인 소유의 자산이 좀 있지만 머스그로브 씨와 비교하면 미미했다. 머스그로브 가문은 그 지역의 최상류층에 속했지만, 헤이터 씨의 자녀들은 부모의 낮은 지위와 활발치 못한 사교 활동, 세련되지 못한 생활 방식 및 본인들의 부족한 소양 탓에 어퍼크로스와 인척 관계라는 것만 빼면 어디에도 끼기 힘들었다. 물론 이 찰스만은 예외였다. 그는 고등 교육을 받은 신사가 되기로 일찌감치 결심했기 때문에 나머지 사촌들에 비해 교양과 예의범절이 탁월했다.

양가는 늘 잘 지냈다. 한쪽이 우쭐대지도 않았고 다른 한쪽이 시샘하는 일도 없었다. 그저 머스그로브 씨 딸들만 자기들이 낮다는 걸 의식하고 있어서 사촌들을 도와주며 흐뭇해하는 정도였다. 헨리에타에 대한 찰스의 관심을 그녀의 부모는 아무 반대 없이 지켜보았다. "헨리에타를 생각하면 훌륭한 결혼이라 할 수 없겠지만, 만약 걔가 찰스를 좋아하는 거라면요. 헨리에타가 찰스를 좋아하는 눈치더라고요."

헨리에타도 웬트워스 대령이 나타나기 전까지는 완전히 그렇게 생각했다. 하지만 그가 나타난 이후로 사촌 찰스는 거의 잊힌 존재였다.

앤이 관찰한 바로는 웬트워스 대령이 두 딸 중 누구를 더 좋아하는지는 아직 미지수였다. 얼굴은 아마 헨리에타가 더 예쁠 것이고 성격은 루이자가 더 유쾌했다. 좀 더 상냥한 성격에 이끌릴지 아니면 좀 더 발랄한 성격에 이끌릴지 '지금은' 알 수 없었다.

머스그로브 씨 부부는 딸들에게 접근하는 젊은이들이 안 보여서 그러는 건지 아니면 그들과 딸들의 사려분별을 전폭적으로 믿어서 그러는 건지 만사를 운에 맡기는 듯했다.

어퍼크로스 본채에서는 딸들에 대해 애태우거나 나무라는 말이 조금도 나오지 않았다. 하지만 별채는 달랐다. 오빠 부부는 더 많은 걸 추측하려 했고 더 많은 걸 알고 싶어 했다. 웬트워스 대령이 머스그로브 씨 딸들과 네댓 번 이상을 같이 있었고 찰스 헤이터가 딱 한 번 다시 모습을 드러냈을 때였다. 앤은 웬트워스가 더 마음에 두고 있는 사람이 '누군지' 찰스 부부의 의견을 들어야 했다. 찰스는 루이자를, 메리는 헨리에타를 꼽았지만 둘은 한마음으로 웬트워스가 누구를 택하더라도 기쁘겠다고 했다.

찰스의 말은 이랬다. "살면서 웬트워스 대령만큼 유쾌한 사람은 만나보지 못했어. 그리고 웬트워스 대령 본인이 해준 말로 미루어볼 때, 대령은 분명 전쟁으로 최소 2만 파운드는 벌었을 거야. 이건 한꺼번에 만든 재산이고, 그것 말고도 앞으로 전쟁이 난다면 재산을 만들 기회가 더 있을 테지. 게다가 웬트워스 대령은 틀림없이 여느 해군 장교들보다 수훈을 세울 가능성이 더 높아. 음, 둘 중 누구 쪽에서 봐도 아주 멋진 결혼일 거야."

"그렇고말고요." 메리가 맞장구쳤다. "세상에! 대령이 높은 지위에 오른다면! 만약 준남작이라도 된다면! '레이디 웬트워스'라니 정말 듣기 좋아요. 사실 헨리에타에겐 영광일 거예요! 그렇게 되면 나보다 상석을 차지할 테니까 헨리에타가 그걸 싫어하진 않겠죠. 프레더릭 웬트워스 경과 레이디 웬트워스라니! 하지만 새로 받은 작위일 뿐인걸. 사실 신규 작위는 대단할 것도 없죠."

메리는 찰스 헤이터가 마음에 걸려 헨리에타가 선택되는 것이 최선이라고 생각했다. 젠체하는 그의 모습을 그만 보고 싶었던 것이다. 헤이터 씨 가족을 얕보고 있던 그녀는 양가의 친척 관계가 강화되도록 놔두면 큰 불행이 될 거라고, 자신과 아이들에게 매우 불운일 거라고 생각했다.

"그게 말이죠." 그녀가 말했다. "난 찰스 헤이터가 헨리에타에게 어울리는 짝이라는 생각이 들지가 않아요. 머스그로브 집안이 맺어온 혼맥을 보더라도 아가씨가 자길 아무렇게나 내던질 권리는 없어요. 젊은 여성은 누구든 '중요한 위치'의 가족 구성원에게 불유쾌하고 불편할 수 있는 배필을 선택할 권리는 없는 것 같아요. 그런 결혼에 익숙지 않은 가족들에게 창피한 인척 관계를 만들어줘서는 안 되지 않겠어요. 게다가 찰스 헤이터가 누군가요? 시골 부목사밖에 더 돼요? 어퍼크로스의 머스그로브 양에게 전혀 어울리지 않는 배필이에요."

하지만 그녀의 남편은 이 말에 동의하려 하지 않았다. 그는 사촌을 존중했을 뿐만 아니라 찰스 헤이터가 장자였기 때문에 같은 장자의 입장에서 상황을 바라보았다.

"당치도 않은 말이야, 메리." 이게 그의 대꾸였다. "헨리에타에겐 '훌륭한' 결혼이 아닐지 모르지. 하지만 찰스는 스파이서 부부를 통해 일이 년 안에 주교로부터 뭔가 얻어낼 아주 좋은 기회가 있어. 그리고 찰스가 장자라는 걸 기억해야 해. 이모부가 돌아가시면 찰스가 바로 그 값진 부동산을 물려받는 거야. 윈스롭 저택만 해도 250에이커인 데다, 톤턴 인근의 농장도 있어. 그 농장은 군내에서 알아주는 알짜배기 땅이야. 분명히 말하는데 찰스 아니고는 누가 되든 헨리에타에게 아주 형편없는 혼처가 될 거야. 그리고 사실 그런 일은 있을 수 없어. 찰스가 유일한 사람이니까. 그는 천성이 온순해. 성격이 좋은 친구지. 윈스롭이 수중에 들어오기만 하면 거길 좀 바꿔서 아주 색다르게 살 거야. 그만한 재산이라면 결코 얕잡히는 사람이 될수가 없어. 소유권이 바로 넘어오는 멋진 재산이라고. 아니, 안 되고말고. 헨리에타가 찰스 헤이터보다 더 형편없는 사람을 만날 수도 있는 거야. 만약 헨리에타가 찰스를 차지하고, 루이자가 웬트워스 대령을 얻을 수 있다면 나로선 더 바랄 게 없겠어."

"찰스는 자기 좋을 대로 말하고 있어." 남편이 방을 나가자마자 메리가 앤에게 말했다. "헨리에타를 찰스 헤이터와 결혼시키는 건 끔찍한 일이야. '헨리에타'에게 아주 불행한 일이고, '내겐' 더 불행한 일이야. 그러니 웬트워스 대령이 그녀 머릿속에서 얼른 그를 몰아내줬으면 좋겠어. 벌써 그런 것 같기도 하지만. 헨리에타가 어제 찰스에게 눈길 한 번 제대로 안 주더라. 언니가 거기서 같이 봤으면 좋았을 텐데. 게다가 웬트워스 대령이 루이자도 마음에 들어한다는 그런 말은 당치도 않아. 헨리에타를 훨씬 더 좋아하는 게 확실하니까. 찰스는 참 낙관적이기도 하지! 언니도 어제 같이 있었으면 좋았을걸. 그랬으면 누구 말이 맞는지 판단해줄 수 있었을 텐데. 그리고 작정하고 내 말에 반대하려는 게 아니었다면 분명 나하고 생각이 같았을 거야."

머스그로브 씨 집의 정찬이 기회였다. 거기서라면 이 모든 게 앤의 눈에 들어왔을 것이다. 하지만 그녀는 두통도 있고 어린 찰스가 다시 좀 아프다며 이를 핑계 삼아 집에 있었다. 그저 웬트워스를 피할 생각뿐이었다. 그리고 심판해달라는 듯 묻는 말에 대답하지 않아도 되니 그것도 이제 평온한 저녁에 추가된 또 한 가지 이점이었다.

웬트워스 대령의 태도에 대해서라면, 그녀는 그 자신이 루이자보다 헨리에타를 더 좋아하는지, 아니면 헨리에타보다 루이자를 더 좋아하는지 일찌감치 본인의 의중을 파악하는 것이 더 중요하다고 생각했다. 그래야 두 자매 중 하나의 행복을 위험에 빠뜨린다거나 스스로의 명예를 실추시키는 일은 없을 것이기 때문이다. 어느 쪽이든 필시 그에게 다정하고 상냥한 아내가 될 터였다. 찰스 헤이터에 대해서는 젊은 아가씨의 별 뜻 없는 경망스러운 행동으로 상처 입었을 게 분명한 예민한 감정과 그것 때문에 겪는 온갖 고통을 측은히 여기는 마음이 있었다. 하지만 만약 헨리에타가 자기 본심을 잘못 안 거라면 한순간도 지체 없이 바뀐 감정을 알려주어야 했다.

찰스 헤이터는 헨리에타의 행동 때문에 크게 상심했고 굴욕감이 들었다. 그렇게 오랫동안 친분이 쌓인 사이인데 완전히 남처럼 굴면서, 다시 만난 지 두 번 만에 결혼 가능성을 없던 일로 하고 자기가 어퍼크로스에 발길을 끊게 만들 수는 없는 일이었다. 하지만 위험하다는 생각이 들 만큼 태도가 싹 바뀌었다 싶었을 그때 웬트워스 대령이라는 사람이 원인일 수 있겠다는 생각이 들었다. 그가 일요일에 오지 않았던 건 겨우 두 번이었다. 게다가 헤어질 때는 곧 자기가 현재의 부목사직을 관두고 대신에 어퍼크로스의 부목사직을 얻게 될 거라는 기대로 그녀가 결혼까지 생각하도록 만들어놓았다. 그때 그녀의 최대 관심사는 분명 이것이었다. 교구목사로서 40년 넘게 열정적으로 사목 활동을 수행했지만 이제 그중 많은 임무를 수행하는 게 벅찰 정도로 쇠약해진 셜리 박사가 부목사를 한 사람 둘 작정이고, 그 부목사에게 될 수 있는 대로 괜찮은 급료를 지불할 텐데, 찰스 헤이터가 그 자리를 맡아놓은 것이다. 6마일 떨어진 데로 가는 대신 어퍼크로스로 오게 되는, 이모저모 따져 봐도 더 나은 자리였다. 게다가 존경하는 셜리 박사 밑에서 일하며 존경하는 박사님이 건강을 해칠 정도의 과도한 업무를 수행해야 하는 부담을 덜어줄 수 있다니 얼마나 좋은 일인가. 루이자조차 그렇게 느꼈으니 헨리에타에게는 모든 것을 갖춘 것이나 다름없었다. 그가 돌아왔을 때, 이런! 그렇게 열렬히 관심을 보이던 일은 과거사가 되어 있었다. 루이자는 그가 셜리 박사와 막 나누었다는 대화 내용을 듣고 있지를 못했다. 그녀는 창가에서 웬트워스 대령을 찾았다. 헨리에타마저 기껏 듣는 둥 마는 둥 했고, 결과가 어찌 될지 몰라 불안해하던 일은 몽땅 잊은 듯했다.

"아, 정말 잘됐네요. 그 자릴 얻을 거라 늘 생각했어요. 분명히 그럴 거 같았어요. 그러지 않을 순 없을 것 같았어요. 그러니까, 박사님한테 부목사가 있어야 할 텐데 당신이 그 자리를 낙점받아놓았잖아요. 그가 오고 있니, 루이자?"

머스그로브 씨 댁에서 정찬이 있은 지 얼마 되지 않은 어느 날 아침이었다. 그때 식사에 앤은 가지 않았었다. 웬트워스 대령이 코티지 거실로 쑥 들어왔는데 거실엔 그녀와 병치레 하면서 소파에 누워 있는 어린 찰스밖에 없었다.

앤과 단둘밖에 없다시피 한 걸 깨닫고 놀란 대령은 평소의 침착한 태도를 잃고 말았다. 그는 깜짝 놀라더니 겨우 이렇게 말했다. "머스그로브 씨 댁 따님들이 여기 있는 줄 알았습니다. 머스그로브 부인이 여기 가면 있을 거라고 해서요." 그러더니 마음을 진정시키고 어떻게 처신해야 할지 생각해보기 위해 창 쪽으로 걸어갔다.

"메리하고 위층에 있어요. 아마 곧 내려올 거예요." 당연히 매우 당황해하며 앤이 대답했다. 아이가 와서 뭘 해달라며 이모를 부르지 않았다면 그녀는 바로 방을 나갔을 것이다. 그러면 본인뿐 아니라 웬트워스 대령도 마음이 편해졌을 것이다.

그는 창가에 계속 있었다. 그리고 차분하고 정중한 어조로 "아이가 좀 나아졌으면 좋겠군요"라고 말하고는 끝이었다.

그녀는 소파 옆에서 무릎을 꿇었고 아이의 요구 사항을 들어주기 위해 거기 있어야 했다. 그런 식으로 몇 분이 흘렀나 싶었을 때 아주 반갑게도 현관에서 다른 사람의 발소리가 들려왔다. 고개를 돌리면서 그녀는 제부이길 바랐다. 하지만 들어온 사람은 어색한 상황을 매끄럽게 넘기기엔 역부족일 것 같은 사람이었다. 찰스 헤이터였다. 아마 웬트워스 대령을 본 기분이, 웬트워스 대령이 앤을 보고 느꼈을 기분만큼이나 전혀 달갑지 않았을 것이다.

그녀는 겨우 이 말을 건네볼 뿐이었다. "안녕하세요. 좀 앉으세요. 다들 곧 내려올 거예요."

웬트워스 대령은 대화할 기분이 전혀 없지는 않은 듯 어쨌든 창가에서 떨어졌다. 하지만 찰스 헤이터는 이내 대화할 마음을 접고 탁자 옆에 앉아서 신문을 집어 들었다. 그러자 웬트워스 대령도 원래 있던 창가로 돌아갔다.

잠시 후 아이 하나가 더 늘었다. 튼실한 두 살배기 작은 아이가 누군가가 밖에서 문을 열어준 덕분에 불쑥 들어왔다. 그러고는 무슨 일인가 보려고 소파로 직진하더니 괜찮은 게 있으면 뭐든 달라고 했다.

먹을 것도 없고 하니 아이는 그저 장난밖에 칠 게 없었다. 이모가 아픈 형에게 성가시게 굴지 못하도록 하자 아이는 꿇어앉은 그녀에게 달라붙었다. 어린 찰스 옆에서 분주했던 그녀는 아이를 떼어낼 수가 없었다. 아이에게 지시도 하고 간청도 하고 졸라도 봤지만 허사였다. 한 번 그녀가 겨우 아이를 떼냈지만 아이는 바로 그녀의 등에 달라붙으면서 더 즐거워했다.

"월터." 그녀가 말했다. "당장 떨어져. 정말 말썽쟁이로구나. 이모 정말 화났어."

"월터." 찰스 헤이터가 소리쳤다. "시키는 대로 말 좀 들어. 이모 말 들리지 않니? 이리 와, 월터. 아저씨에게로 와."

하지만 월터는 꿈쩍도 하지 않았다.

잠시 후 그녀는 몸이 자유로워져 있었다. 누군가 그녀에게서 아이를 데려가고 있었던 것이다. 하지만 조카가 머리를 너무 누르고 있어서 목을 감고 있던 작고 튼실한 손이 풀리고 아이가 확실히 들려 나간 뒤에야 그녀는 비로소 웬트워스 대령이 그랬다는 걸 알았다.

그게 그였음을 알고 나자 앤은 흥분되어 완전히 할 말을 잃고 말았다. 고맙다는 말조차 할 수 없었다. 그녀는 어수선한 마음으로 그저 어린 찰스만 굽어보았다. 그녀는 자기를 구원하러 나서던 그의 친절—아무 말 없이 수행하던 그 태도에서, 아이와 일부러 내는 소음 때문에 알아차릴 수밖에 없었던 사소한 세부적인 정황들에서 회복 불능의 매우 고통스러운 동요를 느꼈다. 그는 자기에게서 고맙다는 인사치레를 듣지 않을 생각이었고, 가장 하기 싫은 게 자기와 말하는 일임을 보여주려 했던 것이다. 이윽고 그녀는 어린 찰스를 메리와 머스그로브 자매의 보살핌에 맡기고 방을 나올 수 있었다. 그녀는 머물러 있을 수가 없었다. 네 사람 사이의 사랑과 질투를 보게 되는 기회일 수도 있었을 것이다. 그들은 이제 모두 함께 있었다. 하지만 그녀는 그 누구를 위해서도 거기 있을 이유가 없었다. 찰스 헤이터가 웬트워스 대령에게 호의적이지 않은 것은 분명했다. 웬트워스가 끼어들고 나서 그가 짜증 난 목소리로 말하던 모습이 강한 인상으로 남았다. "월터, 너 '내' 말 들었어야지. 내가 이모 괴롭히지 말라고 했잖아." 자기가 했어야 하는 일을 웬트워스 대령이 하도록 놔둔 걸 후회하는 마음도 이해가 되었다. 하지만 그녀는 본인 감정을 좀 더 추스르기 전까지는 찰스 헤이터의 기분은 물론 다른 그 누구의 기분에도 관심을 기울일 수가 없었다. 그녀는 혼자 창피스러웠다. 그런 사소한 일로 그토록 안절부절못한 것이, 그토록 꼼짝 못한 것이 정말 부끄러웠다. 하지만 그랬던 건 사실이었다. 평정을 되찾기 위해서는 한참을 혼자 곰곰이 생각해볼 필요가 있었다.

10

관찰할 수 있는 다른 기회가 생기지 않을 수가 없었다. 앤은 곧 나름대로 견해를 가질 만큼 자주 이들 네 사람과 어울렸다. 하지만 현명한 그녀는 집 안에서는 그다지 표를 내지 않았다. 집에서는 메리나 메리의 남편 그 누구도 자기 의견에 만족하지 않으리라는 걸 알고 있었다. 그도 그럴 것이 루이자가 웬트워스 대령이 좀 더 마음에 들어하는 사람인 것 같긴 해도, 과거 기억과 경험으로 감히 판단해보건대 아무리 봐도 그가 그중 어느 한 명과 사랑에 빠진 것 같지는 않았던 것이다. 그들이 더 그에게 빠져 있었다. 하지만 이 경우 그건 사랑이 아니었다. 그건 일종의 열병 같은 찬미였다. 하지만 그 찬미가 사랑의 결실을 맺을 수도 있었다. 아니, 필시 맺게 될 것이었다. 찰스 헤이터는 자기가 무시당한다는 걸 눈치채고 있는 것 같았다. 그런데도 헨리에타는 가끔씩 두 사람 사이에서 저울질하고 있는 듯한 분위기를 풍겼다. 앤은 그들이 뭘 하고 있는지 알려주면서 어쩌면 그들 스스로가 그 놀이에 피해 당사자가 될 수 있다는 사실을 지적할 수 있는 용기를 갈망했다. 그녀는 그 누구도 교활해서 그런다고는 생각하지 않았다. 웬트워스 대령이 자기가 불러일으킨 고통을 눈치채지 못하고 있다는 믿음이 그녀에겐 큰 위안이었다. 그의 태도에서 승리감, 비루한 승리감 같은 건 전혀 보이지 않았다. 그는 아마 찰스 헤이터의 주장을 들어본 적도, 생각해본 적도 없었을 것이다. 그저 동시에 어린 두 아가씨의 관심을 받아줬다는(받아줬다는 말이 가장 적절하니까) 사실이 그의 잘못이라면 잘못이었다.

하지만 잠시 겨뤄보는가 싶더니 찰스 헤이터는 구애를 단념한 것 같았다. 사흘이 지나는 동안 어퍼크로스에 한 번도 모습을 드러내지 않았다. 가장 결정적인 변화였다. 한 번은 정기적인 정찬 초대까지 거절했다. 그즈음 그가 큼지막한 책들을 앞에 놓고 있는 모습이 머스그로브 씨 눈에 띈 뒤 머스그로브 부부는 무언가 정상적이지 않다는 걸 확신하면서, 죽을 듯이 공부에 몰두하던 그의 모습에 대해 심각한 얼굴로 이야기를 나누었다. 그가 헨리에타에게 확실히 퇴짜를 맞았으면 하는 게 메리의 희망이자 믿음이었고, 그녀의 남편은 내일 그가 오리라 계속 믿고 있었다. 앤은 찰스 헤이터가 현명하다는 생각밖에 들지 않았다.

어느 날 아침, 찰스 머스그로브와 웬트워스 대령이 함께 사냥을 나가고 없을 때쯤이었다. 코티지에서 자매가 평온하게 뜨개질을 하고 있는데 시댁에서 두 시누이가 창가로 찾아왔다.

아주 화창한 11월이었다. 머스그로브 씨 딸들은 작은 뜰을 가로질러 와서 멈추더니 딴 뜻 없이 '멀리' 산책 간다는 말만 할 생각이었다면서, 그러니까 메리는 같이 가고 싶지 않을 거라고 단정을 지었다. 그런데 잘 걷지 못하는 사람이라는 말에 시샘이 난 메리가 곧바로 이렇게 대답했다. "아, 나도 끼고 싶어요. 멀리 걷는 거 정말 좋아해요." 두 아가씨의 표정을 본 앤은 이게 정확하게 그들이 바라지 않은 바였다는 걸 알 수 있었다. 그리고 가족 관습이 만들어낸 듯한, 모든 정보를 서로 주고 받아야 하고 아무리 내키지 않고 불편해도 모든 걸 함께해야 하는 일종의 강제성에 다시 한 번 깜짝 놀랐다. 그녀는 가지 말라고 메리를 말려보려 했지만 소용없었다. 사정이 그렇다보니 같이 가자며 자기에게 더 살갑게 권하는 머스그로브 씨 딸들의 초대를 받아들이는 게 최선이라는 생각이 들었다. 동생을 데리고 일찍 돌아오면 그들의 계획에 지장을 덜 주니 오히려 도움이 될지도 몰랐던 것이다.

"시누이들이 왜 내가 멀리 걷는 걸 좋아하지 않을 거라고 생각하는지 도대체 알 수가 없어!" 메리가 위층으로 올라오더니 말했다. "다들 항상 내가 잘 걷지 못한다고 생각해! 그래 놓고선 막상 내가 같이 가지 않겠다고 했으면 기분 나빠했을걸. 일부러 와서 이런 식으로 물어보는데 안 간다는 말을 어떻게 해?"

그들이 막 출발하려는데 남자들이 돌아왔다. 애송이 개를 데리고 나갔다가 그 개가 사냥을 망치는 바람에 일찍 돌아오게 되었던 것이다. 시간도 그렇고 기운이나 기분으로 봤을 때 이 산책을 따라 나서기에 딱 적당했기에 그들은 기꺼이 합류했다. 이렇게 될 줄 알았으면 앤은 집에 남아 있었을 것이다. 하지만 흥미도 있고 호기심도 생긴 터라 몸을 빼기에 너무 늦은 것 같았다. 그리하여 총 여섯 명이 머스그로브 자매가 정한 방향으로 함께 출발했다. 자매는 자기들이 산책을 이끌려고 생각한 것 같았다.

앤의 목표는 다른 사람에게 방해되지 않는 것이었고, 들판을 가로지르는 좁은 오솔길의 특성상 몇 번이고 떨어져 걸어야 할 때는 동생 부부와 보조를 맞추었다. 산책하는 동안 그녀의 즐거움은 걷는 것과 그날의 아름다움에서, 황갈색 낙엽과 이운 산울타리에 보내는 그해의 마지막 미소를 일별하는 데서, 그리고 가을을 노래하는 이 세상의 수많은 시구 중 몇 개를 읊조리는 데서 나올 수밖에 없었다. 가을은 민감하게 음미하는 마음에 특별하고 무궁무진한 감화를 일으키는 그런 계절이었고, 읽힐 가치가 있는 모든 시인에게서 표현하고자 하는 어떤 시구나 서정적인 몇 줄의 시행을 끌어내었던 그런 계절이었다. 그녀는 되도록 명상이나 시구의 인용 같은 것에 몰두했다. 하지만 웬트워스 대령이 머스그로브 씨 딸들 중 어느 하나와 주고받는 말이 들리는 거리에서는 그들의 말을 듣지 않으려야 않을 수가 없었다. 하지만 중요한 내용은 별로 없었다. 그저 친밀한 청춘남녀 사이에 누구나 나눌 수 있는 그런 쾌활한 잡담이었다. 그는 헨리에타보다 루이자와 더 많이 같이 있었다. 루이자는 그의 눈에 들려고 확실히 언니보다 더 적극적이었다. 이런 차이가 점점 뚜렷해지는 것 같더니 루이자의 말 중에 앤을 놀라게 한 게 있었다. 그날의 날씨에 대해 쉴 새 없이 터져 나오던 수많은 감탄사 중 하나가 끝나자 웬트워스 대령이 이렇게 덧붙였다.

"제독님과 누나에게 더없이 멋진 날씨군! 오늘 아침 멀리 말을 몰고 나간다고 했습니다. 어쩌면 이쪽 언덕 어딘가에서 그들을 부를 수도 있겠어요. 이쪽으로 넘어온다고 했으니까요. 오늘은 어디쯤에서 마차가 뒤집힐까. 아! 이런 일은 빈번하게 일어납니다. 정말이에요. 그런데 누나는 대수롭잖게 여겨요. 누나는 기꺼이 튕겨 나갈 겁니다."

"아! 과장해서 말하고 계신다는 거 알아요." 루이자가 소리를 높였다. "하지만 정말 그런 일이 일어난다면 저도 누님과 똑같이 할 거예요. 누님이 제독님을 사랑하듯 제가 한 남자를 사랑한다면 전 그 사람과 항상 같이 있을 거예요. 그 무엇도 우릴 갈라놓지 못할 거예요. 그러니 전 다른 사람에게 안전하게 모셔지는 것보다 사랑하는 사람이 모는 마차에서 전복 사고를 당하는 쪽을 택하겠어요."

매우 열정적인 어조였다.

"그럴 건가요?" 그가 그녀의 어조를 따라 하며 소리쳤다. "대단하시군요!" 그리고 잠시 둘 사이에는 아무 말이 없었다.

앤은 시구를 떠올리는 데에 곧바로 다시 몰입할 수가 없었다. 가을의 아름다운 풍경은 잠시 밀려나 있어야 했다. 저무는 한 해에 들어맞는 비유와, 다 사라지고 없는 이유는 행복과 청춘, 봄의 심상으로 가득 찬 가슴 아픈 소네트가 그녀의 추억을 건드린다면 몰라도. 그들이 차례차례 다른 오솔길로 들어섰을 때 그녀가 정신을 차리고 말했다. "이쪽은 윈스롭 씨 집으로 가는 길 아닌가요?" 하지만 아무도 듣지 못했다. 아니 어쨌든 아무도 그녀의 말에 대꾸하지 않았다.

윈스롭, 아니 가끔씩 집 근처를 배회하다가 젊은 사람들이 마주치게 되는 윈스롭 부근이 이들의 목적지였다. 쟁기질 중인 논밭과 새로 난 두렁길이 농군의 존재를 알려주는—이는 달콤한 시적 절망의 분위기에 역행하면서 새봄이 온다는 걸 의미했다—넓은 사유지를 가로질러 반 마일가량 완만한 경사를 오르자 그들은 꽤 높은 언덕바지에 올라설 수 있었다. 거기서 어퍼 크로스와 윈스롭이 갈라지고 있었고 이내 반대편 언덕의 기슭에 자리 잡은 윈스롭의 전경이 내려다보였다.

아름답지도 우아하지도 않은 윈스롭이 그들 앞에 펼쳐졌다. 특별할 것 없는 주택이 나지막하게 서 있고 농가 안마당에는 헛간과 축사가 옹기종기 모여 있었다.

메리가 소리쳤다. "세상에나! 윈스롭 씨 집이야. 정말 꿈에도 생각 못 했어! 어머, 돌아가는 게 좋겠어요. 아주 피곤해요."

헨리에타는 양심이 찔려 부끄러워하고 있었다. 그리고 산책길 어디를 봐도 걸어가는 찰스의 모습을, 문 어디를 봐도 기대서 있는 찰스의 모습을 찾을 수 없자 메리가 원하는 대로 하려고 했다. 하지만 "아니야"라고 찰스 머스그로브가 말했고, "그래, 안 돼"라고 외치며 루이자가 언니 편을 들고 나오니, 이 문제로 말싸움을 벌이는 것 같았다.

한편 찰스는 이제 거의 다 왔으니 이모 댁에 들려야겠다고 자기 생각을 단호히 밝혔다. 그리고 두려워하면서도 같이 가고 아내를 열심히 설득했다. 그러나 이 부분에서 그녀의 위력이 드러났다. 남편이 아내에게 당신이 그렇게 피곤하다고 하니까 윈스롭에서 15분가량 쉬면 좋지 않겠느냐고 권하자 그녀가 딱 잘라 이렇게 대꾸했다. "어머! 아니에요, 정말이에요! 앉아 쉬어서 좋은 것보다 이 언덕을 다시 올라오는 게 더 힘들 거예요." 두말할 것 없이 그녀의 얼굴과 태도에서 가지 않겠다는 결의가 분명히 드러났다.

이런 식의 논쟁과 논의가 좀 더 이어진 후에 찰스와 여동생들 사이에서 그와 헨리에타가 내려가서 이모와 사촌들을 잠시 보고 오는 동안 나머지 사람들은 언덕 위에서 쉬는 것으로 결론이 났다. 루이자가 이 안을 주도한 모양이었다. 루이자가 헨리에타와 계속 이야기하면서 언니 오빠와 함께 언덕을 약간 내려가는 동안 메리는 이때다 싶었는지 그 근방을 깔보듯 둘러보며 웬트워스 대령에게 말했다.

"저런 친척을 둔다는 건 참으로 불쾌한 일이지 뭐예요! 그러나 전 여태껏 저 집에 두 번 넘게는 가지 않았어요. 믿으셔도 돼요."

그녀는 그에게서 아무런 대꾸도 듣지 못했다. 그는 그저 맞다는 표시로 억지 미소를 짓더니 돌아서면서 한심하다는 눈짓을 슬쩍 보였다. 앤은 그게 무슨 의미인지 정확히 알고 있었다.

그들이 남게 된 언덕 꼭대기는 상쾌한 곳이었다. 루이자가 돌아왔고, 디딤 계단에 혼자 편안한 자리를 찾은 메리는 다른 사람들이 주변에 서 있는 동안은 아주 흡족해했다. 하지만 산울타리 근처에 떨어져 있는 나무 열매를 주워보자며 루이자가 웬트워스 대령을 끌었고, 두 사람이 시야에서 점차 멀어지다가 아예 소리까지 들리지 않게 되자 더 이상 기쁘지가 않았다. 메리는 자기 자리를 두고 투덜거렸다. 루이자가 어딘가 더 좋은 자리를 잡은 게 틀림없어 보였고, 더 좋은 자리를 찾으러 가는 걸 막을 방법이 아무것도 없었던 것이다. 메리가 두 사람이 지나간 문을 지나가보았다. 하지만 그들은 보이지 않았다. 앤은 그들이 아직 있을 성싶은 산울타리 밑 양지바른 비탈에 메리가 앉을 만한 괜찮은 자리를 발견했다. 메리는 잠시 앉았다. 하지만 그걸로 성에 차지 않을 것이다. 그녀는 루이자가 분명 여기 말고 딴 데서 더 좋은 자리를 찾았다고 확신했기 때문에 더 좋은 자리가 나올 때까지 계속 찾아다닐 것이다.

앤은 너무 피곤했기 때문에 앉을 수 있어서 기뻤다. 이내 뒤쪽 산울타리 속에서 웬트워스 대령과 루이자의 말소리가 들려왔다. 두 사람은 거친 돌길 소로를 따라 중앙 쪽을 걸어서 되돌아가는 중인 듯했다. 가까이 왔을 때 그들은 이야기를 나누고 있었다. 먼저 루이자의 목소리가 들렸다. 무언가 열을 내어 말하는 중인 듯했는데 앤의 귀에 처음 들어온 이야기는 이러했다.

"그래서 언니를 보냈죠. 그런 얼토당토않는 이유 때문에 겁내고 찾아뵙지 않는다는 생각은 견딜 수 없었거든요. 신경 안 써요! 제가 하겠다고 작정한 일인데, 옳다는 걸 알고 있는 일인데 그런 사람이 아니 누구든지 오만한 태도를 보인다고 돌아설까요? 아뇨, 전 그렇게 쉽게 설득당하지 않아요. 작정했다면 전 해내거든요. 그리고 헨리에타 언니도 오늘 윈스롭에 들르겠다고 단단히 별렀던 것 같았어요. 그런데 터무니없이 남 기분 맞추겠다고 포기할 뻔했지 뭐예요."

"루이자 양이 아니었으면 언니가 발길을 돌렸겠군요?"

"사실 그랬을 거예요. 그런 말을 하니 좀 부끄럽네요."

"언니한테 다행입니다. 동생 같은 분이 옆에 있으니 말입니다! 방금 새로운 사실을 듣고 보니 지난번 찰스 헤이터와 함께 있었을 때 제가 목격한 것이 분명해지는군요. 무슨 영문인지 모르겠다는 것처럼 굴 필요가 없어졌어요. 단순히 예의상 방문이 아닌 이모님 댁 방문의 진짜 목적을 알겠습니다. 중요한 시기가 왔을 때, 굳은 의지와 강인한 마음을 요하는 상황에 처했을 때, 이처럼 사소한 일에 대한 쓸데없는 간섭을 막아낼 정도의 결단력이 언니에게 없다면 그는 물론 그녀도 고통을 겪을 것입니다. 언니는 상냥한 분입니다. '동생분'의 성격은 단호하고 의지가 굳은 것 같군요. 만약 언니의 행동을, 아니 행복을 소중하게 여긴다면 본인의 용기를 최대한 언니에게 가르치세요. 하지만 분명 당신은 늘 그렇게 해왔을 겁니다. 너무 순종적이고 우유부단한 성격의 가장 나쁜 점은 그 사람에게 영향을 미치는 자들을 신뢰할 수 없다는 겁니다. 좋았던 인상이 계속 갈 거라고 결코 장담할 수 없지요. 누구든지 그걸 조종할 수 있으니까요. 행복하길 바란다면 견고해야죠. 아, 나무 열매군요." 윗가지에서 열매를 하나 따 내리며 그가 말했다. "예를 들자면, 반질거리는 아름다운 열매 하나가 복을 받아 견고하게 타고나서 가을의 온갖 비바람에도 살아남았습니다. 어디에도 찍히거나 이지러진 데가 없어요. 이것은 말이죠"라며, 그는 장난스럽게 엄숙한 분위기를 띄우며 계속 말했다. "다른 많은 열매가 떨어져서 발밑에 짓밟히는 동안에도 개암나무 열매가 가질 수 있다고 생각되는 복을 다 갖고 있습니다." 그러더니 좀 전의 진심

120

어린 어조를 되찾아 이렇게 말했다. "제가 관심 있는 사람에 대해 가장 바라는 것은 그들이 단단했으면 좋겠다는 겁니다. 루이자 머스그로브가 황혼기에 멋지고 행복한 삶을 살고 싶다면 현재 지니고 있는 결단력을 소중히 간직해야 할 겁니다."

그는 말을 마쳤다. 아무런 반응도 나오지 않았다. 이렇게 말하는데, 이렇게 진지하고 열렬히 관심을 토로하는데 루이자가 곧바로 대꾸할 수 있었다면 앤이 놀라지 않겠는가! 그녀는 루이자가 어떤 생각을 하고 있을지 상상이 갔다. 앤 본인은 어떤가 하면, 모습이 눈에 띌까 봐 움직이는 게 두려웠다. 그녀가 사방으로 뻗은 호랑가시나무 덤불의 보호를 받으며 그 자리에 있는 동안 그들은 계속해서 걸어갔다. 하지만 그들의 말소리가 들리지 않게 될 즈음에 루이자가 다시 말했다.

"올케는 여러 면에서 착해요." 그녀가 말했다. "하지만 때때로 저의 성질을 매우 돋운답니다. 말도 안 되는 그 엘리엇 가문이라는 자부심으로 말이죠. 엘리엇 가문에 대한 자부심이 너무 지나쳐요. 우리는 오빠가 앤과 결혼했으면 얼마나 좋았을까 하고 생각한답니다. 오빠가 앤과 결혼하려고 했던 건 알고 계시죠?"

잠시 후 웬트워스가 말했다.

"그녀가 거절했다는 말인가요?"

"아! 네, 물론이에요."

"그게 언제죠?"

"정확히는 몰라요. 언니와 전 그때 학교를 다니고 있었거든요. 하지만 오빠가 올케와 결혼하기 1년 전쯤인 걸로 알고 있어요. 앤이 오빠의 청혼을 받아들였더라면 얼마나 좋았을까. 우린 모두 앤을 훨씬 더 좋아했어요. 엄마와 아빠는 앤이 청혼을 거절한 게 앤과 가장 가까운 레이디 러셀의 입김이라고 늘 생각하세요. 오빠가 교육이나 학식에서 부인의 마음에 들기엔 부족해서 앤에게 거절하게 했다고 생각하시는 거죠."

말소리가 멀어지고 있었고 앤은 더 이상 알아듣지 못했다. 한참 동안 몸을 추스르고 나서야 발걸음을 뗄 수 있었다. 엿듣는 사람의 귀에는 험담만 들린다던데 그녀에겐 꼭 그렇지만도 않았다. 자신에 대한 험담은 전혀 듣지 못했다. 하지만 아주 고통스러운 정보를 듣고야 말았다. 그녀는 자신의 성격이 웬트워스 대령에게 어떻게 받아들여지고 있는지 알았다. 그의 태도로 볼 때 그녀에 대한 감정과 호기심은 딱 그 정도였던 것이다. 그러니 그녀가 동요하지 않을 수 있었겠는가.

움직일 수 있게 되자 그녀는 메리에게로 갔고, 메리를 찾은 뒤 그녀와 함께 디딤 계단 옆의 이전 자리로 되돌아갔다. 그 후 사람이 다 모여 다시 한 번 함께 움직이니 좀 편안한 기분이 들었다. 그녀는 혼자 조용히 있을 필요가 있었고 그건 인원이 많아야만 가능한 일이었다.

찰스와 헨리에타가 돌아왔다. 어쩌면 예상대로, 그들은 찰스 헤이터를 함께 데리고 왔다. 앤으로서는 소상한 사정을 이해하려 해볼 수가 없었다. 웬트워스 대령조차 이 상황이 완벽히 이해되는 것 같지 않았다. 하지만 남자 쪽이 발을 뺀 뒤 여자 쪽이 한풀 수그러들었고, 두 사람이 이제 아주 기꺼이 재결합했다는 데는 의심의 여지가 없었다. 헨리에타는 약간 부끄러워하는 듯했지만 아주 흡족해하고 있었다. 찰스 헤이터는 매우 행복해했고 두 사람은 어퍼크로스로 향하는 순간부터 서로에게 오롯이 열중했다.

이제 무엇으로 보나 웬트워스 대령의 짝은 루이자였다. 그보다 더 분명한 건 없었다. 나뉘어 걸어야 했던 많은 지점에서, 혹은 그럴 필요가 없었던 지점에서까지 그들은 찰스 헤이터와 헨리에타에 뒤지지 않을 만큼 나란히 걸었다. 기다란 목초지에서는 모두에게 충분한 공간이 있었기에 그들은 나뉘어 세 개의 그룹을 형성했다. 앤은 그중 가장 활기가 없고 가장 배려가 없는 그룹에 어쩔 수 없이 끼게 되었다. 그녀는 메리 부부와 합류했고, 지칠 대로 지쳐 있던 상태라 찰스가 다른 한 팔을 내주어서 무척 반가웠다. 찰스는 앤에게는 사근사근했지만 아내에게는 성질을 부렸다. 남편의 뜻을 무시했었던 메리는 이제 뿌린대로 거두어야 했다. 그가 낭창한 나뭇가지로 울타리의 쐐기풀을 쳐낼 때마다 그녀의 팔을 놓아버렸던 것이다. 메리가 그걸 투덜거리면서, 자기는 예법을 따르느라 울타리 쪽에서 아무렇게나 대우받고 있는데 앤은 반대쪽에서 아무 불편도 없다고 한탄하기 시작하자, 그는 양팔을 다 놓더니 잠깐 눈길이 갔던 족제비를 뒤쫓았다. 그 뒤로는 다시 그와 함께 걸을 수 없었다.

이 긴 목초지는 좁은 길에 면해 있었는데, 길 끝에서 오솔길과 교차하게 되어 있었다. 일행 전원이 출구 문 쪽에 도달했을 때 간헐적으로 소리가 들려왔던, 같은 방향으로 달리던 마차가 막 들어오고 있었다. 알고 보니 크로프트 제독의 마차였다. 제독 부부가 예정했던 드라이브를 마치고 집으로 돌아오고 있었던 것이다. 젊은 사람들이 얼마나 오랫동안 산책했는지 들어보더니 특별히 피곤한 사람은 앉으라며 친절하게 자리를 권했다. 1마일은 족히 걷지 않아도 될 것이고 어차피 어퍼크로스를 통과해서 갈 것이었다. 전원을 향한 권유였고, 전원이 이를 사양했다. 머스그로브 씨 딸들은 전혀 피곤하지 않았고, 메리는 다른 사람보다 자기한테 먼저 물어봐주지 않은 것에 빈정이 상했거나 아니면 루이자가 엘리엇 자부심이라고 부르는 자부심 때문에 말 한 필이 끄는 이륜마차에 세 번째로 끼어 앉는 상황을 견딜 수 없었을 것이다.

걸어가는 일행은 오솔길을 건너서 건너편 디딤 계단 쪽으로 올라서고 있었고 제독은 말을 다시 움직이고 있었다. 그때 웬트워스 대령이 잠시 산울타리를 쓸면서 누나에게 뭔가 말했다. 이어진 일을 보니 그게 무엇이었는지 짐작할 만했다.

"엘리엇 양, 피곤할 것 같은데요." 크로프트 부인이 소리를 높여 말했다. "집까지 데려다 드리도록 하죠. 세 명에게 충분한 공간이니 걱정 말아요. 모두가 앤 양 같으면 네 명도 앉겠는걸요. 타세요. 정말이에요, 타세요."

앤은 아직 오솔길에 있었다. 본능적으로 사양하려고 했지만 그게 여의치 않았다. 아내를 거들려는 제독의 자상한 재촉이 끈덕지게 이어졌기 때문이다. 그들은 그냥 넘어가지 않으려 했다. 그들은 앤에게 구석 자리를 내주기 위해 몸을 밀착시켜 가능한 한 최대한의 공간을 만들었다. 웬트워스 대령이 아무 말 없이 그녀에게 몸을 돌려 그녀가 마차에 오르도록 부축했다.

그렇다. 그가 그걸 해냈다. 그녀는 마차 안에 있었다. 그녀는 그가 자기를 마차에 타게 했고 그의 의지와 손이 그걸 해냈으며, 이렇게 된 건 자기가 피로할 걸 안 그가 자기를 쉬게 해주려고 결단을 내렸기 때문이라고 느꼈다. 그녀는 자기를 위해 그런 생각을 하고 그런 결심을 한 그에게 감동받았다. 그의 행동에서 그 마음이 분명히 보였다. 이 사소한 상황이 앞서 일어난 모든 일의 완결판 같았다. 그녀는 그를 이해했다. 그는 그녀를 용서하지는 못했으나 그렇다고 무정할 수는 없었다. 비록 지난 일 때문에 자신을 비난하고 자존심을 지키려고 부당하게 분노하면서 그 일을 생각하고, 자신을 철저히 무시하면서 다른 여성에게 관심을 보이게 되었지만, 다정할 순 없어도 자신이 고생하는 모습은 볼 수 없었던 것이다. 그것은 옛 감정의 찌꺼기였다. 의식하진 않았지만 순수한 우정에서 나온 우발적 감정이었다. 그것은 그가 가진 따뜻하고 자상한 심성의 증거였다. 그녀는 기쁨과 고통이 온통 뒤섞여 뭐가 우세한지 알 수 없는 그런 감정이었다.

제독 부부의 친절한 행동과 말에 그녀는 처음에는 아무 생각 없이 대꾸하고 있었다. 울퉁불퉁한 길을 따라 반쯤 지나와서야 그녀는 그들이 하는 말에 정신이 들었다. 그러자 그녀는 그들이 '프레더릭' 얘기를 하는 중임을 알아차렸다.

"둘 중에 하나를 고를 생각이겠지, 소피." 제독이 말했다. "하지만 누가 될지는 도통 알 수 없어. 마음을 정하려고 두 사람을 충분히 쫓아다니고 있는 거라고 사람들은 생각할 거야. 이게 다 평화로워서 그래. 지금이 만약 전쟁 중이라면 벌써 정했을 거야. 우리 선원들은 말이죠, 엘리엇 양, 전시에는 시간을 질질 끌며 구애할 여유가 없답니다. 며칠이나 걸렸지, 여보, 처음 당신을 보고 나서 노스 야머스 기지의 숙소에 같이 앉아 있게 된 게 말이오?"

"말 안 하는 게 낫겠어요, 여보." 크로프트 부인이 상냥하게 말했다. "우리가 얼마나 빨리 결혼하겠다고 마음먹었는지 듣는다면 엘리엇 양이 우리가 행복할 수 있다는 걸 믿지 못할 거예요. 하지만 전 당신에 대한 평판을 오래전에 듣고서 알고 있었죠."

"음, 나도 당신이 예쁜 처녀라는 걸 들어서 알고 있었다오. 그 밖에 뭘 더 기다리겠소? 그런 일을 오랫동안 미뤄두는 건 내 취향이 아니오. 프레더릭이 좀 더 속도를 올려서 이 예쁜 숙녀들 중 한 명을 켈린치로 데리고 오면 얼마나 좋겠소. 그러면 우리 곁에 늘 말동무가 있을 텐데. 게다가 둘 다 아주 참한 아가씨들이지. 누가 누군지 거의 분간이 안 된다니까."

"정말 쾌활하고 꾸밈없는 아가씨들이에요." 크로프트 부인이 좀 더 차분해진 목소리로 덕담을 했다. 그 어조에서 앤은 더 예민한 직관을 지닌 그녀가 두 사람 다 동생의 신붓감으로는 보지 않을 수도 있다는 생각이 들었다. "그리고 아주 괜찮은 집안이죠. 그보다 더 좋은 사람들과 맺어질 수는 없을 거예요. 제 독님, 저 말뚝! 저 말뚝을 치겠어요."

하지만 그녀가 직접 차분하게 고삐를 다른 방향으로 돌려서 다행히 그들은 위험을 피했다. 그리고 그 뒤 한 번 더 현명하게 손을 뻗은 덕분에 바퀴 자국에도 빠지지 않고 거름 실은 손수레와 충돌하지도 않았다. 그들이 마차 모는 방식에 즐거워하면서 앤은 거기에 나타난 부부의 살아가는 모습이 결코 나쁘지 않다고 느꼈다. 어느덧 그녀는 안전하게 집에 도착해 있었다.

11

이제 레이디 러셀이 돌아올 날이 다가오고 있었다. 날짜까지 정해졌다. 부인이 다시 자리 잡는 즉시 그녀와 합류할 예정인 앤은 일찌감치 켈린치로 옮길 날을 기다리면서 자신의 편안함이 이사로 인해 얼마나 영향을 받을 것인지 생각하기 시작했다.

이사하면 그녀는 웬트워스 대령과 같은 이웃으로 반 마일 거리에 살게 될 것이다. 그들은 같은 교회에서 마주쳐야 할 것이고 두 가문 사이에는 필히 왕래가 있을 것이다. 이는 그녀에게 불리했다. 하지만 한편으로는 그가 어퍼크로스에서 아주 많은 시간을 보내기 때문에 거기를 떠나면 그가 있는 쪽으로 간다기보다 그를 남겨두고 온다고 생각할 수도 있었다. 대체적으로 보아 그녀는 이 중요한 난제로 이익을 얻는 쪽이라는 생각이 들었다. 딱한 메리를 떠나 레이디 러셀 옆으로 옮겨 가니 만나는 사람이 달라져서 얻는 이익만큼은 확실했다.

그녀는 켈린치 홀에서 웬트워스 대령을 다시 보지 않을 수 있기를 바랐다. 그곳의 방들은 그녀가 너무나 가슴 아프게 떠올릴 이전의 만남들을 목격한 장소였다. 하지만 더 간절히 바란 것은 레이디 러셀과 웬트워스 대령이 그 어디에서도 절대 마주치지 않는 것이었다. 두 사람은 서로를 좋아하지 않았고 새로이 친분을 쌓는다고 이제 더 좋아질 수도 없었다. 레이디 러셀이 만약 두 사람이 함께 있는 모습을 본다면, 그는 너무 자신만만하고 그녀는 너무 주눅 들어 있다고 생각할지도 몰랐다.

이러한 점들이 어퍼크로스를 떠날 날을 기대하는 그녀에게 생겨난 주요 근심거리였다. 그녀는 여기서 머문 지도 꽤 된 듯 느껴졌다. 어린 찰스에게 도움이 되었다는 것이 거기 있었던 두 달 동안의 기억을 늘 행복하게 할 테지만 조카가 속히 기력을 되찾고 있었기 때문에 그녀로서는 더 이상 머물러 있을 이유가 없었다.

하지만 그녀의 어퍼크로스 체류는 전혀 상상하지 못한 방식으로 끝을 맺게 되었다. 웬트워스 대령이 꼬박 이틀 동안 그림자도 보이지 않다가 다시 나타나서 그동안 왜 오지 못했는지 설명하면서 입장을 해명했다.

웬트워스 대령의 소재를 드디어 파악한 그의 친구 하빌 대령이 편지를 보내 그가 겨울 동안 가족과 함께 라임에서 머물고 있다는 소식이 전해졌다. 그러니까 그들은 서로가 20마일 거리에 있다는 것도 모른 채 살고 있었던 것이다. 하빌 대령이 2년 전 부상을 입은 이후로 건강이 쭉 좋지 않았기 때문에 웬트워스 대령은 하루 바삐 친구를 만나기 위해 당장 라임으로 가기로 작정했다. 그는 거기서 이틀을 머물고 왔다. 다들 그를 용서했다. 그의 우정을 높이 샀고, 그의 친구에 대해 열렬한 관심이 생겨났다. 그리고 그 자리에 있던 사람들도 라임 지역이 얼마나 멋진지 너무나 진지하게 설명을 듣다 보니 라임이 너무 궁금해졌다. 그래서 결국 거기로 가는 계획이 세워졌다.

젊은 축은 다 열광적으로 라임을 보고 싶어 했다. 웬트워스 대령 본인도 다시 가겠다고 했다. 어퍼크로스에서 겨우 17마일 밖에 안 되는 거리였다. 11월이었지만 기후는 전혀 나쁘지 않았다. 개중 가장 가고 싶어서 안달하는 루이자는 가겠다는 마음을 굳혔고 하고 싶은 대로 하는 즐거움 말고도, 이제 고집대로 밀고 나가는 것의 장점을 완전히 파악했기에 여름까지 기다리길 바라는 부모님의 바람을 꺾어버렸다. 그리하여 라임으로 찰스, 메리, 앤, 헨리에타, 루이자, 웬트워스 대령이 가게 되었다.

처음에 아무렇게나 짠 계획은 아침에 갔다가 밤에 돌아오는 것이었지만 머스그로브 씨는 자기 말[馬]을 생각해서 이 안에 찬성하지 않았다. 그리고 합리적으로 생각해보면 11월 중순의 하루 나절은 시골길의 특성을 고려할 때 갔다가 돌아오는 데 걸리는 일곱 시간을 빼고 나면 새로운 곳을 가서 보는 시간이 많지 않을 터였다. 결국 그들은 하룻밤을 거기서 묵기로 하고 다음날 정찬 시간이 되어서나 돌아가기로 했다. 이는 상당

히 괜찮은 수정안이었다. 이른 감이 있는 조찬 시간에 그레이
트 하우스에서 다들 만나 정시에 출발했음에도 정오를 훌쩍 넘
겨서야 숙녀 네 명을 태운 머스그로브 씨의 마차와 웬트워스를
태운 찰스의 이륜마차, 두 대의 마차가 라임으로 넘어가는 긴
언덕을 내리달려 지형 자체가 원래 가파른 시내로 진입했다.
밝고 따뜻한 낮이 저물기 전까지는 주변을 둘러볼 시간밖에 없
을 게 분명했다.

숙소를 정하고 여관들 중 한 곳에서 저녁 식사를 주문한 다
음 할 일은 두말할 것 없이 해변으로 직행하는 것이었다. 그들
은 휴가지인 라임에서 해볼 수 있는 오락거리나 다른 걸 하기
에는 너무 늦은 철에 와버렸다. 무도회장들은 닫혔고 투숙객들
은 거의 다 돌아가버린 터라 현지 주민 외에는 남아 있는 가족
이 거의 없었다. 건물들 자체는 경탄하며 바라볼 게 전혀 없었
다. 따라서 기막히게 자리 잡은 마을 위치나 바다로 빠져들다
시피 한 주 도로, 성수기엔 이동 탈의 시설과 사람들로 활기 넘
치는, 기분 좋은 작은 만을 빙 감싸는 코브*까지의 산책로, 시
내 동쪽까지 쭉 펼쳐진 절벽선이 일품인, 멋진 옛 모습에 새로
보수가 이루어진 코브 부두가 여행자의 눈이 찾아볼 장소였다.
그리고 라임을 더 알고 싶게 만드는 매력적인 근처 지역을 보
지 않는 사람이 있다면 분명 그는 아주 기이한 여행자일 것이
다. 인근의 차머스에는 고지대와 광활하게 뻗은 들판, 그리고

*해안 도시 라임 리지스에 있는 방파제.

거무스름한 벼랑이 뒤를 받치는 아름다운 외딴 후미가 있었다. 모래사장 위의 나지막한 바위 조각들은 넘실거리는 파도를 바라보기에, 끈기 있게 명상하며 앉아 있기에 더없이 좋은 장소였다. 생기 있는 마을, 업라임의 각양각색의 수목과 숱한 세월을 견딘 낭만적인 바위 사이에 녹지가 있는 핀니가 있었다. 여기저기 임목들과 무성한 과수들이, 태초에 일부 무너져내린 벼랑이 그런 상태의 터를 마련해준 이후로 억겁의 세월이 흘러갔음을 드러내고 있었다. 그곳에서는 그 유명한 와이트 섬 비슷한 어디와 비교해봐도 빠지지 않는다 할 만큼 멋지고 사랑스러운 경치가 눈에 들어온다. 라임의 가치를 이해하기 위해서는 이러한 곳들은 찾아오고 또 찾아와야만 할 것이다.

황량하고 처량해 보이는 숙소들을 지나서 계속 내려간 어퍼크로스 일행은 이윽고 해변에 도착해 있었다. 거기서 그들은 바다를 감상할 줄 아는 사람들이 처음 바다로 돌아오면 그러하듯이 잠자코 바라보기만 하다가, 웬트워스 대령 때문이기도 하고 그 자체가 목적지이기도 한 코브까지 계속 나아갔다. 언제 지어졌는지 알 수 없는 오래된 부두 발치 근처 작은 집에서 하빌 가족이 둥지를 틀고 있었다. 웬트워스 대령이 친구를 만나러 안으로 들어갔다. 다른 사람들은 계속 걸었고 그는 코브 위에서 그들과 합류할 예정이었다.

그들은 절대 지치는 법 없이 감탄과 놀라움을 쏟아냈다. 루이자조차 웬트워스 대령과 헤어진 지 한참 됐다고 느끼지 않는 것 같았다. 그때 웬트워스 대령이 세 명의 친구들을 뒤따라오는 게 보였다. 이미 설명을 들어서 알고 있는 하빌 대령 부부, 그리고 그들과 함께 살고 있는 벤윅 대령이었다.

벤윅 대령은 얼마 전 라코니아 함에서 중위로 복무했었다. 웬트워스 대령이 라임에서 돌아와 해준 설명과 대령이 훌륭한 젊은 장교라고 늘 높이 평가했던 진심 어린 칭찬 덕분에 분명 그는 듣는 이 모두에게 좋은 인상을 남겼을 것이다. 그 뒤 이어 졌던 그의 개인사는 숙녀들의 눈에 그를 아주 흥미로운 대상으로 보이게 해주었다. 그는 하빌 대령의 여동생과 약혼한 사이 였지만 지금은 그녀를 잃은 슬픔에 빠져 있었다. 그들은 일이 년 정도 돈 벌고 승진할 때까지 기다리고 있던 중이었다. 중위 처지에 거금이 부상으로 들어왔고 드디어 승진까지 하게 되었 다. 하지만 패니 하빌은 그걸 알 만큼 살지 못했다. 그녀는 올 여름 죽고 말았는데 그때 그는 바다에 있었다. 웬트워스 대령 은 벤윅이 패니 하빌을 사랑했던 만큼 여자를 사랑할 수 있는 남자는 없다고 믿었다. 아니 그 끔찍하게 뒤바뀐 현실로 그보 다 더 처절하게 고통 받을 수는 없을 거라고 믿었다. 그는 벤윅 의 성향이 격한 감정을 말없이 심각하게 안으로 삭이는 태도와 맞물리며 깊은 상심에 빠질 수밖에 없는 그런 종류라고 생각했 다. 그는 자신의 감정을 확실한 독서 취향과 비활동적인 취미 와 연결시켜야 하는 사람이었다. 흥미로운 이야기를 끝내자면, 그와 하빌 부부의 우정은, 만약 가능하다면, 인척이 될 가능성 이 모두 끝난 그녀의 죽음으로 더 돈독해진 것 같았다. 그리하 여 벤윅 대령은 이제 그들과 완전히 같이 살고 있었다. 하빌 대령이 현재의 집을 취득한 지는 반년 정도 되었다. 그의 취향과 건강, 재산 등 모든 점에서 바다 옆의 비싸지 않은 주택이 적격이었다. 시골 지역의 장엄함과 겨울철 라임의 한적함은 벤윅 대령의 마음 상태와 꼭 맞아든 것 같았다. 벤윅 대령을 향해 일어난 연민과 선의는 대단했다.

"그래도," 그들이 일행을 맞이하려고 나설 때 앤이 혼잣말을 했다. "아마 그의 마음도 내 마음보다 더 아프진 않을 거야. 가능성이 언제까지고 그렇게 꺾여 있지만은 않을 테니까. 그는 나보다 젊어. 실제 나이는 아닐지라도 감정은 더 젊어. 남자로서 더 젊지. 그는 다시 일어서서 다른 사람과 행복하게 살 거야."

모두가 만났고 서로에게 소개가 되었다. 하빌 대령은 키가 크고 까무잡잡한 피부의 남자로 분별 있고 자애로운 표정을 지니고 있었다. 다리를 약간 절었고 강인한 이목구비와 좋지 않아 보이는 건강 상태 때문에 웬트워스 대령보다 나이가 좀 더 들어 보였다. 벤윅 대령은 세 명 중 가장 젊어 보였다. 사실 가장 젊었고 두 사람에 비해 키가 작았다. 그는 호감형의 얼굴에 당연하겠지만 쓸쓸한 분위기를 풍겼는데, 대화에는 끼지 않았다.

하빌 대령은 예절 면에서 웬트워스 대령에 비할 수는 없지만 완벽한 신사였다. 꾸밈없는 태도에 자상하며 예의가 발랐다. 남편보다는 세련미가 덜했지만 하빌 부인도 똑같이 다정다감했다. 웬트워스 대령의 친구라는 이유로 일행을 마치 자신들의 친구인 양 생각하려는 그 마음만큼 보는 이를 흐뭇하게 하는 건 없을 것이다. 함께 식사하자는 그 간청보다 더 극진한 환대는 없을 것이다. 이미 숙소에 저녁을 주문해놓았다는 구실이 마침내 마지못해 받아들여졌다. 하지만 웬트워스 대령이 이런 분들을 라임에 데리고 오면서 자기네들과 함께 식사한다는 걸 고려하지 않았다는 사실이 못내 서운한 모양이었다.

이 모든 것에는 웬트워스 대령에 대한 크나큰 애정이 담겨 있었다. 환대의 수준이 혼을 빼듯 너무나 매력적이고, 초대를 주고받는 형식이나 식사의 차림이나 격식이 너무나 다르고 특이해서 앤은 대령의 동료 장교들과 친분이 쌓일수록 오히려 우울해질 것 같은 기분이 들었다. '이 사람들이 모두 내 친구가 되었을 텐데' 하는 생각 때문이었다. 그래서 그녀는 의기소침해지지 않으려고 힘겹게 버텨야 했다.

코브를 다 둘러본 뒤 그들은 새로운 친구들과 함께 집 안으로 들어갔다. 방들이 너무 작아, 초대한 사람의 진실된 마음이 아니고서는 그 많은 인원이 다 들어가리라는 생각은 하지 못했을 것 같았다. 앤은 순간적으로 깜짝 놀랐다. 하지만 이런 놀라움은 금세 사라졌다. 하빌 대령의 기발한 장치와 멋진 수납공간을 보고는 이내 기분이 좋아졌던 것이다. 모두 실공간을 최대한 활용하고 셋집의 부족한 가구를 보충했을 뿐만 아니라 곧 닥칠 겨울의 세찬 바람에 대비해 창문과 문들을 막아놓기 위해 고안된 것들이었다. 집주인이 제공하는 그저그런 상태의 서민적인 필수품들과, 멋지게 조립된 몇 가지 희귀한 목재 소품들이나 하빌 대령이 갔던 먼 이국의 신기하고 귀한 물건들이 대조를 이루는 방 안의 다양한 세간들은, 앤에게 즐거움 그 이상이었다. 그리고 이 모두가 그의 직업과 노동의 결실, 그의 직업이 습관에 미친 영향, 그리고 그의 직업이 제공하는 평화롭고 행복한 가정의 풍경과 연결되어 있었기 때문에 이를 바라보는 그녀에게 뿌듯함, 아니 아쉬움 같은 감정을 자아냈다.

하빌 대령은 책과는 담쌓은 사람이었다. 하지만 그는 제본 잘 된 벤윅 대령의 소장 도서를 위해 탁월한 수납공간을 설계하고 멋진 책장을 만들었다. 다리를 저는 탓에 그는 운동을 많이 하지 못했다. 하지만 쓸모 있고 독창적인 머리는 그에게 끊임없이 그 머리를 사용할 기회를 제공하는 듯했다. 그는 도안을 그렸고 바니시를 발랐으며 목수 일을 했고 접착제를 붙였다. 아이들을 위해 장난감을 만들었고, 좀 더 좋은 그물 뜨개바늘과 핀을 만들었다. 그리고 다른 모든 게 끝나면 방 한구석에 자리를 잡고 앉아서 커다란 낚시그물을 짰다.

그 집을 나오면서 앤은 커다란 행복을 두고 나온 느낌이었다. 깨닫고 보니 자기 옆에서 걸어가고 있었던 루이자가 해군의 기질—그들의 친절, 그들의 의리, 그들의 열린 마음, 그들의 예의 바름에 대해 갑자기 감탄과 기쁨이 교차하는 황홀한 마음을 봇물처럼 쏟아냈다. 그녀는 해군 병사들이 영국의 어떤 남자들보다 더 신실하고 따뜻하다면서, 그들만이 어떻게 살아야 하는지 알고 있고 그들만이 존경받고 사랑받을 가치가 있다고 열변을 토했다.

그들은 돌아와서 옷을 갈아 입고 식사를 했다. 계획은 이미 잘 달성되었기 때문에 실수라고 할 만한 게 없었다. 하지만 "완전히 비수기"라느니 "라임은 경유지가 아니"라느니 "어울릴 사람이 없다"느니 하는 불평은 있었고 여관 주인이 이미 여러 번 양해의 말을 구했었다.

앤은 이때쯤에는 웬트워스 대령과 동석하는 것에 애초의 예상보다 훨씬 무감각해져 있었기 때문에 이제 그와 함께 같은 식탁에 앉아서 통상적인 인사치레를 주고받는 일—결코 그 이상은 나가지 않았다—은 별일도 아닌 게 되어 있었다.

숙녀들이 밤에 나다니기엔 너무 캄캄해서 다음 날에야 만날 수 있었지만 하빌 대령은 저녁때 방문을 약속했었다. 그리고 그가 왔다. 친구도 데리고 왔는데 그건 예상 밖의 일이었다. 왜냐하면 다들 벤윅 대령은 낯선 사람이 많은 데선 훨씬 더 불편해할 거라고 생각했기 때문이었다. 하지만 그는 그들과 또다시 자리를 함께했다. 그래도 기분은 대체적으로 희희낙락한 파티 분위기에 분명 어울리지 않아 보였다.

웬트워스 대령과 하빌 대령이 한쪽 방에서 대화를 이끌어나갔다. 그들이 옛날을 돌이켜보며 풍부한 일화로 다른 사람들의 관심을 차지하고 사람들을 즐겁게 하는 동안 앤은 살짝 떨어져서 벤윅 대령과 함께 있게 되었다. 타고난 배려심이 발동한 탓에 그녀는 의무감에서 그에게 말을 붙이기 시작했다. 그는 숫기가 없었고 다른 사람에게는 관심을 두지 않는 경향이 있었다. 하지만 앤이 부드러운 표정과 온화한 태도로 관심을 보이니 곧 효과가 나타났다. 그리고 시작이 힘들었던 만큼 그녀는 보상을 받았다. 그는 주로 시 쪽이긴 했지만 상당히 책을 많이 읽는 청년 같았다. 적어도 하루 저녁만큼은 친구들은 전혀 관심 없을지 모르는 주제에 그가 마음껏 빠져 이야기하게 했을 뿐 아니라, 그녀는 대화 도중 자연스럽게 나온 고통에 대해 그 고통과 맞서 싸우는 것은 의무이자 본인에게도 이로운 일임을 넌지시 알려줌으로써 자신이 그에게 실질적인 도움이 되고 있다는 희망을 가졌다. 왜냐하면 그가 비록 숫기는 없어도 생각을 안으로 감추고 있지만은 않았기 때문이다. 오히려 대화를 나누면서 평상시의 무장 상태를 풀어놓게 되어 반가워하는 것 같았다. 그리고 그는 동시대의 풍성한 시에 대해서 이야기하고 일류 시인들에 대한 생각을 간략하게 비교하더니 〈마르미온〉과 〈호수의 여인〉 중 어느 것이 더 좋은지 그리고 〈이단자〉와 〈아비도스의 신부〉*를 어떻게 평가하는지 확인하고자 했다. 덧붙여 그는 '이단자'**를 어떻게 발음해야 하는지를 비롯하여 월터 스콧의 더없이 감성적인 시들뿐만 아니라 바이런이 간절히 묘사했던 절망적인 고통까지 두루 꿰고 있음을 보여주었다. 그가 떨리는 감정으로, 비탄에 빠진 마음과 불쌍하게 망가진 정신을 묘사하는 다양한 시구들을 계속 읊었고, 마치 자신의 상태가 완전히 그렇다는 걸 이해받으려는 듯했기 때문에 그녀는 그가 늘 시만 읽는 게 아니길 바랐다. 그리고 시를 충분히 즐기는 사람들이 탈 없이 즐기는 경우가 거의 없는 것은 시로서 불행한 일이며,

*각각 월터 스콧과 조지 바이런의 대표 서사시들이다.
**기독교인을 가리키는 터키어에서 따온 이단자(giaour)는 바이런 자신도 발음하기 어렵다고 인정한 바 있다.

시를 오롯이 진정으로 평가할 수 있는 강력한 감정이란 시를 삼가 감상해야 하는 바로 그런 감정이라고 과감하게 말했다.

본인을 이렇게 넌지시 언급하는데도 그가 화내지 않고 흡족해하는 듯 보였기 때문에 그녀는 용기가 생겨 계속 말했다. 그리하여 자기가 정신적으로 더 성숙했으니 자격이 있다고 생각하면서 그에게 매일매일의 독서에 산문을 좀 더 많이 포함시키는 게 좋겠다고 조심스럽게 권유했다. 좀 더 구체적으로 말해달라는 요청을 받자, 그녀는 그때 지고의 교훈과 도덕 및 종교적 인내의 강인한 본보기를 통해 정신을 일깨우고 강화시킬 수 있을 법하다고 생각되는 영국 최고 사상가들의 저작들과 훌륭한 서간집, 그리고 평판 있는 사람들과 수난 당한 사람들의 회고록 등을 말해주었다.

벤윅 대령은 주의 깊게 경청했고 은연한 관심에 고마워하는 것 같았다. 그리고 자신처럼 비애에 빠진 사람에게 책인들 효력 있겠느냐는 식의 고갯짓과 함께 한숨을 내쉬었지만 그녀가 추천한 책들의 제목을 적고 그 책들을 구해서 읽어보겠노라 약속했다.

저녁 모임이 끝나자 앤은 라임까지 와서 일면식도 없는 젊은 남자에게 인내와 체념을 설파했다는 생각에 즐거워졌다. 하지만 더 깊이 생각해보니 여러 위대한 사상가나 설교가처럼 자기도 잘한 것 없어 보이는 행동에 대해 능변을 펼쳤던 것 같아 두려움이 일기도 했다.

12

앤과 헨리에타는 다음 날 아침 자신들이 가장 먼저 일어난 걸 깨닫고 아침 식사 전에 바닷가로 산책을 가기로 했다. 그들은 모래사장으로 내려가서 넘실거리는 파도를 바라보았다. 파도는 산뜻한 남동풍에 실려 펼쳐진 해안 끝까지 거대하게 밀려오고 있었다. 그들은 아침이 얼마나 아름다운지, 바다가 얼마나 멋진지 침이 마르게 칭찬하면서 기분 좋은 산들바람을 함께 느꼈다. 그러고는 말이 없었다. 이윽고 헨리에타가 갑자기 이런 말을 꺼냈다.

"아! 그래요. 전 바닷바람이 건강에 좋다는 걸 믿는 편이에요. 재작년 봄 앓고 나서 셜리 박사님이 큰 효과를 보신 건 확실해요. 라임에 한 달 와 있었던 것이 복용했던 그 어떤 약보다 좋았다면서 바닷가에 있으니 다시 젊어진 듯했다고 분명히 말했으니까요. 그러니 박사님이 바닷가에서 줄곧 살지 않으시는 건 안타까운 일이지 뭐예요. 어퍼크로스를 완전히 떠나서 라임에 정착하는 게 좋을 것 같아요. 안 그래요, 앤? 박사님을 위해서나 사모님을 위해서나 그게 최선일 것 같지 않아요? 사촌들이 있고 지인들도 많으니 여기 살면 사모님은 즐거우실 거예요. 게다가 박사님에게 또다시 발작이 일어날 경우 의사의 도움을 바로 받을 수도 있는 곳으로 가게 되니 분명 기쁠걸요. 사실 셜리 박사 부부같이 평생 좋은 일만 해오신 훌륭한 분들이 어퍼크로스 같은 곳에서 여생을 소진하게 놔둔다는 건 슬픈 일

같아요. 어퍼크로스에서는 우리 가족 말고 전혀 교류가 없는 것 같으니까요. 친구분들이 그렇게 하라고 권유해주면 좋겠어요. 정말 그래야 할 것 같아요. 특별 허가를 얻는 문제라면 그 정도 연세에다 그 정도 위치면 전혀 어렵지 않을 거예요. 단지 박사님이 교구를 떠나시도록 설득할 만한 게 뭐라도 있을지가 의문이라는 거죠. 박사님은 엄격하고 까다로워요. 너무 까다롭다고 해야겠죠. 너무 까다로운 것 같지 않아요? 목사가 직무 때문에 건강을 희생한다면 사고방식에 문제가 있다고 생각지 않아요? 직무는 다른 사람이 맡아서 잘 수행할 수도 있는데 말이죠. 게다가 라임에서도, 겨우 17마일 거리니까, 조금이라도 신도들의 불평이 있다면 충분히 들을 수 있을 테고.”

이 말을 듣는 동안 앤은 여러 번 혼자 미소를 지으며 이 문제를 경청했고 청년에게 했듯 젊은 아가씨의 감정에 이입하여 기꺼이 도움 되는 말을 해주려고 했다. 하지만 이번은 전반적으로 수긍하는 것 말고는 조언할 게 별로 없었다. 그녀는 이 문제에 대해 이성적이며 적절하다 싶은 건 다 얘기해주었다. 그녀는 셜리 박사가 쉬어야 한다는 헨리에타의 주장이 맞는 것 같았고, 활동적이고 신망 있는 젊은이를 상주 부목사로 두는 게 얼마나 바람직한지 이해했으며 한 발 더 나아가 그 상주 부목사가 결혼한 사람이면 더 좋을 것이라고 대담하게 조언하기까지 했다.

“나는요,” 말동무가 아주 마음에 든 헨리에타가 말했다. “나는요, 레이디 러셀이 어퍼크로스에 살아서 셜리 박사와 가까운 사이였으면 좋겠어요. 레이디 러셀은 모든 사람에게 대단한 힘을 발휘하는 사람이라면서요! 난 레이디 러셀이 뭐든 하도록 설득할 수 있다는 점이 늘 존경스러워요. 전에도 말했듯이 난 그분이 두려워요. 정말 두려워요. 너무 현명하니까요. 하지만 그분을 굉장히 존경해요. 어퍼크로스에 레이디 러셀 같은 이웃이 또 있다면 얼마나 좋을까요."

앤은 헨리에타의 고마워하는 태도가 재미있었고, 또한 진행되는 상황과 헨리에타의 계획에 대한 새로운 관심사 덕분에 어쨌든 머스그로브 가족 중 누군가가 레이디 러셀을 좋아해준다는 게 기분 좋았다. 하지만 루이자와 웬트워스 대령이 자기들 쪽으로 오는 모습을 보자, 그녀는 레이디 러셀 같은 훌륭한 여성이 어퍼크로스에 있으면 좋겠다는 상투적인 말로밖에 대꾸할 여유가 없었다. 그러고 나서 모든 화제가 뚝 끊어졌다. 그들 역시 아침 식사가 준비될 때까지 산책을 나왔던 것이다. 하지만 곧이어 루이자가 가게에서 살 것이 생각났다면서 모두 시내로 돌아가자고 했다. 그들은 그녀의 뜻에 따랐다.

그들이 해변에서 위쪽으로 연결된 계단에 이르렀을 때 동시에 내려올 준비를 하던 신사 하나가 뒤로 물러서며 그들에게 길을 내주었다. 그들은 올라갔고 그를 지나쳤다. 그들이 지나갈 때 앤의 얼굴에 시선이 빼앗겼던 그가 진지하다 할 정도로 감탄하며 그녀를 쳐다보았다. 그 눈길을 그녀가 알아차리지 않을 수 없었다. 그녀의 자태는 매우 아름다웠다. 균형 잡힌 아름다운 이목구비에, 얼굴에 불어오던 상쾌한 바람과 그 바람이 불어넣어준 생기 띤 눈빛으로 되찾게 된 젊음과 생생함이 꽃을 피우고 있었다. 그 신사가(태도가 완전히 신사였다) 그녀에게 몹시 탄복한 것은 분명했다. 웬트워스 대령은 즉시 신사가 그녀를 바라보던 식으로 그녀를 훑어보았다. 그는 그녀를 잠시 일별했다. 밝은 눈길이었으며 그 눈길은 이렇게 말하는 듯했다. '저 신사가 당신에게 반했어요. 지금 내 눈에도 앤 엘리엇다운 무언가가 다시 보이는군요.'

그들은 루이자가 볼일을 마칠 때까지 따라다닌 후 한가롭게 좀 더 걷다가 여관으로 돌아왔다. 나중에 앤은 자기 방에서 식당으로 가려고 급히 지나가다 옆방에서 나오던 조금 전 바로 그 신사와 부딪힐 뻔했다. 그녀는 이미 그 신사가 자기들처럼 외지인이라고 추측했고 돌아왔을 때 두 여관 근처를 어슬렁거리던 잘생긴 마부가 아마 그의 시종일 거라고 판단했다. 주인과 시종이 상복 차림이었다는 점이 그 추측을 뒷받침해주었다. 알고 보니 그는 같은 여관에 머물고 있었다. 짧았던 이 두 번째 만남에서 신사는 표정으로 자기가 그녀를 얼마나 아름답게 생각하고 있는지를, 지체 없이 사과하는 공손한 태도로 자기가 얼마나 예절 바른 사람인지를 보여주었다. 그는 나이가 서른 정도로 보였고 잘생기진 않았으나 호남형이었다. 앤은 그가 누군지 알고 싶은 기분이 들었다.

그들이 아침 식사를 거의 끝냈을 즈음이었다. 마차 소리가 들려오자(라임에 들어오고서는 거의 처음 듣는 소리였다) 일행 중 반수가 창가로 이끌려갔다. "신사분의 마차였어요. 이륜

마차요. 하지만 마구간에서 정문으로 나왔어요. 누군가 떠나나 봐요. 상복 차림의 시종이 끌던걸요."

이륜마차라는 말에 자기 것과 비교해보려 했는지 찰스 머스그로브가 벌떡 일어났고, 상복 차림의 시종이라니까 앤은 호기심이 일어서, 이렇게 여섯 명이 모두 쳐다보려고 모였다. 이때 마차의 주인이 여관 식구들의 정중한 배웅을 받으며 문에서 나왔고 자리를 잡더니 출발했다.

"아!" 웬트워스 대령이 탄성을 지르며 앤을 슬쩍 쳐다보았다. "조금 전 지나쳤던 바로 그 사람이군요."

머스그로브 자매도 같은 생각이었다. 그러고는 그가 언덕 위쪽으로 멀어져 안 보일 때까지 다정하게 쳐다본 뒤 아침 식사 자리로 돌아왔다. 그런 후 얼마 안 있어 여관의 하인이 식당으로 들어왔다.

웬트워스 대령이 곧바로 말을 꺼냈다. "괜찮다면, 방금 떠난 그 신사분의 이름을 알려줄 수 있겠나?"

"네, 선생님, 엘리엇 씨입니다. 대단한 재산가시죠. 시드머스에서 어젯밤에 왔습니다. 저녁 식사 하실 때 아마 마차 소리를 들으셨을 겁니다. 바스를 거쳐 런던에 가기 위해 크루컨으로 떠났습니다."

"엘리엇!" 다들 서로를 쳐다보면서 대부분이 이 이름을 되뇌었다. 재바른 하인이 말을 채 끝내지도 않았을 때였다.

"세상에!" 메리가 소리쳤다. "우리 재종이야. 엘리엇 씨일 거야. 그렇고말고. 확실해! 찰스, 앤, 그렇지 않아? 상복 차림인걸. 마치 우리 엘리엇 씨처럼 말이야. 참 별스럽기도 하지! 우리랑 같은 여관에 있었다니! 언니, 아빠의 다음 상속자인 우리 가문의 엘리엇 씨 아냐? 저기요, (하인 쪽을 향해) 듣지 못했나요? 그분 시종이 말하지 않던가요, 모시는 분이 켈린치 가문의 사람이라고?"

"아뇨, 아가씨, 특정 가문은 말하지 않았습니다만 모시는 분이 매우 부자이고, 조만간 준남작기사*가 될 거라고는 했습니다."

"그러게! 거봐!" 메리가 환호하며 소리쳤다. "딱 내가 말한 대로잖아! 월터 엘리엇 경의 상속자! 그 사람이 엘리엇 씨라면 그게 드러날 줄 알았어. 틀림없어. 가는 곳마다 시종이 그 사실을 말하고 다닐 거야. 하지만 언니, 생각만 해도 참 이상한 일이야! 한 번 더 봤으면 좋았을걸. 누군지 제때 알아차렸다면 소개받을 수도 있었을 텐데. 서로 소개를 못 했으니 얼마나 애석한지 모르겠어! 엘리엇 가문의 얼굴이 보였던 것 같아? 난 말을 쳐다보느라 그 사람은 거의 안 봤어. 그래도 엘리엇 가문의 어떤 모습을 갖고 있었던 것 같아. 문장이 눈에 안 띄었다니 이상하지! 아! 외투가 문짝 위로 내려와서 문장을 가렸던 거야. 그랬어. 그것 아니었으면 내가 문장하고 제복까지 분명 알아봤을 거야. 시종이 상복을 안 입고 있었어도 제복으로 알아봤을 테니까."

---

*준남작과 기사를 섞어서 말한 잘못된 표현이다. 엘리엇 씨의 시종과 여관의 하인 둘 다 사회계급에 대해 잘 알지 못하는 데서 나온 실수로 보인다.

"이렇게 기이한 상황을 다 종합해보면," 웬트워스 대령이 말했다. "부인이 재종에게 소개되지 말라는 계시로 생각해야 할 것 같습니다."

메리의 주의를 끌 수 있게 되자 앤은 그녀에게 몇 년 동안 아버지와 엘리엇 씨가 서로 인사할 자리를 만들려고 할 만큼 그다지 사이가 좋았던 게 아니라는 사실을 조용히 납득시키려 했다.

하지만 그와 동시에 그녀는 자신이 재종을 보았고 향후 켈린치의 주인이 될 사람이 분명한 신사에다 훌륭한 태도까지 갖추고 있다는 걸 알게 된 것에 남모르게 감사한 마음이 들었다. 무슨 일이 있어도 그녀는 그와 두 번 맞닥뜨린 사실을 말하고 싶지 않았다. 다행히 메리는 앞서 산책할 때 두 사람이 가까이 지나친 것에 대해서는 그다지 신경 쓰지 않았다. 하지만 자기는 엘리엇 씨를 근처에서 본 적이 없는데 앤이 그와 부딪혀서 공손한 사과를 받았다는 걸 알면 매우 언짢아했을 것이다. 그렇다. 재종간에 서로 잠깐 얼굴을 본 건 철저히 비밀로 남아야 했다.

"물론," 메리가 말했다. "다음번 바스에 편지 쓸 때 엘리엇 씨를 본 일을 적어야 해. 아빠가 이 얘기를 들으셔야 할 것 같아. 그분에 대해 하나도 빼지 말고 말해."

앤은 즉답을 피했다. 이건 전달할 필요가 없는 상황일 뿐만 아니라 숨겨야만 하는 상황이라고 생각했다. 그녀는 아버지가 기분이 상한 것이 몇 년 전에 있었던 일 때문이라고 알고 있었

다. 아마 엘리자베스가 관련된 일이었을 것이다. 엘리엇 씨에
대한 생각이 두 사람을 늘 짜증나게 한다는 건 불을 보듯 뻔했
다. 메리는 자기가 바스로 편지 쓰는 법이 없었다. 엘리자베스
와 더디고 유쾌하지 않은 소식을 계속 주고받는 고된 일은 앤
의 몫이었다.

　아침 식사가 끝나고 얼마 지나지 않아서였다. 떠나기 전 마
지막으로 라임 주변을 산책하자고 약속해두었던 하빌 부부와
벤윅 대령이 그들과 합류했다. 그들은 1시경에 어퍼크로스로
출발해야 했는데 그사이 시간이 나는 동안 모두 함께 야외에서
보내기로 했던 것이다.

　그들이 거리로 완전히 나오자마자 앤은 벤윅 대령이 자신에
게 다가오는 것을 보았다. 전날 저녁의 대화로 그는 그녀와 다
시 얘기를 나누고 싶어졌던 것이다. 그들은 얼마간 같이 걸으
면서 전처럼 스콧과 바이런에 대해 이야기했다. 전날과 마찬가
지로 아니, 두 독자가 만나면 으레 그렇듯이 두 작가의 장점에
대해 의견이 비슷하지는 않았다. 이윽고 어찌어찌 하다 보니
일행 사이에 짝이 대부분 바뀌게 되었고 벤윅 대령 대신 그녀
는 하빌 대령과 옆에서 걷게 되었다.

　"앤 양." 그가 좀 낮은 목소리로 말했다. "저 애처로운 친구
에게 말을 많이 하게 하다니 정말 좋은 일을 했습니다. 저 친구
가 이런 훌륭한 말동무와 더 자주 있을 수 있다면 좋겠습니다.
저렇게 틀어박혀 있는 게 나쁜 줄 압니다만 어쩌겠습니까? 우
린 떨어질 수가 없으니 말입니다."

"안 되죠." 앤이 말했다. "그럴 순 없다는 건 알 것 같아요. 하지만 때가 되면요. 고통에 시간이 약이라는 건 다 알잖아요. 그리고 친구분이 약혼녀를 잃은 게 최근 일이라는 걸 잊으시면 안 돼요. 겨우 올 여름인 걸로 알아요."

"아, 맞는 말입니다. (긴 한숨과 함께) 겨우 6월이었죠."

"그렇게 금방 알리진 않았겠죠, 아마."

"8월 첫째 주나 되어서였죠. 그때 그가 희망봉에서 돌아왔어요. 그래플러 호의 선장이 막 되었을 때죠. 나는 플리머스에 있었는데 친구의 소식을 듣는 게 겁났습니다. 그는 편지를 보내왔지만 그래플러 호는 포츠머스 호의 명령을 받고 있는 상태였어요. 소식을 전해야 했는데 누가 그걸 말하겠습니까? 나는 못 해요. 차라리 목을 맸을 겁니다. 저 훌륭한 친구 (웬트워스 대령을 가리키며) 말고는 아무도 할 수 없었습니다. 그 전 주에 라코니아 호가 플리머스에 입항했어요. 재출항에 위험이 있나 점검하기 위해서였죠. 웬트워스 대령은 다른 사람들을 위해 위험을 무릅썼어요. 휴가계를 올렸지요. 승낙을 기다리지도 않고 밤낮을 달려 포츠머스에 도착한 뒤 즉시 그래플러로 노를 저어 갔어요. 그러고는 일주일을 저 친구 곁을 떠나지 않았습니다. 웬트워스 대령이 한 일이에요. 그 누구도 불쌍한 제임스를 구할 수 없었을 겁니다. 아시겠죠, 앤 양, 그가 우리에게 얼마나 소중한지 말입니다."

앤은 진지하게 대답할 요량으로 이 문제를 생각해보았고 자신이 느낀 만큼 성심껏 대답했다. 아니 그가 감당할 수 있겠다 싶은 만큼 대답했다. 이 화제를 다시 이어가기엔 그의 감정이 너무 격앙되어 있었던 것이다. 그리고 그가 다시 말을 꺼낸 것은 완전히 다른 주제였다.

집에 닿을 때쯤이면 남편에게는 꽤 긴 산책이 될 것 같다는 하빌 부인의 의견에 어디까지 걸을지 일행의 방향이 정해졌다. 일행은 집까지 그들을 데려다주고 돌아와서 출발할 예정이었다. 다 따져보니 그럴 시간밖에 없었다. 하지만 코브에 가까워지자 그들은 너 나 할 것 없이 거기를 한 번 더 걸어보고 싶어 했다. 다들 너무 원했고, 루이자가 이내 단단히 작정했기 때문에 15분 정도 늦는 것은 별문제가 안 될 것이라고 생각했다. 그리하여 다정한 작별 인사와 함께 온갖 종류의 초대와 암묵적인 약속을 주고받으면서 그들은 하빌 부부의 집 문간에서 작별했다. 그리고 마지막까지 그들에게서 떨어지고 싶어 하지 않는 것 같은 벤윅 대령을 동반하고서 코브에 제대로 된 작별 인사를 하기 위해 출발했다.

앤은 벤윅 대령이 다시 자기 근처로 오고 있는 걸 보았다. 눈앞에 펼쳐진 광경에 그들은 바이런의 〈검푸른 바다〉에 나오는 구절을 인용 않고 넘어갈 수가 없었다. 그녀는 기꺼이 그에게 최대한의 관심을 기울였다. 하지만 곧 그녀의 관심은 부득이 다른 데로 빠지게 되었다.

새로 생긴 코브의 고지대는 바람이 지나치게 많아서 숙녀에게 쾌적한 곳이 되지 못했기에 그들은 계단을 통해 저지대로 내려가기로 했다. 모두가 아무 말 없이 조심조심 가파른 층계를 통과하여 내려갔다. 루이자만 예외였다. 그녀가 층계를 뛰어내리면 웬트워스 대령이 받아줘야 했다. 산책하는 내내 그녀는 디딤 계단에서 뛰어내렸다. 그렇게 하면서 쾌감을 느꼈던 것이다. 이번에는 그녀가 뛰기엔 보도가 딱딱한 바닥이라서 그는 썩 내키지 않았다. 하지만 뛰게 했다. 그녀는 안전하게 착지했다. 그리고 곧이어 재미있다는 걸 보여주려고 다시 뛰어내리러 계단을 올라갔다. 그는 그러지 말라고 했다. 충격이 클 것 같았다. 하지만 그녀는 말을 듣지 않았다. 그는 알아듣게 얘기했지만 헛수고였다. 그녀는 미소를 짓더니 말했다. "하겠다고 마음먹었어요." 그가 손을 내밀었다. 그녀가 0.5초 빨랐다. 그녀는 코브 저지대의 보도 위로 떨어졌고 몸을 일으켜보니 꼼짝도 하지 않았다!

상처도 없었고 피도 흘리지 않았으며 멍든 데도 보이지 않았다. 하지만 눈을 감은 채 그녀는 숨을 쉬지 않았고 얼굴은 죽은 사람 같았다. 그 순간 둘러선 사람들이 느낀 공포라니!

그녀를 따라갔던 웬트워스 대령이 꿇어앉아 그녀를 안고서 그녀만큼이나 하얗게 질린 얼굴로 아무 말 없이 고통스럽게 그녀를 바라보았다. "죽었어요! 죽었어!" 메리가 남편을 꽉 붙들고 소리쳤고 그렇잖아도 공포에 질려 있던 그는 그 자리에 얼어붙어버렸다. 다음 순간 메리의 말에 헨리에타도 풀썩 주저앉더니 가무러쳤다. 벤윅 대령과 앤이 아니었으면 계단 위로 쓰러졌을 것이다. 두 사람이 그녀를 양쪽에서 잡아 부축해주었다.

"저를 도와주실 분 없습니까?" 온몸의 기운이 다 빠져나간

듯 웬트워스 대령이 절망적인 목소리로 내지른 첫마디였다.

"가보세요, 가봐요." 앤이 소리쳤다. "대령에게 좀 가보세요. 제가 아가씨를 부축할게요. 절 놔두고 가보세요. 손을 문지르고 관자놀이를 비벼주세요. 이것 방향염*이에요. 가져가세요, 가져가요."

벤윅 대령이 그 말에 따랐고 동시에 찰스도 아내를 떼내고 나서 두 사람이 웬트워스 대령 곁으로 갔다. 루이자를 일으켜 두 사람이 좀 더 안정적으로 떠받치고는 앤이 일러준 대로 모두 해보았다. 하지만 소용없었다. 한편 웬트워스 대령은 벽을 의지 삼아 비틀거리면서 비탄에 빠져 소리를 질렀다.

"오, 주여! 그녀의 부모님은!"

"의사를 불러요!" 앤이 말했다.

그가 그 말을 알아들었다. 이 말에 즉시 정신이 든 것 같은 그가 겨우 이렇게 말했다. "그래요, 그래요, 이럴 때는 의사지"라며 쏜살같이 달려가는데 앤이 조급한 심정으로 말했다.

"벤윅 대령님, 벤윅 대령님이 낫지 않을까요? 어딜 가야 의사를 찾을지 아니까요."

생각할 수 있는 사람은 모두 그게 현명한 생각인 것 같았다. 그리하여 곧(이 모든 게 순식간에 이루어졌다) 벤윅 대령이 시체같이 누워 있는 불쌍한 동생을 오빠의 손에 맡긴 뒤 전 속력으로 시내를 향해 떠났다.

---

*의식을 잃은 사람에게 사용하는 구급약. 탄산암모늄.

뒤에 남은 비참한 일행에 대해서라면 할 말이 별로 없었다. 정신이 완전히 온전했던 웬트워스 대령, 앤, 찰스 이렇게 세 사람이 가장 고통을 받았다. 매우 다정한 오빠인 찰스는 비통하게 눈물을 흘리며 루이자를 굽어보았고, 겨우 눈을 돌려 거의 인사불성 상태인 헨리에타를 보거나 혹은 어쩌지도 못하는 자신에게 도움을 요청하는 아내의 발작적인 소동을 지켜볼 수 있을 뿐이었다.

모든 열과 성을 다해, 그리고 이건 타고난 것이지만, 생각을 해가며 헨리에타를 돌보던 앤은 사이사이 다른 사람들에게도 위로를 건네려고 애썼다. 그녀는 메리를 진정시키고 찰스에게 용기를 북돋아주면서 웬트워스 대령의 기분을 달래주려고 했다. 찰스와 웬트워스 대령은 그녀에게 방법을 묻고 있는 것 같았다.

"앤, 앤." 찰스가 불렀다. "이젠 뭘 하나요? 도대체 이젠 어떡해야 하죠?"

웬트워스의 눈 역시 그녀 쪽을 향했다.

"여관으로 옮기는 게 낫지 않을까요? 네, 여관으로 조심스럽게 옮기는 게 좋겠어요."

"그래요, 그래요, 여관으로." 웬트워스 대령이 되뇌었다. 그는 비교적 정신을 되찾았고 무언가를 하려고 열심이었다. "내가 옮길게요. 찰스, 다른 사람들을 맡아요."

이때쯤 사고 소식이 코브 근방의 일꾼들과 어부들 사이에 퍼져나갔고 필요하면 도와주려고, 어쨌든 죽은 처녀 하나를,

아니 죽은 처녀 둘을 구경하려고 많은 사람들이 주위로 모여들었다. 광경이 처음 들었던 것보다 두 배 더 흥미로웠던 것이다. 선량한 구경꾼들 중 가장 그럴 듯한 사람 몇 명에게 헨리에타가 맡겨졌다. 그녀는 약간 정신이 든 것 같았지만 여전히 몸을 가누지 못했다. 이런 식으로 앤은 그녀 옆에서, 찰스는 아내를 돌보면서 그들은 돌아가기 위해 출발했다. 방금 전, 정말 방금 전 그렇게 가벼운 마음으로 지나갔던 그 땅바닥을 그들은 형언할 수 없는 기분을 느끼며 걸었다.

그들이 코브를 벗어날 즈음 하빌 부부가 그들과 맞닥뜨렸다. 무슨 일이 일어났다는 얼굴로 그들의 집을 휙 지나가던 벤윅 대령을 보자 그들은 바로 집을 나섰고, 지나가는 사람들에게 어찌 된 일인지, 어느 쪽인지를 전해 듣고는 현장으로 내달렸던 것이다. 비록 충격을 받긴 했지만 하빌 대령은 즉시 상황에 도움이 되는 침착성을 발휘했다. 그리고 하빌 대령과 부인 사이에 오가는 눈짓으로 할 일이 정해졌다. 루이자는 자신들 집으로 옮겨져야 했다. 모두 거기로 가서 거기서 의사의 도착을 기다려야 했다. 그들은 주저하는 말을 조금도 들으려 하지 않았다. 하빌 대령에게 복종했고 모두가 그의 집으로 갔다. 하빌 부인의 지시 아래 루이자가 위층으로 옮겨져 안주인의 침상에 눕혀지는 동안, 남편은 도움이나 강장제, 원기보충 음료가 필요한 사람 모두에게 그런 것들을 제공했다.

루이자는 한 번 눈을 떴지만 의식이 돌아온 기미를 보이지 않은 채 곧 다시 눈을 감았다. 하지만 이것으로 살아 있다는 것이 증명되었고 언니에게는 도움이 되었다. 헨리에타는 결코 루이자와 같은 방에 있을 수는 없었지만, 희망과 두려움이 뒤섞인 흥분 때문에 의식을 잃지는 않았다. 메리 역시 점차 차분해졌다.

의사는 믿을 수 없을 만큼 빨리 왔다. 의사가 진찰하는 동안 그들은 공포로 죽을 지경이었다. 하지만 그는 희망의 끈을 놓지 않았다. 머리에 심각한 타박상을 입었지만 의사는 그보다 더 큰 상처도 회복되는 걸 많이 봐왔다고 하면서 결코 낙심하지 않았다. 그는 밝은 어조로 말했다.

의사가 루이자의 부상을 절망적이라고 보지도 않았고, 몇 시간이면 그녀는 끝이라고 말하지 않았다는 사실이 일행 대부분에게는 기대 이상으로 느껴졌다. 한 고비를 넘긴 데 대한 환희, 깊고 조용한 환호는 신에 대한 열렬한 감사가 몇 번 터져나오고 나서야 생각해볼 수 있을 것이었다.

앤은 "오, 세상에!"라고 소리 지르던 웬트워스 대령의 어조와 표정을 절대 잊지 못할 것 같았다. 그 후 마치 마음속 깊은 곳의 복합적인 감정에 압도되어 기도와 명상으로 그 감정들을 진정시키기라도 하려는 듯, 탁자 옆에 앉았을 때 팔을 포개어 얼굴을 묻은 채 그 위로 엎드리던 모습까지도.

루이자의 팔다리는 이상이 없었다. 머리 말고는 아무 손상도 없었다.

일행은 이제 전체적인 상황에서 무얼 하는 게 가장 좋을지 생각해야 했다. 이제는 서로 이야기하면서 의논할 수 있었다.

하빌 부부를 이런 곤란한 일에 연루시키게 된 것이 아무리 괴로워도 루이자가 이곳에 남아 있어야 하는 건 분명했다. 그녀를 옮기는 것은 불가능했다. 하빌 부부는 머뭇거릴 여지를 주지 않았고 되도록 고맙다는 말도 건네지 못하게 했다. 다른 사람들이 생각하기 전에 부부가 모든 걸 내다보고 준비했다. 벤윅 대령은 방을 내주고 다른 곳에서 잠자리를 찾아야 했다. 그렇게 전부 결정되었다. 부부는 다만 집에 사람을 더 이상 들일 수 없다는 것이 걱정이었다. 그래도 어쩌면 "애들은 하녀 방에 보내거나 아무 데나 요람을 매달면," 두세 명이 더 머물기를 원하는 경우 그 사람들이 지낼 공간을 만들어낼 수도 있었다. 하지만 루이자의 간병에 대해서라면 하빌 부인의 보살핌에 온전히 맡기는 것에 조금도 불안해할 필요가 없을 것이다. 하빌 부인은 간호에 아주 경험이 많았다. 그리고 그녀와 오랫동안 함께 살며 어디나 같이 따라갔던 보모 또한 그녀처럼 간호 경험이 많은 사람이었다. 두 사람 사이에서 루이자는 밤낮으로 그어떤 보살핌도 부족할 리가 없었다. 이 모든 내용을 진심을 다해 진지하게 말하는데 어찌 물리칠 수가 있겠는가.

찰스와 헨리에타, 웬트워스 대령, 이렇게 세 사람이 의논했고 잠시 동안은 당혹스럽고 두려운 심정만 주고받았다. "어퍼크로스는, 누군가가 어퍼크로스에 가야 해요." "이 사실을 알려야 해요." "머스그로브 씨 부부에게 이걸 어떻게 말하나." "아침도 이미 많이 지났어요." "떠나야 할 시간에서 이미 한 시간이나 지났어." "견딜 만한 시간이 넘었어요." 처음에 그들은 이렇게 소리치는 것 말고는 아무것도 할 수 없었다. 하지만 잠시 후 웬트워스 대령이 힘을 내어 말했다.

"결정해야 합니다. 일분도 더 지체할 수 없어요. 일분일초가 급해요. 즉시 누군가가 결심하고 어퍼크로스로 출발해야 합니다. 찰스, 당신 아니면 내가 가야 해요."

찰스도 동의했다. 하지만 자기는 떠날 수 없다고 잘라 말했다. 그는 하빌 대령 부부에게 자기는 아무 짐도 되지 않을 거라면서, 하지만 여동생을 그런 상태로 두는 건 그럴 수도 없고 그러지도 않겠다고 말했다. 그 정도로 결정이 되었다. 헨리에타는 처음에 오빠처럼 가지 않겠다고 했다. 하지만 곧 생각을 고쳐먹게 되었다. 그녀가 남는다고 무슨 소용이 있겠는가! 루이자가 있는 방에 남아 있을 수도 없었고 동생을 보면 더 속수무책으로 고통을 겪는 그녀가 아니던가! 그녀는 자신이 도움이 되지 못한다는 걸 인정할 수밖에 없었다. 그래도 떠나는 건 여전히 내키지 않아 했다. 그러다가 부모님 생각에 마음이 움직여 결국 뜻을 굽혔다. 가겠다고 한 후에는 집에 얼른 가고 싶어 했다.

계획이 이 정도에 이르렀을 때였다. 루이자의 방에서 조용히 내려오던 앤은 거실 문이 열려 있어 다음 말만 들을 수 있었다.

"그러면 결정되었군요, 찰스." 웬트워스 대령이 말했다. "당신이 남고 내가 당신 동생을 집으로 데려다주는 겁니다. 하지만 나머지는, 남은 사람들은 어쩌지요. 한 사람이 남아서 하빌부인을 돕기로 한다면 적임자는 한 사람밖에 없는 것 같습니다. 찰스 머스그로브 부인은 당연히 아이들 있는 데로 돌아가고 싶을 테죠. 하지만 앤이 남는다면, 앤만큼 적임자가, 앤만큼 그걸 해낼 사람은 없습니다!"

그녀는 그가 자기에 대해 그렇게 얘기하는 걸 듣자 마음을 가다듬기 위해 잠시 멈추었다. 찰스와 헨리에타도 그의 말에 전적으로 동의했다. 그런 다음 그녀가 모습을 드러냈다.

"여기 남으셔야겠어요. 여기서 루이자를 돌봐주십시오." 그가 홍조 띤 얼굴로 그녀를 돌아보며 말했다. 마치 예전으로 돌아간 듯 온화한 태도였다. 그녀는 얼굴이 새빨개졌다. 그는 마음을 진정시킨 다음 자리를 떴다. 그녀는 기꺼이 남을 용의가 있고 남게 되어 기쁘다고 말했다. "그건 저도 생각하고 있었고 그렇게 할 수 있기를 바라던 일이에요. 하빌 부인만 괜찮다면 전 바닥에 자리를 깔고 자도 충분해요."

하나만 더 처리하면 모든 게 정리된 것 같았다. 비록 머스그로브 부부가 이들의 귀환이 조금 늦어진 걸로 미리 불안해하는 편이 오히려 다행이긴 해도, 속도가 느린 머스그로브 씨의 말이 그들을 태우고 돌아가는 데 걸리는 시간 동안 불안감은 엄청나게 길어질 것이다. 그래서 웬트워스 대령은 자기가 여관에서 마차를 빌리고, 머스그로브 씨의 말과 마차는 다음 날 아침 일찍 집으로 보내는 게 어떠냐고 제안했고 찰스 머스그로브도 찬성했다. 그러면 밤사이 루이자의 추가적인 상태도 알려줄 수 있으니 그편이 훨씬 나을 것이다.

웬트워스 대령이 자기 쪽의 준비를 끝내기 위해 서둘러 자리를 떴고, 곧 두 숙녀가 뒤따를 예정이었다. 하지만 이 계획이 메리에게 알려지자 평화는 끝나버렸다. 그녀는 몹시 불쾌해하며 거세게 반발했다. 앤을 놔두고 자기가 먼 길을 떠나는 건 너무 불공평하다며 불평을 늘어놓았다. 앤은 루이자하고는 아무 관계도 아니지만 자기는 그녀에게 올케가 되니 헨리에타 대신 아무리 봐도 자기가 머물러 있어야 한다는 것이었다! 내가 앤보다 못한 게 뭐예요? 게다가 찰스도 없이. 남편도 없이 집에 가다니! 안 돼요, 이런 법이 어딨어요! 한마디로 그녀는 남편이 더 이상 배겨내지 못할 만큼 엄청나게 불평을 쏟아냈다. 그가 항복하는데 다른 누가 이의를 제기하겠는가. 어쩔 도리가 없었다. 앤 대신 메리가 남을 수밖에 없었다.

앤은 시샘과 판단 착오에서 비롯된 메리의 요구를 이번만큼 들어주기 싫었던 적도 없었다. 하지만 그렇게 해야 했다. 그들이 어퍼크로스를 향해 출발했다. 찰스가 루이자를 맡았고, 벤윅 대령은 옆에서 그녀를 돌보았다. 서둘러 따라가는 동안 앤은 같은 장소에서 아침 일찍 일어났던 조그만 상황들을 잠시 떠올렸다. 거기서 그녀는 헨리에타로부터 셜리 박사를 어퍼크로스에서 떠나게 만들 계획을 듣고 있었다. 그 뒤 그녀는 처음으로 엘리엇 씨를 보았다. 지금은 한순간도 루이자 아니면 루이자의 안녕을 위해 모여 있는 사람들 말고는 생각할 수 없는 것 같았다.

벤윅 대령은 앤에게 아주 자상했다. 그날의 고통으로 모두 단결 합심한 듯했고 그녀는 그에게 점점 더 호감을 느꼈다. 그

리고 어쩌면 이번이 친분을 계속 쌓게 되는 기회일지도 모른다
는 생각까지 하게 되었다.

웬트워스 대령이 마차를 대기시키기 편한 길 아래에 빌린
사두마차를 세워두고서 일행을 기다리고 있었다. 하지만 동생
대신에 언니가 나타나자 놀랍고 짜증스러운 듯했다. 찰스의 말
을 듣는 동안 깜짝 놀랐다가 표정이 바뀌기 시작했고, 그다음
그걸 꾹꾹 누르는 모습이 앤에게는 고통스럽게 느껴지기만 했
다. 아니 적어도 자기가 루이자에게 쓸모가 있는 만큼만 가치
있게 여겨진다는 사실이 확실히 와 닿았다.

그녀는 침착하게 있으면서 정도를 지키려고 애썼다. 사랑하
는 헨리를 향한 에마의 마음*을 본받지 않더라도 그녀는 그를
위해 누구보다 열심히 루이자를 돌보았을 것이다. 친구로서 응
당 해야 할 도리에 그녀가 필요 이상으로 몸을 사린다는 그의
불공정한 판단이 오래 지속되지 않길 바랄 뿐이었다.

그러는 사이 그녀는 마차에 타고 있었다. 그는 두 여성을 모
두 안으로 들여보낸 뒤 자신도 그들 사이에 자리를 잡았다. 이
런 식으로 온통 놀라고 동요된 상황 속에서 앤은 라임을 벗어
났다. 긴 구간을 어떻게 지나가게 될지, 이 여정이 자신들의 행
동에 어떤 영향을 미칠지, 대화는 어떤 식일지 그녀는 예측할
수가 없었다. 하지만 모든 게 자연스러웠다. 그는 헨리에타에
게 관심을 집중했다. 계속 그녀 쪽을 돌아보았고, 입이라도 뗄

*1709년 발표된 매슈 프라이어의 시 〈헨리와 에마〉. 시 속에서 에마는 헨리에 대한
사랑 때문에 자신의 연적을 돌본다.

라치면 끊임없이 다 괜찮을 거라고 그녀의 기운을 북돋워주었다. 대체적으로 그의 목소리와 태도는 신중하게 계산한 듯 차분했다. 헨리에타의 불안을 덜어주는 것이 가장 중요한 목적처럼 보였다. 딱 한 번, 무분별로 불행을 야기했던 지난번 코브까지의 산책에 대해 그녀가 비통해하면서, 그런 생각을 했다는 것 자체를 몹시 한탄하고 있으니 그가 완전히 감정에 짓눌려 갑자기 이런 말을 쏟았다.

"그만해요. 그 얘긴 관두십시오." 그가 소리쳤다. "오! 결정적인 그 순간 내가 받아들이지만 않았어도! 할 일만 제대로 했어도! 하지만 너무 열렬했고 너무 단호했어! 상냥한 루이자!"

앤은 그가 아까 단호한 성격이 언제나 은혜이며 장점이라던 생각의 타당성에 지금 의문을 제기하고 있는 것인지, 그리고 다른 모든 정신적 자질처럼 단호한 성격도 어느 정도 한계가 있어야 한다는 생각을 갑자기 하게 된 것인지 궁금했다. 이제 남의 말 잘 듣는 성격도 때로는 단호한 성격만큼이나 행복에 도움이 된다는 생각을 안 할 수는 없을 거라는 생각이 들었다.

그들은 내닫기 시작했다. 앤은 올 때 보았던 언덕들과 사물들이 그렇게나 빨리 나타나는 게 놀라웠다. 실제로 빨리 달리기도 했지만 앞으로 일어날 일에 대한 어떤 두려움 때문에 그런지 길이 어제 올 때보다 절반밖에 되지 않는 것 같았다. 하지만 꽤 어둑해져서야 그들은 어퍼크로스 지역에 들어왔다. 잠시 그들 사이에 완전한 적막이 흘렀다. 헨리에타는 숄을 얼굴에 덮어쓰고는 구석에서 뒤로 기대고 있었는데 제발 잠이 들기를 바라는 듯한 모습이었다. 마지막 언덕을 오르고 있을 때 앤은 갑자기 웬트워스 대령이 자기를 부르는 것을 깨달았다. 나직하고 조심스러운 목소리로 그가 이렇게 말했다.

"어떻게 하는 것이 가장 좋을지 생각해봤습니다. 헨리에타가 먼저 들어가면 안 됩니다. 아마 견디지 못할 겁니다. 내가 들어가서 머스그로브 씨 부부에게 이 사실을 알리는 동안 당신과 헨리에타는 마차 안에 남아 있는 게 좋지 않을까 생각했습니다. 괜찮을 것 같습니까?"

그녀는 좋다고 했다. 그는 만족해했고 더 이상 말하지 않았다. 하지만 그가 요청했던 기억이 그녀에게는 기쁨으로, 우정과 자신의 판단에 대한 존중의 증표라는 크나큰 기쁨으로 남았다. 그것이 헤어짐의 증표가 되었을 때에도 그 가치는 그대로였다.

어퍼크로스에서 고통스러운 대화가 끝났다. 딸들의 부모가 더없이 차분하고 헨리에타도 그들 곁에 있으면서 훨씬 더 나은 걸 보더니, 그가 타고 왔던 마차로 라임으로 돌아가겠다고 밝혔다. 말들을 먹인 뒤 그는 출발했다.

제2권

1

고작 이틀뿐인 어퍼크로스의 나머지 시간을 앤은 몽땅 본채에서 보냈다. 이곳에선 자기가 지극히 쓸모 있는 존재라는 사실이 그녀는 기뻤다. 그녀는 가까이에서 말동무가 되어주었고, 앞으로 어떻게 할지에 대한 모든 결정을 도와주었다. 비통한 심경에 빠져 있는 머스그로브 씨 내외에게 그러한 결정은 어려운 문제일 터였다.

다음 날 아침 그들은 라임에서 서둘러 보낸 소식을 들었다. 루이자는 거의 변화가 없었다. 전날보다 증상이 더 나빠지진 않은 것 같았다. 나중에 찰스가 이후의 더 자세한 소식을 가져왔다. 그는 그런대로 유쾌한 기분이었다. 신속한 치유를 바랄 수는 없지만 이런 환자에게서 보통 볼 수 있는 경과를 보여주었다고 했다. 하빌 부부에 대해 이야기할 때는, 두 사람의 친절 특히 하빌 부인의 극진한 간호에 대해 뭐라 말을 해도 부족한 듯싶었다. "하빌 부인은 메리가 할 일이 없게 만들었어요. 어젯 밤에는 저하고 메리 둘 다 설득당해 일찍 여관으로 돌아갔다니 까요. 메리는 오늘 아침 다시 신경이 곤두섰어요. 제가 나올 때 는 벤윅 대령과 함께 산책 나가려는 참이었는데, 산책이 메리 에게 도움이 좀 됐으면 좋으련만. 어젠 메리가 뜻을 굽히고 집 에 돌아갔으면 싶었어요. 하지만 중요한 건 하빌 부인이 그 누 구도 뭘 하게 놔두지 않았다는 겁니다."

찰스는 그날 오후 라임으로 돌아갈 예정이었다. 그의 아버지 는 아들과 같이 갈까 했지만 아내와 딸이 그 의견에 찬성하지 않 았다. 괜히 다른 사람에게 폐만 더 끼치고 본인도 더 괴로워지리 라는 게 이유였다. 그러다가 더 괜찮은 계획이 나와서 실행에 옮 겨졌다. 크루컨에서 마차를 불러와서는 찰스가 훨씬 더 도움이 될 예전의 보모를 데려간 것이다. 머스그로브가의 아이들을 모 두 키워내고 최근까지 오랫동안 끼고 살았던 해리 도련님이 형 들을 따라 학교에 가는 것까지 봤던 보모는 이제 버려진 아이들 놀이방에서 스타킹을 기우거나 가까이 있는 사람들의 물집이나 상처를 치료해주며 살고 있었다. 결과적으로 그녀는 사랑하는 루이자 아가씨 있는 데로 가서 그녀를 돌볼 수 있게 된 것이 기 쁘기만 했다. 머스그로브 부인과 헨리에타도 새라를 데려가면 어떨까 얼핏 떠올리긴 했지만 앤이 아니었으면 그렇게 빨리 결 정을 내리고 또 그걸 실행할 생각은 못 했을 것이다.

다음 날 그들이 루이자의 상황에 대해 상세하게 알 수 있었 던 것은 모두 찰스 헤이터 덕분이었는데, 그렇게 매일매일의 자세한 상황을 알게 되는 것이 그들에게는 너무도 중요한 일이었다. 그는 자기 일처럼 라임으로 향했고, 그가 들고 온 내용은 더욱 고무적이었다. 감각과 의식이 돌아와 있는 시간이 길어진 것 같았다. 매일의 보고에서 공통된 얘기는 웬트워스 대령이 라임에 붙어 있는 것 같다는 내용이었다.

앤은 다음 날 그들을 떠날 예정이었고, 그건 모두가 두려워하는 사건이었다. "앤 없이 어떡한다? 비참한 지경이라 서로에게 위로도 못 될 텐데!" 이런 말을 자꾸 듣다 보니 앤은 다들 속으로는 라임에 가고 싶어 하지 않느냐고 말해주고, 당장 라임으로 가라고 설득하는 게 제일 좋겠다 싶었다. 아무 문제 없었다. 가기로 금방 결정이 났다. 그들은 다음 날 출발하여, 형편 되는 대로 여관 아니면 셋집에 숙소를 마련하고 루이자가 움직일 수 있을 때까지 남아 있기로 했다. 루이자를 돌보는 선량한 사람들의 부담을 좀 덜어주게 될 것이 틀림없었다. 적어도 하빌 부인이 자기 아이들을 돌보는 부담은 좀 줄어들게 될지도 몰랐다. 한마디로 그들이 그 결정에 너무 행복해했기 때문에 앤은 자기가 한 일에 흐뭇해졌다. 그래서 그녀는 자기는 나중에 그 큰 집에 덩그러니 혼자 남겠지만, 그래도 그들의 여행 준비를 도우고 아침 일찍 그들을 배웅하면서 어퍼크로스의 마지막 아침을 보내는 게 가장 좋겠다는 생각이 들었다.

그녀가 마지막 남은 사람이었다. 별채의 어린 두 아들을 빼면, 본채와 별채를 가득 메우면서 양쪽 집에 생기를 불어넣어 주었던 사람들 중에, 어퍼크로스를 명랑한 곳으로 만들어주었던 사람들 중에, 그녀가 가장 마지막으로 남은 단 한 사람이었다. 며칠 사이에 이렇게 달라질 수가 있는 걸까!

만약 루이자가 회복된다면 만사가 다시 좋아질 것이다. 이전보다 더 많은 행복을 되찾을 것이다. 그녀가 회복된 후 어떤 일이 일어날지에 대해선 의심의 여지가 없었다. 전혀 없었다. 이제 몇 달만 있으면 지금은 아무도 없는, 조용히 명상에 잠긴 자신밖에 없는 이 공간이 전부 행복하고 유쾌한 것으로, 피어나는 사랑 속에서 온통 반짝이는 것으로, 앤 엘리엇과는 딴판인 것으로 전부 다시 채워지게 될 것이었다.

빗줄기가 쏟아져서 창밖의 사물이 흐릿해진 어느 어둑한 11월 낮 한 시간가량을 완전히 여유롭게 이런 상념에 잠겨 있다 보니, 레이디 러셀의 마차 소리가 그렇게 반가울 수 없었다. 그러나 떠나고 싶은 마음이면서도 그녀는 슬픔 없이 선뜻 저택을 떠날 수가 없었다. 빗물이 까맣게 뚝뚝 듣는 황량한 베란다가 있는 별채에 안녕을 고할 수가, 아니 뿌연 차창 너머 마을 끝자락의 허름한 가옥들을 일별할 수조차 없었다. 어퍼크로스의 풍경들이 스쳐 지나가자 그곳이 더욱 소중해졌다. 그곳은 수많은 고통의 감정, 한때 극심했지만 이제는 누그러진 그런 감정들의 기억을 간직하고 있었다. 그곳은 감정이 풀리고 우정과 화해의 분위기가 감돌았던 때를 기억하고 있었다. 그런 기회는 다시 바랄 수 없을 것이고 그때의 기억은 결코 사라지지 않을 것이다. 그녀는 모든 걸 뒤에 남겨두었다. 그 모든 일에 대한 추억만을 간직한 채.

앤은 9월에 레이디 러셀의 집을 떠난 이후로 켈린치에는 들어가본 적이 없었다. 그럴 필요도 없었거니와 그 집에 들어갈 수 있었던 몇 번 안 되는 기회도 어떻게든 피하려 했다. 그녀는 돌아와서 일단 현대적이고 우아한 별채에서 다시 삶을 시작하면서 안주인의 눈을 기쁘게 해줄 예정이었다.

앤과의 재회로 레이디 러셀은 기쁜 것도 있지만 걱정도 되었다. 그녀는 어퍼크로스에 누가 자주 왔다 갔는지 알고 있었다. 하지만 다행히 앤은 살이 올라 외모가 더 좋아졌다. 적어도 레이디 러셀은 그렇게 믿었다. 그리고 그런 칭찬을 듣는 순간 앤은 그 칭찬을 재종인 엘리엇 씨가 보내던 무언의 찬미와 연결 지었고, 자신이 다시 한 번 젊음과 아름다움의 은혜를 누리게 되길 바랐다.

두 사람이 이야기를 나누게 되자 앤은 곧 자신의 심경에 변화가 생겼음을 느꼈다. 켈린치를 떠날 때 그녀의 마음을 온통 사로잡았지만 정작 자신은 소외되어 있었고, 머스그로브 가족들 사이에서는 꾹꾹 눌러둘 수밖에 없었던 문제들이 이제는 부차적인 관심사가 되어 있었다. 그녀는 최근 아버지와 언니 그리고 바스까지 잊고 있었다. 그들 생각은 어퍼크로스 사람들에 대한 걱정 아래로 가라앉았다. 레이디 러셀이 이사 전 그들이 갖고 있던 기대와 두려움을 다시 거론하면서, 바스에 얻은 캠던 플레이스*에 대한 만족감과 아직 그들이 함께 지내는 클

*바스의 가장 큰 거리 중 하나. 지금은 캠던 크레센트로 불린다. 고지대에 위치하고 있어 바스 동쪽 언덕을 굽어보는 멋진 전망을 자랑하며, 이를 헤치지 않도록 주택들이 모두 한 방향으로 지어져 있다.

레이 부인에 대한 유감을 표시할 때 앤은 미안해서라도 자기가 라임과 루이자, 그리고 그곳 친구들을 훨씬 더 많이 생각한다는 말은 못 했을 것이다. 아버지가 있는 캠던 플레이스의 집이나 언니가 클레이 부인과 꼭 붙어 지낸다는 사실보다 하빌 부부와 벤윅 대령이 사는 집과 그들의 우정이 훨씬 더 흥미롭다는 말을 어떻게 하겠는가. 그래서 앤은 내용의 성격상 레이디 러셀이 우선적으로 생각하는 화제에 대해 같이 고민하는 모습을 보인다든지 하면서 실제로 뭐든 그녀에게 맞추려고 애쓸 수밖에 없었다.

다른 화제에 대해 이야기할 때도 처음에는 약간 불편했다. 라임에서 일어난 사고 이야기가 나오지 않을 수 없었다. 레이디 러셀은 그저께 집에 온 지 5분도 안 되어 별안간 사고의 자초지종을 듣게 되었다. 그래도 그 얘긴 여전히 짚고 넘어가야 했기에 어찌 된 일인지 물어봐야 했다. 경솔했던 행동이 유감스럽고 그것의 결과가 안타까웠음은 물론이다. 두 사람의 입에서 웬트워스 대령의 이름이 거론되는 건 당연했다. 앤은 자기가 레이디 러셀만큼 대령의 이름을 자연스럽게 말하지 못하리라는 걸 알고 있었다. 그녀는 그러지도 못하고 레이디 러셀의 눈을 똑바로 쳐다보지도 못하다가 이윽고 대령과 루이자 사이의 애정을 어떻게 생각하는지 말해주는 가장 간단한 방법을 선택했다. 이렇게 말해버리니 대령의 이름이 더 이상 고통스럽지 않았다.

레이디 러셀은 차분하게 듣기만 했고 그들의 행복을 기원했다. 하지만 스물세 살엔 앤 엘리엇의 진가를 다소 이해하는 듯했던 남자가 8년이 지난 후 루이자 머스그로브라는 아가씨에게 매혹되었다고 하니 내심 마구 화가 나면서도 기쁘고, 기쁘면서도 경멸감이 일었다.

처음 사나흘은 라임에서 보내온 전갈 한두 개를 받은 것 말고는 이렇다 할 일 없이 아주 조용히 지나갔다. 있는 데를 어떻게 알고서 앤에게 배달되었는지 알 수 없는 그 전갈에는 루이자에게 차도가 좀 있다는 내용이 들어 있었다. 그 정도 시간이 지나자 예의를 중시하는 레이디 러셀은 더 이상 마음 편히 있기가 힘들었다. 꺼려져 망설이던 이전의 마음이 좀 잦아들자 그녀는 결연한 어조로 이렇게 말했다. "크로프트 부인을 찾아가야 해. 정말이지 곧 가봐야겠어. 앤, 용기 내서 나하고 같이 그 집을 찾아가보는 건 어떻겠니? 우리 둘 다에게 힘든 일일 테지만 말이다."

앤은 그녀의 제안을 피하지 않았다. 오히려 그녀의 말처럼 정말 가봐야 할 것 같아서 이렇게 말했다.

"우리 두 사람 중에 대모님이 더 고통스러우실 것 같아요. 저보다는 변화를 받아들일 시간이 적으셨잖아요. 전 가까이 지내면서 많이 무뎌졌어요."

그녀는 이 문제에 대해 할 얘기가 더 많았다. 사실 그녀는 크로프트 부부를 아주 높이 평가했고 아버지가 이런 분들을 세입자로 둔 것이 참으로 행운이라고 생각했다. 그리고 분명 교구에서 훌륭한 본보기가 될 것이고 가난한 사람들을 최대한 보살피고 도와줄 것이기 때문에 이사할 수밖에 없었던 상황이 아무리 유감스럽고 창피스럽더라도 그녀는 양심상, 머물 자격이 없는 사람들이 떠나고 켈린치 홀이 원래 소유인보다 더 나은 사람들의 손에 들어갔다고 느끼지 않을 수 없었다. 이런 확신에는 분명 나름대로 아픔이 있었고, 어느 면에서는 커다란 아픔이었다. 하지만 그런 확신이 있었기 때문에 켈린치에 다시 들어가 익숙한 방들을 지나면서 레이디 러셀이 겪게 될 아픔을 느끼지 않을 수 있었다.

그런 순간 앤은 이런 혼잣말도 할 수 없었다. "이 방들이 다 우리 건데. 아, 그들의 운명이 다했구나! 참으로 하찮은 사람들에게 점령당했구나! 옛 주인은 저 멀리 쫓겨났으니! 이방인들이 그들의 자리를 채우고 있네!" 아니었다. 어머니를 생각하면서, 어머니가 앉아서 안주인 역할을 하던 자리를 떠올렸을 때 말고는 그런 말에 전혀 한숨짓지 않았다.

크로프트 부인은 그녀를 늘 반갑게 맞았다. 그래서 앤은 그녀가 자기를 아주 좋아한다는 생각에 흐뭇했다. 게다가 이번엔 켈린치 홀에서 만나는 터라 부인도 특별히 신경을 써주고 있었다.

라임에서 일어났던 불행한 사고가 이내 화제를 점령했다. 레이디 러셀과 크로프트 부인이 루이자의 최근 소식을 서로 교환하다 보니 두 사람 다 어제 아침 같은 시간에 그걸 받았다는 게 드러났다. 웬트워스 대령이 어제 (사고 이후 처음으로) 켈린치에 왔다가 정확히 어떤 경로로 전해졌는지 알 수 없었던 그 전갈을 앤에게 전해주고 나서, 몇 시간 머무르다 다시 라임으로 돌아간 모양이었다. 그리고 당분간은 거길 떠날 생각이 없는 것 같았다. 그는 특별히 앤의 안부를 물었고, 그녀가 과로로 몸을 상하지 않았길 바란다고 하면서 그녀가 아주 애를 많이 썼다는 말을 했다고 했다. 이건 아주 이례적인 일이었고, 그녀는 그 어떤 것에서보다 큰 기쁨을 느꼈다.

불행한 참사에 관해서라면 믿을 만하고 분별 있는 두 여성 모두 한목소리로 설명을 해줄 수 있었다. 그들의 판단은 확인된 사건에 기반을 두고 내려졌고 그 사건이 아주 경솔하고 무분별한 처신 때문에 일어난 일이라는 데는 이견이 없었다. 그리고 그 결과가 매우 불안했기 때문에 루이자의 회복에 얼마가 더 걸릴지 그리고 이후에 뇌진탕으로 인한 영향을 얼마나 더 받게 될지는 생각하기도 끔찍한 일이었다. 크로프트 제독이 모든 걸 정리하여 이렇게 소리 높여 말했다.

"그래, 정말 안된 일이야. 못 보던 방식이지. 젊은이가 사랑하는 여인의 머리통이 깨지게 해서 구애하다니 말이야. 안 그런가요, 앤 양? 진짜, 머릴 부시고 평생을 책임지는 거지!"

제독의 말투가 레이디 러셀의 마음에 과히 드는 건 아니었지만 앤은 재미있었다. 그의 선량한 마음씨와 단순한 성격은 상대로 하여금 거부할 수 없게 만드는 힘이 있었다.

"그런데 분명 아주 힘들었을 겁니다." 그가 갑자기 상념에서 벗어나서 이렇게 말했다. "여기 와서 우리가 있는 걸 보는 게 말입니다. 정말이지, 미처 생각을 못 했군요. 틀림없이 유쾌하지 않은 일일 텐데요. 하지만 자, 격식 차리지 마시고 일어나서 온 집 안을 마음껏 둘러보세요."

"다음에요. 감사합니다만, 지금은 사양하겠습니다."

"그럼 언제든 편한 때 오세요. 언제든 관목 숲으로 살짝 들어오면 됩니다. 그러면 우리가 우산을 거기 둔다는 걸 알게 될 겁니다. 문 옆에 걸어두었지요. 딱 좋은 장소 아닙니까? 하지만 (자제하면서) 앤 양은 그게 적절한 장소 같지 않을 테죠. 늘 집사 방에 두셨을 테니까요.* 네, 항상 그런 것 같습니다. 사람마다 나름대로 좋다는 방식이 있지만 우리는 모두 자기 것을 제일 좋아하지요. 그러니 집을 둘러보는 게 좋을지 아닐지는 본인의 판단에 맡겨야지요."

거절할까 생각하던 앤은 아주 감사한 태도로 그렇게 했다.

"우린 바꾼 것도 별로 없습니다!" 제독이 잠시 생각을 하더니 말을 이었다. "거의 없지요. 세탁실 문에 대해서는 어퍼크로스에서 말해드렸을 겁니다. 아주 편해졌습니다. 도대체 어떤 집이 그렇게 열기 불편한 문을 견딜 수 있었던 건지 놀라울 따름입니다. 그렇게 오랫동안이나 말이죠! 월터 경께 우리가 한 일을 말씀드리세요. 셰퍼드 씨가 그게 이 집에서 제일 잘한 거라고 생각한다는 것도 말입니다. 사실 공평을 기해 말씀드리자면 우리가 바꾸었던 몇 안 되는 것들은 모두 다 더 좋아지는 쪽이었습니다. 하지만 공은 모두 아내에게 돌아가야 합니다. 난

*귀족적인 생활 방식을 선호하는 엘리엇 경에게는 집안 대소사에 항상 동행하는 집사의 방에 우산이 있는 것이 당연하지만 스스로를 돌보는 것에 익숙한 제독에게는 자신이 집기 편한 출입문 옆이 우산을 놓기 적합한 장소라는 말. 두 사람의 생활 방식 차이를 잘 드러내주는 대목이다.

172

거울들 몇 개를 드레스룸에서 치워버린 것 말고는 한 게 없습니다. 아버님이 쓰시던 것 말이죠. 아버님은 분명 훌륭하신 데다 아주 신사이시겠지요. 하지만 내 생각에, 앤 양, (아주 진지한 표정으로 보면서) 아버님이 연세에 비해 옷차림에 꽤 신경을 쓰시는 분인 것 같습니다. 거울의 수를 보니! 세상에! 내 모습을 보지 않으려야 않을 수가 없더군요. 그래서 소피에게 도움을 청해서 그 방에서 옮겨버렸지요. 지금은 한구석에 있는 내 작은 면도 거울뿐이라 마음이 편합니다. 큰 거울이 하나 더 있지만 가까이 가본 적이 없습니다."

부지불식간에 재미있어하던 앤은 뭐라고 해야 할지 곤혹스러웠고, 제독은 실례를 범한 건 아닐까 두려워하면서 다시 아버지와 관련된 말을 했다. "다음에 훌륭하신 아버님께 편지를 쓰게 되면 말이죠, 앤 양, 우리 내외의 칭찬을 전해주시고, 이 집에서 우리가 아주 행복하고 편안하게 정착했고 이 집에 대해선 흠잡을 데가 없더라는 말을 좀 전해주십시오. 식당 굴뚝으로 연기가 좀 나긴 합니다. 하지만 그건 바로 북쪽에서 바람이 세게 불어올 때만 그런 것이고, 겨울을 통틀어 세 번도 안 돼요. 모든 걸 고려해볼 때, 이 근방의 집이란 집은 다 들어가봤기 때문에 말할 수 있습니다만, 여기보다 더 마음에 드는 데는 없습니다. 부디 제 칭찬과 함께 그렇게 전해주십시오. 그 말을 들으면 아버님이 좋아하실 겁니다."

레이디 러셀과 크로프트 부인은 서로를 무척 마음에 들어했다. 하지만 이 방문으로 시작된 친분은 지금으로서는 더 진행되지 못할 운명이었다. 크로프트 부부는 답방해야 할 시기에 북부 지방의 친척을 방문하기 위해 몇 주간 출타할 예정이었고 그들이 집에 돌아오면 아마도 레이디 러셀은 바스로 옮긴 후일 것이다.

앤에게 켈린치 홀에서 웬트워스 대령과 마주치거나 혹은 누나와 함께 있는 그를 보게 될 모든 위험은 이렇게 끝이 났다. 모든 게 지극히 안전했다. 앤은 이 문제로 느꼈던 온갖 조마조마한 감정 때문에 웃음이 나왔다.

2

머스그로브 부부가 라임으로 간 뒤 찰스와 메리는 어쨌든 필요했겠다고 앤이 생각한 기간보다 더 오래 거기 남아 있었지만 집으로는 제일 먼저 돌아왔다. 그리고 어퍼크로스에 돌아오자마자 최대한 빨리 켈린치의 별채로 마차를 몰았다. 그들이 떠날 때 루이자는 일어나 앉아 있기 시작했다. 하지만 정신은 돌아왔지만 지력이 매우 떨어진 상태였고 사소한 자극에도 신경이 극도로 예민하게 반응했다. 대체로 괜찮다는 진단이 내려졌지만 언제쯤 집에 돌아가는 걸 감당할 수 있을지는 여전히 미지수였다. 크리스마스에 돌아올 아이들을 맞이하기 위해 시간에 맞춰 돌아가야 하는 그녀의 부모는 딸을 데리고 갈 수 있으리라는 희망을 거의 접은 상태였다.

그들은 셋집에서 모두 함께 지내고 있었다. 머스그로브 부인은 하빌 부인의 아이들을 최대한 자주 데리고 나갔고 어퍼크로스에서 조달할 수 있는 건 무엇이든지 제공하여 하빌 부부의 불편을 덜어주었다. 한편 하빌 부부는 매일 저녁 그들과 저녁 식사를 함께하기를 원했다. 그러니까 말하자면 양쪽은 어떻게 하면 네 것 내 것 없이 상대에게 베풀까만 고민했던 것 같았다.

메리는 나름대로 고충이 있었다. 하지만 대체적으로 봐서, 그렇게 오래 머물러 있었던 데서 드러나듯이 고생스러운 것보다 즐거운 것이 더 많았다. 찰스 헤이터는 흡족하다 싶은 횟수보다 더 자주 라임에 왔다. 그들이 하빌 부부의 집에서 저녁을 먹을 때면 시중드는 하녀가 한 명밖에 없던 하빌 부인은 처음에 머스그로브 부인을 먼저 시중들게 했다. 하지만 그 뒤 메리는 자기가 누구 딸인지 알게 된 하빌 부인으로부터 즉시 충분한 사과를 받았다. 그리고 매일 많은 일들이 일어났다. 셋집과 하빌 부부의 집을 수없이 오갔고, 순회 도서관*에서 책들을 수시로 바꿔 빌려 봤다. 저울의 추는 확실히 라임 쪽으로 기울었다. 그녀는 차머스에도 따라갔고 온천도 했다. 교회도 갔는데, 어퍼크로스보다 라임의 교회가 구경할 사람들이 더 많았다. 그러니 이런 것들에다 쓸모가 있다는 생각이 더해져서 두 주간의 시간이 정말 유쾌할 수 있었다.

앤이 벤윅 대령에 대해 물었다. 메리의 얼굴이 바로 어두워

---

*주로 개인이 운영했던 순회 도서관은 18세기 후반 이후로 영국 일상의 한 부분으로 자리 잡았다. 휴양 도시인 라임에도 당시 3개의 순회 도서관이 있었다.

졌고 찰스는 웃었다.

"아! 벤윅 대령은 아주 잘 지내는 것 같아. 하지만 참 특이한 사람이야. 뭘 하려는지 알 수가 없어. 하루나 이틀 우리 집에 와서 있다 가라고 청했거든. 찰스가 사냥을 가자고 했고, 그 사람이 흔쾌해하니까 난 모두 결정됐다고 생각했지. 그런데 보라고! 화요일 밤 아주 희한한 핑계를 대는 거야. 자기는 '사냥을 하지 않는 사람'이며 우리가 자기를 '잘못 알았다'면서 말이야. 그러고는 이걸 하기로 했다, 저걸 하기로 했다며 핑계를 대지 뭐야. 결국 난 그 사람이 여기 올 생각이 없다는 걸 알았어. 아마 여기가 지루할까 봐 겁을 먹은 것 같아. 하지만 분명히 말하지만 벤윅 대령처럼 세상이 무너진듯 상심에 빠진 남자에게도 우린 집에서 충분히 활기를 돋워줬을 거라고 생각해."

찰스가 다시 웃더니 말했다. "이봐 메리, 그게 실제로는 어떻게 된 일인지 당신도 잘 알잖아. (앤을 돌아보며) 이게 모두 처형 때문이에요. 그는 자기가 우리하고 오면 처형을 가까이서 볼 수 있다고 생각했어요. 다들 어퍼크로스에 살고 있다고 믿었던 거죠. 그런데 레이디 러셀이 사는 데가 3마일 떨어져 있다는 걸 알고는 실망해서 올 엄두가 나지 않은 거예요. 맹세코 사실입니다. 메리가 알아요."

하지만 메리는 이 말에 점잖게 굴복하지 않았다. 벤윅 대령이 출신이나 신분으로 볼 때 엘리엇 사람과는 어울리지 않는다고 생각했는지 아니면 그가 오려던 이유가 자기보다 앤 때문이었다는 사실을 믿고 싶지 않아서였는지는 알아서 판단할 일이다. 하지만 그런 말을 들었다고 앤의 호의가 줄어들지는 않을 것이다. 그녀는 찬사에 대해선 달리 부인하지 않은 채 계속 안부를 물었다.

"아! 대령이 처형에 대해 그렇게 말하더라고요." 찰스가 소리를 높이자 메리가 끼어들었다. "찰스, 내가 거기 있는 동안 내내 그 사람 입에서 언니 이름은 두 번 이상 나오지 않았어요. 정말이야, 언니. 그 사람은 언니 얘긴 전혀 안 해."

"안 했지." 찰스가 인정했다. "보통 때 그 사람이 한 번이라도 그럴까 모르겠네. 하지만 그가 처형을 사모하는 건 분명해요. 머릿속엔 온통 처형이 추천해서 읽고 있는 책 생각뿐이던걸요. 그리고 그 책에 대해 처형과 얘기하고 싶어 해요. 그중 하나에서 이건가 저건가 뭔가를 발견했는데, 자기 생각에 그게, 아! 기억은 안 나지만 뭔가 아주 멋진 것이었어요. 헨리에타에게 그 책에 대해 전부 얘기해주는 걸 어깨너머로 들었어요. 그러더니 최상의 단어로 '앤 양'에 대해 얘기했어요! 이봐 메리, 분명히 그랬다고. 내 귀로 들었고 당신은 다른 방에 있었단 말이야. '고상하죠, 상냥하죠, 아름답죠.' 아! 앤 양의 매력은 끝이 없었다니까."

"내 생각에," 메리가 흥분하여 소리를 높였다. "벤윅 대령이 만약 그랬다면 그건 칭찬받기 힘든 일이에요. 하빌 양이 겨우 지난 6월에 죽었잖아요. 그런 연정은 받을 가치도 없어요. 안 그런가요, 레이디 러셀? 제 말이 옳다고 생각하실 텐데요."

"우선 벤윅 대령을 만나봐야 판단할 수 있을 것 같구나." 레이디 러셀이 웃으며 말했다.

"아마 곧 만나게 되실 겁니다, 부인." 찰스가 말했다. "비록 우리와 함께 오고 나서 다시 여기로 정식 방문할 배짱은 없었던 모양이지만 언젠가 스스로 켈린치까지 찾아올 겁니다. 믿어도 됩니다. 얼마나 떨어져 있는지와 거리 이름을 말해주었고, 여기 교회도 찾아볼 만하다고 했습니다. 그 친구가 그런 데 관심이 있으니 그걸로 핑계가 충분히 될 테지요. 게다가 아주 진지하게 듣더군요. 그 친구 태도로 봐서 아마 곧 찾아올 겁니다. 그러니 알려드리는 겁니다, 레이디 러셀."

"앤의 지인이라면 언제든 환영이에요." 레이디 러셀이 다정하게 대답했다.

"아! 앤의 지인이라면?" 메리가 말했다. "벤윅 대령은 오히려 제 지인인 것 같은데요. 지난 두 주간 매일 그를 만났으니까요."

"그러면 두 사람의 공동 지인이라 치고, 벤윅 대령을 만난다면 매우 반가울 거야."

"분명히 말씀드리지만 유쾌한 점은 눈 씻고 봐도 없을 거예요. 이 세상에서 가장 지루한 청년이에요. 가끔 저와 해변의 이쪽 끝에서 저쪽 끝까지 걸을 때도 입 한 번 벙긋하지 않던걸요. 본데 있는 청년이 절대 아니에요. 분명 마음에 들지 않으실 거예요."

"난 생각이 달라, 메리." 앤이 말했다. "레이디 러셀은 그분을 마음에 들어하실 거야. 지성이 아주 마음에 들어서 태도의

178

결점 같은 건 전혀 눈에 들어오지 않으실 거야."

"저도 같은 생각이에요, 앤." 찰스가 말했다. "분명 레이디 러셀은 대령을 좋아하실 거예요. 딱 레이디 러셀이 좋아하실 타입이죠. 책을 주면 하루 종일 읽고 있을 겁니다."

"네, 그렇겠네요!" 메리가 큰 소리로 비아냥거렸다. "앉아서 하루 종일 책에 심취해 있을 거예요. 누가 무슨 말을 해도, 뜨개질 가위를 떨어뜨리거나 무슨 일이 일어나도 모를 거예요. 레이디 러셀이 그런 걸 좋아할 거 같다고요?"

레이디 러셀은 웃음을 참을 수가 없었다. "정말이지, 누군가에 대한 내 의견에 대해 이렇게 다른 추측이 나올 수 있다고는 생각도 못 했구나. 난 상당히 객관적이라고 할 수 있는 사람인데 말이야. 이렇게 정반대의 인상을 주는 사람이 누군지 정말 궁금한걸. 여기 올 마음이 생겨서 찾아오면 좋겠어. 그 사람이 오면, 메리 너도 내 생각을 들을 수 있을 거야. 그러기 전에는 판단하지 않을 작정이야."

"마음에 들지 않을 거예요. 장담해요."

레이디 러셀이 다른 이야기를 꺼냈다. 메리는 희한하게도 엘리엇 씨와 맞닥뜨렸던, 아니 스쳐갔던 일에 대해 신이 나서 얘기했다.

"그 사람이라면," 레이디 러셀이 말했다. "난 만나고 싶은 마음이 전혀 없어. 집안의 어른과 화기애애하게 지낼 수 있는 기회를 저버렸으니 눈 밖에 났다고 해야겠지."

이런 단호함에 메리가 한창 엘리엇을 칭찬하다가 중간에 뚝 멈추었다.

웬트워스 대령에 대해서는 앤이 위험을 무릅쓰고 물어보지 않아도 충분히 자유롭게 이야기가 오갔다. 예상대로 그는 최근 기분이 많이 나아진 상태였다. 루이자가 회복되니 그도 좋아 졌다. 그래서 지금은 첫 주에 보여주던 모습과는 아주 다른 사람이 되어 있었다. 그는 루이자를 만나지 않았다. 자기를 만난 뒤 상태가 악화될까 봐 극도로 두려워하며 무리하게 그녀를 만나려고 하지 않았다. 아니 그 반대로, 그녀의 지력이 더 회복될 때까지 일주일 내지 열흘 정도 멀리 떠나 있을 계획을 세운 듯했다. 일주일간 플리머스에 내려가 있을 생각에 대해 이야기했으며 벤윅 대령을 설득해서 같이 가고 싶어 했다. 하지만 찰스가 끝까지 주장했다시피 벤윅 대령은 켈린치로 오는 데 더 마음이 있는 것 같았다.

이때부터 레이디 러셀과 앤 두 사람이 시시때때로 벤윅 대령을 떠올리게 된 건 의심의 여지가 없었다. 레이디 러셀은 초인종 소리*가 들릴 때마다 그가 왔을지도 모른다고 느꼈다. 앤 역시 저택 녹지를 혼자서 산책하고 돌아오거나 마을로 자선 방문을 나갔다 돌아올 때면 대령의 모습을 보거나 그의 목소리를 들을지도 모르겠다고 생각했다. 하지만 벤윅 대령은 오지 않았다. 찰스가 생각했던 만큼 올 마음이 없었거나 아니면 너무 숫기가 없었는지도 모른다. 레이디 러셀은 일주일 정도 참고 기

*대형 금속 노커가 일상적이던 시절이므로 초인종이 설치된 레이디 러셀의 거처는 상당히 현대적 건물임을 알 수 있다.

다려보더니 그가 처음만큼 흥미를 가질 만한 대상이 아니라고 판단해버렸다.

머스그로브 부부가 방학을 맞아 집에 오는 자녀들을 반갑게 맞이하기 위해 돌아왔다. 오면서 하빌 부인의 애들을 데리고 오는 바람에 어퍼크로스는 한층 더 시끌벅적해졌고 라임은 한층 더 한적해졌다. 헨리에타는 루이자 곁에 남았다. 하지만 나머지 가족은 모두 그들의 본거지에 복귀했다.

레이디 러셀과 앤은 인사차 그들을 한 번 찾아갔다. 그때 앤은 어퍼크로스에 이미 생기가 돈다는 걸 느끼지 않을 수 없었다. 비록 헨리에타나 루이자, 혹은 찰스 헤이터나 웬트워스 대령은 거기 없었지만 자기가 마지막으로 그 집을 보았을 때와 대비하면 그곳은 더없이 활기차 보였다.

하빌 씨네 아이들이 머스그로브 부인 주위에 붙어 있었고, 부인은 아이들과 놀아주려고 일부러 별채에서 건너온 손자들이 제멋대로 행동하지 못하도록 지켜보고 있었다. 한쪽 탁자는 일부 여자들이 차지하고서 은박지, 금박지를 자르고 있었다. 그리고 다른 쪽에는 돼지고기 편육과 고기파이가 가대가 휘도록 쟁반에 담겨 있었고, 거기서 시끌벅적한 두 아이가 까불며 놀고 있었다. 사람들의 온갖 소음을 뚫고 소리를 내겠다고 작정한 듯 활활 타고 있는 크리스마스 장작으로 전체 그림이 완성되고 있었다. 그들이 와 있는 동안 찰스와 메리도 물론 왔다. 머스그로브 씨는 레이디 러셀에게 예를 표하느라 일부러 10분간 그녀 옆에 앉아, 목소리를 높여가며 말했지만 무릎에 앉혀

놓은 아이들의 시끄러운 소리 때문에 대부분 알아들을 수 없었다. 즐거운 가족 풍경이었다.

기질상 앤은, 이렇게 정신 사나운 집안 풍경이 루이자의 부상으로 충격이 컸을 수밖에 없는 신경을 회복하는 데는 좋지 않다고 생각했을 것이다. 하지만 머스그로브 부인은 굳이 앤을 옆에 앉혀 그녀가 자기들에게 베푼 배려에 아주 살뜰하게 거듭 고마움을 표했고, 방 안을 이리저리 행복한 눈길로 쳐다보면서 그 모든 걸 다 겪고 나니 약간 조용한 듯 쾌활한 집안 분위기만큼 몸에 좋은 건 없더라는 말로 본인이 겪은 괴로움을 짧게 마무리 지었다.

루이자는 이제 빠른 속도로 회복되고 있었다. 그녀의 어머니는 딸이 언니와 오빠들이 학교로 돌아가기 전 집에서 여는 크리스마스 파티에 합류할 수 있으리라는 생각까지 했다. 하빌 부부는 언제든 그녀가 돌아올 때 함께 와서 어퍼크로스에 머물겠다고 약속했다. 웬트워스 대령은 슈롭셔에 있는 형을 만나러 떠나 있었다.

마차 안에 앉자마자 레이디 러셀이 말했다. "앞으로는 크리스마스 기간에 어퍼크로스로 오지 않는단 걸 기억해야 할 텐데 말이다."

다른 문제와 마찬가지로 소음에도 다들 나름대로의 취향이 있는 법이다. 소리도 그 크기가 아니라 종류에 따라 전혀 거슬리지 않거나 혹은 아주 거슬리거나 한다. 얼마 안 있어 레이디 러셀은 비 오는 어느 날 오후 바스로 들어갔다. 그때 그녀는 다른 마차들과 육중하게 굴러가는 짐수레, 짐마차들, 고함치는 신문팔이, 머핀장수, 우유배달부, 끊임없이 짤랑거리는 신발 밑창 소리*를 헤치며 올드 브릿지에서 캠던 플레이스까지 긴 거리를 지나가면서도 불평 한마디 하지 않았다. 아니, 그녀에게 이런 것들은 겨울의 즐거움이라 할 수 있는 소음들이었다. 그녀는 이런 소음들을 듣고 기운이 났다. 그리고 비록 말로 표현은 안 했지만 오랫동안 시골에서 지낸 터라 머스그로브 부인과 마찬가지로 조용한 활기만큼 좋은 게 없다는 걸 느끼고 있었다.

앤은 생각이 달랐다. 비록 말은 안 해도 바스에 대한 거부감을 단호하게 고수했다. 빗속에서 물안개가 피어오르는 거대한 건물들의 희미한 모습이 맨 먼저 그녀의 눈에 들어왔다. 더 자세히 보고 싶은 생각도 없었다. 하지만 아무리 마음에 들지 않는 거리라 해도 너무 금세 지나온 느낌이 들었다. 도착하면 누가 반가워나 할까 싶었던 것이다. 앤은 그리움에 젖어 시끌벅적한 어퍼크로스와 한적한 켈린치를 떠올렸다.

엘리자베스가 지난번 보내온 편지에서는 몇 가지 흥미로운 내용이 있었다. 엘리엇 씨가 바스에 있었다. 그가 캠던 플레이스를 찾아왔었다. 두 번, 세 번 왔었다. 눈에 띄게 조심스러웠

---

*신발이 비에 젖는 것을 막기 위해 달았던 나무 밑창. 걷는 일이 많은 상인이나 하인들이 많이 사용했던 것으로 신발에 고정시킬 수 있는 커다란 금속 고리가 밑면에 달려 있었다. 포장도로가 많았던 바스의 번화가에서는 이 밑창이 도로에 철거덕거리는 소리를 흔히 들을 수 있었다.

었다. 만약 엘리자베스와 그녀 아버지가 본 게 맞는다면, 그는 예전에 기를 쓰고 무시하려 했던 만큼 공을 들여 친분을 익히고 인맥을 소중히 여긴다는 걸 분명히 보여주고 있었다. 만약 이 말이 사실이라면 이건 놀라운 일이었다. 레이디 러셀은 엘리엇 씨에 대해 호기심과 당혹감이 뒤섞인 호감을 느끼며, 메리에게 최근 '만날 마음이 전혀 없는 사람'이라고 했던 감정을 이미 거두어들인 상태였다. 그녀는 그를 매우 만나고 싶어 했다. 만약 그가 진정으로 순종적인 가족이 되고자 한다면 부계 혈통에서 스스로 떨어져 나왔던 과거를 용서받을 것이었다.

앤은 이런 상황에 그들만큼 들뜨진 않았지만 엘리엇 씨는 한 번 더 보고 싶은 마음이었다. 바스에 있는 다른 사람들에 대한 마음보다는 더 컸다.

그녀는 캠던 플레이스에 내려졌다. 그런 다음 레이디 러셀은 리버스 거리*에 있는 자기 숙소로 마차를 몰았다.

3

월터 경은 지체 있는 사람답게 고지대에 품위 있게 자리 잡은 캠던 플레이스에 아주 훌륭한 집을 빌렸다. 그리고 그와 엘리자베스 두 사람은 거기 정착하여 아주 만족스럽게 지내고 있었다.

*바스 북부의 인기 거주지로 엘리엇 씨의 거처와도 멀지 않다.

앤은 무너지는 마음으로 그곳을 들어섰다. 그녀는 몇 달간 감옥살이를 예상하면서 '아! 언제 여길 다시 떠나게 될까?'고 간절히 생각했다. 그래도 그녀를 맞이하면서 보여준 생각지도 못한 다정함이 도움이 되었다. 아버지와 언니는 집과 가구를 보여줄 생각에 그녀가 온 게 반가워서 살갑게 맞아주었다. 저녁 식탁에 모두 앉았을 때 그녀까지 네 명이라서 잘됐다는 말이 나왔다.

클레이 부인은 매우 쾌활했고 잘 웃었다. 하지만 그녀의 예의 바른 언동과 미소는 늘 보여주는 알랑거림에 더 가까웠다. 도착하면 그녀가 반가운 척하리라는 건 늘 생각하던 대로였지만 다른 사람들의 상냥한 태도는 의외였다. 그들은 아주 기분이 좋아 보였고 그녀는 곧 이유를 듣게 될 터였다. 그들은 그녀의 이야기를 듣고 싶어 하는 시늉조차 하지 않았다. 아버지와 엘리자베스는 켈린치 주민들이 자신들을 못 봐서 매우 섭섭해하더라는 말이 나오게 하려고 애를 썼지만 앤은 해줄 말이 없었다. 그런 다음 두 사람은 건성으로 겨우 몇 마디 묻는가 싶더니 급기야 본인들 이야기만 늘어놓았다. 어퍼크로스는 관심 밖이었고 켈린치도 거의 물어보는 둥 마는 둥 오로지 바스였다.

그들은 바스가 모든 면에서 생각보다 더 만족스럽다는 사실을 그녀에게 납득시키며 흡족해했다. 집은 두말할 것 없이 캠던 플레이스에서 제일 좋았다. 거실들은 그들이 보았거나 얘기 들어본 적 있는 다른 거실들과 비교하여 여러 가지 뚜렷한 장점이 있었다. 가구를 배치한 방식이나 가구 취향은 한 수 위였다. 사람들은 그들과 친분을 쌓지 못해 안달이었다. 다들 그들을 방문하고 싶어 했다. 소개 자리를 피한 것이 수차례였지만 그래도 여전히 전혀 알지도 못하는 사람들이 끊임없이 명함*을 두고 갔다.

즐거움이 차고 넘쳤다! 앤의 눈에 어찌 아버지와 언니가 행복해 보이지 않겠는가? 그녀는 아버지가 자신의 변한 처지에 아무런 수치심도 느끼지 않는다는 사실에 그러려니 하면서도 한숨이 나오는 건 어쩔 수 없었다. 그는 지주의 본분과 품위를 수행하지 못하는 데 대한 아쉬움을 전혀 느끼지 않았고, 소도시의 사소한 것들에 헛되이 너무 많은 의미를 두었다. 그리고 엘리자베스가 접이문을 열어젖히고 기세등등하게 이쪽 거실에서 저쪽 거실로 걸어가며 으쓱해할 때는 30피트 정도 될 법한 방에서 널찍한 공간이라 자랑스러워하는 일이 켈린치 홀의 안주인이었던 저 여인에게 가능한 일이라는 데 한숨 섞인 미소를 지으며 갸웃하였다.

하지만 두 사람을 행복하게 만드는 건 이게 다가 아니었다. 그들에게는 엘리엇 씨도 있었다. 앤은 엘리엇 씨에 대해 들어야 할 이야기가 엄청 많았다. 그는 용서된 것만이 아니었다. 그들은 그에게 매우 흡족해하고 있었다. 그는 벌써 두 주 이상 바

---

*방문용 명함을 남기는 것은 상당히 사교적인 의미가 포함되어 있었다. 보통은 주인이 부재중인 상황에 방문하였을 때 자신이 다녀갔다는 것을 알리기 위한 용도로 쓰였으나 새로이 인사를 해야 하는 상황, 혹은 유명인사의 경우 주인이 집에 있으면서도 손님을 바로 들이지 않고 명함을 받는 경우도 있었다. 그 답방 여부에 따라 이들의 교류가 계속될지가 결정되었다.

스에 머무르고 있었다. (그는 11월 런던 가는 길에 바스를 거쳤고 그때 월터 경이 바스에 정착해 있다는 소식을 당연히 들었다. 하지만 바스에 겨우 스물네 시간밖에 머물지 않았기 때문에 그 기회를 이용할 수가 없었다.) 하지만 이제 그는 두 주째 바스에 있었고, 도착한 후 가장 우선적으로 한 일이 캠던 플레이스에 명함을 남기는 것이었다. 그 후 열과 성을 다해 만나려고 애쓴 결과 그들이 만났다. 그가 참으로 솔직하게 지난 일에 대해 서슴지 않고 사과하면서 다시 가족으로 받아들여줄 것을 간청했기 때문에 이전에 좋았던 관계가 완전히 회복되었다.

그들은 그에게서 결점을 찾을 수 없었다. 그는 자기가 무시하는 태도를 보였던 것에 대해 그럴듯한 해명을 했다. 그건 완전히 오해에서 비롯되었다고 했다. 그는 가문과 의절하고 싶은 마음이 전혀 없었고, 가문에서 내쳐진 게 아닌가 하고 두려웠지만 이유를 몰랐기 때문에 조심스럽게 침묵을 지키고 있었다고 했다. 가문과 관련하여, 가문의 명예와 관련하여 얕보는 듯 아무렇게나 말했던 일이 살짝 언급되자 울분을 토했다. 저는 늘 엘리엇 사람인 걸 자랑으로 여겼고, 가족 간의 유대에 대한 제 감정은 요즈음 같은 비봉건적인 분위기에는 맞지 않을 정도로 엄중합니다! 전 사실 놀랐습니다! 제 평판이나 일반적인 처신을 보더라도 그게 사실일 리가 없습니다. 저를 아는 모든 사람에게 물어봐도 좋습니다. 그리고 화해의 첫 단추, 친척 관계와 상속 예정자의 발판을 회복하게 될 기회를 마련하기 위해 제가 들였던 노력을 보시면 이 문제에 대한 제 견해가 어떤 건지 확실히 알 수 있을 겁니다.

그의 결혼을 둘러싼 상황에서도 정상참작의 가능성이 발견되었다. 이건 본인에게서만 들을 문제가 아니었다. 그와 절친한 사이로 아주 신망 있고 완벽한 신사인 (그리고 생긴 것도 나쁘지 않다고 월터 경은 덧붙였다) 월리스 대령이 있어야 했다. 말버러 빌딩스*에서 아주 호사스럽게 살고 있던 그는 엘리엇 씨에게 몸소 특별히 부탁하여 그들에게 소개가 되었다. 대령은 엘리엇 씨의 결혼에 관해 한두 가지 사실을 언급했는데 알고 보니 망신거리였다던 그 결혼은 사실과는 상당히 달랐다.

월리스 대령은 엘리엇 씨를 오랫동안 알고 지냈고 엘리엇 씨의 아내와도 잘 아는 사이였기 때문에 내용의 자초지종을 완벽하게 알고 있었다. 그의 아내는 분명 가정적이진 않지만 교육을 잘 받은 데다 재능 많고 부유한 여성으로, 그에게 푹 빠져 있었다. 그것이 그녀의 매력이었다. 그녀가 그를 쫓아다녔다. 그런 매력이 없었다면 돈만으로 엘리엇 씨를 꾀지는 못했을 것이었고, 또한 월터 경은 그녀가 아주 참한 여성이었다는 점을 수긍했다. 이것이 이 문제를 너그럽게 봐야 할 크나큰 지점이었다. 엄청나게 돈 많은, 아름다운 여성이 그와 사랑에 빠졌다는 게 아닌가! 월터 경은 그 상황을 완전한 사과로 받아들이는 것 같았다. 엘리자베스는 그 정도로 곱게 봐줄 수는 없었지만

*상가 및 주거용 건물들이 밀집된 형태로 개발되었던 당시 바스의 지명 혹은 거리 명에는 '빌딩스'라는 단어가 많이 등장하는데, 말버러 빌딩스는 고급 임대주택들이 자리한 초호화 거리였다.

충분히 정상을 참작할 만하다고 인정해주었다.

엘리엇 씨는 계속 찾아왔고 그들과 한 번 식사를 했는데 특별히 초대받았다는 사실이 기쁜 듯했다. 대체로 그들은 정찬에 초대를 하는 법이 없었던 것이다. 말하자면 어디를 보나 육친다운 대우에 흡족해하며, 캠던 플레이스에서 친밀한 관계를 유지하는 것에 행복을 송두리째 맡기고 있었다.

앤은 확실히 이해는 하지 못한 채 듣고 있었다. 말하는 사람의 생각이라는 점을 적잖이 감안하고 들어야 한다는 걸 알았다. 그녀는 미화된 상태로 다 들었다. 화해 과정에서의 터무니없이 불합리해 보이는 내용은 온통 근거 없는, 그저 전달하는 사람의 말일 수 있었다. 그녀는 수년간 뜸했던 엘리엇 씨가 그들에게 인정받고자 하는 데는 즉각적으로 드러나지 않는 어떤 이유가 있다는 느낌을 받았다. 세상 사람들이 보기에 그가 월터 경과 좋은 관계라고 해서 얻는 것이 전혀 없었고, 월터 경과 소원한 상태라고 해서 잃을 것도 없었다. 모든 가능성을 놓고 봐도 그가 둘 중에 더 부자였고 켈린치 장원도 작위와 마찬가지로 장차 분명히 그의 소유가 될 터였다. 그렇게 분별 있는 사람이! '아주' 분별 있는 사람처럼 보였는데, 왜 이렇게까지 하는 걸까? 앤은 한 가지 해석밖에 생각해낼 수 없었다. 그건 아마도 엘리자베스 때문일 것이다. 비록 사정 때문에 어쩌다가 다른 길을 택할 수밖에 없었던 그였지만 그때는 정말로 좋아하는 감정이 있었는지도 몰랐다. 그리고 이제 경제적인 자유를 누릴 수 있으니 그녀에게 구애할 셈인지도 몰랐다. 엘리자베스는 누가 봐도 아주 아름다웠으며 가문도 좋고 우아한 태도를 지니고 있었다. 그리고 엘리엇 씨 본인도 아주 젊었을 시기에 대중 속에 섞여 있는 그녀의 모습밖에 못 보았으니 성격까지는 다 간파하지 못했을 것이다. 엘리자베스의 감성과 지성이 이제 훨씬 예리해진 그의 기준에 부합할 수 있을까 하는 것이 또 다른 문제, 아니 더 정확히 말하면 더 두려운 문제였다. 만약 엘리자베스가 목표라면 그가 너무 세심하지 않기를, 너무 주의 깊은 성격이 아니기를. 엘리엇 씨가 자주 찾아온다는 얘기 하면서 두 사람이 주고받던 눈빛으로 보건대 엘리자베스 본인도 그렇게 믿고 싶어 하고 친구인 클레이 부인마저 그런 믿음을 부추기고 있다는 게 분명해 보였다.

앤은 라임에서 그를 언뜻 봤다고 말했지만 다들 건성으로 들었다. "아! 그래, 어쩌면 엘리엇 씨였을 수도 있겠지. 우린 몰라. 어쩌면 그분이었을지도 모르지." 그들은 그에 대한 앤의 설명을 듣고 있지 않았다. 자기들이 그의 모습을 설명하고 있었다. 월터 경이 특히 그랬다. 그는 엘리엇 씨의 신사다운 외모, 상류층의 우아한 분위기, 균형 잡힌 얼굴, 분별 있는 시각을 칭찬했다. 그러면서 "주걱턱이라는 게 애석한 노릇이야. 그런 건 시간이 갈수록 더 심해지는 경향이 있지. 지난 10년간 얼굴이 삭지 않고 그대로인 양 말할 순 없었어. 엘리엇 씨는 내(월터 경) 모습이 자기가 마지막으로 봤을 때와 똑같다고 생각하는 것 같더군"이라고 했다. 하지만 월터 경은 이렇게 덧붙였다. "받은 만큼 덕담을 온전히 되돌려줄 수가 없으니 난처하더구나. 그러나 흠잡을 생각은 없어. 엘리엇 씨는 대다수 남자들보다 보기 좋은 얼굴이고, 어디서든 남들 앞에 같이 있어도 나쁘지 않아."

엘리엇 씨와 말버러 빌딩스에 사는 그의 친구들이 저녁 내내 화제였다. "월리스 대령이 우리와 알고 지내려고 얼마나 안달을 부리던지! 엘리엇 씨는 대령을 소개시키려고 노심초사했지." 게다가 월리스 대령 부인도 있었다. 그때 부인은 오늘내일 출산을 앞두고 있어서 그들은 말로만 듣고 있었다. 하지만 엘리엇 씨는 부인에 대해 "아주 매력적인 여성이고 캠던 플레이스에 소개될 만하다"고 했고, 산후 조리를 끝내는 즉시 그들에게 소개될 예정이었다. 월터 경은 월리스 부인을 아주 높이 평가했다. 아주 매력적이고, 아름다운 여성이라고 했다. "어서 만나고 싶어. 매일 거리에서 마주치는 못생긴 여자들에 대한 보상이 되면 좋겠어. 바스에서 제일 안 좋은 점을 꼽으라면 못생긴 여자들이야. 미인이 전혀 없다는 말은 아니지만 박색인 여자들에 비하면 지나치게 적지. 걸어가면서 지켜보면 못생긴 여자 30명 아니 35명이 지나갈 때 예쁜 여자 한 명이 겨우 지나간단 말이야. 한번은 본드 거리* 상점에 서 있는 동안 지나가는 여자를 하나씩 셌는데 87명이 다 되도록 참고 봐줄 만한 여자가 한 명도 없더라니까. 서리가, 그것도 된서리가 내린 아침이었을 거야. 그런 날씨에 예뻐 보일 여자가 있겠느냐마는 그

*바스의 쇼핑 거리.

래도 바스에는 못생긴 여자가 지독히도 많아. 남자들은 또 어떤가! 남자들은 훨씬 못생겼어. 거리에 온통 허깨비들뿐이니! 괜찮게 생긴 남자에게 보이는 여자들 반응을 보니 웬만큼 봐줄 만한 남자를 어지간히도 못 봤던 게 분명해. 내가 (준수한 군인의 풍모를 지녔지만 머리카락이 연갈색인) 월리스 대령과 팔짱을 끼고 걸으면 모든 여자들이 대령을 바라보지. 확실히 모든 눈이 월리스 대령에게 간단 말이야." 참으로 겸손한 월터 경이 아닌가! 하지만 옆에서 그가 겸손하게 놔두질 않았다. 엘리자베스와 클레이 부인이 합심하여 대령 옆에 계시던 분도 대령만큼 준수한 풍모지만, 머리카락은 분명 연갈색이 아니지 않느냐고 넌지시 말했다.

"메리는 어떠냐?" 기분이 아주 좋아진 월터 경이 물었다. "지난번 보았을 때 코가 빨갰는데 늘 그런 게 아니었으면 좋겠구나."

"아! 아니에요. 그건 어쩌다가 그랬던 걸 거예요. 대체로 건강 상태가 아주 좋은 편이고 미카엘 축일 이후로 얼굴도 아주 좋았어요."

"찬바람에 나가고 싶게 해서 피부를 더 거칠게 만들 일만 없다면 새 모자와 펠리스를 보내주고 싶구나."

앤이 외투나 모자 같은 건 아무 데고 잘 쓰일 거라고 조심스레 말해볼까 하던 참이었다. 그때 문간의 노크 소리에 하던 말이 전부 중단되었다. "노크 소리야! 이렇게 야심한 시간에." "10시야!" "엘리엇 씨일까?" 그들은 그가 랜스다운 크레센트에서 식사할 예정인 걸로 알고 있었다. 어쩌면 집으로 가는 길에 그들을 보려고 들렀는지도 몰랐다. 그 외에는 아무도 떠올릴 수 없었다. 클레이 부인은 그게 분명히 엘리엇 씨의 노크 소리라고 생각했다. 클레이 부인이 옳았다. 엘리엇 씨가 집사와 급사로부터 극진한 영접을 받으며* 실내로 안내되었다.

같은 사람이었다. 옷만 달라졌을 뿐 바로 그 사람이었다. 앤은 약간 뒤로 물러섰다. 그동안 다른 사람들은 그의 인사치레를 들었고, 그녀의 언니는 야심한 시각에 결례인 줄 알지만 "근처까지 와서 엘리엇 양이나 친구분이 그 전날 감기가 걸리지 않았는지 알아보지 않고는 지날 수 없었다" 등등의 말을 들었다. 이런 말이 모두 극진하게 예를 차린 형태로 건네졌고 사람들은 또 그 말을 최대한 정중하게 들었다. 그다음은 앤의 차례여야 했다. 하지만 월터 경은 막내딸 이야기를 했다. "막내딸에게 엘리엇 씨를 소개해드려야겠군요."(메리 이야기가 나올 계제가 전혀 아니었다.) 그러자 앤이 미소와 함께 얼굴을 붉히며 엘리엇 씨가 결코 잊지 않았던 아리따운 자태를 그 앞에 우아하게 드러냈다. 그리고 놀라서 살짝 움찔하는 그의 모습에 재미있어하며 그가 자기를 알아보지 못했다는 사실을 즉각 알아차렸다. 깜짝 놀란 듯했지만 그보다는 기쁜 쪽이었다. 그의 눈빛이 반짝였다. 그러고는 아주 적극적으로 친척 관계라는 걸

---

*현관에서 손님을 맞는 일은 가장 상급 하인인 집사가 맡고 급사는 집사 부재시 이를 대행하는 것이 보통이다. 둘을 함께 보내 손님을 맞게 하는 것에서 월터 경이 찾아오는 손님들에게 자신의 부를 과시하고자 한다는 것을 짐작할 수 있다.

반겼고, 이전의 만남을 언급하면서 이미 소개된 걸로 인정해달라고 부탁했다. 그는 라임에서 봤던 것처럼 아주 보기가 좋았다. 말을 하면서 표정이 더 좋아졌고 태도가 그와 어울리게 세련되고 편안하면서 특히 유쾌했기에 그런 면면을 그녀는 오직 단 한 사람과만 비교해볼 수 있었다. 두 사람이 똑같지는 않지만 아마 똑같이 훌륭했을 것이다.

그가 그들과 함께 앉았고 대화는 한창 무르익어갔다. 그가 분별 있는 사람이라는 데는 의심의 여지가 없었다. 10분의 시간으로 그것을 증명하기에 충분했다. 그의 어조, 표현법, 화제 선택과 말을 끊는 법, 이 모든 것에 그의 분별과 통찰력이 드러났다. 기회가 되자마자 그는 앤에게 라임 얘기를 꺼냈다. 그는 라임에 대한 생각이 어떤지 비교하고 싶어 했으며 특히 같은 시기에 같은 여관에서 묵게 된 상황에 대해 이야기하고 싶어 했다. 그는 라임에 오게 된 경위를 말해주고 그녀의 상황을 알고는 그녀에게 경의를 표할 기회를 놓친 것을 애석해했다. 앤은 라임에서 같이 있던 일행은 누구며 용무는 무엇이었는지 짧게 설명해주었다. 이야기를 듣는 동안 그의 아쉬움은 더 커졌다. 그는 그들의 옆방에서 저녁 시간을 오롯이 혼자 보냈다. 목소리들이 들려왔고 웃음소리가 끊이지 않았다. 그는 옆방 손님들이 분명 매우 유쾌한 사람들일 거라고 생각했고 그들과 시간을 함께하기를 바랐다. 하지만 그는 자기가 스스로를 소개할 권리가 있으리라고는 생각해보지 못한 것이다. 만약 그들이 누군지 물어보기만 했어도! 머스그로브라는 이름만으로도 충분

194

히 알았을 것이다. "음, 이 일로 여관에서는 절대 묻지 않는 제 이상한 습관이 고쳐질 테지요. 이 습관은 캐묻는 게 아주 신사답지 못하다는 믿음 때문에 젊었을 때부터 붙은 겁니다."

"스물한두 살 먹은 젊은이의 생각이란," 그가 말을 이었다. "신사로 보이게 해주는 태도에 대한 젊은이의 생각은 그 어떤 부류보다 더 불합리한 것 같습니다. 젊은 사람들이 종종 차용하는 방법이 얼마나 어리석은가 하면 그들이 달성하고자 하는 목표만큼이나 어리석습니다."

그러나 앤하고만 생각을 나누고 있을 수가 없었다. 그는 그걸 알고 있었다. 그는 이내 다른 사람들에게 다시 섞여들었고 라임에 대한 얘기는 이따금씩만 다시 할 수 있었다.

하지만 이런저런 질문 끝에 그가 라임을 떠난 직후 앤이 거기서 겪었던 사고의 전말이 다 나왔다. "어떤 사고"라는 말이 나왔기 때문에 자초지종을 듣지 않을 수 없었던 것이다. 그가 물어보자 월터 경과 엘리자베스도 따라서 물어보기 시작했다. 하지만 물어보는 태도에서는 차이가 확연하게 느껴졌다. 지나간 일을 진심으로 이해하고 싶어 하고, 그 사고의 목격으로 자신이 겪어야만 했던 고통을 걱정해주는 엘리엇 씨의 태도는 레이디 러셀에게서나 볼 수 있는 것이었다.

그는 그들과 한 시간 동안 같이 있었다. 벽난로 위의 작고 우아한 벽시계가 "영롱한 소리로 11시"를 쳤고, 똑같이 11시를 외치는 야경꾼의 소리가 멀리서 들려오고 나서야 엘리엇 씨뿐 아니라 다들 그가 오래 있었다는 걸 느끼는 것 같았다.

앤은 캠던 플레이스의 첫날이 그렇게 잘 흘러갈 수 있었다는 게 믿기지가 않았다.

4

가족에게 돌아온 다음, 앤이 확인할 수 있었다면, 어쩌면 엘리엇 씨가 엘리자베스와 사랑에 빠졌다는 것을 알게 된 것보다 더 고마웠을 일이 하나 있었다. 그건 아버지가 클레이 부인과 사랑에 빠지지 않았다는 것이었다. 아직 이 문제에 전혀 마음을 놓지 못했던 그때 그녀는 몇 시간 동안 집에 있게 되었다. 다음 날 아침 조찬을 들기 위해 내려가자마자 그녀는 클레이 부인 쪽에서 정중하게 떠날 의향을 내비쳤다는 걸 알게 되었다. 클레이 부인이 아마 "앤 양이 왔으니 저는 여기 있을 필요가 없을 것 같군요"라고 말한 모양이었다. 엘리자베스가 약간 속삭이듯 이렇게 대답했던 것이다. "그건 이유가 될 수 없어요. 정말 아무 이유가 안 돼요. 동생은 부인에 비하면 아무것도 아닌걸요." 그리고 그녀는 때맞춰 아버지가 하는 말도 듣게 되었다. "부인, 그럴 수는 없습니다. 지금까지 바스를 본 게 없잖습니까. 그저 여기서 도움만 주고 있었죠. 이렇게 달아나듯 가버릴 수는 없습니다. 월리스 부인과, 아름다운 월리스 부인과 인사할 때까지 머물러 있어야 합니다. 아름다운 모습을 보면 부인의 섬세한 감성이 진정으로 만족되리라 믿습니다."

아버지가 말하는 모습이 너무 간절했기 때문에 클레이 부인이 엘리자베스와 자기 쪽을 곁눈질하는 걸 보았지만, 앤은 놀라지 않았다. 아마 눈치를 살피고 있었을 것이다. 하지만 '섬세한 감성'이라는 말이 나왔는데도 엘리자베스는 아무 생각도 들지 않는 것 같았다. 클레이 부인은 양쪽에서 아주 간곡히 부탁하니 하는 수 없이 뜻을 굽히고 머물러 있겠다고 할 수밖에 없었다.

같은 날 아침 그녀의 아버지가 앤과 우연히 둘만 있게 되자 얼굴이 좋아졌다고 덕담을 건넸다. 그는 딸이 '몸매나 볼이 덜 야위고, 피부와 안색이 더 좋아졌다고, 더 깨끗하고 생기가 있다'고 생각했다. "특별히 쓰는 게 있는 게냐?" "아니요, 아무것도요." "고랜드 크림*일 테지" 하고 그가 말했다. "아뇨, 전혀요." "하아, 그거 놀랍구나." 그러고는 덧붙였다. "잘 지내고 있구나. 더할 나위 없이 좋아. 안 그러면 고랜드를, 봄철 동안 꾸준히 고랜드를 써보라고 권하마. 클레이 부인도 내 말 듣고 쓰고 있는데 얼마나 효과가 있는지 몰라. 주근깨가 많이 없어졌단다."

엘리자베스가 이 말을 들었더라면! 그런 사적인 칭찬을 들었다면 깜짝 놀랐을지 모른다. 더구나 앤의 눈에는 주근깨가 전혀 줄어든 것 같지도 않았다. 하지만 만사는 흘러가는 대로 두어야 했다. 만약 엘리자베스도 결혼을 하게 된다면 아버지와 클레이 부인의 결혼으로 인한 폐해는 훨씬 줄어들 것이다. 앤

*당시 유행했던 화장품. 피부 개선 효과에 대한 다소 과장된 찬사를 담은 팸플릿들을 통해 널리 사랑받았으나 실제로는 표피를 부식시키는 성분이 들어 있었다고 한다.

본인이야 언제든 레이디 러셀과 함께 살 수도 있었다.

레이디 러셀은 캠던 플레이스에서 대화할 때 이런 부분에서 평정심과 정중한 태도를 유지하기 힘들었다. 거기 사람들이 클레이 부인은 그토록 감싸면서 앤을 헌신짝 취급하는 걸 볼 때마다 끊임없이 화가 치밀었고, 광천수를 마시고 온갖 신간 출판물을 섭렵하며 많은 사람들과 만나는 바스 생활을 만끽하는 와중에도 그 생각만 나면 속이 상했다.

엘리엇 씨에 대해 알게 되면서부터는 그 두 사람에게 점점 관대해졌다. 아니 점점 신경 쓰지 않게 되었다. 그의 정중함에 대해서는 즉각 칭찬이 나왔다. 그와 대화를 해보자마자 겉모습을 전적으로 받쳐주는 굳건한 내면을 발견했기 때문에 앤에게 말하면서 처음에 하마터면 "엘리엇 씨 맞니?" 하고 외칠 뻔했다. 레이디 러셀은 이보다 더 유쾌하고 훌륭한 사람을 상상할 수가 없었다. 훌륭한 이해심, 정확한 견해, 다양한 부류의 사람들에 대한 이해, 따뜻한 마음, 이 모든 것이 그 안에 융합되어 있었다. 가문에 대한 사랑과 가문에 대한 명예를 강하게 느꼈지만 우월감이나 열등감은 없었다. 재산가로서 베푸는 삶을 살았지만 부를 과시하지는 않았다. 매사 스스로 판단했으나 어떤 식으로든 올바른 규범에 대한 사회 관습을 거스르지는 않았다. 그는 한결같고 빈틈이 없었으며 겸손하고 관대했다. 그리고 열의나 혹은 강렬한 감정이라고 착각하게 만드는 자기중심적 이기심에 이끌려 경거망동도 하지 않았다. 그러면서도 귀엽고 사랑스러운 것들에 대한 감수성과 행복한 가정생활의 가치를 소중히 여겼는데, 이것들은 피상적인 감격과 격렬한 동요에 빠지는 사람들이 사실 절대 가질 수 없는 덕목이었다. 그녀는 그의 결혼 생활이 행복하지 않았다는 걸 확신했다. 월리스 대령이 그렇게 말했고 레이디 러셀은 그걸 이해했다. 하지만 그는 불행한 결혼 생활 때문에 결혼에 등을 돌리지도 않았고, (이내 그녀의 머릿속에 떠오른 생각으로는) 두 번째 결혼에 대한 생각을 포기하지도 않았다. 엘리엇 씨에 대한 그녀의 만족감은 클레이 부인이라는 골칫거리를 메우기에 충분했다.

앤이 레이디 러셀이 자신과는 달리 생각하고 있다는 걸 깨닫기 시작한 지도 이제 몇 년이 되었다. 그랬기 때문에 그녀는 엘리엇 씨의 화해에 대한 크나큰 갈망에 담긴 의혹이나 모순점을, 표면 아래에 숨어 있는 더 큰 동기를 레이디 러셀이 전혀 알아차리지 못한다 해도 놀랍지 않았다. 레이디 러셀의 생각에는 장년기에 들어선 엘리엇 씨가 화해를 가장 가치 있는 목표로 여기는 것은 당연했다. 상식 있는 사람이라면 대부분 그에게 이 집안의 당주와 좋은 관계를 유지하라고 권할 것이고, 그것은 냉철한 성격을 타고 났지만 그저 한창때 실수했을 뿐인 사람이 겪게 될 지극히 정상적인 인생 과정이었다. 하지만 앤은 짐짓 웃으면서 그런 말을 들어 넘겼다. 그리고 마침내 '엘리자베스'를 언급했다. 레이디 러셀은 그 말을 듣더니 그녀를 쳐다보면서, 조심스레 이렇게만 대꾸했다. "엘리자베스라고! 글쎄다. 나중에 알게 되겠지."

그건 미래에 관한 이야기였고, 잠시 생각해보던 앤은 그냥 따를 수밖에 없다고 느꼈다. 그녀는 지금 아무것도 결정할 수 없었다. 이 집에서는 엘리자베스가 우선이어야 했다. 사람들에게서 "엘리엇 양"으로 불려온 것도 그녀였고, 다른 이에게 관심이 쏠리는 일은 거의 불가능했다. 엘리엇 씨가 상처한 지 7개월이 되지 않았다는 사실 역시 기억해야 했다. 그의 쪽에서 시간을 끄는 건 지극히 용인될 만한 일이었다. 사실 앤은 그의 모자에 둘러진 상장(喪章)을 볼 때마다 그가 결혼을 꿈꾼다고 생각하는 자신이 나쁜 사람인 것 같아 죄책감을 느꼈다. 아무리 그의 결혼 생활이 행복하지 않았더라도 수년간 지속된 관계가 사라진다는 끔찍한 느낌에서 그렇게 빨리 회복된다는 건 이해하기 어려웠기 때문이다.

어떤 식으로 끝날지는 모르지만 그가 바스에서 만난 유쾌한 사람이었다는 사실에는 의문의 여지가 없었다. 그녀는 그에 필적할 만한 사람을 아무도 보지 못했다. 그리고 이따금씩 그와 라임에 대해 이야기하는 것은 커다란 기쁨이었다. 그도 자신만큼이나 거길 다시 가보고 싶어 하고 더 많이 보고 싶어 하는 것 같았다. 그들은 처음 만났을 때의 세세한 상황을 몇 번이고 되씹었다. 그는 앤에게 자기가 그녀를 아주 관심 있게 바라보았다고 믿게 만들었다. 그녀는 그걸 잘 알았을뿐더러 그렇게 쳐다보던 다른 이의 눈길 또한 기억하고 있었다.

두 사람의 생각이 늘 일치하는 건 아니었다. 그녀는 그가 상류계급이나 인맥을 자신과 달리 매우 중요하게 생각한다는 걸 알아차렸다. 흥분할 일도 없어 보이는 일에 대해 그가 아버지,

언니와 더불어 적극적으로 고민하는 것은 그저 예의상 보여주는 행동이 아니었다. 그건 분명 귀족 계층에 대한 관심이었다. 어느 날 아침 바스의 신문에 달림플 자작부인과 부인의 영애 카털릿 양이 도착한다는 소식이 실렸다. 그리하여 캠던 플레이스 ×××번지에서는 며칠 동안 모든 휴식이 사라졌다. 달림플 가문은 (앤에게는 불행하게도) 엘리엇 가문과 육친 간이었다. 그러니 최대 관건은 어떻게 하면 자신들을 제대로 소개하느냐는 것이었다.

앤은 아버지와 언니가 이전에 귀족 계층과 교류하는 걸 한 번도 본 적이 없었고, 사실 실망했다는 걸 인정할 수밖에 없었다. 그녀는 자신들의 사회적 지위에 걸맞은 좀 더 자부심 있는 처신을 기대했었다. 하지만 "종친인 레이디 달림플과 카털릿 양", "종친인 달림플 일가"라는 소리가 하루 종일 귓전을 울려대니 그녀는 자신들이 좀 더 체통을 지키기를 바라는 신세가 되어버렸다.

월터 경은 작고한 자작과는 사교 석상에서 한 번 만난 적이 있었지만 다른 가족과는 한 번도 대면한 적이 없었다. 교류에 애로가 생긴 것은 앞서 말한 자작이 작고한 후 경조사 통보 서신을 통한 상호 교류가 일체 중단되면서부터였다. 같은 시기에 월터 경이 중병을 앓는 바람에 유감스럽게도 켈린치에서 조문을 생략했던 것이다. 조위편지가 한 통도 아일랜드로 발송되지 않았다. 조문을 등한시한 벌이 월터 경에게 내려졌다. 불쌍한 레이디 엘리엇이 세상을 떴을 때 켈린치에서는 조위편지를 한 통도 받지 못했다. 따라서 달림플가에서 인척 관계가 끝났다고 여기는 게 아닌가 하는 두려움이 충분히 있었다. 이런 불편한 사안을 어떻게 바로잡아 예전처럼 일가로 다시 인정받을 것인가가 문제였다. 그리고 좀 더 합리적인 태도를 갖고 있는 레이디 러셀이나 엘리엇 씨조차 이를 그냥 넘길 문제가 아니라고 생각했다. "가족 간의 유대는 항상 유지될 필요가 있고 좋은 교제는 언제고 추구할 가치가 있어요. 레이디 달림플은 로라 플레이스의 주택을 석 달간 얻어서 격조 높은 생활을 하실 거예요. 자작부인은 작년에 바스에 왔는데 매력 있는 분이라고들 하더군요. 엘리엇 가문 쪽에서 자존심을 구기지 않고 유대의 회복이 가능하다면 그렇게 하는 것이 바람직합니다."

하지만 월터 경은 자기 나름대로의 방법을 써보겠다고 하더니 마침내 친애하는 레이디 달림플에게 상세한 설명과 유감, 간청을 담은 아주 화려한 편지를 썼다. 레이디 러셀도 엘리엇 씨도 그 편지를 잘 썼다 할 수 없었다. 하지만 그 편지가 자작부인으로부터 휘갈겨 쓴 세 줄의 전언을 받아내는 데 필요한 모든 것을 해냈다. "아주 영광스럽게 생각하며 친목을 다지게 된다면 기쁠 것입니다." 수고로운 일은 모두 끝나고 즐거움이 시작되었다. 그들이 로라 플레이스를 방문했다. 그들은 달림플 자작부인과 영애인 카털릿 양의 명함을 가장 잘 볼 수 있는 자리에 두어서 "로라 플레이스에 사는 일가", "일가인 달림플 자작부인과 카털릿 양"에 대해 사람들이 화제를 삼도록 만들었다.

앤은 부끄러웠다. 설령 레이디 달림플과 따님이 아주 유쾌한 사람들이었더라도 그녀는 아버지와 언니가 법석을 떠는 것이 부끄러웠을 것이다. 그러나 그들은 대단할 게 없었다. 태도나 기예, 혹은 이해력 면에서 우월한 게 전혀 없었다. 레이디달림플이 "매력 있는 여인"이라는 이름을 얻은 것은 그녀가 모든 이에게 잘 웃고 예의 바르게 대꾸해주기 때문이었다. 말주변이 훨씬 더 없는 카털릿 양은 너무 평범하고 너무 불편한 사람이어서 신분만 아니었으면 캠던 플레이스에서 결코 참고 교제하지 않았을 것이다.

레이디 러셀도 무언가 좀 더 나은 걸 기대했었다고 고백했다. 그러면서도 "방문할 가치가 있었다"고 평했다. 앤이 그들에 대한 느낌을 엘리엇 씨에게 조심스럽게 꺼내자 그는 그들자체로는 특별할 것 없는 사람들임을 인정하면서도 인맥으로, 좋은 교제로, 주위에 좋은 인사들을 끌어모을 사람들로서 가치가 있다는 점을 견지했다. 앤은 웃으며 말했다.

"제 생각에 좋은 교제란, 엘리엇 씨, 재치 있고 아는 게 많고 화제가 풍부한 사람들과의 교제입니다. 전 그런 걸 좋은 교제라고 말해요."

"잘 모르시는군요." 그가 예의 바르게 말했다. "그건 좋은 교제가 아니라 최고의 교제입니다. 좋은 교제에는 신분이나 학식, 예의범절만 있으면 되고, 학식이라면 그다지 가릴 것도 없습니다. 신분과 예의범절은 필수적이지만 학식이 부족한 건 전혀 나쁠 것 없어요. 오히려 아주 도움이 되지요. 앤 양이 고개를 젓는군요. 마음에 안 드나 봅니다. 당신은 까다로워요. 친애하는 재종, (앤 옆에 앉으면서) 당신은 내가 아는 그 어떤 여성보다 더 까다로울 자격이 충분히 있습니다. 하지만 그거면 될까요? 그거면 행복해질까요? 로라 플레이스의 훌륭한 여성들과의 교제를 받아들이고 그 인맥의 이점을 최대한 향유하는 게 더 현명하지 않겠습니까? 제 말을 믿으세요. 그분들은 올 겨울 바스의 최상류층들과 교제할 것이고, 지위가 지위인지라 그들과 알아놓으면 당신 가족을 (우리 가족이라 해두죠) 우리가 바라 마지않는 상당한 위치로 확립하는 데 도움이 될 겁니다."

"그래요." 앤이 한숨을 쉬었다. "하긴 그들과 일가인 걸 사람들이 알아야겠죠!" 그러더니 마음을 가라앉히며 반박을 듣고 싶지 않은 듯 덧붙였다. "친분을 얻으려고 지금까지 공을 너무 많이 들인 건 분명한 것 같아요. 어쩌면 (웃으며) 내가 딴 사람들보다 자존심이 좀 강한지도 모르죠. 하지만 인정할게요. 우리가 일가란 걸 인정받기 위해 이렇게까지 간청해야 한다는 것이 전 화가 나요. 저들에게 이런 건 철저히 관심 밖의 문제란 걸 분명히 알 텐데 말이죠."

"친애하는 재종, 그 말은 잘못되었습니다. 런던에서는 당신 말대로 지금처럼 조용히 살 수 있을지 모릅니다. 하지만 바스에서는 월터 엘리엇 경과 그 가족은 언제나 친분을 익힐 가치가 있고 언제나 지인이라 부를 만하지요."

"글쎄요." 앤이 말했다. "확실히 전 자존심이 강해요. 너무 강해서 오로지 장소에 따라 달라지는 사람들의 대접은 즐기질 못해요."

"비분강개하는 모습이 마음에 드네요." 그가 말했다. "당연합니다. 하지만 당신들이 있는 데는 여기 바스예요. 목표는 월터 엘리엇 경이 마땅하게 누려야 하는 모든 체면과 위신을 여기서 확립하는 것입니다. 당신은 자존심에 대해 말합니다. 사람들은 나보고 자존심이 있다고 합니다. 안 그렇다는 생각은 하고 싶지 않습니다. 더 깊이 생각해보면 우리의 자존심이란 게 분명 종류는 약간 달라 보일지라도 같은 목적을 갖고 있을 테니까요. 한 가지 점에서, 친애하는 재종, 한 가지 점에서는 우린 틀림없이 똑같이 느낄 겁니다. 월터 경이 경과 대등하거나 혹은 더 높은 지위의 사람들 사이에서 지인을 늘여갈 때마다 경보다 낮은 사람들에 대한 관심이 줄어들지 모른다는 것 말이지요."

말하면서 그가 클레이 부인이 앉아 있던 자리를 쳐다보았다. 그의 말이 구체적으로 무얼 의미하는지 충분히 알 만했다. 앤은 두 사람이 같은 종류의 자존심을 갖고 있다고는 생각하지 않았으나 그가 클레이 부인을 좋아하지 않는 점은 마음에 들었다. 그리고 아버지에게 상류계층과의 교제를 부추기고자 하는 것도 클레이 부인을 떼어낼 목적에서라면 충분히 용인할 만하다고 스스로 인정했다.

5

월터 경과 엘리자베스가 로라 플레이스에서 부지런히 출세 길을 닦는 동안 앤은 아주 다른 부류의 사람과 친목을 새롭게 다지고 있었다.

예전 가정교사를 방문한 앤은 그녀로부터 옛 학창 시절 친구가 바스에 살고 있다는 이야기를 들었다. 친구의 두 가지 점이 그녀의 관심을 사로잡았다. 과거의 정다움과 현재의 고달픔이었다. 현재 스미스 부인이 된 해밀턴 양은 인생의 가장 중요한 시기에 자기를 다정하게 대해준 사람이었다. 학교에 들어갈 당시 앤은 매우 불행했다. 사랑해 마지않던 어머니를 잃고 슬픔에 빠져 있는 데다가 집에서 떨어져 나왔다고 느끼면서, 이런 상황에서 감수성 강하고 내성적인 열네 살 소녀가 느낄 수밖에 없는 고통을 겪었다. 그런데 그녀보다 세 살 많지만 가까운 친척도 없고 있을 만한 집도 없어서 1년 더 학교에 남아 있던 해밀턴 양이 그녀를 상냥하게 보살펴주며 비참한 기분을 많이 덜어주었던 것이다. 그런 해밀턴 양을 아무 감정 없이 떠올릴 순 없었다.

해밀턴 양은 학교를 떠난 뒤 얼마 지나지 않아 결혼했는데 부유한 사람이었다고 했다. 이것이 지금까지 앤이 알고 있는 전부였지만 가정교사는 그녀에 대해 좀 더 분명하지만 아주 다른 상황을 말해주었다.

그녀는 과부가 된 데다 사는 게 궁핍했다. 낭비벽이 있었던 남편이 2년 전쯤 사망하면서 재산 문제가 엄청나게 꼬여버렸다. 그녀는 온갖 종류의 재정 문제와 싸웠고, 엎친 데 덮친 격으로 이런 상황에 극심한 류머티즘열까지 얻었다. 결국 다리까지 옮겨온 이 병으로 그녀는 현재 일시적으로 다리를 쓰지 못했다. 그녀가 바스에 오게 된 건 그 때문이었고, 현재 온천 가까운 셋집에 머물면서 하녀 한 명 둘 형편조차 안 되는 변변찮은 생활을 이어가고 있었다. 그러니 당연히 사람들과의 교류가 거의 없었다.

가정교사도 앤이 방문하면 스미스 부인이 기뻐할 거라고 하자 그녀는 지체 없이 길을 나섰다. 그녀는 자기가 무슨 말을 들었는지, 무얼 하려고 하는지에 대해서는 집에다 한 마디도 하지 않았다. 그래봐야 그 누구도 관심 가져주지 않을 터였다. 그녀는 레이디 러셀에게만 조언을 구했다. 레이디 러셀은 앤의 심정에 완전히 공감했고, 그녀의 청에 따라 스미스 부인이 사는 웨스트게이트 빌딩스의 셋집 부근으로 마차가 갈 수 있는 데까지 기꺼이 그녀를 데려다주었다.

방문이 이루어졌고 친분이 다시 이어졌으며 서로에 대한 관심이 새롭게 되살아났다. 처음 10분간은 기분이 들뜨고 분위기가 어색했다. 헤어진 지 12년이 흘렀고 서로가 서로에 대해 상상했던 것과는 다른 모습으로 나타났던 것이다. 12년의 세월 동안 성장이 덜 끝난 열다섯의 말없는 꽃다운 소녀가 한창때는 지났지만 더없이 아름다운, 그리고 늘 정중했던 만큼 의식적으로 예의를 차리는 스물일곱 살의 기품 있고 아리따운 여성이 되어 있었다. 그리고 12년의 세월 동안 건강한 혈색에 자신감 넘치며, 참하고 성숙했던 해밀턴 양은 옛 후배의 방문을 호의의 표시로 받아들이는 가난하고 병들고 무력한 여인으로 변모해 있었다. 하지만 만나면서 불편하게 느꼈던 모든 것은 금방 지나갔고 이전에 좋아했고 싫어했던 것들을 추억하고 옛 시절을 이야기하는 흥미진진한 즐거움만 남아 있었다.

앤은 스미스 부인에게서 어느 정도 예상했던 분별과 유쾌한 태도를, 그리고 예상 외로 담소를 즐기는 성향을 찾아냈다. 과거의 방탕도—그녀는 상류사회에서 꽤 그런 생활을 했었다—현재의 구속도, 병도 슬픔도 그녀를 무정하게 만들거나 활기를 무너뜨리지 못한 것 같았다.

두 번째 방문에서 그녀가 보여준 아주 허심탄회한 모습에 앤의 놀라움은 더욱 커졌다. 앤은 사실상 그녀가 처한 것보다 더 힘 빠지는 상황을 상상하기 힘들었다. 스미스 부인은 남편을 아주 좋아했다. 그런데 남편을 땅에 묻었다. 그녀는 풍족하게 살았다. 그런데 다 사라졌다. 그녀에게는 자신을 삶과 행복에 다시 연결해줄 아이도, 얽히고설킨 재정 문제의 해결을 도와줄 친척도, 그 밖의 모든 걸 견디게 해줄 건강한 신체도 없었다. 그녀가 머무는 곳은 시끄러운 거실과 뒤쪽의 어두침침한 침실로 한정되어 있었고 누군가의 도움 없이 한 곳에서 다른 곳으로 움직이는 것도 불가능했다. 셋집에는 하녀가 한 명밖에 없었기 때문에 그녀는 온천으로 이동할 때 말고는 결코 그 집을 벗어나지 않았다. 그러나 이 모든 것에도 불구하고, 그녀에게 무기력하고 우울한 시간은 잠깐밖에 되지 않고 더 많은 시간의 소일거리와 즐거움이 있을 거라고 앤이 생각한 데는 이유가 있었다. 어떻게 그럴 수 있을까? 그녀는 바라보았다. 주시했다. 곰곰이 생각해보았다. 그러고는 마침내 이것이 그저 용기나 체념의 문제만은 아니라고 결론지었다. 순종적인 마음이 있으면 참게 될지도 모른다. 강인한 정신이라면 결단력을 가질 것이다. 하지만 무언가가 더 있었다. 회복력이 있었다. 위로를 받아들이는 저 태도, 나쁜 것 대신에 좋은 걸 생각하는 저 힘, 안에서 자신을 밖으로 끄집어내는 일을 찾는 그런 힘이 있었다. 그것은 오로지 타고난 것이었다. 그것은 하늘로부터 받은 최고의 은혜였다. 앤은 친구가 그런 경우인 것 같았다. 은혜로운 운명에 의해 그녀의 회복력이 다른 부족한 부분을 모두 보상하도록 설계된 것 같았다.

스미스 부인은 앤에게 거의 다 포기하다시피 할 때가 있었다고 했다. 처음 바스에 왔을 때와 비교하면 지금 자기는 스스로를 환자라고 부를 수도 없다고 했다. 그때 그녀는 사실 한심한 존재였다. 오는 도중 감기에 걸리는 바람에 거처를 잡자마자 다시 침대에서 꼼짝 못한 채 끈질기고 극심한 고통에 시달려야 했던 것이다. 이 모든 게 낯선 사람들 사이에서 일어났다. 지속적으로 돌봐주는 간병인이 무조건 필요했지만 그때 재정으로는 특히 가외의 지출은 아무것도 감당할 수가 없었다. 그녀는 어쨌든 그 상황을 견뎌냈고 그것이 자기에게 덕이 되었노라고 진심으로 말할 수 있게 되었다. 자기가 좋은 사람의 보살핌을 받고 있다는 느낌이 그녀를 더 편안하게 만들어주었다. 세상을 너무도 많이 겪었기에 어디에서든 뜻밖의, 혹은 사심 없는 관계를 기대하지 않았다. 하지만 하숙집 여주인은 유지해야 할 평판이 있기 때문에 자신을 홀대하지 않는다는 걸 병 때문에 알게 되었다. 일을 나가지 않을 때면 하숙집을 집 삼아 지내던, 직업 간병인인 여주인의 동생이 때마침 손이 비어 그녀를 간호해주었던 것이다. 스미스 부인이 말했다. "그리고 그녀는 날 훌륭히 간병해줬을 뿐 아니라 정말 소중한 지인임을 증명해줬어. 내가 손을 쓸 수 있게 되자마자 내게 뜨개질을 가르쳐주었는데, 그게 제법 놀 거리가 되어주었지. 게다가 내게 이런 조그만 털실 주머니, 바늘꽂이 그리고 명함 보관함을 만들 수 있게 해준 거야. 이런 일로 보다시피 난 늘 바빠. 그리고 이 일이 빈곤한 이 동네의 한두 가족에게 조금이나마 좋은 일을 해줄 수 있는 수입을 제공해주지. 그녀는 직업상 구매 여력이 있는 사람들을 많이 알고 있어서 내가 만든 것들을 판매해줘. 항상 때맞춰 사람들에게 살 게 있는지 물어봐. 극심한 고통에서 막 벗어났거나 다행히 건강을 회복하게 되면 누구나 너그러워지는데 루크는 언제 말해야 하는지를 완벽하게 알거든. 영리하고 똑똑하고 분별 있는 여자야. 직업상 인간성에 대해 이해하고 있고 상식과 관찰력이 출중하기 때문에, '최고의 교육'을 받았다지만 들을 만한 게 전혀 없는 수천 명의 사람들보다 훨씬 훌륭해. 소문이라고 불러도 좋지만, 내게 베풀 30분의 여유만 있다면 루크 부인은 분명 내게 전해줄 재미있고 유익한 어떤 이야기, 같은 인간에 대해 더 잘 알 수 있는 어떤 이야기를 갖고 올 거야. 사람들은 별것도 아닌 어리석은 최신 풍조에 대해 속속들이 알고 싶어 하지. 늘 고립되어 있는 내겐 그녀와의 대화가 하나의 특별한 즐거움이야."

그 즐거움에 전혀 트집 잡을 생각 없이 앤이 대답했다. "왜 아니겠어요. 그런 일을 하는 여자분들은 여러 가지 기회가 많잖아요. 만약 똑똑한 사람들이라면 충분히 귀 기울일 만하죠. 눈만 뜨면 보게 되듯 그렇게 다양한 인간성이 존재하다니! 그들이 잘 알고 있는 게 단순히 바보스러운 인간성만은 아닐 거예요. 모든 상황에서 가장 흥미 있고 감동적일 수 있는 건 간혹 보이니까요. 그들 앞에는 분명 온갖 사례가, 열정적이고 사심 없이 자신을 내던지는 성실한 행위, 대단히 용감한 행위, 용기와 인내, 포기, 우리를 가장 고귀하게 해주는 온갖 갈등과 온갖 희생의 사례들이 펼쳐질 거예요. 병실이란 게 때로는 책들만큼 가치가 있을 수 있어요."

"그래." 스미스 부인이 좀 더 불안스레 말했다. "어떨 땐 그럴 수 있겠지. 하지만 병실의 가르침이 언제나 네 설명처럼 고상한 형태는 아니라는 게 문제지. 여기저기서 시련을 당할 때 인간은 위대할 수 있지만 대체적으로 말해 병실에서 보이는 것은 인간의 허약함이지 강인함이 아니야. 사람들이 듣는 건 자비나 용기라기보다는 오히려 이기심과 조바심 쪽이야. 세상에 진정한 우정이란 걸 얼마나 찾기 힘든지! 불행히도, (낮게 떨리는 목소리로) 잊고 있다가 너무 늦어버렸을 때라야 진지하게 생각해보는 사람이 너무 많아."

앤은 그런 감정의 참상을 이해했다. 남편은 좋은 남편이 되지 못했었고, 아내는 세상을 자기가 생각했던 것보다 더 나쁘다고 생각하게 만드는 인간들 사이에서 살아왔던 것이다. 어쨌든 그건 스쳐 지나가는 감정에 불과했기 때문에 스미스 부인은 억지로 그 생각을 털어내고서는 이내 어조를 바꾸고 말을 이었다.

"내 친구 루크 부인이 현재 몸담고 있는 상황에서는 내게 흥미나 교훈을 줄 만한 게 많은 것 같지는 않아. 말버러 빌딩스의 월리스 부인을 돌보는 일만 하고 있으니까. 그저 예쁘장하니 순진하면서 사치 좋아하고 유행에 민감한 여자인 것 같아. 그러니 당연히 레이스나 장신구 말고는 이야기해줄 게 없을 거야. 어쨌든 월리스 부인에게 돈을 좀 벌어볼 생각이야. 돈이 꽤 많은 부인이거든. 지금 내가 갖고 있는 고가의 물건을 모두 사게 만들려고."

앤이 친구를 여러 번 찾아간 뒤에야 그런 친구가 있다는 사실이 캠던 플레이스에도 알려졌다. 마침내 그녀에 대한 이야기를 할 때가 왔다. 월터 경과 엘리자베스, 클레이 부인이 어느 날 아침 로라 플레이스에서 돌아오면서 레이디 달림플로부터 예상에 없던 초대를 받아 들고 왔는데 앤은 그날 저녁 웨스트게이트 빌딩스에서 보내기로 이미 약속이 되어 있었다. 앤은 가지 못하게 된 것이 유감스럽지 않았다. 그녀는 자기들이 초대받은 건 그저 감기 때문에 집 안에 있어야 하는 레이디 달림플이 부담스럽게 밀어붙이는 친척 관계를 그 기회에 기꺼이 이용하려 했기 때문이라고 확신했다. 그래서 그녀는 나름대로의 이유를 들어 재빨리 사양했다. "학창 시절 벗과 저녁 시간을 함께 보내기로 이미 약속이 되어 있어요." 그들은 앤에 관한 것이라면 뭐든 별로 관심이 없었다. 하지만 그래도 이 옛 친구가 누군지 알아보기에 충분할 정도의 질문은 나왔다. 그러더니 엘리자베스는 무시했고 월터 경은 가혹하게 굴었다.

"웨스트게이트 빌딩스라고!" 그가 말했다. "앤 양이 웨스트게이트 빌딩스의 누구를 방문한다고? 스미스 부인. 과부인 스미스 부인, 그리고 남편이 누구라고? 길 가다 어디서고 마주치는 이름인 5천 명이나 되는 그 스미스 씨 말이냐. 그런데 뭐가 좋아서냐? 나이 들고 병들었다면서. 분명히 말하지만 앤 엘리엇 양, 넌 아주 특이한 취향을 갖고 있어! 다른 사람들에게 혐오감을 주는 모든 것에 말이다. 미천한 친구, 코딱지만 한 방들, 더러운 공기, 연상되는 역겨운 것들이 너의 관심을 끌고 있어. 하지만 나이 많은 이 여인과의 약속은 내일로 미루어야 할 거야. 죽으려면 아직 한참 멀었을 것 아니냐. 다른 날 만나도 될 게야. 나이가 몇이냐? 마흔?"

"아뇨, 이제 서른이에요. 하지만 약속을 미룰 수는 없을 것 같아요. 친구도 저도 오늘밖에 저녁에 시간이 없어요. 친구는 내일 온천에 들어가야 하고 다른 날은 우리가 바쁘잖아요."

"그런데 레이디 러셀은 이 지인을 어떻게 생각해?" 엘리자베스가 물었다.

"나쁘게 볼 게 전혀 없다고 생각하셔." 앤이 대답했다. "오히려 좋아하시지. 내가 스미스 부인을 방문할 때면 대개 날 데려다주셨어."

"인도 가까이 다가오는 마차를 보고 웨스트게이트 빌딩스의 주민들이 꽤나 놀랐을 테지!" 월터 경이 말했다. "헨리 러셀 경의 미망인은 사실 문장으로 식별할 만한 서위(敍位)가 없지만 그래도 멋들어진 마차인데다 엘리엇 양을 태운 것까지 알려졌을 테니까. 웨스트게이트 빌딩스에 살고 있는 미망인 스미스 부인이라!—겨우겨우 살아가는 서른에서 마흔 사이의 불쌍한 과부—그냥 스미스 부인, 수없이 많은 세상 사람들 중에 길가다 마주치는 스미스 부인, 앤 엘리엇 양이 영국과 아일랜드의 귀족인 일가친척 대신 선택한 친구 스미스 부인, 그녀가 귀족 친척보다 더 좋아하는 스미스 부인! 흔하디흔한 스미스 부인!"

이런 말들이 오가는 동안 동석해 있던 클레이 부인은 이제 자리를 비키는 게 좋겠다고 생각했다. 앤은 가족들의 친구인 클레이 부인의 처지와 별반 다르지 않은 '자기' 친구를 옹호하기 위해 좋게 말할 수 있었고, 사실 몇 가지 말하고 싶은 마음도 간절했지만 아버지를 존중하는 마음에서 참았다. 그녀는 아무 대꾸도 하지 않았다. 사회적 지위도 없고 가진 돈도 없는 서른에서 마흔 사이의 과부가 바스에 스미스 부인만은 아니라는 걸 아버지 스스로 기억해낼 수 있도록 내버려두었다.

앤은 약속을 지켰다. 가족들은 자기들의 약속을 지켰고, 물론 다음 날 아침 그들이 보낸 멋진 저녁에 대한 이야기를 들었다. 그녀는 가족 중에 유일하게 빠진 사람이었다. 월터 경과 엘리자베스는 자작부인의 분부대로 따를 각오만 한 게 아니라 사실 그녀를 위해 기꺼이 다른 사람을 모으는 일까지 맡아 레이디 러셀과 엘리엇 씨를 부르는 수고를 했다. 그리하여 엘리엇 씨는 특별히 일찍 월리스 대령 곁을 떠났고 레이디 러셀은 자작부인을 방문하기 위해 저녁 약속을 모두 다시 잡았다. 앤은 레이디 러셀로부터 그런 저녁 모임에서 나올 수 있는 이야기를 모두 들었다. 그녀로서는 분명 엘리엇 씨와 레이디 러셀 사이에 자기 이야기가 많이 나왔다는 사실이 가장 흥미로웠을 것이다. 그들은 그녀가 오길 바랐고 친구를 방문하느라 못 오게 된 걸 유감스러워하면서도 동시에 존경스러워했다고 했다. 병을 앓고 있는 영락한 옛 친구를 방문한 그녀의 친절하고 자애로운 행위가 엘리엇 씨를 무척이나 흡족하게 한 것 같았다. 그는 앤을 아주 특별한 숙녀라고 생각했다. 그녀의 성품과 예의범절, 사고방식이 여성의 귀감이 된다고 생각했다. 그녀의 장점을 논하는 데 있어 레이디 러셀만큼과 견줄 정도였다. 앤은 그녀를 통해 많은 얘길 듣는 동안 그렇게 분별 있는 사람이 자기를 아주 높이 평가한다는 걸 알게 되면서 원래 레이디 러셀이 의도한 대로 우쭐한 기분이 들지 않을 수 없었다.

레이디 러셀은 이제 엘리엇 씨에 대해 더없이 확고한 견해를 가지게 되었다. 그녀는 때가 되면 그가 앤에게 청혼할 생각이 있으며 그에게 앤을 얻을 자격이 충분하다고 확신했다. 그리고 그가 애도 기간을 완전히 끝내고 자유로운 몸으로 청혼할 수 있으려면 몇 주나 남았는지 헤어보기 시작했다. 그녀는 그 문제를 반신반의하는 상태로는 앤에게 언급하지 않을 생각이었다. 그녀는 앞으로 일어날 수도 있는 가능성을 흘렸다. 그가 사랑을 느낄지도 모르는 일이고, 실제 그렇게 되어 앤도 그를 사랑하게 되었다고 가정하면 결혼하는 게 바람직하지 않겠느냐는 암시만 던졌을 뿐이다. 앤은 듣고서도 이렇다 할 반응은 보이지 않았다. 그녀는 그저 웃으며 붉어진 얼굴로 고개만 살짝 가로저었다.

"너도 잘 알다시피 내가 사랑의 가교 역할은 잘 못하지 않니." 레이디 러셀이 말했다. "인간 만사는 알 수 없고 예측이 불가능하다는 걸 너무 잘 아니까 말이야. 내 말은 그저 엘리엇 씨가 앞으로 언젠가 네게 청혼하게 되고, 네가 그 청혼을 수락할 마음이 생긴다면 두 사람이 함께 행복할 가능성이 모두 열려 있다는 거지. 다들 가장 바람직한 결합이라고 생각하겠지. 그런데 난 그게 아주 행복한 결합일 수도 있을 것 같구나."

"엘리엇 씨는 무척 유쾌한 분이고 여러 가지 면에서 전 그분을 존중해요." 앤이 말했다. "하지만 우린 어울리지 않을 거예요."

레이디 러셀은 이 말엔 대꾸 없이 이렇게만 덧붙였다. "정말이지 널 켈린치의 미래의 안주인으로, 미래의 레이디 엘리엇으로 생각할 수 있게 되는 것—미래를 내다보면서 네가 네 어머니가 지녔던 모든 미덕뿐 아니라 그녀의 본분, 그녀의 평판을 물려받아 어머니의 자리에 앉는 걸 그려보는 게 내겐 가장 흐뭇한 일이야. 넌 네 어머니의 외모와 성향을 그대로 물려받았어. 네 어머니와 같은 지위와 칭호에, 켈린치에서, 식탁 머리에 앉아 기도하는 너를 상상해보면 말이야, 네가 네 어머니보다 높이 평가받을 거란 생각이 들어. 사랑하는 앤! 그렇게 되면 내

평생 그 어느 때보다 난 기쁠 거야."

앤은 고개를 돌리며 일어설 수밖에 없었다. 그리고 저만큼 떨어져 있는 탁자로 가더니 거기 기대어 무언가 하는 체하며 이런 상상이 일으킨 흥분을 가라앉히려고 했다. 잠시 동안 그녀는 상상에 온 마음을 사로잡혔다. 어머니의 자리에 들어간다는 생각, "레이디 엘리엇"이라는 소중한 이름을 갖는다는 생각이 처음으로 마음속에 되살아났고, 켈린치에 복귀하여 거길 다시 내 집이라고, 영원히 내 집이라고 부른다는 생각은 즉시 뿌리칠 수 없는 유혹이었다. 레이디 러셀은 아무 말 하지 않았다. 이 문제를 기꺼이 앤의 상상에 맡겼다. 그리고 엘리엇 씨가 지금 애도를 끝내고 청혼할 수 있는 처지였다면 얼마나 좋았을까 하고 생각했다. 요컨대 그녀는 앤이 믿고 있지 않는 것을 믿고 있었다. 엘리엇 씨가 몸소 청혼하는 모습을 떠올리자 오히려 앤은 평정을 찾을 수 있었다. 켈린치와 '레이디 엘리엇'에 대한 환상이 모두 사라졌다. 그녀는 결코 그를 받아들일 수 없었다. 감정이 여전히 한 사람 외에는 모두 거부했기 때문만은 아니었다. 이 결혼이 성사될 가능성을 진지하게 고려해본 뒤 내린 판단은 엘리엇 씨에 대해 부정적이었다.

친분을 익힌 지 이제 한 달이 되었지만 그녀는 그의 성격을 정말 안다고 할 수 없었다. 분별 있는 남자, 유쾌한 남자라는 것, 이야기 잘하고 훌륭한 생각을 주장하고 올바로 판단하고 원칙을 지키는 사람처럼 보이는 것, 이 모든 것은 더없이 분명했다. 그는 확실히 뭐가 옳은지 알고 있었다. 위반했다고 보이는 도덕규범 조항 하나 찾아낼 수 없었다. 그런데도 그녀는 그의 행실에 선뜻 만족할 수 없었다. 현재는 몰라도 과거는 신뢰하지 않았다. 가끔씩 언급되는 옛 동료들의 이름, 습관적 행동이나 즐겨 하던 취미에 대한 이야기에서 그의 정체를 좋게 볼 수 없는 의혹이 넌지시 묻어 나왔다. 그녀는 나쁜 버릇에 대해서 들은 바가 있었다. 주일에 여행 다니는 것은 다반사였고, 온갖 진지한 문제에서 그는 적어도 경솔했던 인생의 시기(아마 짧은 기간은 아니었을 것이다)가 있었다. 지금 비록 다르게 생각한다 해서 훌륭한 평판을 누릴 만큼 충분히 장성한, 영리하고 세심한 남자의 진짜 감정을 누가 알 수 있겠는가? 그의 내면이 진정으로 정화되었다는 걸 어떻게 확인할 수 있겠는가?

엘리엇 씨는 이성적이고 신중하고 정중했다. 하지만 마음을 열어놓지는 않았다. 타인의 악행이나 선행에 대해 분노나 기쁨을 열렬하게, 감정을 터뜨린 적이 한 번도 없었다. 앤의 눈에 이것은 확실한 결함이었다. 이전의 인상은 바뀔 수가 없었다. 그녀는 타인에 대해 누구를 막론하고 솔직하고 너그러우며 열성적인 성격을 높이 평가했다. 온정과 열정은 여전히 그녀를 사로잡았다. 그녀는 언제 봐도 침착한, 결코 실언 같은 건 하지 않는 사람보다 간혹 부주의하거나 성급해 보이거나, 혹은 실언할 때도 있는 사람의 진정성을 더 믿을 수 있다고 느꼈다.

엘리엇 씨는 대부분의 사람들에게 너무 잘해주었다. 아버지 집에 사는 사람들의 성미가 각양각색인 만큼 그는 그들의 기분을 모두 맞추어주었다. 너무 잘 참아주었다. 그래서 모든 사람에게 인기가 있었다. 그는 앤에게 클레이 부인에 대해 어느 정도 솔직하게 이야기했다. 클레이 부인이 어떤 사람인지 완전히 파악한 듯 보였고 그녀에게 경멸감을 갖고 있는 것 같았다. 하지만 클레이 부인은 다른 사람들처럼 그를 유쾌하게 생각했다.

불신을 자아낼 만한 건 아무것도 보지 못한 걸 보면 레이디 러셀은 그에 대해 앤보다 덜 보는 것도 있고 더 보는 것도 있었다. 그녀는 엘리엇 씨만큼 방정한 사람을 상상할 수 없었고, 이번 가을에 켈린치의 교회에서 사랑하는 앤의 손을 그가 잡는 걸 본다는 것만큼 달콤한 희망을 누려본 적이 없었다.

6

2월의 첫날이었다. 바스에 1개월째 머무르고 있는 앤은 어퍼크로스와 라임의 소식을 점점 애타게 기다리고 있었다. 그녀는 메리가 전해주는 것보다 더 많은 걸 듣고 싶었다. 소식이라는 걸 들은 지 3주가 되었다. 그녀는 헨리에타가 집에 와 있다는 것만 알았다. 그리고 빠른 회복을 보이고는 있지만 루이자는 여전히 라임에 있었다. 어느 날 저녁 앤은 그들 생각에 골똘히 잠겨 있었다. 그때 평소보다 더 두툼한 메리의 편지가 배달되었는데, 더 뜻밖이고 기뻤던 건 크로프트 제독 부부의 안부 인사가 함께 왔다는 것이다.

크로프트 부부가 바스에 있는 게 틀림없어! 앤의 흥미를 일으키는 상황이었다. 그들은 자연스레 마음이 가는 사람들이었다.

"이게 뭐냐?" 월터 경이 소리를 높였다. "크로프트 부부가 바스에 와 있어? 켈린치 세입자, 크로프트 부부가? 그들이 뭘 갖고 온 거냐?"

"어퍼크로스 코티지에서 보낸 편지예요, 아버지."

"아! 저 편지들이 편리한 방편인 게로군. 저걸로 인사는 확실히 되었어. 하지만 어쨌든 크로프트 제독을 찾아갔어야 했는데. 세입자에 대한 도리 정도는 알고 있으니까 말이야."

앤은 더 이상 듣지 못했다. 불쌍한 제독의 안색에 대한 얘기가 나왔는지 어쨌는지조차 몰랐을 것이다. 메리의 편지는 그녀를 완전히 사로잡았다. 편지는 며칠 전으로 거슬러 올라가고 있었다.

2월 1일

사랑하는 앤,

그동안 소식 없었던 건 사과하지 않을게. 바스 같은 곳에서 사람들이 편지를 얼마나 하찮게 여기는지 아니까 말이야. 언니는 분명 너무 행복해서 어퍼크로스는 신경도 쓰지 않겠지. 시댁이라면 언니도 잘 알다시피 쓸 이야기가 별로 없어. 우린 아주 심심한 크리스마스를 보냈어. 크리스마스 휴일 내내 시부모님은 파티를 한 번도 열지 않았어. 헤이터 가족은 별로 중요하지 않아. 어쨌든 휴일이 드디어 끝났어. 아이들한테 그렇게 긴 휴가가 있었나 싶어. 분명 나도 없었어. 어제 손님들이 다 갔

220

어. 하빌 씨의 아이들만 빼고 말이야. 그런데 그 애들이 집에 돌아가지 않았다는 말에 언니도 놀랐겠지? 애들과 그렇게 오래 떨어져 지내다니 하빌 부인이 분명 정상적인 엄마는 아니야. 난 이해가 안 돼. 내가 볼 때 그 애들은 전혀 얌전하지 않아. 하지만 시어머니는 당신 손자들보다는 아니라도 그만큼이나 걔들을 정말 좋아하는 것 같아. 날씨는 또 얼마나 궂었는지! 길이 잘 포장되어 있는 바스에서는 못 느낄지도 모르지. 하지만 시골에서는 날씨가 중요해. 1월 둘째 주 이후로 찰스 헤이터를 제외하면 날 찾아온 사람이 한 명도 없었어. 찰스 헤이터는 좀 성가실 정도로 자주 들락거리고 있어. 우리끼리 얘기지만 헨리에타가 최대한 오래 루이자 옆에 남아 있지 않았던 건 정말 유감이야. 그랬으면 그에게서 좀 벗어났을 텐데. 마차가 오늘 출발했어. 내일 루이자와 하빌 부부를 싣고 올 거야. 어쨌든 우리는 모레까지는 식사를 같이 못 해. 그럴 것 같지도 않지만 시어머니는 루이자가 오느라 너무 지칠까 봐 돌봐줄 생각으로 그러시는 거지. 내일 본채에서 식사를 하면 나한테도 훨씬 편할 텐데 말이야. 언니가 엘리엇 씨가 아주 마음에 든다니 다행이야. 나도 그분과 인사할 수 있게 되면 좋겠어. 하지만 내 팔자가 그렇지 뭐. 무언가 좋은 일이 있을 때 난 항상 예외잖아. 식구들에게 난 늘 뒷전이지. 클레이 부인은 엘리자베스와 얼마나 멋진 시간을 보내고 있었을까! 갈 생각은 없대? 하지만 설사 부인이 방을 비워주게 되더라도 아마 우린 초대받지 못할 거야. 애들까지 오라는 말은 기대 안 해. 애들은 한 달이나 한 달 반쯤 시댁에 맡겨둘 수 있어. 크로프트 부부가 곧 바스에 간다고 그러네. 통풍 걸린 제독을 생각해서지. 이 소식을 찰스도 아주 우연히 들었어. 제독 부부는 이런 소식을 알려주거나 뭔가 제의하는 예의 같은 게 없어. 이웃으로 전혀 나아질 것 같지가 않아. 기대할 게 없어. 이건 지독한 무관심에서 나온 일이야. 찰스가 사랑하고 모든 게 잘되기를 빈다고 전해달래.

사랑하는

메리 M____.

이런 말 유감스럽지만 난 건강이 전혀 좋지 않아. 제미마 말로는 지금 아주 지독한 인후염이 유행이라고 고깃간 주인이 그랬대. 아마 난 인후염에 걸릴 거야. 언니도 알잖아. 난 인후가 딴 사람들보다 약하다는 것 말이야.

이렇게 첫째 부분이 끝났다. 하지만 이후 편지가 봉투에 넣어질 때는 그것보다 더 길다 싶은 글이 추가되어 있었다.

편지를 봉하지 않고 두었지. 루이자가 어떻게 참고 집까지 왔는지 써 보낼 게 있을지 몰라서 말이야. 근데 지금 그렇게 한 게 정말 다행이다 싶어. 쓸 게 엄청 많거든. 우선은 말이야, 크로프트 부인으로부터 언니한테 뭐든 전해주겠다는 쪽지를 받았어. 당연하지만 아주 친절하고 다정한 쪽지였어. 그러니까 난 내가 원하는 만큼 길게 쓸 수 있게 되었어.* 제독님의 질환은 그렇게 심한 것 같지 않아. 바스가 원하는 만큼 충분히 도움이 되길 진심으로 바라. 그분들이 돌아오면 정말 기쁠 거야. 우리 이웃에는 그렇게 기분 좋은 가족들이 없으니. 하지만 이제 루이자 이야기야. 언니를 어마어마하게 놀라게 할 소식이 있어. 루이자와 하빌 부부가 화요일에 아주 안전하게 왔어. 그래서 저녁에 우리는 그녀가 어떻게 왔는지 물어보러 갔지. 그때 같이 온 사람 중에 벤윅 대령이 없어서 좀 놀랐어. 왜냐하면 대령도 초대를 받았었거든. 이유가 무엇일 거 같아? 딴 게 아니라 그가 루이자와 사랑에 빠졌는데, 시아버지한테서 승낙을 받을 때까지는 어퍼크로스에 오지 않기로 작정했던 거였어. 대령과 시누이는 이미 마음이 정해져 있었던 거고, 대령이 시아버지께 편지를 써서 하빌 대령 편으로 보낸 거지. 맞아. 정말이야. 안 놀랐어? 언니가 그것에 대해 무언가 들은 게 있다면 난 정말 놀라서 넘어질 거야. 왜냐하면 난 전혀 들은 게 없거든. 시어머니는 이 문제에 대해서 전혀 아는 바가 없다고 엄숙하게 선언하는 상황이야. 그래도 우린 모두 아주 만족해하고 있어. 웬트워스 대령과 결혼하는 것과 똑같지는 않겠지만 찰스 헤이터에 비하면 엄청나게 좋잖아. 시아버지도 찬성한다고 편지를 쓰셨어. 그러니 벤윅 대령이 오늘 올 거야. 하빌 부인은 여동생 때문에

*당시 우편 요금은 전쟁 비용에 충당하기 위한 정부의 세수 증대책의 일환으로 상당히 비쌌는데, 요금은 편지지의 매수에 따라 책정되었다. 따라서 크로프트 부인을 통해 앤에게 편지를 전달하게 된 메리는 글의 길이에 관계없이 쓰게 된 것에 흐뭇해하고 있다.

남편이 아주 슬퍼한다고 해. 하지만 루이자는 두 사람에게 엄청 총애받는 사람인걸. 사실 하빌 부인과 나는 우리가 그녀를 돌보는 동안 더 좋아하게 되었다는 점에서 공통점이 있지. 찰스는 웬트워스 대령이 뭐라 말할지 궁금해. 하지만 기억할지 모르겠지만 내 생각으로는 웬트워스 대령이 결코 루이자에게 마음이 있었던 것 같지는 않아. 그런 낌새가 전혀 없었거든. 언니의 찬미자일지 모른다던 벤윅 대령도 이걸로 끝이야. 찰스가 어떻게 그런 생각을 할 수 있었던 건지 나로선 이해가 안 돼. 이제 대령도 좀 더 사교적이면 좋겠어. 분명 루이자 머스그로브에게 썩 어울리는 배필은 아니지만 헤이터 집안의 사람하고 결혼하는 것에 비하면 백만 배 나아.

메리는 언니가 이 내용을 어느 정도 알고 있었을까 봐 걱정할 필요가 전혀 없었다. 앤은 살면서 그렇게 놀란 적은 처음이었다. 벤윅 대령과 루이자 머스그로브가! 너무 놀라워서 믿을 수가 없었다. 그녀는 무진장 애를 쓰고 나서야 평정을 유지한 채 방 안에 머물면서 일반적인 질문에 대답할 수 있었다. 다행히도 질문은 많지 않았다. 월터 경은 크로프트 부부가 사두마차로 왔는지, 그리고 그들이 바스에서 큰딸과 자신이 찾아가도 될 만한 그런 지역에 거처를 잡을 것 같은지를 알고 싶어 했다. 하지만 그것 말고는 관심이 없었다.

"메리는 어때?" 엘리자베스가 물었다. 그러더니 대답은 기다리지도 않고 이렇게 물었다. "근데 크로프트 부부가 바스엔 왜 온 거래?"

"제독님 때문에 왔어. 통풍이 있으신가봐."

"통풍에 나이까지 먹었으니!" 월터 경이 말했다. "안된 양반이야."

"여기에 아는 사람은 있대?" 엘리자베스가 물었다.

"몰라. 하지만 그럴 가능성은 없어 보여. 제독님 연세에, 그리고 직업으로 봐서도 이런 곳에 아는 사람이 많지는 않겠지."

"내 생각에," 월터 경이 차갑게 말했다. "크로프트 제독은 이곳 바스에선 켈린치 홀의 세입자라고 해야 다들 알 거야. 엘리자베스, 제독과 부인을 로라 플레이스에 인사시켜야 할 것 같지 않느냐?"

"아! 아뇨, 그러지 않는 게 좋겠어요. 레이디 달림플과 일가이니만큼 자작부인은 인정도 하지 않을 사람들과 친분을 맺어 그분을 당황시키지 않도록 조심해야 해요. 일가가 아니라면 문제 될 것 없겠죠. 하지만 우리와 육친이기 때문에 자작부인은 우리가 청하는 사람에 대해서는 누구라도 꼼꼼히 따져보고 싶을 거예요. 크로프트 부부는 자기들 수준에 맞는 사람들을 찾도록 놔두는 게 더 나을 것 같아요. 몇몇 이상하게 생긴 남자들이, 선원이라던데, 이 주위를 배회하는 걸 봤어요. 그런 사람들과 어울리면 되겠죠!"

이것이 월터 경과 엘리자베스가 편지에 대해 보여준 관심이었다. 클레이 부인이 좀 더 제대로 된 관심을 보이면서 메리와 그녀의 똘똘하고 귀여운 아들들에 대한 안부를 물어본 뒤에야 앤은 자유로워질 수 있었다.

　앤은 자기 방에서 편지 내용을 이해해보려 했다. 찰스는 웬트워스 대령이 어떻게 생각할지 궁금하겠지! 그녀는 웬트워스 대령과 벤윅 대령 사이에 배신이나 변덕, 혹은 이용 비슷한 그 어떤 것이 있으리란 생각도 참을 수 없었다. 그들처럼 훌륭한 우정이 부당하게 단절되어야 한다는 건 견디기 힘들었다. 벤윅 대령과 루이자 머스그로브라니! 생기 있고 쾌활하고 수다스러운 루이자 머스그로브, 그리고 실의에 빠져 사색하고 느끼며 책을 읽는 벤윅 대령은 서로 맞지 않는 것투성이로 보였다. 성격이 그렇게 다른데! 어디가 매력이었을까? 대답은 이내 저절로 나왔다. 매력은 상황 속에 있었다. 그들은 몇 주간 함께 지내는 처지였다. 작은 가족의 구성원으로 함께 지냈었다. 헨리에타가 가버리자 그들은 오롯이 서로에게 의지하다시피 했을 것이다. 그리고 병에서 막 회복되고 있던 루이자는 사람들에게 관심이 생겼을 터이고, 벤윅 대령은 슬픔을 가누지 못할 정도가 아니었다. 이건 앤이 전에 미심쩍어하지 않을 수 없던 부분이었다. 지금까지의 과정을 들으면서 그녀는 메리와 같은 결론은 나오지 않았다. 오히려 그가 자신에게 연정을 느꼈다는 인상만 확실해졌다. 그렇지만 본인의 허영심을 만족시켜보겠다고 메리가 생각하는 것 이상을 추측해볼 마음은 없었다. 자기 말을 들어주고 자기를 좋아해주는 것 같은, 어지간히 유쾌한 아가씨라면 그에게서 똑같은 찬사를 들었을 거란 생각이 들었다. 그는 따뜻한 마음씨를 갖고 있었다. 그가 누군가를 사랑하는 건 당연했다.

앤은 두 사람이 행복한 걸 싫어할 이유가 전혀 없었다. 루이자는 처음부터 해군에 대해 호감을 갖고 있었기 때문에 그들은 금방 닮아갈 것이다. 그는 생기를 얻을 것이고 그녀는 스콧이나 바이런의 열렬한 지지자가 되는 법을 배울 것이다. 아니, 그건 어쩌면 벌써 배웠을 것이다. 물론이다, 그들은 시를 통해 사랑에 빠졌다. 루이자 머스그로브가 문학적 취향을 가지게 되었다는 걸 생각하면 미소가 나왔지만 앤은 그게 사실임을 추호도 의심치 않았다. 코브에서 떨어졌던 라임의 그날이 이제 루이자의 건강과 정신력, 인생관, 성격을 영원히 바꾸게 될지도 몰랐다.

전체적인 결론은 만약 웬트워스의 장점을 인지했던 여성이 다른 남자를 더 좋아하는 게 이해될 수 있다면 이 약혼에 대해 궁금해할 게 없다는 것이다. 그리고 만약 이 일로 웬트워스 대령이 친구를 잃은 게 아니라면 유감스러울 것도 분명 없었다. 아니 앤의 심장을 부지불식간에 뛰게 만들고, 족쇄를 벗고 자유가 된 웬트워스 대령을 생각하는 앤의 얼굴을 달아오르게 한 것은 유감이 아니었다. 들여다보기 부끄러운 그런 감정이었다. 그것은 기쁨, 주체할 수 없는 기쁨과 매우 흡사했다.

앤은 크로프트 부부를 간절히 만나고 싶었다. 하지만 만나 보니 소문은 아직 이들에게 도달하지 않은 듯했다. 인사차 방문이 있었고 답방도 있었다. 루이자 머스그로브의 이름이 나오고 벤윅 대령의 이름이 나오면서도 빙긋 웃는 낌새조차 없었다.

크로프트 부부는 게이 거리에 숙소를 잡았다. 월터 경은 이에 매우 흡족해했다. 그는 제독 부부와 친분을 익히게 된 걸 전혀 남부끄럽게 생각지 않았고, 사실 제독이 그를 생각하고 그를 화제 삼는 것보다 자기 쪽에서 훨씬 더 많이 생각하고 화제로 삼았다.

크로프트 부부는 바라던 만큼 바스에 지인이 많았고, 엘리엇 사람들과의 교류는 그저 예의상 절차로 여겼을 뿐 그것이 자신들에게 어떤 즐거움을 제공한다고는 티끌만큼도 생각지 않았다. 그들은 시골에서 하듯 여기서도 거의 항상 붙어 다녔다. 제독은 통풍의 습격을 막기 위해 걸어 다니라는 처방을 받았다. 크로프트 부인은 모든 걸 남편과 함께했고 남편을 돕기 위해 지치도록 걷는 것 같았다. 앤은 가는 곳마다 그들을 보았다. 레이디 러셀은 거의 매일 아침 그녀를 마차에 태우고 다녔는데, 그녀는 그들을 생각하지 않는 날이 없었고 그들을 보지 않는 날이 없었다. 그들의 느낌이 어떤 건지 알고 있는 그녀에게는 그 모습이 가장 매혹적인 행복의 그림이었다. 그녀는 항상 바라볼 수 있는 데까지 그들을 바라보았다. 두 사람이 행복하게 걸어갈 때는 그들이 무슨 얘길 하는지 알 것 같아서 아주 즐거웠다. 혹은 제독이 옛 친구를 만나서 진심에서 나온 악수를 나누는 걸 보거나 때때로 해군 장교들과 작은 무리를 이루는 가운데 크로프트 부인이 함께 있는 다른 장교들 못지않게 지적이고 예리한 모습을 하고서 두 사람이 대화를 즐기는 모습을 지켜볼 때도 아주 즐거웠다.

앤은 레이디 러셀과 함께 다니느라 매여 있어서 혼자만의 산책을 자주 나가지 못했다. 하지만 크로프트 부부가 바스에 온 지 일주일 내지 열흘가량 지난 어느 날 아침, 시내 아래쪽에서 레이디 러셀, 아니 그녀의 마차를 보내고 캠던 플레이스로 혼자 돌아오자는 생각이 들었다. 밀섬 거리를 걸어 올라가던 중 그녀는 운 좋게 제독을 만났다. 그는 뒷짐을 진 채 혼자 서서 판화 상점 진열장에서 어떤 판화를 뚫어지게 바라보고 있었다. 모른 체하며 지나쳐 갈 수도 있었겠지만 그녀는 그를 건드리며 말을 걸 수밖에 없었다. 그제야 그가 그녀를 쳐다보았다. 막상 그녀가 누군지 알아보고 아는 체를 할 때는 제독 특유의 솔직하고 유쾌한 태도가 나왔다. "아하! 당신이군요? 고마워요, 고마워. 친구처럼 대해주는군요. 보다시피 난 여기서 그림을 보고 있습니다. 이 가게를 지날 땐 꼭 발길을 멈추지요. 그런데 이건 배 같은데, 대단하군. 한번 봐요. 이런 종류를 본 적이 있나요? 저것처럼 형체도 알아볼 수 없는 작은 배에 누군가가 생명을 맡길 거라고 생각하다니 훌륭한 화가들이란 분명 기이한 친구들이에요. 그래도 배 안에 신사 두 명이 마치 자기들은 뒤집히지 않을 거라는 듯이 아주 편안하게 주위의 바위와 산들을 둘러보고 있군요. 금세 뒤집힐 텐데 말입니다. 어디서 만든 배일까 궁금하군! (너털웃음을 터뜨리면서) 나 같으면 저걸 타고 작은 연못도 건너갈 생각을 못 할 겁니다. 그런데 (돌아보며) 어디로 가는 길입니까? 같이 걸어가도 될까요? 내가 도와드릴 일이 있겠습니까?"

"아뇨, 괜찮습니다. 같은 길로 가시는 데까지 같이 간다면 모르겠지만요. 전 집으로 가는 길이에요."

"그러죠. 물론이죠. 더 멀리도 괜찮습니다. 그럼요, 그럼요. 아주 기분 좋은 산책이 될 겁니다. 가는 동안 할 얘기도 좀 있습니다. 자, 팔짱을 끼세요. 그렇지요. 거기 팔짱을 끼는 여성이 없으면 편하지가 않아요. 세상에! 참 대단한 배야!" 마지막으로 그림을 한 번 더 보고는 그들은 슬슬 움직였다.

"하실 말씀이 있다고 하셨나요, 제독님?"

"그래요. 그랬습니다. 곧 말하지요. 그런데 저기 친구 하나가 옵니다. 브리그덴 대위입니다. 하지만 지나가면서 '안녕하시오' 인사만 할 거예요. 발걸음을 멈추진 않을 겁니다. '안녕하시오.' 브리그덴이 내 옆에 아내 말고 누가 있는지 알아내려고 빤히 보는군요. 불쌍한 내 아내는 걷질 못해요. 발뒤꿈치에 3실링짜리 동전만 한 물집이 잡혔습니다. 길 건너를 본다면 브랜드 제독과 동생이 내려오는 게 보일 겁니다. 불쌍한 친구들이죠. 둘 다! 이쪽 길로 안 와서 다행입니다. 소피는 이 사람들을 견디지 못합니다. 그들이 비열하게 내 뒤통수를 쳤거든요. 제일 유능한 선원들 몇 명을 빼갔지요. 다음 기회에 전부 얘기해주겠습니다. 저기 아치볼드 드류 경과 손자가 옵니다. 보세요. 우리를 보는군요. 앤 양에게 손으로 키스를 보내고 있어요. 내 아내라고 생각하는 거죠. 아! 저 젊은이에게는 아쉽게도 평화가 너무 빨리 찾아왔어요. 불쌍한 노인, 아치볼드 경! 버스가 마음에 드는가요, 앤 양? 우리는 아주 마음에 듭니다. 우린 늘 이런저런 옛 친구를 만나고 있어요. 매일 아침, 거리에 나가면 친구들 천지예요. 물론 이야기를 늘어놓지요. 그러고 나서 그들에게서 벗어난 다음 숙소에 우리만 호젓하게 남지요. 그리고 서로 의자를 당겨 앉으면 마치 켈린치에 있는 듯, 아니 노스 아머스와 딜에서 느끼곤 했듯이 아늑합니다. 분명히 말하지만 우린 여기 숙소가 아주 마음에 듭니다. 우리가 노스 아머스에서 처음에 지냈던 기억을 떠올리게 해주거든요. 바람이 꼭 거기에서처럼 창장 사이로 지나갑니다."

그들이 좀 더 나아갔을 때 앤은 그가 말하고 싶었던 게 무언지 다시 한 번 조심스럽게 물었다. 그녀는 밀섬 거리를 벗어나면 궁금증이 풀릴 줄 알았다. 하지만 그녀는 여전히 기다릴 수밖에 없었다. 제독이 좀 더 넓고 조용한 벨몬트 지역에 닿을 때까지 이야기를 꺼내지 않을 작정이었던 것이다. 그리고 그녀는 크로프트 부인이 아니었기 때문에 그가 자기 식대로 하게 놔두어야만 했다. 그들이 벨몬트를 꽤 올라갔다 싶을 때 그가 말을 꺼냈다.

"음, 이제 좀 놀랄 이야기를 듣게 될 겁니다. 하지만 앤 양은 우선 내가 얘기하려고 하는 아가씨, 우리가 몹시 궁금해했던 그 아가씨의 이름부터 말해줘야 해요. 이 모든 일의 주인공인 머스그로브 양의 이름말입니다. 그녀의 이름, 난 늘 아가씨의 이름을 잊어버려요."

앤은 즉시 알아들었으면서도 그렇게 빨리 알아들은 것처럼 보이는 것이 부끄러웠다. 하지만 지금은 마음 놓고 "루이자"

라고 이름을 말할 수 있었다.

"네, 네, 루이자 머스그로브 양, 그 이름입니다. 아가씨들을 부르는 예쁜 이름이 그렇게나 많지 않으면 좋으련만. 이름들이 소피나 뭐 그런 거라면 절대 헷갈리지 않을 겁니다. 음, 이 루이자 양은 다들 생각하기로 프레더릭과 결혼할 줄 알았죠. 처남이 여러 주에 걸쳐 구애를 했으니까요. 딱 하나 궁금한 점이라면 라임에서 그 사단이 났을 때까지 그들이 뭘 기다리고 있었을까 하는 겁니다. 그 후에야 당연히 루이자 양의 정신이 회복될 때까지 기다려야 했을 겁니다. 하지만 그때조차 그들이 관계를 이어가는 방식에는 무언가 기이한 점이 있었지요. 처남이 라임에 머무르지 않고 플리머스로 가버리더니 그다음엔 에드워드를 보러 간 겁니다. 우리가 마인헤드에서 돌아왔을 때 처남은 에드워드의 집에 내려가고 없었어요. 그 뒤부터 거기서 쭉 지낸 겁니다. 우린 11월 이후로 처남을 전혀 보지 못했어요. 소피조차 그걸 이해하지 못하고 있어요. 하지만 이제 일이 더없이 희한한 방향으로 돌아서고 말았습니다. 그러니까 이 아가씨, 동일 인물인 머스그로브 양이 프레더릭과 결혼하는 대신 제임스 벤윅과 결혼을 하게 되었습니다. 제임스 벤윅 알잖습니까."

"약간요. 벤윅 대령과는 조금 아는 사이예요."

"그래요. 그 아가씨가 대령과 결혼을 합니다. 아니, 이미 결혼한 것이나 마찬가지지요. 따지고 자시고 할 게 없을 테니까요."

"벤윅 대령은 아주 호감 가는 젊은 분인 것 같아요." 앤이 말했다. "게다가 평판도 아주 훌륭한 걸로 알고 있어요."

"아! 그래요, 그래요. 제임스 벤윅에 대한 악평은 한 마디도 못 들었습니다. 그 사람이 지난여름에 겨우 지휘관으로 진급한 건 사실입니다. 게다가 지금 시절은 승진에 불리한 때지요. 하지만 내가 알기로 다른 결함은 없습니다. 확실히 우수하고 선량한 친구이고 단연 아주 적극적이고 열성적인 장교이기도 하지요. 그건 아마 앤 양이 생각했던 것 이상일 겁니다. 저런 식의 유약한 태도는 그 친구의 성격을 제대로 드러내는 게 아니니까요."

"사실 그 부분은 제독님이 좀 잘못 알고 계신 거예요. 벤윅 대령의 태도를 보고 기백이 부족하다고 생각할 일은 없을 겁니다. 전 대령의 태도가 아주 마음에 들었어요. 그리고 사람을 기분 좋게 하는 태도란 걸 말씀드릴 수 있어요."

"이런, 이런, 숙녀들은 최고의 판사들이죠. 하지만 제임스 벤윅은 내게는 뭐랄까 너무 유약해요. 그리고 이게 다 편애에서 나온 문제이긴 하지만 소피와 나는 프레더릭의 품행이 벤윅 대령보다 훨씬 낫다고 생각지 않으려야 않을 수가 없어요. 프레더릭에게는 우리 마음에 드는 무언가가 더 있어요."

그녀는 궁지에 몰려버렸다. 그녀는 그저 기백과 온화한 태도가 서로 양립하지 않는다는 상투적 생각에 반대 의사를 표현하려 했을 뿐, 벤윅 대령의 태도가 이 세상에서 최고라고 주장하려던 게 전혀 아니었다. 잠시 머뭇거리다가 그녀가 "전 두 친구분을 비교할 생각이 전혀 없었어요"라고 말하려고 했다. 그때 제독이 그녀의 말을 막았다.

"그런데 이건 명백한 사실입니다. 단순한 소문이 전혀 아니에요. 프레더릭에게서 직접 들은 말이니까요. 아내가 어제 처남에게서 편지를 받았는데 거기에 그렇게 썼어요. 그리고 처남은 그 말을 어퍼크로스 현장에서 하빌이 써 보낸 편지로 막 알았답니다. 아마 다들 어퍼크로스에 있을 겁니다."

이번이 앤으로서는 거부할 수 없는 기회였다. 그래서 그녀는 말했다. "제독님, 웬트워스 대령의 편지에 제독님과 사모님이 특별히 우려할 만한 분위기가 없었기를 바랍니다. 지난가을 대령과 루이자 머스그로브 사이에 연정이 싹튼 건 분명한 것 같았어요. 하지만 두 사람이 미워하는 일 없이 똑같이 애정이 식은 것으로 이해되면 좋겠어요. 대령의 편지에 배신당한 남자의 분위기는 없었으면 좋겠네요."

"아닙니다. 전혀 아니에요. 처음부터 끝까지 악담이나 불평한 마디 없었습니다."

앤은 미소를 보이지 않으려고 아래를 보았다.

"아니, 아니에요. 프레더릭은 투덜거리거나 불평하는 사람이 아닙니다. 그러기에는 기백이 넘치지요. 그 아가씨가 다른 남자를 더 좋아한다면 그 사람을 선택해야지요."

"그럼요. 하지만 제 말은 웬트워스 대령의 어조에 자신이 친구에게 이용당한 것 같다고 여겨지게 할 만한 게 없었으면 좋겠다는 거지요. 분명하게 말은 안 해도 그런 게 나타날 수 있으니까요. 웬트워스 대령과 벤윅 대령 사이에 남아 있던 훌륭한 우정이 그런 일로 끝나게 되어서, 아니 손상을 입게 되어서 정말 유감이에요."

"그래요, 그래요. 이해합니다. 하지만 편지에는 그런 분위기는 전혀 없었답니다. 벤윅을 비웃는 말은 없었어요. '그 소식에 놀랐습니다. 제 나름대로 놀라는 이유가 있습니다'라고 하는 정도였지요. 편지의 어투를 보면 처남이 이 아가씨(이름이 뭐였지?)를 자기 짝으로 여기기나 했나 싶을 겁니다. 처남은 두 사람이 서로 행복하기를 열렬히 빌고 있고, 두 사람의 약혼에 용서 못 할 건 전혀 없어 보입니다."

앤은 제독이 전달하려 했던 완벽한 확신에 도달하지는 못했지만 더 물어보는 건 쓸모없는 일이었을 것이다. 그래서 일반적인 대꾸 아니면 말없이 경청하는 걸로 만족해했고 제독이 대화를 주도했다.

"불쌍한 프레더릭!" 그가 마침내 말했다. "이제 처남은 다른 사람과 완전히 처음부터 다시 시작해야만 해요. 처남을 바스로 데려와야 할 것 같습니다. 소피가 편지로 오라고 졸라야 할 겁니다. 여기도 예쁜 아가씨들이 널려 있어요. 또 다른 머스그로브 양 때문에 어퍼크로스로 다시 가봐야 소용없을 겁니다. 그 아가씨는 젊은 목사인 사촌과 약혼한 걸로 압니다. 앤 양, 처남을 바스로 데려오는 게 낫지 않겠습니까?"

7

크로프트 제독이 이렇게 앤과 걸어가면서 웬트워스 대령을 바스에 데려오고 싶다고 말하는 동안 웬트워스 대령은 이미 여기로 오고 있었다. 크로프트 부인이 편지를 쓰기도 전에 그가 와 있었다. 그리고 바로 다음 산책에서 앤은 그를 보았다.

엘리엇 씨가 두 명의 재종과 클레이 부인을 따라다니고 있었다. 밀섬 거리였다. 비가 오기 시작했다. 많이는 아니었지만 여성들은 몸을 피하는 게 좋을 만큼, 그리고 엘리자베스가 집까지 레이디 달림플의 마차를 얻어 타고 가는 게 좋을 만큼 왔다. 좀 떨어진 곳에 마차가 대기하고 있는 게 보였다. 엘리자베스와 앤, 그리고 클레이 부인이 몰랜드*로 들어가는 사이 엘리엇 씨가 레이디 달림플에게 가서 도움을 요청했다. 그가 이내 그들에게로 다시 왔다. 요청은 물론 성공적이었다. 레이디 달림플이 기꺼이 그들을 집까지 데려다주겠다고 했고 몇 분 후 그들을 데리러 올 터였다.

자작부인의 마차는 바로시**였는데 불편하지 않으려면 네 명까지밖에 타지 못했다. 카털릿 양이 어머니와 타고 있었다. 따라서 캠던 플레이스의 세 사람이 다 탈 수 있기를 기대하기는 무리였다. 엘리자베스는 물어볼 필요가 없었다. 세상 사람

*당시 인기를 끌었던 디저트 카페.
**2인용 좌석 두 개가 서로 마주 보게 되어 있는 사륜 포장마차. 부유층이 애용하는 값비싼 마차이다.

이 다 고생해도 그녀는 절대 고생할 수 없었다. 하지만 나머지 두 사람은 서로 예의를 차리느라 시간이 좀 걸렸다. 비의 양이 그저 아주 소량이라서 앤은 진심으로 엘리엇 씨와 걷는 게 더 좋았다. 하지만 클레이 부인에게도 비는 대수롭지 않았다. 그녀는 이 정도는 비가 내리는 것도 아니라고 했다. 난 부츠가 엄청 두꺼워요! 앤 양의 부츠보다 더 두꺼운걸요! 엘리엇 씨와 걸어가겠다고 정중하게 사양하는 모습이 앤만큼이나 간절해 보였다. 두 사람이 너무나 정중하고 단호한 태도로 사양했기 때문에 나머지 사람들이 그들을 위해 이 문제를 결정할 수밖에 없었다. 엘리자베스는 클레이 부인이 이미 감기 기운이 있다고 주장했고, 어떻게 생각하느냐는 질문에 엘리엇 씨는 앤의 부츠가 좀 더 두껍다는 쪽으로 판단을 내렸다.

따라서 클레이 부인이 마차에 타는 것으로 결정되었다. 이렇게 하기로 그들이 막 이야기를 마쳤을 때, 창가 자리에 앉아 있던 앤은 웬트워스 대령이 길을 따라 걸어가는 모습을 아주 확실하고 분명하게 알아보았다.

그녀의 흠칫거림을 알아챈 건 자신뿐이었다. 하지만 그녀는 곧 자신이 세상에서 가장 얼간이에다 도대체 이해하기가 힘들고 어처구니없는 사람 같았다. 몇 분 지나자 그녀 앞에는 아무것도 보이지 않았다. 온통 혼란스러운 상황이었다. 그녀는 뭐가 뭔지 이해할 수가 없었다. 다시 정신을 차렸을 때는 다른 일행이 아직 마차를 기다리고 있었고 엘리엇 씨는 클레이 부인의 심부름으로 유니언 거리로 막 출발한 상태였다.

그녀는 이제 문 쪽으로 가보고 싶은 마음이 세차게 들었다. 그녀는 비가 오는지 보고 싶었다. 다른 동기가 있을 거라고 의심할 이유가 뭐 있겠는가? 웬트워스 대령은 분명 시야에서 사라졌을 것이다. 그녀는 자리를 떴다. 나가려 했다. 자기의 어느 반쪽이 다른 반쪽보다 늘 더 현명할 수는 없었다. 아니 다른 반쪽이 실제보다 더 형편없다고 늘 의심하고 있을 수는 없었다. 그녀는 비가 오는지 볼 것이었다. 하지만 그녀는 곧바로 되돌아왔다. 웬트워스 대령이 지인들로 보이는 신사 숙녀 무리에 섞여 들어왔던 것이다. 그들과는 밀섬 거리 약간 못 미친 곳에서 합류한 모양이었다. 그녀를 발견한 그는 전에 없이 두드러지게 놀라고 당황스러워했다. 얼굴이 꽤 발개져 있었다. 친분이 재개되고 나서 처음으로 그녀는 둘 중 자기의 감정이 덜 드러났다고 느꼈다. 그녀는 바로 전 잠깐 마음의 준비를 할 여유가 있었기 때문에 웬트워스 대령보다는 유리한 위치에 있었다. 압도적이고 눈앞이 깜깜해지고 혼란스러운, 강렬한 놀라움의 첫 느낌이 그녀를 온통 휘감았다. 하지만 더 강렬한 감정이 남아 있었다! 그것은 동요, 고통, 기쁨, 즉 환희와 고통 사이의 그 어떤 것이었다.

그가 그녀에게 말을 걸더니 이내 몸을 돌렸다. 그런 그의 태도는 말하자면 난처함의 표현 같은 것이었다. 그런 걸 냉담하다거나 다정하다고는 말할 수 없었을 것이다. 그러나 당황한 것만은 확실했다.

하지만 잠시 후에 그가 그녀에게 오더니 다시 말을 걸었다.

공통 화제에 대한 질문이 서로 오갔다. 둘 다 아마 그다지 흥미롭거나 중요한 얘기는 하지 않았을 것이다. 앤은 그가 이전보다 덜 편안해하는 걸 충분히 느끼고 있었다. 그들은 매우 자주 어울렸었기 때문에 상당히 사심 없이 편안하게 이야기했었다. 하지만 지금 그는 그러지 못했다. 시간이 그를 변모시켰다. 아니 루이자가 그를 변모시켰다. 무언가 조심한달까 그런 게 있었다. 그는 마치 건강이나 기분 상하는 일이 없었다는 듯 아주 좋아 보였다. 그는 어퍼크로스에 대해, 머스그로브 가족들에 대해 이야기했다. 심지어 루이자에 대한 얘기도 했으며 루이자의 이름을 입에 말할 때는 순간적으로 짓궂은 표정까지 지어 보였다. 하지만 여전히 웬트워스 대령은 편하지 않았고 여유가 없었다. 그런 척하지를 못했다.

엘리자베스가 그를 알은 체하지 않는 것이 놀랍지는 않았지만 그걸 지켜보는 앤은 마음이 아팠다. 그녀는 그가 엘리자베스를 보는 것을, 엘리자베스가 그를 보는 것을, 두 사람이 속으로 서로를 완전히 알아보는 것을 보았다. 그녀는 그가 엘리자베스가 알은 체할 때 인사할 준비가 되어 있다고 확신했고 그걸 예상했기 때문에 언니가 변치 않는 태도로 차갑게 몸을 돌리는 걸 보고 마음이 아팠다.

엘리자베스가 점점 안달하며 기다리던 레이디 달림플의 마차가 그때 다가와서 섰다. 시종이 들어와서 마차의 도착을 알렸다. 다시 비가 내리기 시작했다. 전체적으로 멈칫거리고 부산스러웠다가 수다가 이어졌다. 그러니 레이디 달림플이 엘리엇 양을 태워 가려고 부르고 있다는 걸 삼삼오오 모여 있던 가게 안 사람들이 다 알 수밖에 없었다. 드디어 엘리자베스와 클레이 부인이 시중꾼 없이 (엘리엇 씨는 아직 돌아오지 않았기 때문에) 시종을 따라 걸어 나가고 있었다. 그들을 지켜보던 웬트워스 대령이 앤에게로 다시 몸을 돌리더니 말은 않고 몸짓으로 그녀를 데려다주겠다는 뜻을 내비쳤다.

"정말 감사합니다만," 그녀가 대답했다. "전 저분들과 같이 가지 않아요. 마차에 다 타지 못하거든요. 전 걸어가려 해요. 걷는 게 더 좋아요."

"하지만 비가 옵니다."

"아! 아주 조금요. 전혀 상관없어요."

잠시 말이 없더니 그가 말했다. "겨우 어제 왔지만 보시다시피 전 바스에 대해 이미 만반의 준비를 갖추었습니다. (새 우산을 가리키며) 걸을 생각이시라면 이걸 쓰도록 하십시오. 하지만 제가 가마를 불러드리는 게 더 현명할 것 같습니다."

그녀는 그가 매우 고마웠지만 모두 사양하면서 이제 비가 그칠 거라는 말만 되풀이했다. 그리고 이렇게 덧붙였다. "전 엘리엇 씨를 기다리는 것뿐이에요. 곧 올 거예요."

그녀가 이 말을 끝냈나 싶었을 때 엘리엇 씨가 안으로 들어왔다. 웬트워스 대령은 그의 모습을 똑똑히 기억했다. 라임의 계단에서 앤이 지나갈 때 넋을 놓고 보던 그 남자와 하나도 다르지 않았다. 각별한 친분 관계를 나타내는 분위기와 표정, 태도만 더해졌을 뿐이었다. 그는 초조한 표정으로 들어왔다. 오로지 그녀 생각만 한 듯했다. 늦어진 데 대한 사과와 함께 그녀를 기다리게 한 걸 애석해하면서 비가 거세지기 전에 지체 없이 그녀를 데리고 나가려고 애썼다. 다음 순간 그들이 함께 걸어 나갔다. 그녀의 팔이 그의 팔 밑으로 들어갔다. 그녀는 부드럽고 무안해하는 눈길로, "안녕히 가세요"라는 말만 남긴 채 지나쳐 갔다.

그들이 시야에서 사라지자마자 대령의 일행인 숙녀들이 두 사람에 대해 이야기를 꺼냈다.

"엘리엇 씨가 재종을 좋아하는 것 같은데요."

"오! 그럼요. 그건 확실해요. 무슨 일이 생길지 짐작이 가죠. 엘리엇 씨는 늘 저들과 함께 있어요. 반은 저 댁에서 사는 것 같아요. 참 잘생기기도 했지!"

"맞아요. 월리스 씨 댁에서 함께 식사했던 앳킨슨 양은 여태 어울렸던 사람 중에 엘리엇 씨가 가장 유쾌하대요."

"그녀도 예쁜 것 같아요. 앤 엘리엇 말이에요. 자세히 보면 참 예뻐요. 언니보다 그녀가 더 낫다고 말하는 건 어떨지 모르겠지만 솔직히 말해서 난 그렇던걸요."

"오! 나도 그래요."

"나도요. 비할 데가 없죠. 하지만 남자들이 모두 언니에게 열광을 하니. 남자들이 감당하기에는 앤이 너무 섬세하죠."

엘리엇 씨가 자기 옆에서 캠던 플레이스까지 계속 잠자코 걸어가주었다면 앤은 정말 고마웠을 것이다. 그의 배려와 관심이 그 어느 때보다 컸음에도, 그가 꺼내는 화제가 언제나 흥미로울 수밖에 없는 것이었음에도—주로 레이디 러셀에 대해 열렬하고 공평하며 분별 있는 찬사와 클레이 부인에 대해 매우 이성적인 비판이었다—그의 말이 이렇게 듣기 힘들다고 여겨진 적은 처음이었다. 하지만 지금 당장은 오로지 웬트워스 대령밖에 생각할 수 없었다. 그녀는 그가 실망으로 정말 괴로워하고 있는지 어떤지 현재 그의 기분을 알 수가 없었다. 그 문제가 해결되어야 제정신을 차릴 수 있을 것이다.

그녀는 때가 되면 현명하고 사리 분별이 있게 될 줄 알았다. 하지만 아아! 슬프게도 그녀는 본인이 아직 현명하지 않다는 걸 자인할 수밖에 없었다.

그녀가 알아야만 하는 또 하나의 중요한 사항은 그가 얼마나 바스에 머물 예정인가 하는 것이었다. 그는 그 말을 하지 않았다. 아니면 그녀가 기억을 못 하는 것일 수도 있었다. 어쩌면 잠시 거쳐 가는 건지도 몰랐다. 하지만 머물려고 왔다는 게 더 가능성이 있었다. 그런 경우 바스에서는 아무개가 아무개를 만나는 일이 비일비재한 만큼 레이디 러셀이 어딘가에서 십중팔구 그를 보게 될 터였다. 레이디 러셀이 그를 기억할까? 그러면 어떻게 될까?

앤은 레이디 러셀에게 루이자 머스그로브가 벤윅 대령과 결혼하게 되었다고 말할 수밖에 없었다. 그녀가 놀라는 모습을 보니 마음이 아팠다. 이제 혹시라도 그녀가 웬트워스 대령과 어울리는 상황이 되면 완전한 내막을 모르는 상태에서 대령에 대한 작은 편견이 또 늘어날 수도 있었던 것이다.

다음 날 아침 앤은 레이디 러셀과 외출했다. 처음 한 시간을 줄곧 두려운 마음으로 지켜보았지만 아무 일도 없었다. 하지만 풀트니 거리로 돌아오면서 그녀는 드디어 오른쪽 인도에 있는 그를 알아보았다. 어느 위치에서나 시야에 잡힐 정도의 거리였다. 그의 주변에는 다른 사람들이 여럿 있었고 많은 사람들이 무리를 지어 같은 길 위를 걷고 있었지만 틀림없이 그였다. 그녀는 본능적으로 레이디 러셀을 쳐다보았다. 하지만 그녀가 자기처럼 바로 그를 알아보았을지 모른다는 말도 안 되는 생각으로 그랬던 건 아니었다. 아니, 그들과 거의 마주 보는 지점에 올 때까지 레이디 러셀이 그를 알아볼 것 같지는 않았다. 그녀는 어쨌든 초조한 심정으로 레이디 러셀을 이따금씩 쳐다보았다. 그리고 감히 다시 쳐다볼 엄두는 낼 수 없지만 (보여줄 수 있는 안색이 아니란 걸 알고 있었기 때문에) 그를 알아볼 수밖에 없는 순간이 왔을 때 그녀는 레이디 러셀이 정확히 그가 있는 쪽으로 눈을 돌려, 말하자면 그를 강렬한 눈빛으로 바라보는 걸 알 수 있었다. 레이디 러셀의 마음을 사로잡았을, 그녀가 딴 곳을 쳐다볼 수 없게 만들었을 그의 매력과, 팔구 년의 세월 동안 외국의 풍토와 전투를 거치면서도 한 치의 품위도 잃지 않은 그를 보고 그녀가 느꼈을 놀라움은 이해하고도 남음이 있었다!

드디어 레이디 러셀이 고개를 뒤로 뺐다. '이제 그에 대해 뭐라고 말하시려나?'

"아마 궁금할 테지." 그녀가 말했다. "무엇이 내 눈을 그렇게 오랫동안 붙잡아놓았는지 말이야. 근데 난 레이디 얼리셔와

프랭클랜드 부인이 어젯밤 말했던 창문 커튼을 찾고 있었어. 그분들이 거리 이 부근의 이쪽 편에 있는 집 거실에 바스에서 제일 멋진 커튼이 달려 있다고 알려줬거든. 그런데 정확한 주소가 기억나지 않아서 어느 집이 그 집일까 찾고 있었어. 그런데 그런 설명에 맞는 커튼이 이 부근에는 전혀 보이지 않네."

앤은 한숨과 함께 얼굴을 붉히며 미소를 지었다. 자기 자신인지 레이디 러셀인지 모르겠지만 한심스럽고 경멸스러웠다. 가장 화가 났던 건 이렇게 쓸모없이 예상하고 조심하느라 정작 그가 자신들을 보았는지 확인할 절호의 순간을 놓쳤을 거라는 사실이었다.

아무 일 없이 하루 이틀이 흘렀다. 그가 나타날 가능성이 가장 높은 극장이나 사교장*은 엘리엇 사람들에 어울리는 상류층 사교 장소가 아니었다. 그들은 저녁 시간의 즐거움을 오로지 지루하기 짝이 없는 우아한 사교파티에서 찾았고, 그런 데 참석하느라 점점 바빠지고 있었다. 앤은 아무 일도 일어나지 않고 아무 소식도 들을 수 없는 상황에 신물이 났다. 그리고 자신의 강인함을 확인할 기회가 없었기 때문에 그저 스스로를 강하다고 상상하면서 연주회 밤을 초조하게 기다렸다. 레이디 달림플이 후원하는 사람을 위한 자선 연주회였다. 그들은 당연히 가야 했다. 무척 훌륭한 연주회일 거라고 기대되었다. 웬트워

---

*바스 문화생활의 중심이 되었던 곳으로 어퍼 사교장과 로어 사교장 두 곳이 있었다. 무도회장, 카드놀이 방, 다과실 등으로 구성되었으며, 이곳에서 이루어지는 무도회는 대중적 사교생활의 메인 행사였다.

스 대령은 대단한 음악 애호가였다. 그녀는 단 몇 분간만이라도 그와 다시 이야기할 수 있다면 만족스러울 것 같았다. 그에게 말을 걸 수 있을까라는 문제는, 만약 그런 기회가 온다면 온몸에 용기가 솟을 것 같았다. 엘리자베스는 그를 외면했고 레이디 러셀은 그를 보지 못한 채 넘어갔다. 상황이 이러하니 그녀는 더 대담해졌다. 이제는 자신이 그에게 관심을 보여야 할 것 같았다.

앤은 스미스 부인에게 저녁을 함께 보내겠다고 약속 비슷한 것을 했었다. 그녀는 급히 찾아가서 양해를 구한 뒤 다음 날 더 오랫동안 있어주겠다며 약속을 연기했다. 스미스 부인은 더없이 상냥하게 하자는 대로 따랐다.

"어쨌든," 그녀가 말했다. "다음에 올 때 다 이야기해줘야 해. 일행이 누구야?"

앤은 이름을 모두 말해주었다. 스미스 부인은 아무 대꾸도 하지 않았다. 하지만 그녀가 자리를 뜨려 하자 반은 진지하게 반은 장난처럼 이렇게 말했다. "연주회가 만족스럽길 진심으로 바랄게. 내일 올 수 있으면 잊지 말고 와야 해. 앞으로 널 자주 보지 못할 수도 있겠다는 불길한 예감이 들기 시작했거든."

앤은 깜짝 놀라고 당황했지만 잠시 있다가, 어쩔 수 없이, 그렇지만 어쩔 수 없는 상황이 유감스럽지만은 않은 듯 서둘러 그곳을 나왔다.

8

월터 경과 그의 두 딸 그리고 클레이 부인이 일행 중 그날 저녁 연주회장에 가장 먼저 도착한 사람들이었다. 레이디 달림플을 기다려야 했기에 그들은 옥타곤룸*의 벽난로 옆에 자리를 잡고 있었다. 하지만 그들이 자리를 잡았나 싶었을 때 문이 다시 열리더니 웬트워스 대령이 혼자 걸어 들어왔다. 대령과 가장 가까운 위치에 있던 앤이 앞으로 다가가서 즉시 말을 걸었다. 그는 그저 인사만 하고 지나갈 생각이었다. 하지만 "안녕하세요?" 하고 부드럽게 건네는 그녀의 인사에, 만만찮은 그녀의 아버지와 언니가 뒤에 자리하고 있음에도 그녀 옆에 서서 자기도 안부를 물었다. 그들이 뒤에 있는 것이 앤에게는 도움이 되었다. 그들의 표정을 전혀 알 수 없었기에 그녀는 옳다고 생각하는 일을 다 할 수 있을 것 같았다.

이야기하는 동안 아버지와 언니가 속삭이는 소리가 그녀의 귀에 잡혔다. 내용은 알 수 없었지만 대충 무슨 말을 하는지는 짐작이 가능했다. 웬트워스 대령이 멀찍이서 허리를 굽히는 것을 본 그녀는 아버지가 그냥 알은 체만 하기로 했다는 걸 깨달았다. 그 순간 엘리자베스가 가볍게 예만 표하는 것도 곁눈질로 보였다. 늦은 감이 있고 내키지 않은 듯 예의 없었지만 그나

---

*방의 모양에 따라 이름 붙여진 이 방은 어퍼 사교장의 중심 공간 중의 하나였다. 본래는 카드놀이를 위한 방이었지만 이야기의 배경이 되는 시기에는 사교 모임을 위한 만남의 장소로 애용되고 있었다.

마 안 하는 것보다는 나았기 때문에 그녀는 기분이 나아졌다.

날씨와 버스에 대해서, 그리고 연주회에 대해서 이런저런 이야기를 하고 나니 대화는 시들해지고 마침내 할 말이 별로 없어졌다. 그녀는 그가 이내 가버릴 줄 알았다. 하지만 가지 않았다. 서둘러 그녀 곁을 떠날 생각이 없어 보였다. 이윽고 그가 기분을 되살려 가벼운 미소와 밝은 눈빛으로 이렇게 말했다.

"라임에서 보고는 거의 못 봤습니다. 사고의 충격과 여파로 고통을 겪지는 않았는지요."

그녀는 그렇지 않았다고 그를 안심시켰다.

"끔찍한 시간이었어요." 그가 말했다. "얼마나 끔찍한 날이었는지!" 그러더니 마치 그 기억이 아직도 고통스러운 듯 손으로 두 눈을 쓸어내렸다. 하지만 금방 옅은 미소를 다시 지으며 말을 이었다. "하지만 그날 덕분에 어떤 결과가 나왔지요. 끔찍한 것과 완전히 반대라고 생각해야 하는 결과 말입니다. 당신이 침착하게 벤윅이 의사를 데려올 적임자라고 제시했을 때는 그 친구가 결국 루이자의 회복을 가장 걱정하는 사람이 되리라는 건 상상도 못 했겠지요."

"분명 아무 생각 못 했겠죠. 하지만 아주 행복한 결합일 것 같아요. 그랬으면 좋겠어요. 두 사람 다 양심이 바르고 성격이 좋아요."

"그렇지요." 그가 똑바로 보지는 않고 말했다. "하지만 닮은 점은 그게 끝인 것 같습니다. 전 진심으로 그들이 행복하길 바랍니다. 그리고 순조로운 모든 상황이 기쁩니다. 집안 문제도 없고 반대하는 이도 없습니다. 갑자기 변심할 일도, 결혼을 미룰 일도 없지요. 머스그로브 부부는 점잖습니다. 아주 존경스럽고 친절한 분들이지요. 진정한 부모의 마음으로 딸의 행복만 간절하게 바라고 있어요. 이 모두가 두 사람의 무한한 행복을 위해서지요. 아마 그 누구 이상일…….”

그는 말을 멈추었다. 어떤 기억이 갑자기 떠올라 그 기분에 잠시 젖는 것 같았다. 그 모습에 앤의 두 뺨이 붉어지고 두 눈이 땅바닥에 꽂혔다. 하지만 목청을 가다듬더니 그가 말을 계속했다.

“솔직히 말하면 두 사람은 지성에서, 지성의 본질적인 면에서 달라도 너무 많이 다릅니다. 전 루이자 머스그로브가 아주 발랄하고 상냥하면서 머리도 나쁘지 않은 아가씨라고 생각합니다. 하지만 벤윅은 그 이상이죠. 그는 총명한 사람입니다. 책을 많이 읽었죠. 사실 루이자에 대한 그 친구의 사랑이 내겐 좀 뜻밖입니다. 루이자가 고마움을 느껴서, 벤윅이 루이자가 자기를 택했다고 믿었기 때문에 그녀를 사랑하는 법을 깨닫게 되어서 그렇게 된 거라면 그건 다른 문제겠지요. 하지만 그렇다고 믿을 근거가 전혀 없어요. 그와 반대로 벤윅 쪽에서 완전히 자발적으로, 자연적으로 터득한 감정이었던 것 같습니다. 이것이 절 놀라게 합니다. 벤윅 같은 처지의 남자가! 가슴에 구멍이 뚫리고 상처를 입어서 가슴이 거의 무너져 내리다시피 한 사람 아닙니까! 패니 하빌은 매우 훌륭한 사람이었습니다. 그녀에 대한 그 친구의 사랑은 진짜였어요. 남자는 그런 여성에 대한 헌신적인 사랑을 두고 다른 사랑을 하지 않습니다. 남자는 그럴 수 없습니다. 남자는 그러지 않습니다."

하지만 친구가 그렇게 했다는 걸 깨달은 건지 아니면 뭔가 다른 걸 깨달은 건지 그는 더 이상 말하지 않았다. 뒷부분에 가서 흔들렸던 그의 목소리에도 불구하고, 그리고 쉴 새 없이 쾅 하고 닫히는 문소리와 분주하게 지나가는 사람들의 발소리, 방 안에 난무하는 온갖 소음에도 불구하고 앤은 모든 말을 똑똑히 알아들었다. 그녀는 감동과 기쁨과 혼란에 휩싸였다. 숨이 가빠지면서 순간적으로 수백 가지 느낌이 들기 시작했다. 그녀는 그런 이야기를 이어가기가 불가능했다. 하지만 잠시 후 말은 해야 할 것 같고 화제를 완전히 바꾸고 싶지는 않아서 이렇게만 말을 돌렸다.

"라임에 꽤 오래 계셨던 것 같은데요."

"두 주간 있었습니다. 루이자의 회복을 확인하지 않고서는 거길 떠날 수 없었습니다. 그 사고에 대한 걱정이 너무 깊었기 때문에 금방 안정을 찾을 수 없었어요. 내 잘못이었습니다. 순전히 나 때문이었어요. 내가 나약하지 않았다면 그녀도 고집을 부리지 않았을 테지요. 라임 주변 산야는 매우 아름답습니다. 많이 걸었고 말도 많이 타고 다녔습니다. 보면 볼수록 감탄할 게 더 많았지요."

"다시 라임을 보고 싶어요." 앤이 말했다.

"설마요! 라임에 그런 마음을 불러일으킬 만한 게 있을 거라는 생각은 못 했습니다. 그 공포와 괴로움, 긴장감과 감정의 피로! 라임에 대한 앤 양의 최종 인상은 진저리 나는 것이겠거니 생각했습니다."

"마지막 몇 시간은 정말이지 매우 고통스러웠어요." 앤이 대답했다. "하지만 고통이 끝나면 그 기억은 종종 기쁨이 되지요. 고통을 겪었다고 어떤 장소를 덜 사랑하지는 않아요. 거기서 괴롭기만 했으면, 고통밖에 없었으면 몰라도 말예요. 라임은 결코 그렇지 않았어요. 마지막 두 시간 동안 우리는 불안하고 고통스럽기만 했죠. 그전에는 무척 즐거웠어요. 새롭고 아름다운 게 얼마나 많았는데요! 전 많이 다니질 않아서 처음 가보는 곳은 어디든 흥미로워요. 하지만 라임에는 진정한 아름다움이 있어요. 그리고 간단히 말해 (몇 가지 기억이 떠오르자 살짝 얼굴을 붉히며) 전체적으로 그곳의 기억은 정말 좋았어요."

그녀의 말이 끝나자 출입문이 다시 열렸다. 그리고 기다리던 바로 그 사람들이 나타났다. "레이디 달림플, 레이디 달림플." 여기저기서 탄성이 들렸다. 월터 경과 두 딸이 한편으로는 품위가 떨어지는 걸 걱정하면서 열성적으로 자작부인을 맞이하기 위해 앞으로 나섰다. 레이디 달림플과 카털릿 양이 엘리엇 씨와 월리스 대령의 에스코트를 받으며 방 안으로 들어왔다. 그들은 공교롭게도 거의 동시에 도착했던 것이다. 다른 사람들이 합류했고, 앤은 이 일행 속에 반드시 끼어야 했다. 그녀는 웬트워스 대령과 떨어졌다. 그들의 흥미로운, 몹시 흥미로운 대화는 당분간 끝날 수밖에 없었다. 하지만 그 대화가 가져온 행복을 생각하면 이 정도는 고통이랄 수도 없지 않은가! 조금 전 10분 동안 루이자에 대한 그의 감정이 어떤지, 추측해봤던 것보다 더 많이 알게 되지 않았는가! 그녀는 격렬하지만 불안한 감정을 느끼며 일행이 하는 대로 몸을 맡기고 그 순간 필요한 예의를 차렸다. 모든 게 기분 좋았다. 모두에게 정중하고 친절하게 대하고 싶은 생각이 들었고, 자기보다 덜 행복한 모든 이를 불쌍히 여기고 싶었다.

유쾌한 기분이 잦아들었다. 그때 웬트워스 대령을 다시 만나려고 무리에서 벗어났던 앤은 그가 사라진 걸 알았다. 그녀는 때마침 그가 연주회장 안으로 들어가는 걸 보았다. 그는 가버렸다. 사라지고 말았다. 그녀는 순간적으로 유감스러웠다. 하지만 다시 보겠지. 나를 찾을 거야. 저녁 시간이 다 가기 전에 날 찾을 거니까, 지금은 헤어져 있는 게 맞을지도 몰라. 얼마 동안은 나도 마음의 평정을 찾을 필요가 있어.

곧이어 레이디 러셀이 나타나자 일행이 모두 모였고, 이제남은 일은 대열을 갖춘 후 연주회장으로 입장하는 것이었다. 그리고 대단한 사람들처럼 보여서 최대한 많은 이목을 끌고, 최대한 많은 속삭임을 유발하면서 최대한 군중의 마음을 휘저어놓는 것이었다.

그들이 걸어 들어갈 때 뿌듯하기 짝이 없던 사람은 엘리자베스와 앤 엘리엇이었다. 카털릿 양과 팔짱을 끼고 앞에 달림플 자작 미망인의 넓은 등을 바라보며 걷는 엘리자베스는 세상을 다 가진 듯 더 이상 바랄 게 없었다. 앤도 그랬다. 하지만 앤의 행복을 언니의 것과 비교하는 것은 모욕일 터이다. 하나는 기쁨의 원천이 전적으로 이기적인 허영심이고 다른 하나는 관대한 사랑이 그 원천이었기 때문이다.

앤은 아무것도 보이지 않았다. 더없이 밝은 실내조명도 눈에 들어오지 않았다. 그녀의 행복은 내면에서 나왔다. 두 눈이 반짝였고 두 뺨이 상기되었지만 자신은 그런 줄도 몰랐다. 그녀는 그저 지나간 30분에 대해서만 생각하고 있었고, 자리를 찾아가는 동안 머릿속에서 재빨리 그 순간을 곱씹었다. 그가 선택한 화제들, 그의 표현들, 더 생각하자면 그의 태도와 표정에서 그녀는 오로지 한 가지만 볼 수 있었다. 루이자 머스그로브의 약점에 대한 그의 생각, 간절히 전하고자 하던 어떤 생각, 벤윅 대령에 대한 의문, 강렬한 첫사랑에 대한 그의 감정, 시작해놓고 막상 끝맺지 못했던 문장들, 살짝 피하던 눈길, 몹시 의미심장하던 눈빛, 모든 게, 모든 게 다 적어도 그의 마음이 자신에게 돌아서고 있다는 것을 분명히 드러내고 있었다. 고뇌나 분개심, 회피는 더 이상 없었다. 그 자리를 채운 건 단순한 우정이나 배려가 아니라 과거의 다정함이었다. 그렇다. 그 과거의 다정함. 그녀는 이런 변화에 들어 있는 숨은 뜻을 더 축소시켜 생각할 수 없었다. 그는 분명 자신을 사랑하고 있었다.

이런 생각들에는 상상이 동반되었고, 휘몰아치는 상상에 정신을 빼앗기고 나니 주위를 눈여겨볼 힘이 하나도 남아 있지 않았다. 그래서 연주장 안을 지나가면서 그에게 눈길 한 번 주지 않았고 심지어 그인지 알아보려고도 하지 않았다. 자리가 정해지고 모두 제대로 자리를 잡게 되자 그녀는 그가 같은 구역에 앉지 않았는가 하여 주위를 둘러보았다. 하지만 그의 모습은 눈에 들어오지 않았다. 연주가 막 시작되고 있었기 때문에 당분간은 그를 보지 못해도 만족하고 있어야 했다.

일행은 떨어져서 인접한 두 개의 벤치에 나뉘어 앉게 되었다. 앤은 앞줄에 끼이게 되었고 엘리엇 씨는 친구인 월리스 대령의 협조를 얻어 교묘하게 그녀 옆자리에 앉았다. 월리스 대령의 정중한 관심을 집중적으로 받는 엘리자베스는 친척에 둘러싸여 매우 흡족해했다.

앤의 기분은 그날의 연주에 가장 호의적인 상태였다. 연주는 딴 생각은 안 해도 될 만큼 만족스러웠다. 그녀는 사랑스러운 부분에는 감정을, 쾌활한 부분에는 활기를, 수준 높은 부분에는 관심을, 지루한 부분에는 인내심을 보였다. 적어도 1부가 진행되는 동안은 연주회가 더없이 좋았다. 1부가 끝나갈 무렵 이탈리아 가곡에 이은 휴지 시간에 그녀는 엘리엇 씨에게 노래 가사를 설명해주었다. 그들에게 연주회 전단이 있었던 것이다.

"이건 기본적인 의미예요." 그녀가 말했다. "아니 좀 더 정확히 말하자면 가사의 뜻이죠. 이탈리아 연가가 주는 느낌은 분명 말로 옮겨질 수 있는 게 아니라서, 이건 제가 최대한 뜻만 옮긴 거예요. 이탈리아어를 이해하는 척할 순 없어요. 이탈리아어는 정말 잘 모르거든요."

"네, 네, 그렇군요. 그저 한 번 보고 어구를 뒤집고 바꾸고 다듬어서 분명하게 이해할 수 있는 멋진 영어로 옮길 정도밖에 이탈리아어를 모르시는군요. 모른다는 얘긴 더 이상 하지 않아도 됩니다. 이게 완벽한 증거이지 않습니까."

"고맙게도 그렇게 칭찬해주시니 반박하지는 않을게요. 하지만 정말 능통한 사람이 봤다면 부끄러울 거예요."

"오랫동안 캠던 플레이스를 방문했지만 앤 엘리엇 양을 알게 되고서야 비로소 거길 찾아가는 기쁨이 생겼습니다. 내가 생각하는 앤 양은 너무 겸손해서 그녀의 재능을 세상이 반도 알지 못합니다. 너무 뛰어나서 다른 여성 같으면 겸손한 게 외려 이상할 겁니다."

"부끄러워요! 정말! 너무 과찬이세요. 다음에 무슨 곡이 나오는지 잊어버렸어요." 그녀는 전단지로 고개를 돌렸다.

"어쩌면," 엘리엇 씨가 낮은 목소리로 말했다. "전 당신의 평판에 대해 당신이 아는 것보다 더 오래전부터 알고 있는지도 모릅니다."

"설마요! 어떻게 그럴 수 있죠? 제가 바스에 오고서야 저에 대해 알 수 있었을 텐데요. 이전에 가족에게서 들은 게 있다면 몰라도 말이에요."

"당신이 바스에 오기 오래전부터 이야기를 들어 알았습니다. 당신을 가까이 알고 있는 사람들로부터 당신이 어떤 사람인지 들었죠. 수년간 들려오는 평판으로 당신을 알게 되었어요. 당신의 인품, 성향, 재능, 태도에 대해 사람들이 다 얘기해 줬습니다."

엘리엇 씨는 기대했던 만큼의 관심을 불러일으켰다. 그런 수수께끼의 매력을 버텨낼 수 있는 사람은 아무도 없을 것이다. 최근에 알게 된 사람이 오래전에 이름 모를 사람들로부터 자신에 대해 들었다니 호기심을 참을 수가 없었다. 앤은 온통 궁금한 것 천지였다. 그녀는 궁금해서 그에게 열심히 질문했지만 소용이 없었다. 그는 질문을 즐기면서 대답은 하지 않았다.

"아뇨, 아닙니다. 언젠가는 하겠지만 지금은 아닙니다. 지금은 아무 이름도 말하지 않을 겁니다. 하지만 분명히 말할 수 있는 건 그게 사실이라는 겁니다. 앤 엘리엇 양에 대해 아주 많이 들었던 만큼 당신이 아주 훌륭한 여성이라고 생각했고 당신에 대해 알고 싶다는 열렬한 호기심이 생겼습니다."

앤은 웬트워스 대령의 형인 몽크퍼드에 사는 웬트워스 씨 말고는 수년 전에 자신을 특히 좋게 봐주었을 것 같은 사람이 전혀 떠오르지 않았다. 그분이라면 엘리엇 씨와 같이 어울렸을 가능성이 있었다. 하지만 물어볼 용기가 나지 않았다.

"앤 엘리엇이라는 이름은 오랫동안 제게 흥미를 자아냈습니다. 상상 속에서 오랫동안 절 매혹했지요. 그러니 엘리엇이라는 이름이 절대 바뀌지 않기를 감히 소망해봅니다."*

그런 취지의 말인 것 같았다. 하지만 그녀는 그 말보다 바로 뒤에서 들려오는 소리에 더 신경이 쓰여서 다른 것은 모두 대수롭잖게 여겨졌다. 아버지와 레이디 달림플이 이야기를 나누고 있었다.

"잘생겼어요." 월터 경이 말했다. "아주 번듯하게 생겼으니

---

*앤이 자신과 결혼하면 성이 바뀌지 않으므로, 엘리엇 씨는 앤이 다른 사람이 아닌 자신과 결혼하게 되었으면 하는 바람을 이 말을 통해 은연중에 드러내고 있다.

다.”

"정말 아주 잘생긴 젊은이군요!" 레이디 달림플이 말했다. "바스에서 흔히 보는 것과는 다른 우아함이 풍겨요. 아마 아일랜드 출신일 테죠."

"아닙니다. 제가 이름을 압니다. 그냥 인사만 하는 사이지요. 웬트워스, 웬트워스 해군 대령입니다. 누나가 서머싯셔에 있는 제 집 임차인의 아내입니다. 켈린치의 세입자, 크로프트 제독 말입니다."

월터 경이 이 말을 마치기도 전에 앤의 눈은 이미 그 방향을 향했고 조금 떨어진 곳에서 한 무리의 남자들 틈에 서 있는 웬트워스 대령을 알아보았다. 그녀의 눈이 그에게 머물자 그가 그녀에게서 눈길을 거두는 것 같았다. 그래 보였다. 마치 그녀가 한발 늦어버린 것 같았다. 그녀가 대담하게 바라보는 동안 그는 다시 쳐다보지 않았다. 그런데 연주가 다시 시작되고 있었다. 그녀는 어쩔 수 없이 다시 관현악단에 집중하는 것처럼 보여야 했기에 똑바로 앞만 쳐다보았다.

그녀가 다시 쳐다볼 수 있게 되었을 때 그는 가버리고 없었다. 그가 그녀 옆으로 더 가까이 오고 싶었다 해도 올 수 없었을 것이다. 그녀가 다른 사람들에 둘러싸여 갇혀 있었기 때문이다. 하지만 그녀는 그와 눈이라도 맞추고 싶었다.

엘리엇 씨가 말을 거는 게 너무 괴로웠다. 더 이상은 그와 말하고 싶은 생각이 없었다. 그녀는 그가 좀 떨어졌으면 했다.

1부가 끝났다. 이제 그녀는 좀 편한 자리에 앉고 싶었다. 일행 사이에 잠시 대화가 끊기자 몇몇 사람은 차 마시는 방으로 이동하기로 했다. 앤은 가지 않기로 한 쪽이었다. 그녀가 자리에 남았고 레이디 러셀도 남았다. 다행히 엘리엇 씨에게서 벗어날 수 있었다. 그리고 그녀는 레이디 러셀이 어떻게 생각하든 상관 않고 웬트워스 대령이 대화할 기회를 준다면 그걸 물리치지 않을 생각이었다. 레이디 러셀의 못마땅해하는 표정에서 그녀가 그를 봤다는 걸 확신했던 것이다.

하지만 그는 오지 않았다. 앤은 멀리서 그를 본 듯했지만 그는 결코 오지 않았다. 안절부절못했던 휴식 시간은 별 소득 없이 지나가버렸다. 다른 일행이 돌아왔다. 연주회장이 다시 채워졌다. 사람들이 자기 자리를 찾아 착석했다. 기쁨이 될지 고행이 될지 모를 한 시간이 시작되려고 했다. 진짜 음악을 좋아하는지 아니면 좋아하는 척하는지에 따라 또 한 시간의 연주가 만족을 주거나 한바탕 하품을 자아내거나 할 터였다. 앤에게 그 시간은 무엇보다 불안의 시간이 될 가능성이 높았다. 그녀는 웬트워스 대령을 한 번 더 보지 않고는, 다정한 눈길을 한 번 더 주고받지 않고는 연주회장을 떠날 수 없었다.

다시 자리를 잡으면서 몇 군데 이동이 생겼다. 그것이 그녀에게는 유리하게 작용했다. 월리스 대령이 다시 앉기를 사양했고 엘리엇 씨는 어쩌면 거절할 수가 없어서 엘리자베스와 카털릿 양 사이에 앉게 되었다. 몇몇 사람이 자리를 뜨자 스스로 꾀를 낸 앤은 앞서 앉았던 데보다 벤치의 끝 쪽에 더 가까운, 통행인과 훨씬 가까운 데로 옮겨 앉게 되었다. 그러면서 자신이 마치 독특하기 짝이 없는 라롤 양* 같다는 생각을 하지 않을 수 없었다. 어쨌거나 그녀처럼 했지만 효과는 없었다. 하지만 행운이랄까 뭐랄까 옆자리의 청중들이 일찍 나가는 덕분에 연주회가 끝나기 전 그녀는 벤치의 맨 끝에 앉아 있었다.

바로 옆이 비어 있는 그런 상황이었다. 그때 웬트워스 대령이 다시 눈에 띄었다. 그녀는 멀지 않은 곳에 있는 그를 보았다. 그도 그녀를 보았다. 하지만 어두운 표정이었고 주저하는 듯했다. 그러고는 아주 천천히, 마침내 그녀에게 말을 걸 만큼 다가왔다. 태도의 변화가 확연했다. 옥타곤룸에서 보여주었던 모습과 지금의 모습은 달라도 너무 달랐다. 왜 그럴까? 그녀는 아버지를, 레이디 러셀을 떠올렸다. 혹시 불쾌한 눈길을 받았던 걸까? 그가 근엄하게 연주회에 대한 이야기로 대화를 시작했다. 어퍼크로스에서 보았던 웬트워스 대령에 훨씬 가까웠다. 실망했다면서 독창에 기대가 너무 컸나 보다고 인정했다. 그래서 연주회가 끝나도 아쉽지 않을 것 같다고 잘라 말했다. 앤은 대답하면서 공연 내용이 좋았다고 연주회를 옹호했다. 그러면서도 그가 기분 상하지 않게 아주 사근사근한 태도로 말했기 때문에 그의 표정이 밝아졌고 다시 대꾸할 때는 살짝 미소까지 지었다. 그들은 몇 분 더 이야기를 나누었다. 미소가 남아 있었다. 그는 심지어 앉을 만한 자리를 발견한 듯 벤치 쪽을 바라보

---

* 오스틴이 가장 좋아하는 작가 중 한 명이었던 프랜시스 버니의 소설 《세실리아》에 나오는 여주인공. 소설 속에서 라롤 양은 메도우 씨와 이야기하고 싶어서 연주회장의 벤치 끝자리, 통로 가까운 곳에 앉는다.

기까지 했다. 그 순간 어깨에 닿은 손길 때문에 앤은 뒤돌아볼 수밖에 없었다. 엘리엇 씨였다. 미안하다며 이탈리아어를 다시 설명해달라고 했고, 그녀는 요청을 들어줄 수밖에 없었다. 카틸럿 양이 다음 곡이 무슨 내용인지 무척 알고 싶어 한다는 것이었다. 앤은 거절할 수가 없었다. 하지만 예의 때문에 희생하며 그렇게 고통스러웠던 기분은 처음이었다.

아무리 줄여도 어쩔 수 없이 몇 분이 소요되었다. 그녀가 다시 자유로워져서 돌아앉은 뒤 아까처럼 볼 수 있게 되자 웬트워스 대령이 그녀에게 다가와 감정 없이 서둘러 작별을 고했다. "작별 인사를 해야겠습니다. 전 가보겠습니다. 되도록 빨리 돌아가고 싶군요."

"이 노래 듣고 갈 만하지 않은가요?" 앤이 말했다. 갑자기 든 어떤 생각 때문에 더 용기 내어 간청했던 것이다.

"아닙니다!" 그가 당당하게 말했다. "더 있어야 할 이유가 없습니다." 그러더니 곧바로 떠났다.

엘리엇 씨에 대한 질투였다! 그것만이 납득할 만한 이유였다. 웬트워스 대령은 그녀의 관심에 질투가 난 것이다! 일주일 전이었으면, 세 시간 전이었으면 그녀가 이걸 믿을 수 있었겠는가! 잠시 동안 희열감은 통렬했다. 하지만 이를 어쩌나! 아주 다른 생각들이 이어졌다. 그런 질투를 어떻게 진정시킬 것인가? 그에게 진실을 어떻게 알릴 것인가? 모든 것이 불리하게 돌아가는 상황 속에서 자신의 진정한 감정을 그가 알게 되기나 할 것인가? 엘리엇 씨의 관심을 떠올리는 건 고통이었다.

그의 관심이 끼칠 피해는 무궁무진했다.

9

다음 날 아침 앤은 스미스 부인을 찾아가기로 한 약속을 반갑게 떠올렸다. 그건 엘리엇 씨가 방문할 가능성이 가장 높은 시간에 외출하게 되었다는 뜻이고, 우선은 그를 피하는 게 급선무였기 때문이다.

그녀는 그에게 큰 호의를 갖고 있었다. 그의 관심으로 피해를 보고는 있지만 그에게 감사와 존경, 아니 연민의 정을 빚지고 있는 것 같았다. 그녀는 그와의 친분에 수반되는 예사롭지 않은 상황을 이것저것 생각하지 않을 수 없었다. 그는 신분을 보나, 세련된 정서를 보나, 자신에 대해 이미 갖고 있던 호감을 보나, 모든 면에서 자신의 흥미를 불러일으킬 만한 자격이 있어 보였다. 모든 게 아주 훌륭했다. 그건 기분 좋은 일이지만 고통스러웠다. 후회스러운 점이 많았다. 웬트워스 대령이 없었다면 어떻게 느꼈을까 하는 것은 생각해볼 가치도 없었다. 왜냐하면 웬트워스 대령이라는 사람이 엄연히 존재했기 때문이다. 현재의 상태가 결혼으로 끝나든 그렇지 않든 그에 대한 그녀의 사랑은 영원할 것이었다. 그녀는 두 사람이 결혼하면 다른 남자들과 관계가 단절되겠지만 그와 완전히 끝난다면 다른 남자는 쳐다보지도 않을 것 같았다.

앤은 캠던 플레이스에서 웨스트게이트 빌딩스까지 바스의
거리들을 지나가면서 고매한 사랑과 영원한 지조에 대해 이번
만큼 이렇게 아름다운 사색에 잠겨본 적도 없었다. 그것은 길
을 가는 내내 심신을 정화시키기 위해 뿌려지는 향수가 되기에
충분했다.

그녀는 환영해줄 줄 알고 있었다. 하지만 친구는 오늘 아침
유독 자신의 방문을 고마워하는 것 같았고, 온다는 약속이 있
었는데도 오리라는 기대는 거의 하지 않고 있었던 것 같았다.

곧바로 연주회 얘기부터 듣고 싶어 했다. 앤은 연주회에 대
한 기억이 족히 행복했기 때문에 얼굴에 생기가 돌았고 그 얘
길 하는 게 대단히 기뻤다. 말할 수 있는 건 기꺼이 전부 이야
기해주었다. 하지만 전부라 해봐야 거기 갔던 사람에게는 대수
롭지 않은 내용이었고, 스미스 부인처럼 대체로 성황리에 끝난
그 연주회에 대해 앤보다 세탁부나 시중꾼의 입을 통해 오히려
더 신속히 더 많은 얘길 들을 수 있었던 사람에게는 성에 차지
않는 내용이었다. 스미스 부인이 이제 일행에 대해 시시콜콜
물었지만 얻는 건 많지 않았다. 바스의 저명인사나 악명 높은
사람들을 스미스 부인은 이름만 대면 다 알았다.

"몸집이 아담한 듀랜드 부부가 왔을 거야." 그녀가 말했다.
"음악을 듣는답시고 입을 벌리고 있었겠지. 먹이를 받아먹으
려는 어린 참새들처럼 말이야. 그네들은 연주회를 놓치는 법이
없어."

"그래요. 전 보지 못했지만 엘리엇 씨한테 연주회장 안에 있

더라는 말을 들었어요."

"이보슨 씨 부부는? 왔었어? 그리고 두 딸은? 둘 중 한 명의 배필로 이야기가 오가는 키 큰 아일랜드인 장교랑 같이 왔겠지."

"잘 모르겠어요. 왔던 것 같지 않아요."

"레이디 메리 매클린 노부인은? 물어볼 필요도 없지. 절대 빠지지 않는다는 걸 내가 아니까. 분명 봤을 텐데. 네 근방에 앉았을걸. 레이디 달림플과 일행이었으면 당연히 오케스트라 근방의 귀빈석에 앉았을 테니까."

"아니, 그럴까 봐 걱정했죠. 그랬으면 여러 모로 아주 불편했을 거예요. 하지만 다행히도 레이디 달림플은 늘 떨어져 앉으시죠. 그리고 우리는 아주 좋은 곳에 앉았어요. 말하자면 경청하기에 좋은 자리였어요. 보이는 게 좋았다고는 말 못해요. 별로 잘 보지 못했으니까요."

"오! 나름대로 즐거움이 있었겠는걸. 이해해. 군중 속에 있어도 집 같은 즐거움이라는 게 있잖아. 앤 양한테 그게 있었네. 일행 자체가 인원이 많았는데 그 밖에 뭐가 더 필요했을까."

"하지만 좀 더 둘러볼걸 그랬어요." 앤이 말했다. 그렇게 말하면서 앤은 둘러볼 필요가 없었다는 걸 알고 있었다. 다만 찾는 대상만 눈에 띄지 않았을 뿐이었다.

"아니, 아니. 더 잘 보낸 거야. 재미있게 보낸 건 말 안 해도 돼. 눈에 다 보여. 시간이 어떻게 흘러갔는지 확실히 보여. 재미있는 얘기가 계속 있었다는 거 아냐. 연주회의 중간 휴식 시간에는 대화를 하잖아."

앤은 살짝 웃으며 말했다. "내 눈에서 그게 보여요?"

"응, 보여. 앤 양의 얼굴이 어젯밤 세상에서 가장 유쾌한 사람과 같이 있었다는 걸 말해주고 있어. 지금 이 순간도 앤 양은 이 세상 그 누구보다 그에게 더 관심이 있어."

앤의 얼굴이 확 달아올랐다. 그녀는 꿀 먹은 벙어리가 되고 말았다.

잠시 후 스미스 부인이 말을 이었다. "사정이 그런데도 오늘 아침 이렇게 와주었으니 내가 그 친절을 얼마나 값지게 여기는지 앤 양이 알아줬으면 좋겠어. 이렇게 와서 말동무를 해주다니 정말 고마워. 이 시간에 더 즐거운 일이 무척 많을 텐데 말이야."

앤은 아무 말도 들리지 않았다. 그녀는 친구의 통찰력이 여전히 놀랍고 당황스러웠다. 웬트워스 대령의 이야기가 어떻게 그녀에게까지 전해질 수 있었던 건지 상상이 가지 않았다. 잠시 다시 잠잠하더니, 스미스 부인이 말했다.

"있잖아, 우리가 친분이 있다는 걸 엘리엇 씨가 알고 있어? 내가 바스에 와 있는 걸 알아?"

"엘리엇 씨요!" 앤이 화들짝 고개를 들며 되뇌었다. 순간적인 반사작용으로 그녀가 무슨 착각에 빠졌는지가 드러났다. 그녀는 사태를 즉시 파악했다. 그래서 마음이 놓이면서 용기를 되찾게 된 그녀가 이내 좀 더 침착해진 어조로 이렇게 덧붙였다. "엘리엇 씨를 알아요?"

"아주 잘 지내던 사이였지." 스미스 부인이 심상찮은 어조로 대답했다. "하지만 다 옛날 얘기야. 만난 지 꽤 오래되었어."

"전혀 몰랐어요. 그런 말 한 마디도 없었잖아요. 알았더라면 엘리엇 씨에게 기쁜 마음으로 선배 얘기를 했을 텐데요."

"솔직히 말하면," 스미스 부인이 특유의 밝은 분위기로 말했다. "내가 바라는 게 바로 그거야. 엘리엇 씨에게 내 얘길 좀 해줘. 그에 대한 앤 양의 영향력이 필요하거든. 그 사람이 내게 큰 도움이 될 수 있어. 친애하는 앤 양이 친절하게도 그렇게 하겠다고 마음먹는다면 물어볼 것도 없이 다 끝난 거지."

"기꺼이 하죠. 선배에게 조금이나마 도움 되고자 하는 내 뜻을 의심하진 못할 거예요." 앤이 대답했다. "그런데 선배는 내가 엘리엇 씨와 아주 친하다고, 실제보다 더 큰 영향력을 미칠 수 있다고 생각하나 봐요. 그런 생각이 든 것도 이해하지만 엘리엇 씨와는 단순한 친척 관계로만 봐주셔야 해요. 그렇게 생각한다면, 재종으로서 그분에게 충분히 부탁할 수 있겠다고 생각하는 문제가 있으면 주저 없이 날 이용해주세요."

스미스 부인이 그녀를 뚫어져라 쳐다보더니 웃으며 말했다.

"내가 지레 짐작했나 보네. 미안해. 약혼 발표를 들을 때까지 기다렸어야 했나 봐. 하지만 자, 친애하는 앤 양, 옛 친구로서 내가 언제 부탁해도 되는지에 대해 살짝 알려줄 수 있을까. 다음 주? 다음 주면 분명 약혼이 결정되는 걸로 생각하고 엘리엇 씨의 약혼에 기대어 내 이기적인 계획을 세워도 되겠지."

"아뇨." 앤이 말했다. "다음 주도, 그다음 주도, 또 그다음 주도 안 돼요. 분명히 말하지만 선배가 상상하는 그런 종류의 일은 영영 없을 겁니다. 난 엘리엇 씨와 결혼하지 않아요. 어째서 내가 그와 결혼한다고 생각하는지 이유를 알고 싶어요."

스미스 부인이 그녀를 다시 보았다. 진지하게 바라보다가 웃더니 고개를 가로저으며 이렇게 외쳤다.

"이런, 앤 양의 말을 이해할 수 있으면 좋으련만! 무슨 심산인지 정말 알고 싶어! 정작 청혼을 받았는데 거절하진 않을 거라 믿어. 청혼받기 전까진 있잖아, 우리 여자들은 죄다 결혼하지 않는다고 해. 우리 사이에서 청혼하기 전까지 세상 남자들이 다 퇴짜 맞는 건 사실이야. 그렇지만 왜 거절하려고? 지금은 친구라 부를 수 없지만 예전에 친구였던 사람을 위해 사정할게. 어디서 더 어울리는 배필을 찾겠어? 어디서 더 신사답고 유쾌한 남자를 만날 수 있겠어? 나 같으면 엘리엇 씨를 추천하겠어. 틀림없이 월리스 대령에게서는 그에 대한 좋은 말만 나올걸. 게다가 대령보다 그를 잘 아는 사람이 누가 있니?"

"친애하는 스미스 부인, 엘리엇 씨는 아내가 세상을 뜬 지 6개월 남짓밖에 안 됐어요. 그분은 누구한테든 구애할 생각을 해선 안 돼요."

"아! 단지 그것 때문이라면," 스미스 부인이 짓궂게 소리를 높였다. "엘리엇 씨는 아무 문제 없구나. 더 이상 애쓰지 않을게. 결혼하게 되면 날 잊지 말아달라는 거지. 그게 다야. 내가 앤 양의 친구란 걸 말해줘. 그러면 부탁받은 일을 하찮게 여기진 않을 거야. 지금은 나름대로 용무가 많아서 그런 귀찮은 일은 되도록이면 피하고 싶고 벗어나고 싶겠지. 아주 당연한 일이야. 백이면 백 모두 같은 마음일 테니까. 물론 그는 자기가 나한테 얼마나 중요한 존재인지 알 수 없겠지. 그런데, 난 친애하는 앤 양이 아주 행복하길 바라고, 또 행복할 거라 믿어. 엘리엇 씨는 그런 여성의 진가를 알아볼 만큼 지각 있는 사람이야. 앤 양의 평화는 나처럼 산산조각 나지 않을 거야. 앤 양은 온갖 세속적인 문제에서 안전하고 엘리엇 씨도 믿을 수 있어. 그는 길을 잃지도 않을 것이고 다른 사람들에 이끌려 파멸의 길로 들어서지도 않을 거야."

"그럼요." 앤이 말했다. "재종에 관한 거라면 모두 기꺼이 믿을 수 있어요. 침착하고 단호한 성격에 위험하다 싶은 것에는 전혀 틈을 주지 않는 사람 같아요. 난 그분을 매우 존경해요. 내가 아는 범위 내에서는 다르게 생각할 이유가 전혀 없어요. 하지만 그분을 안 건 얼마 되지 않았고, 또 그분은 금방 친밀해지는 사람도 아니에요. 스미스 부인, 이렇게까지 말하는데도 그분과 내가 아무 상관없다는 말이 믿기지 않나요? 이렇게 아무렇지 않은데 말이에요. 단언하지만 그는 내게 아무 의미 없어요. 그가 청혼하는 일이 일어난다면 (그에게 그럴 생각이 있을 것 같지는 않지만) 나는 받지 않을 거예요. 그건 확실해요. 분명히 말하지만 어젯밤 연주회가 얼마나 즐거웠든 간에 선배가 생각하듯 엘리엇 씨와 즐겁게 보낸 게 아니에요. 엘리엇 씨가 아니에요. 즐겁게 보낸 건 엘리엇 씨하고가 아니라⋯⋯."

그녀는 말을 멈췄다. 얼굴을 몹시 붉히며 속내를 그렇게 많이 내비친 걸 후회했다. 하지만 그 정도가 아니고서는 충분치 않았을 것이다. 스미스 부인은 누군가 딴 사람이 있다는 걸 깨닫지 않고서는 엘리엇 씨가 거절당한다는 생각을 쉽사리 하지 못했을 것이다. 앤은 그녀가 더 이상 알게 될까 봐 전전긍긍하면서 스미스 부인이 왜 자기가 엘리엇 씨와 결혼한다고 생각하게 되었는지, 왜 그런 생각을 품게 되었는지, 혹은 누구로부터 그걸 듣게 되었는지 알고 싶어 조바심이 났다.

"애초에 어째서 그런 생각이 들었는지 말해줘요."

"처음 그 생각이 든 건, 두 사람이 얼마나 자주 어울리는지 알게 되고 두 사람의 지인과 가족들이 두 사람의 결혼을 정말 바란다고 느꼈기 때문이야. 앤 양의 지인들 모두가 그렇게 생각했다고 믿어도 돼. 하지만 그 말은 겨우 이틀 전에야 들었어."

"그러니까 그런 말을 실제로 들었다는 건가요?"

"어제 여기 왔을 때 문 열어주던 여자분 기억나?"

"아뇨. 여느 때처럼 스피드 부인, 그러니까 그 하녀 아니었어요? 특별히 본 사람은 없어요."

"내 친구 루크 부인이었어. 루크 간호사는 어쨌든 앤 양을 무척 궁금해했어. 그래서 문을 열어주게 되었다고 기뻐했지. 루크 부인은 일요일에야 말버러 빌딩스에서 돌아왔어. 그녀가 바로 앤 양이 엘리엇 씨와 결혼하게 되었다고 말해준 사람이

야. 윌리스 부인에게서 직접 들었대. 신통찮은 출처는 아닌 듯
했어. 월요일 저녁에 나랑 한 시간 앉아 있으면서 이야기를 전
부 다 해줬어."

"전부요!" 앤은 되풀이 말하며 웃었다. "사실도 아닌 그런
일에 길게 이야기할 게 있나요."

스미스 부인은 아무 말 하지 않았다.

"그런데," 이내 앤이 말을 이었다. "비록 엘리엇 씨와 결혼
하는 건 사실이 아니지만 어쨌든 내가 선배를 도울 수 있다면
몹시 기쁠 거예요. 엘리엇 씨에게 부인이 바스에 있다고 말할
까요? 전갈이라도 전할까요?"

"됐어, 고마워. 아니 정말 괜찮아. 두 사람이 친하니까 착각
해서 내가 앤 양을 사적인 일에 끌어들이려 했나 봐. 하지만 지
금은 아냐. 괜찮아, 고마워. 귀찮게 할 생각 전혀 없어."

"엘리엇 씨와 수년간 알았다고 말한 것 같은데요."

"그랬지."

"결혼하기 전이겠죠?"

"그래. 처음 알았을 때 그는 미혼이었어."

"그러면, 많이 가까웠던 건가요?"

"아주."

"그렇군요! 그러면 그땐 어땠는지 말해주세요. 젊었을 땐 어
땠는지 아주 궁금해요. 지금처럼 그랬나요?"

"엘리엇 씨는 최근 3년간 보지 못했어." 스미스 부인이 대답
하는데, 표정이 너무 굳어 있어서 더 이상의 질문은 불가능했

다. 앤은 궁금증만 더 커진 것 같았다. 두 사람 다 말이 없었다. 스미스 부인이 깊은 생각에 잠겨 있더니 마침내 이렇게 말했다.

"친애하는 앤 양, 미안해." 그녀가 예의 다정한 어조로 소리를 높여 말했다. "그 말밖에 하지 못한 걸 용서해줘. 하지만 어떻게 해야 할지 몰라서 그랬어. 무슨 말을 해야 할지에 대해 확신이 서지 않아서 생각하고 있었어. 이것저것 헤아릴 게 많았거든. 누구에게나 주제넘게 나서는 건 싫은 일이야. 나쁜 인상을 주고 이간질하는 게 싫지. 비록 속은 곪아 있을지라도 겉보기에 화목한 가족이라면 그런 유대라도 지켜줄 가치가 있을지 모르거든. 하지만 난 결심했어. 내가 옳은 것 같아. 앤 양은 엘리엇 씨의 진면목을 알아야 한다고 생각해. 현재로서는 앤 양이 그를 받아들일 마음이 조금도 없다는 걸 전적으로 믿지만 앞일은 알 수 없는 거잖아. 언젠가 그 사람에 대한 생각이 바뀔 수도 있는 거니까. 그러니 지금, 선입관이 없을 때 진실을 들어봐. 엘리엇 씨는 인정이고 양심이고 없는 사람이야. 꿍꿍이 속셈을 가진 데다 교활하고 냉혹한 사람이지. 오로지 자기만 생각하고, 자기 이익이나 편의를 위해 어떤 잔혹 행위나 기만 행위도 저지를 사람이라는 말이야. 그는 그런 행위를 자기 평판에 손상 없이 무한히 계속할 수 있어. 다른 사람에 대한 감정이라곤 전혀 없어. 자기로 인해 몰락에 이르게 된 사람들을 일말의 죄책감도 없이 도외시하고 저버릴 수 있어. 그는 정의감이나 동정심이 전혀 닿지 않는 곳에 있어. 오! 그는 사악해. 몰인정하고 사악하다고!"

앤이 놀란 표정으로 탄성을 질렀기 때문에 그녀는 잠시 멈춘 뒤 좀 차분해진 태도로 말을 이었다.

"내 말 때문에 깜짝 놀랐구나. 앤 양, 상처 입고 분노한 여인을 생각해줘. 하지만 내 감정을 다스려보도록 할게. 험담은 하지 않을게. 내가 알아낸 것만 말할 거야. 사실이 말을 해줄 테니까. 엘리엇 씨는 사랑하는 남편의 가까운 친구였어. 남편은 그를 믿고 아꼈고 그를 자기 분신처럼 생각했어. 우리가 결혼하기 전에 두 사람은 매우 가까웠지. 난 두 사람이 가장 가까운 친구란 걸 알았어. 그래서 나 또한 엘리엇 씨가 더없이 마음에 들었고 그를 아주 좋게 봤어. 열아홉 살 나이 땐 말이야, 사람들은 그렇게 심각하게 생각하지 않아. 하지만 엘리엇 씨는 다른 사람들만큼 괜찮은 사람이었고 대부분의 사람들보다 훨씬 더 유쾌했기 때문에 우린 거의 붙어 다녔어. 우린 주로 런던에 있으면서 호화스럽게 살았어. 그때 사정이 좋지 않았던 건 그 사람이야. 그땐 그가 더 가난했지. 법학원에 사무실이 있었는데 신사 행세를 유지하는 데 급급한 처지였어. 오고 싶을 땐 언제든 우리가 있는 집으로 왔어. 언제나 환영이었으니까. 남동생 같았어. 불쌍한 찰스, 세상에서 가장 훌륭하고 가장 너그러운 마음씨를 지녔던 남편은 수중에 남아 있는 마지막 한 닢까지 그와 나눠 썼을 거야. 남편의 지갑이 그에게 열려 있었다는 걸 난 알아. 종종 그를 도와줬다는 걸 알고 있어."

"이때가 분명 엘리엇 씨의 인생에서 내가 특히 궁금해하는 그 시기일 거예요." 앤이 말했다. "아버지와 언니에게 그분의 존재가 알려졌던 바로 그 즈음이요. 난 그분을 전혀 몰랐고 이야기로만 들어서 알고 있었죠. 하지만 그 당시 아버지와 언니에 대한 그의 처신과 그 후 그의 결혼과 관련한 전후 사정에서 무언가가 있었는데 그게 난 현재의 그분 모습과 전혀 조화가 되지 않아요. 다른 사람 얘기 같아요."

"다 알아. 내가 다 알아." 그녀가 목소리를 높였다. "엘리엇 씨가 월터 경과 앤 양의 언니에게 소개된 건 나하고 친분을 익히기 전이지만 난 그가 내내 그들에 대해서 얘기하는 걸 들었어. 초대받은 뒤 왜 오지 않느냐고 재촉받은 것도 알고, 가지 않기로 결정했던 것도 알아. 어쩌면 내가 앤 양이 기대조차 안 했을 사실들, 그리고 그의 결혼에 대해 궁금증을 풀어줄 수 있을지도 몰라. 그 당시 난 다 알고 있었으니까. 그 결혼에 대해 그가 생각했던 좋은 점과 나쁜 점도 다 꿰고 있었지. 난 그가 자기의 희망과 계획을 털어놓는 친구였으니까. 그와 결혼하기 전에는 그의 아내를 몰랐지만 (그녀의 낮은 신분 때문에 사실 불가능한 일이었지) 결혼 후에는 그녀가 살아 있는 동안 내내 알고 지냈어. 아니 적어도 죽기 2년 전까지는 알고 지냈어. 그러니까 앤 양이 묻고 싶은 건 뭐든 말해줄 수 있어."

"아뇨." 앤이 말했다. "그분 아내에 대해 특별히 알고 싶은 건 없어요. 두 사람이 행복한 부부가 아니었다는 건 늘 알고 있었어요. 하지만 그 당시 그분이 왜 아버지의 호의를 등한시해야 했는지는 알고 싶어요. 아버진 분명 그분을 아주 따뜻하게 제대로 대할 생각이셨거든요. 엘리엇 씨는 왜 발을 뒤로 뺐을까요?"

"엘리엇 씨는 그 당시 머릿속에 오직 한 가지 생각, 변호사보다 더 빠른 지름길로 입신출세해야겠다는 그 목표밖에 없었어. 그는 결혼으로 그걸 이루어보겠다고 결심한 거지. 적어도 현명치 못한 결혼으로 그걸 망치지는 않겠다고 결심했던 거야. 그리고 그는 앤 양의 아버지와 언니가 정중하게 초대해서는 두 사람을 결혼시키려 한다고 믿고 있었어. (그 말이 옳은지 아닌지 나로선 물론 판단할 수 없어.) 그런 결혼이 부자가 되고 경제적 자립을 이루겠다는 그의 생각을 만족시키긴 힘들었을 거야. 장담하지만 그것 때문에 그가 물러섰던 거야. 그 사람이 내게 전부 얘기해줬거든. 그는 내게 숨기는 게 없었어. 희한한 일이지, 바스에 앤 양을 남겨두고 떠났는데, 결혼하자마자 제일 친하게 지냈던 사람이 앤 양의 재종이라니. 그리고 엘리엇 씨를 통해 줄곧 앤 양의 아버지와 언니 얘기를 듣고 있었지. 그는 언니인 엘리엇 양에 대해 말했고 난 다른 엘리엇 양을 다정한 마음으로 떠올렸어."

"혹시," 앤이 불현듯 떠오른 어떤 생각에 외쳤다. "엘리엇 씨에게 때때로 내 얘기를 했나요?"

"했고말고. 자주 했어. 내가 아는 앤 엘리엇에 대해 자랑하면서 앤 양은 분명 누구누구와는 완전히 다른 사람일 거라고 말하곤 했어."

스미스 부인이 제때 말을 멈췄다.

"이제 어제 엘리엇 씨가 했던 말이 이해되는군요." 앤이 소리쳤다. "설명이 돼요. 알고 보니 그분이 나에 대한 얘길 듣곤 했더라고요. 어떻게 그럴 수 있었는지 이해가 안 됐죠. 자기 얘기엔 다들 얼마나 엉뚱한 상상을 하는 건지! 오해하기가 얼마나 쉬운 건지! 그건 그렇고 죄송해요. 말을 잘랐네요. 그러면 엘리엇 씨는 순전히 돈 때문에 결혼한 건가요? 그런 상황을 보면서 그의 인격에 대해 처음 알게 되었겠네요."

스미스 부인은 여기서 잠시 멈추었다. "아! 그런 건 비일비재하지. 상류사회에서 살다 보면 여자나 남자나 돈 보고 결혼하는 건 너무 흔한 일이라서 생각만큼 놀랍지도 않아. 난 젊었고, 오직 젊은 사람들하고만 어울렸어. 우린 처세에 대한 철칙도 없이 무분별하게 희희낙락거리며 지내는 부류였지. 쾌락만을 좇았어. 지금은 생각이 달라. 시간이 흐르고 병과 슬픔이 찾아오니 다른 생각이 생긴 거야. 하지만 그땐 솔직히 엘리엇 씨의 행동에 비난받을 점이 하나도 없는 것 같았어. '자기를 위해 최선을 다하는 것'을 도리로 여겼지."

"하지만 아내는 신분이 낮은 여성 아니었나요?"

"맞아. 그 점을 내가 반대했지만 그는 들으려 하지 않았어. 돈, 돈이 그가 원한 전부였어. 그녀의 아버지가 목축업자, 할아버지는 푸주한이었는데 그런 건 전혀 중요하지 않았어. 그녀는 외모가 예쁜 여자였지. 교육을 제대로 받은 뒤 몇몇 사촌에 의해 사교계에 들어오게 되었는데 어쩌다가 엘리엇 씨가 속한 부류에 끼게 되고 그와 사랑에 빠졌던 거야. 그녀의 출신과 관련하여 그의 쪽에서는 어떤 어려움도 어떤 망설임도 없었어. 온 신경을 집중하여 그녀의 실제 재산 총액이 얼마인지 확인하고서야 결혼을 결심했어. 내 말 믿어. 엘리엇 씨가 현재 자신의 신분을 얼마나 소중히 여기는지 몰라도, 젊었을 땐 그런 걸 전혀 소중하게 생각하지 않았어. 켈린치 장원을 물려받는 건 소중한 기회였지만 그는 가문의 명예를 아주 헐값으로 여겼어. 만약 준남작 지위를 팔 수 있다고 한다면 누구든지 문장과 제명(題銘), 가문 이름과 제복을 총망라한 자신의 지위를 50파운드면 가질 수 있다고 공언하는 걸 종종 들었다니까. 하지만 그가 했던 말을 결코 되풀이하지는 않겠어. 왜냐하면 공평하지 않을 테니까 말이야. 그렇긴 해도 앤 양은 증거가 있어야겠지. 왜냐하면 이 모든 건 주장에 불과하니까. 앤 양은 증거를 갖게 될 거야."

"스미스 부인, 그런 건 하나도 필요치 않아요." 앤이 소리쳤다. "엘리엇 씨의 수년 전 모습과 배치되는 주장은 하나도 안 나왔어요. 이 모든 게 오히려 우리가 듣고 믿어왔던 걸 확인해주는걸요. 난 그분이 지금 왜 이렇게 달라졌는지가 더 궁금해요."

"그렇지만 날 위해서, 괜찮다면 매리를 좀 불러줘. 아니, 앤 양이 내 침실로 직접 가준다면 고맙겠어. 가서 작은 상감무늬 상자를 가져다줘. 벽장 안, 윗선반에 있을 거야."

앤은 친구의 결연한 태도를 보더니 시키는 대로 했다. 상자가 꺼내져서 그녀 앞에 놓였다. 스미스 부인이 상자를 열면서 한숨을 쉬며 말했다.

"이 상자엔 남편 소유였던 문서가 가득해. 남편을 잃었을 때 살펴봐야 했던 것들 가운데 겨우 일부분이지. 지금 내가 찾고 있는 편지는 우리가 결혼하기 전 엘리엇 씨가 남편에게 썼던 건데 어쩌다보니 간직하게 됐어. 아무튼 상상하기 힘들 거야. 하지만 남편은 다른 남자들과 마찬가지로 그런 일에 조심성이 없고 체계가 없었어. 남편의 문서들을 검토하게 되었던 시점에 여기저기 흩어져 있는 여러 사람의 중요치 않은 다른 서류들 속에 섞여 있는 걸 내가 발견했던 거야. 그런데 정작 중요한 여러 장의 편지들과 비망록은 파기되고 없었어. 여기 있구나. 이건 태우고 싶지 않았어. 왜냐하면 비록 그 당시 엘리엇 씨가 영 못마땅했어도 옛 정이 담긴 문서는 모두 보관하기로 마음을 먹었었거든. 지금은 이걸 꺼내볼 수 있는 걸 다행으로 여길 다른 이유가 생겼어."

편지는 '턴브리지 웰스, 찰스 스미스 씨' 앞으로 런던에서 보낸 것으로 날짜는 1803년 7월까지 거슬러 올라갔다.

스미스 씨,

편지 감사합니다. 당신의 친절에 깊이 감동 받았습니다. 신께서 그런 마음씨를 더 많이 창조하셨으면 좋았으련만 23년을 살아오면서 이런 친절은 지금까지 없었습니다. 지금으로선, 분명히 현금이 다시 돌고 있기 때문에 도움이 필요하진 않습니다. 축하해주십시오. 마침내 월터 경과 그 딸을 제거했습니다. 둘 다 켈린치로 돌아갔는데 내게서 이번 여름 거길 방문하겠다는 약속을 우격다짐하다시피 받아냈어요. 하지만 제 첫 방문은 어떻게 하면 경매에서 최고가로 그 집을 팔 수 있을지를 말해줄 부동산 감정인과 함께일 겁니다. 그래도 월터 경이 재혼을 안 할 것 같지는 않아요. 정말 어리석지 뭡니까. 하지만 만약 그가 재혼한다면 이제 그들이 절 귀찮게 하는 일은 없을 테지요. 그게 켈린치를 차지하지 못하는 것에 대한 응분의 대가가 될지도 모르겠네요. 월터 경은 작년보다 더 끔찍했어요.

제 이름이 엘리엇만 아니라면 얼마나 좋겠습니까. 신물 납니다. 월터라는 이름은 뺄 수 있으니 얼마나 다행인지요! 그러니 제 가운데 이름 W.*로 다시는, 말하자면 죽을 때까지 부르지 말아주십시오. 그건 제게 모욕입니다.

당신의 벗,

Wm. 엘리엇

얼굴을 붉히지 않고 이런 편지를 읽기란 힘든 일이었다. 앤의 얼굴이 몹시 붉어진 걸 지켜보던 스미스 부인이 말했다.

"알아. 어휘가 매우 불경스럽지. 정확히 어떤 상황인지는 잊었지만 대충 말하고자 하는 의미의 전체적인 느낌은 있어. 하지만 이 편지가 그 사람에 대한 증명이야. 내 남편에게 큰소리치는 것 좀 봐. 그보다 더 심할 수 있을까?"

앤은 자기 아버지에게 그런 어휘가 쓰였다는 걸 알게 된 충

---

*엘리엇 씨의 이름은 William Walter Eliot이다.

격과 치욕감에서 쉽게 벗어날 수 없었다. 그녀는 남의 편지를 본 건 예법을 어긴 것이고 누구든 그런 진술로 재단되거나 파악될 수는 없는 일이며 사적인 편지란 게 다 남들 눈에 부끄러울 수밖에 없다는 사실을 부득불 떠올린 다음에야 비로소 마음을 가라앉힐 수 있었다. 그리고 한참 생각하면서 보고 있던 편지로 되돌아와 이렇게 말했다.

"고마워요. 두말할 것 없이 이게 충분한 증명이네요. 선배가 말해준 모든 내용의 증명이에요. 그런데 왜 지금 와서 우리와 친분을 쌓는 거죠?"

"그것도 설명해줄 수 있어." 스미스 부인이 웃으며 외쳤다.

"정말요?"

"그럼. 12년 전의 엘리엇 씨를 보여주었듯이 지금의 그를 보여줄게. 편지는 더 이상 보여줄 수 없지만 앤 양이 바라는 만큼의 근거 있는 증언은 해줄 수 있어. 지금 그가 무얼 원하는지, 무얼 작당하고 있는지에 대해서 말이야. 지금은 전혀 위선이 아니야. 그는 진정으로 앤 양과 결혼하길 원해. 앤 양의 가족에 대한 현재의 관심은 매우 진지해. 마음에서 우러나온 거란 말이지. 근거를 말해줄게. 바로 월리스 대령이야."

"월리스 대령! 그분과 알아요?"

"아니. 그 얘기가 그렇게 일직선으로 흘러 들어온 건 아니야. 한두 군데 돌아서 왔지만 전혀 문제 될 것 없어. 물은 처음만큼 깨끗하니까. 굽이를 돌다가 걸린 쓰레기는 이내 사라졌어. 엘리엇 씨는 월리스 대령에게 앤 양에 대한 생각을 거리낌

없이 털어놓았어. 이 월리스 대령이라는 사람 자체는 분별 있고 신중하고 통찰력이 있는 것 같아. 하지만 월리스 대령에겐 안 하는 게 나은 얘기를 해주게 되는 아주 예쁘고 어리석은 아내가 있는데, 그가 그런 걸 아내에게 고스란히 말하는 거야. 그녀는 출산 후 기쁨이 흘러넘친 상태에서 그걸 자기 간호사에게 고대로 말해주지. 나와 앤 양의 친분을 아는 간호사는 당연히 내게 그 얘길 다 해주는 거야. 월요일 저녁 내 친구 루크 부인이 말버러 빌딩스에서 알아낸 비밀을 미주알고주알 내게 다 말했지. 그러니까 자초지종을 얘기해줄 때 내가 앤 양이 상상하듯 지어내던 게 아니란 거지."

"스미스 부인, 근거가 부족해요. 이걸로는 믿기가 힘들어요. 엘리엇 씨가 날 염두에 두고 있다는 게 아버지와 화해하려고 애썼던 이유가 되진 못해요. 그 사람이 그렇게 한 건 내가 바스에 오기 전인걸요. 내가 여기 왔을 때는 아버지와 아주 친밀해져 있었어요."

"그랬겠지. 다 알아. 하지만……."

"정말이지, 스미스 부인, 그런 식으로 진정한 정보가 얻어질까요. 수없이 많은 손을 거치면서 이런저런 사람의 어리석음과 무지로 인해 왜곡되는 사실과 의견에 진실이 남아 있을 리 없잖아요."

"들어보기만 해줘. 앤 양이 바로 반박하거나 확신할 수 있는 구체적 사실들을 몇 개 들어보면 전체적인 신뢰성을 판단할 수 있을 거야. 그 사람이 처음부터 앤 양 때문에 그랬다고 생각하는 사람은 아무도 없어. 그는 바스에 오기 전 앤 양을 실제로 봤고 감탄했지만 그게 앤 양인지 몰랐어. 내게 얘길 전해준 사람은 적어도 그렇게 말하고 있어. 이게 사실이야? 그가 지난여름 아니면 가을에, 루크 부인의 표현대로 '저 아래 서부 쪽 어딘가에서' 그게 앤 양인 줄 모른 채 앤 양을 봤다는 게?"

"그랬어요. 여기까지는 사실이에요. 라임에서죠. 공교롭게도 난 라임에 있었어요."

"그렇다면," 스미스 부인이 의기양양한 태도로 말을 이었다. "첫 번째 사항이 확인됐으니 루크 부인의 공을 인정해야겠군. 그는 그때 라임에서 앤 양을 보고 반했던 만큼 캠던 플레이스에서 앤 엘리엇 양으로 다시 만났을 때 몹시 기뻐했지. 그때부터 그에게 거길 방문하는 이유가 또 하나 생기게 된 건 불을 보듯 뻔하지. 하지만 또 하나 있어. 그리고 지금 말해줄 이야기는 이보다 이전의 일이야. 내 이야기에 거짓 혹은 있을 수 없는 일이라고 생각되는 게 있으면 내 말을 끊어줘. 내용인즉슨 앤 양 언니의 친구, 지금 앤 양과 함께 지내고 있고 이전에 내게 말한 적도 있는 그 부인은 월터 경, 엘리엇 양과 함께 9월 정도로까지 거슬러 올라간 시기에 (말하자면 처음 왔던 때) 바스에 왔고 그때부터 쭉 거기서 지내오고 있다더군. 그녀는 영리하고 간사하며 외모가 좋은 여인이고 가난한데 알랑거리는 성격이라고 해. 그런데 대체적으로 신분도 그렇고 처신도 그러니까 월터 경의 지인들 사이에서 그녀가 월터 경과 결혼하려 한다고 생각하는 분위기이고 앤 양의 언니가 그런 위험을 까마득히 모르고 있는 걸 다들 놀라워한다는 거야."

여기서 스미스 부인이 잠시 멈췄다. 하지만 앤은 아무 할 말도 없었기에 그녀가 말을 계속했다.

"이것이 앤 양이 가족에게 돌아오기 훨씬 전 엘리엇 가문을 알고 있는 사람들이 갖고 있는 듯한 시각이었어. 월리스 대령은 앤 양의 아버지를 눈여겨보고 있었기에 그런 사실을 충분히 인지했지만 그때는 캠던 플레이스를 방문하기 전이었지. 하지만 그는 엘리엇 씨를 생각해서 친척 상황을 모두 흥미롭게 주시했어. 그래서 엘리엇 씨가 바스에 크리스마스 얼마 전에 하루인가 이틀 동안 와 있게 되었을 때 월리스 대령이 엘리엇 씨에게 돌아가는 상황을 알려주었고 그 내용이 효과를 내기 시작했어. 이제 앤 양은 시간이 흐르면서 준남작 지위가 가진 가치에 대한 엘리엇 씨의 생각이 상당히 변한 걸 알게 될 거야. 혈통과 친척 관계의 모든 측면에서 그는 완전히 딴사람이 되었어. 오랫동안 쓸 수 있는 만큼 많은 돈을 쓰고 나서 더 이상 바랄 허욕이나 쾌락이 없게 되자 서서히 자신의 행복을 자신이 물려받게 될 지위에 두는 법을 터득했던 거지. 우리의 친분이 끝장나기 전에도 그의 태도가 변했다는 느낌은 있었지만 이제 확실히 알겠어. 그는 윌리엄 경이 아닌 자기 자신을 참을 수가 없을 거야. 그러니까 월리스 대령이 해준 말이 그에게는 유쾌한 내용이 아니었을 테지. 그리고 그 뒤 어떻게 되었는지도 짐작할 수 있을 거야. 그는 육친 간에 이전의 친분을 새로이 하고 입지를 회복하려는 목적에서 최대한 빨리 바스로 돌아와 얼

마 동안 여기에 터를 잡았어. 자기가 처한 위험이 어느 정도인
지 알아내고 필요하다고 판단되면 그 여인을 제제할 수단을 강
구할 수 있었겠지. 이것밖에 방법이 없다는 것에 두 친구가 의
기투합했어. 월리스 대령은 자기가 할 수 있는 모든 방법으로
도와주려 했어. 그가 소개될 터였고 그의 아내가 소개될 터였
고, 이 사람 저 사람 다 소개될 터였어. 계획에 따라 엘리엇 씨
가 돌아왔어. 용서를 구하자마자 용서받았지. 그리고 알다시피
가족으로 다시 인정받았어. 그러니까 월터 경과 클레이 부인을
지켜보는 것이 그의 확고하고도 (앤 양의 출현으로 다른 동기
가 생길 때까지) 유일한 목적이었어. 그는 그들과 함께하는 자
리에 놓치지 않고 나타나서 그들 사이에 끼었고 시도 때도 없
이 그들을 방문했어. 그런데 이런 건 자세히 말할 필요가 없어.
교활한 인간이 하는 행동을 상상하면 돼. 이 정도 말해주면 앤
양이 봤던 그의 행동이 떠오를 거야."

"맞아요." 앤이 말했다. "선배가 한 말은 다 내가 알고 있거
나 상상할 수 있는 그대로예요. 잔꾀 속엔 늘 무언가 역겨운 게
있죠. 이기적이고 표리부동한 술책은 항상 불쾌감을 자아내게
되어 있지만 말한 것 중에 놀랄 만한 건 하나도 없어요. 엘리엇
씨의 그런 모습에 충격 받을 사람들, 그런 사실을 믿기 힘들어
할 사람들을 알고 있지만 나는 결코 믿지 않았어요. 보이는 모
습 말고 그의 행동의 이면에 감춰진 다른 동기가 늘 알고 싶었
죠. 난 그 사람이 자기가 겁내는 월터 경의 결혼 가능성에 대해
지금은 어떤 생각인지 알고 싶어요. 결혼할 것 같은지 아니면

그렇지 않은지 말이에요."

"안 할 것 같은가 봐." 스미스 부인이 대답했다. "그는 클레이 부인이 자길 두려워한다고 생각해. 자기가 그녀를 꿰뚫어 보고 있는 걸 알기 때문에 감히 자기 면전에서는 그러지 못한다고 생각하지. 하지만 이러저러해서 그가 함께 있을 수 없는 때도 있기 때문에 그녀가 영향력을 갖고 있는 동안 그가 언제까지나 안심할 수 있을지는 의문이야. 간호사 말에 의하면 윌리스 부인에게 재미있는 생각이 하나 있대. 앤 양과 엘리엇 씨가 결혼하면 앤 양의 아버지가 클레이 부인과 결혼하지 못한다는 걸 혼인계약서에 넣도록 한다는 거지. 어느 모로 보나 윌리스 부인의 머리에서 나온 계획이라 할 만해. 하지만 영리한 루크는 이게 말이 안 된다는 걸 알아. '어머, 부인, 그런 조항으로 월터 경이 다른 사람과 결혼하는 걸 막을 도린 없잖아요'라는 거야. 사실 솔직히 말해서 루크가 진심으로 월터 경의 재혼을 반대하는 것 같진 않아. 그녀가 결혼 찬성자라는 사실을 감안해야만 하는 것이고, (이기심이 발동할 테니) 윌리스 부인의 추천으로 자기가 다음번 레이디 엘리엇의 해산을 돕는 덧없는 상상을 하고 있을지 누가 알겠어?"

"이런 사실을 알게 되어 참 다행이에요." 잠시 생각을 해보더니 앤이 말했다. "어떤 면에서 그 사람과 동석할 일이 나로서는 더 고통스럽겠지만 어떻게 해야 할지는 알겠어요. 난 좀 더 솔직하게 행동할 거예요. 엘리엇 씨는 오직 이기적인 길로 이끄는 원칙밖에 없는 음흉하고 가식적이고 세속적인 남자 같아요."

하지만 엘리엇 씨에 대한 이야기는 아직 끝이 아니었다. 스미스 부인이 처음 주제에서 샛길로 빠졌기 때문에 자기 가족 얘기에 관심이 쏠려 있던 앤은 엘리엇 씨에 대해 부정적인 암시가 얼마나 많이 깔렸었는지 잊고 있었다. 스미스 부인의 자세한 설명에 귀를 기울였다. 비록 스미스 부인이 밑도 끝도 없이 비통해하는 데 대한 이유를 완전히 찾긴 어려웠지만 말을 듣고 보니 그가 정의감도 없고 동정심도 없이 얼마나 몰인정하게 굴었는지는 똑똑히 알 수 있었다.

그녀는 그들이 (엘리엇 씨의 결혼으로 그들 사이의 친분은 약화되지 않은 채 이어지는 상태에서) 예전처럼 늘 함께 어울렸고, 엘리엇 씨가 스미스 씨를 무분별한 소비생활로 이끌어 빚더미에 앉게 했다는 것을 알게 되었다. 스미스 부인은 자기 탓이라 생각하고 싶어 하지 않았고 남편 탓으로 돌리는 것도 꺼려했다. 하지만 앤은 그들의 수입이 결코 그처럼 사치스러운 생활을 감당할 수 있는 게 아니었기 때문에 애초에 두 사람이 합동하여 흥청망청 썼다는 걸 알 수 있었다. 남편에 대한 아내의 설명으로 봤을 때, 스미스 씨는 인정 많고 수월한 성격에 습관적으로 부주의하고 이해력은 낮았으며 엘리엇 씨보다 성품이 더 착한, 엘리엇 씨와는 딴판인 사람이었고, 그런 그가 엘리엇에게 끌려 다니면서 십중팔구 그에게 얕잡혔으리란 걸 알 수 있었다. 결혼으로 크게 부유해지고 (과거의 온갖 방종에도 불구하고 이제 신중한 사람이 되어 있기 때문에) 문제 일으키지 않고 얻을 수 있는 쾌락이나 자만심에 익숙해져서, 친구가 자신의 가난한 처지를 깨달아야 했던 그 시점에 오히려 부자가 되어가던 엘리엇 씨는 친구가 빚을 질 수 있다는 사실은 무시한 채 도리어 파멸로 끝날 수밖에 없을 지출을 유도하고 부추겼던 모양이었다. 그 뒤 스미스 부부는 파산하고 말았다.

스미스 씨는 파산 내용을 완전히 알게 되기 직전에 사망했다. 스미스 씨 부부는 친구들과의 우정에 무리가 갈 만큼, 그리고 엘리엇 씨에게는 돈 부탁을 하지 않는 게 낫다는 걸 알게 될 만큼 자신들의 재정난을 충분히 알고 있었다. 하지만 그의 파산 상태가 완전히 알려진 것은 그가 죽고 나서였다. 자신의 판단보다 감정을 더 신뢰한 스미스 씨는 엘리엇 씨의 우정을 믿고 그를 자신의 유언집행자로 지정했지만 엘리엇 씨는 그것조차 이행하지 않으려 했다. 병의 고통에 그의 거절이 더해져, 엎친 데 덮친 격이 된 스미스 부인의 궁핍함과 정신적 고통이 얼마나 심했는지는 비통한 마음 없이 전달이 안 되고 그와 비슷한 분노 없이는 들을 수가 없는 지경이었다.

앤은 유언 문제와 관련한 그의 편지 몇 통을 보게 되었다. 스미스 부인이 보낸 긴급 요청에 대한 답신이었다. 편지들은 하나같이 무익한 골칫거리에 개입하지 않겠다는 예의 가차 없는 결심과 그로 인해 그녀가 떠안게 될 피해는 나 몰라라 하겠다는 예의 박정함이 깔려 있었다. 깍듯하지만 냉랭한 어조였다. 배은망덕하고 야박하기 그지없는 끔찍한 그림이 그려지고 있었다. 앤은 잠시 동안 어떤 추악한 범죄도 이보다 더 심할 순 없겠다

는 생각이 들었다. 이야기는 끝이 없었다. 앞에서 그저 어렴풋
하게 나왔던 과거 슬픈 상황들의 자세한 내막과 꼬리에 꼬리를
무는 고통의 소상한 사정이 넋두리가 되어 봇물 터지듯 흘러나
왔다. 앤은 그녀가 느끼는 깊은 안도감이 완벽하게 이해되었고
그저 친구의 태연한 심경에 더욱더 감탄만 나올 뿐이었다.

스미스 부인이 겪었던 괴로운 일들 중에는 특히 짜증스러운
상황이 하나 있었다. 서인도 제도에는 수년간 토지수입금에 일
종의 가압류가 걸려 있는 부인의 작고한 남편 소유지가 있었는
데, 그녀는 그 일부가 적절한 조치로 회수될 수 있다고 믿을 만
한 충분한 근거를 갖고 있었다. 크진 않아도 이 사유지면 비교
적 풍족하게 살 수 있을 터였다. 하지만 그 일을 성사시켜볼 사
람이 아무도 없었다. 엘리엇 씨는 아무것도 하지 않으려 했고
그녀 스스로는 아무것도 할 수 없었다. 병약한 신체적 상황 때
문에 직접 나설 수도 없었거니와 돈이 없어서 타인을 고용할
수도 없었다. 심지어 그런 문제에 조언해줄 혈육 하나 없었고
변호사를 고용할 여유도 없었다. 이는 돈 없는 형편에 엎친 잔
인한 고통이었다. 자신이 더 나은 상황에 있을 수 있고 제대로
된 약간의 도움이면 그것이 가능할 수도 있다는 생각과, 때를
놓치면 권리를 찾는 게 더 힘들어질지도 모른다는 두려움은 그
녀에게 견디기 힘든 것이었다.

그녀가 앤의 친절을 엘리엇 씨에게 이용할 수 있게 되길 바
랐던 건 이 부분이었다. 그녀는 앞서 두 사람의 결혼을 예상하
면서 그로 인해 친구를 잃을까 몹시 불안해했었다. 하지만 엘

리엇 씨가 앤에게 청혼하지 못했을 수도 있다는 확신이 들자마자 불현듯 그는 자기가 바스에 와 있다는 사실조차 모르고 있으니 사랑하는 여인의 영향력을 이용하면 무언가 자기에게 유리하게 일이 해결될 것도 같은 생각이 들었다. 그래서 그녀는 엘리엇 씨의 평판에 대해 조심할 수 있는 데까지 조심하면서 앤의 관심을 끌어보려고 서둘러 준비하고 있었다. 그때 약혼할 줄 알았던 앤이 부인하는 바람에 국면은 완전히 바뀌고 말았고 비록 애초에 바라던 목적이 성공하리라는 새 희망은 날아갔지만 적어도 전후사정을 모두 뜻대로 말한 뒤 얻는 후련한 감정은 그녀에게 남았다.

엘리엇 씨에 대해 이처럼 완전한 설명을 듣고 나니 앤은 스미스 부인이 그를 그렇게 호평했던 것 때문에 놀란 표정이 나올 수밖에 없었다. "엘리엇 씨를 좋게 말하며 추천하는 것 같더니요!"

"있잖아," 스미스 부인의 대답이 이어졌다. "그렇게밖에 할 수 없었어. 그가 아직 청혼은 안 했을지 몰라도 난 앤 양이 그 사람과 결혼하는 게 확실하다고 여겼어. 그래서 그 사람에 대해 바른 대로 말할 수가 없었지. 그 사람은 거의 앤 양의 남편이나 마찬가지였는걸. 두 사람이 행복할 거라 말할 때는 앤 양 때문에 가슴이 미어졌어. 그렇지만 그는 분별 있어. 상냥해. 앤 양 같은 사람과 함께라면 행복하지 못할 것도 없어 보였어. 그는 첫 번째 부인에게 몹시 무정했어. 두 사람이 동시에 불행했지. 하지만 그녀는 무식한 데다 경망스러워서 존중할 수가 없는 사람이었기에 그는 한 순간도 그녀를 사랑하지 않았어. 난 앤 양이 틀림없이 잘할 거라고 기꺼이 믿었어."

앤은 자신이 그와 결혼하도록 설득당할 뻔했다는 사실을 깨닫자 필연적으로 이어졌을 불행이 떠올라 몸서리가 쳐졌다. 레이디 러셀로부터도 똑같이 설득당했을 수 있다고 생각하면! 그렇게 상상해보면 시간이 흘러 모든 것이, 때늦게, 밝혀졌을 때 가장 비참한 사람은 누가 될까?

레이디 러셀이 더 이상 현혹당해서는 안 되었다. 아침나절을 거의 다 보내면서 이루어진 이 중요한 대화 끝에 나온 성과는 스미스 부인에 대한 엘리엇 씨의 행실을 몽땅 레이디 러셀에게 털어놓을 수 있게 된 것이었다.

10

앤은 집에 돌아와 들은 걸 전부 곰곰이 생각해보았다. 한편으로는 엘리엇 씨에 대해 이렇게 알고 나니 한숨 돌린 기분이었다. 더 이상 그에게 아무런 감정도 빚진 게 없었다. 그는 웬트워스 대령과 반대로 원치 않는데 밀고 들어왔다. 지난밤에 그가 보였던 불쾌한 관심, 그가 끼쳤을지 모르는 회복 불능의 피해가 더없이 확실하게 느껴졌다. 그에 대한 연민은 끝났다. 하지만 한숨 돌린 건 여기까지였다. 현실을 돌아보든 미래를 직시하든 어느 모로 보나 미심쩍고 두려운 게 더 많았다. 그녀는 레이디 러셀이 느끼게 될 실망감과 고통, 그리고 아버지와 언니의 뇌리에 박히고 말 수치심이 두려웠다. 그러면서 이도 저도 피할 방법을 알지 못한 채 여러 가지 폐해를 예감하며 몹시 괴로워했다. 그녀는 자기만이라도 그를 알게 된 게 무엇보다 다행스러웠다. 스미스 부인 같은 옛 친구를 등한시하지 않은 데 대한 보상 같은 건 생각해본 적 없지만 정작 이것이 그 덕분에 받은 보상이었다! 스미스 부인이니까 그 누구도 해줄 수 없는 말을 해줄 수 있었던 것이다. 이런 걸 아버지와 언니까지도 들을 수 있었다면 얼마나 좋았을까! 하지만 부질없는 생각이었다. 그녀는 레이디 러셀을 만나 이 사실을 말하고, 그녀와 꼭 상의해야 했다. 그리고 하는 만큼 다 해보고 나서 최대한 침착하게 결과를 기다려야 했다. 어쨌든 그녀가 침착해질 수 없는 가장 큰 요인은 레이디 러셀에게 속마음을 숨긴 채 밀려드는 걱정과 두려움을 혼자 오롯이 감당해야 한다는 사실일 터였다.

집에 도착하자마자 그녀는 계획대로 자신이 엘리엇 씨와 마주치는 순간을 모면했다는 걸 알았다. 그는 아침나절 내내 와 있었다. 하지만 기뻐하기가 힘들었다. 내일이 될 때까지는 마음을 놓기도 힘들었다. 그가 저녁에 다시 오기로 했다는 것이다.

"오라고 할 마음은 전혀 없었는데." 엘리자베스가 짐짓 아무렇지 않게 말했다. "그가 너무 오고 싶다는 눈치를 보여서 말이야. 적어도 클레이 부인 말로는 그래."

"그건 사실이에요. 살면서 그처럼 초대를 바라는 사람은 처음 봤어. 가여운 사람 같으니! 그분 때문에 정말 괴로웠어요.

앤 양, 무정한 언니가 딱지 놓는 일에 열심인 것 같아요."

"오!" 엘리자베스가 소리쳤다. "신사가 추파 던진 게 한두 번도 아니고 내가 그렇게 금방 넘어가나요. 하지만 그가 아침에 아버지를 뵙지 못한 걸 너무 안타까워하니까 바로 넘거간 거죠. 두 사람을 한자리에 같이 있게 할 기회를 절대 놓치고 싶지 않았으니까요. 두 분은 같이 있으면 아주 좋아 보여요! 두 사람 다 즐거워하죠! 엘리엇 씨는 아주 존경하는 눈빛으로 바라봐요!"

"정말 반가운 일이네요!" 클레이 부인이 소리를 높였지만 감히 앤 쪽으로 눈길을 주지는 못했다. "꼭 부자지간 같아요! 엘리엇 양, 그런 말 써도 될까요?"

"오! 누구든 할 말은 하는 거죠. 그런 생각이 든다면야! 하지만 분명히 말하지만 그분이라고 관심이 남다르지도 않았어요."

"엘리엇 양!" 클레이 부인이 두 손을 쳐들고 두 눈을 치어올리며 소리쳤다. 그러고는 놀란 마음을 침묵 속에 편리하게 감추었다.

"음, 퍼넬러피, 그 사람에 대해 그렇게 걱정하지 않아도 돼요. 내가 그를 초대했잖아요. 웃는 얼굴로 보냈어요. 내일 하루 동안 정말 손버리 파크의 친구네 집에 가 있을 거라고 하니 애처로운 마음이 들었거든요."

앤은 클레이 부인의 감쪽같은 연기가 놀랍기만 했다. 함께 있으면 자신의 제일 중요한 목표에 방해될 것이 분명한 사람을 기다리고, 또 그 사람이 정작 나타난 걸 보면서 그렇게 기쁜 척할 수 있다는 게 감탄스러웠다! 저 클레이 부인이 엘리엇 씨를 보는 게 싫지 않을 리가 없었다. 그런데도 아주 예의 바르게 차분한 표정을 지으면서, 그가 없을 때보다 월터 경에게 반밖에 주의를 기울일 수 없는 제한적인 상황에서도 꽤 만족하는 것처럼 보일 수 있었던 것이다.

앤은 엘리엇 씨가 방 안으로 들어오는 모습을 보는 것이 가장 고통스러웠다. 다가와서 말 붙이는 것도 괴로웠다. 예전에도 그의 행동이 다 진심에서 우러나온 거라고 생각진 않았지만 지금은 머리에서 발끝까지 위선이 보였다. 이전에 아버지에 대해 썼던 말과는 달리 지금 아버지를 깍듯이 대하는 걸 보니 가증스러웠다. 스미스 부인에게 했던 잔인한 행동을 생각하면 지금의 미소, 부드러운 태도 혹은 입에 발린 겉치레의 말은 참기 힘들었다. 그녀는 그가 불만을 내비칠 정도로 태도를 바꾸는 건 피할 생각이었다. 그녀로서는 질문이나 주목을 받지 않도록 하는 것이 가장 중요했다. 친분은 유지하되 단연 냉정하게, 현재까지 오게 된 불필요한 친분을 가능한 한 조용히, 온 만큼 되돌리겠다는 것이 그녀의 생각이었다. 따라서 그녀는 연주회가 있던 저녁보다 더 몸을 사렸고 더 차가웠다.

그는 이전에 그녀를 누가 어떤 말로 칭찬했는지에 대해 다시 앤의 호기심을 일깨우고 싶었다. 다시 애를 달구어 큰 만족을 얻고 싶었다. 하지만 그 마법은 깨지고 말았다. 그는 조신한 재종누이의 허영심을 자극하는 데는 흥분되고 생기 있던 연주회장의 분위기가 필수적이었다는 사실을 깨달았다. 적어도 지금 여러 사람들과 어울려야 하는 예절을 어겨가며 그러진 않을 것이었다. 그는 자기가 스스로에게 불리한 행동을 하고 있고, 그 때문에 자기가 이해 못 할 행동만 한다고 앤이 생각하게 되는 게 문제라는 사실은 전혀 짐작도 못 하고 있었다.

그녀는 내일 아침에 그가 정말 일찌감치 바스를 떠나서 이틀 여 동안 나가 있게 된다는 걸 알고 살짝 반가웠다. 그는 돌아오는 바로 그날 저녁 캠던 플레이스에 다시 초대받았다. 하지만 목요일부터 토요일 저녁까지 그가 바스에 없는 것은 확실했다. 이 클레이 부인이라는 존재를 늘 보는 것만 해도 충분히 불쾌했지만 더 심한 위선자가 일행에 추가된다는 게 평화와 위안 같은 모든 걸 죄다 무너뜨리는 것 같았다. 아버지와 언니를 상대로 끊임없이 속여 왔다는 걸 생각하면 부끄러워져 얼굴을 들 수가 없었다. 그들을 대상으로 준비하고 있던 온갖 치욕적인 일을 떠올려본다면! 클레이 부인의 이기적인 행동은 엘리엇 씨만큼 그렇게 복잡하지도 않거니와 그렇게 역겹지도 않았다. 클레이 부인과 아버지의 결혼을 방해하려는 엘리엇 씨의 간계를 막기 위해서라면 앤은 그 결혼에 아무리 해로운 점이 많아도 그것을 받아들였을 것이다.

금요일 아침 그녀는 일찍부터 레이디 러셀을 찾아가서 필요한 대화를 나눠볼 생각이었다. 조찬 후 바로 집을 나설 생각이었지만 저 클레이 부인 역시 언니의 부탁을 들어주느라 외출할 준비를 하고 있었다. 결국 그녀는 클레이 부인과 같이 나가는 걸 피할 수 있을 때까지 기다릴 수밖에 없었다. 그녀는 클레이 부인이 완전히 나간 걸 보고 나서야 가족들에게 리버스 거리에서 오전을 보낸다는 이야기를 꺼냈다.

"알았어." 엘리자베스가 말했다. "안부만 좀 전해줘. 아! 레이디 러셀이 빌려준 저 지루한 책은 가져가는 게 좋겠어. 그리고 책은 다 읽은 것처럼 해. 정말이지 난 신간 시집과 시사지로 평생 시달리고 있을 수가 없어. 레이디 러셀은 신간 갖고 사람을 정말 따분하게 만든다니까. 이건 전해줄 필요는 없지만, 그날 밤 레이디 러셀의 옷차림은 고약했어. 평소 의상에 안목이 좀 있는 것 같더니, 연주회에서는 그녀 때문에 민망하더라니까. 무언가 너무 격식에 얽매이고 점잖았다고나 할까! 게다가 얼마나 꼿꼿하게 앉아 있던지! 안부는 물론 전해줘."

"내 것까지 안부 전하고, 조만간 방문하겠다고 전해다오." 월터 경이 덧붙였다. "깍듯하게 해야 해. 그렇지만 난 방문했다는 명함만 남길 거다. 거의 맨 얼굴 상태로 있는 그 나이 여성을 아침에 방문하는 건 결코 온당치 않아. 볼연지만 발라도 사람들에게 얼굴 보이는 게 두렵지 않을 텐데. 지난번 방문했을 때 금방 블라인드를 죄다 내리는 걸 봤어."

그녀의 아버지가 말하는 동안 문을 노크하는 소리가 났다. 누굴까? 앤은 사전조율하고 아무 때고 찾아온다던 엘리엇 씨가 떠올랐겠지만 그는 이미 7마일 떨어진 곳에 있었다. 잠시 문간의 응대 시간이 흐른 뒤 익숙한 발소리가 가까이 들리고 "찰스 머스그로브 부부"라는 안내와 함께 그들이 방으로 들어섰다.

그들의 등장은 더없이 놀라웠다. 하지만 앤은 그들을 봐서 정말 기뻤다. 그녀의 아버지와 언니는 그들을 안 봐도 별로 아쉬운 마음은 없었지만 적당히 환영하는 태도를 보일 수 있었다. 그리고 가장 가까운 혈육인 이들이 자기들 집에서 머물 생각 없이 왔다는 게 분명해지자 월터 경과 엘리자베스는 금세 좀 더 진심 어린 마음으로 반가움을 드러냈다. 그들은 머스그로브 부인과 함께 바스에 며칠간 다니러 왔고 화이트 하트에 머물고 있었다. 그 정도가 잠깐 동안 알게 된 내용이었다. 하지만 월터 경과 엘리자베스가 메리를 또 다른 거실로 이끌고 가서 감탄하는 그녀의 모습에 뿌듯해할 즈음에야 앤은 그들이 오게 된 연유, 아니 특별한 볼일이 있는 듯한 의미심장한 미소의 이유를 찰스에게 물어볼 수 있었다. 메리는 그런 얘기를 보란 듯이 무시했고 누구와 같이 왔는지도 얼버무렸다.

앤은 그 뒤 그들 일행에 두 사람 외에도 머스그로브 부인과, 헨리에타, 하빌 대령이 포함되어 있다는 걸 알게 되었다. 찰스는 그녀에게 오게 된 경위를 아주 간단하고 알기 쉽게 설명해주었다. 설명을 들어보니 아주 전형적인 계획이었다. 계획은 하빌 대령이 볼일 때문에 바스에 오고 싶어 한다는 데서 발단이 되었다. 그는 일주일 전에 이 이야기를 꺼냈는데 찰스가 사냥철이 지났으니 뭐라도 할 요량으로 같이 가겠다고 하였다. 하빌 부인은 남편에게 이로운 일이니 이 계획을 적극 환영한 모양이었다. 하지만 메리는 혼자 남는 걸 견디지 못했고 이일로 너무 마음이 상해 있으니 계획은 하루 이틀 정도 이러지도 저러지도 못한 채 그대로 끝인 듯했다. 하지만 그의 아버지와 어머니가 이 계획을 이어받았다. 그의 어머니는 바스에 보고 싶은 옛 친구가 있었다. 헨리에타는 본인과 여동생의 결혼 예복을 사러 올 수 있는 좋은 기회라고 생각했다. 간단히 말해 여행은 그의 어머니와 같이 가는 것으로 마무리되었다. 그래서 만사가 하빌 대령에게 편하고 수월해졌다. 거기에 찰스와 메리도 이것저것 편하니까 일행에 포함되었다. 그들은 그저께 밤늦게 도착했다. 하빌 부인과 아이들 그리고 벤윅 대령은 머스그로브 씨, 루이자와 함께 어퍼크로스에 남았다.

앤이 유일하게 놀랐던 건 헨리에타의 결혼 예복 이야기가 나올 정도로 혼사가 진행되었다는 사실이었다. 그녀는 그들에게 수입이 없는 만큼 결혼을 빨리 치를 수가 없다고 생각했었다. 하지만 찰스로부터, 아주 최근 (메리가 마지막으로 보낸 편지 이후) 찰스 헤이터가 친구로부터 교구 목사직을 맡아달라는 제의를 받았다는 걸 알았다. 몇 년 동안은 그 직을 맡을 수 없는 젊은이를 대신해서였다. 여기서 나오는 수입이 든든하고, 이 성직의 임기가 끝나기 훨씬 전에 좀 더 영구적인 자리로 가는 것이 거의 확실해졌기 때문에 양가에서는 두 사람의 소원을 들어주기로 하여 그들의 결혼은 몇 달 후 루이자의 결혼만큼 빨리 이루어질 것 같았다. "수입이 아주 좋았어요." 찰스가 덧붙였다. "어퍼크로스에서 25마일밖에 안 떨어져 있는 아주 좋은, 도싯셔의 멋진 지방입니다. 이 나라 제일의 개인 사냥터 중심부지요. 세 사람의 대지주에 둘러싸여 있고 서로가 서로를 경계하는 사유지예요. 찰스 헤이터는 지주 셋 중 적어도 둘에게서 사냥 특별 허가를 받게 될지 몰라요. 찰스는 분명 그런 걸 대수롭지 않게 여길 겁니다." 그는 주장했다. "찰스는 사냥을 너무 시큰둥하게 여겨요. 그게 가장 큰 단점이에요."

"사실 난 정말 기뻐요." 앤이 목소리를 높였다. "이렇게 되어서 특히 기뻐요. 똑같이 자격 있고 서로에게 늘 좋은 친구인 두 자매의 결혼이니 말예요. 한 사람의 행복한 미래가 다른 한 사람의 미래에 그늘을 드리울 순 없어요. 두 사람은 똑같이 행복하고 편안해야 해요. 부모님도 두 딸의 결혼을 정말 기뻐하시겠네요."

"아! 그럼요. 미래의 사위가 돈이 더 많은 사람이었다면 더 기쁘시겠죠. 하지만 그것 말고는 불만이 없으십니다. 두 딸을 동시에 지참금을 들려 보내는 문제는 말이죠, 결코 유쾌한 일일 수가 없어요. 많은 부분에서 제약이 생기죠. 하지만 제 동생들이 그럴 자격이 없다고 말하려는 건 아닙니다. 딸로서 몫을 갖는 건 온당한 일이에요. 아버지는 내게 늘 아주 다정하고 넉넉한 분이었습니다. 메리는 헨리에타의 결혼을 썩 좋아하지 않아요. 좋다고 생각한 적이 없지요. 아시잖습니까. 찰스를 올바로 평가하기는커녕 윈스롭 땅에 대해 충분히 생각해보지도 않아요. 그 땅이 얼마나 가치 있는지 메리는 도통 들으려 하지 않는다니까요. 시간이 갈수록 이건 아주 훌륭한 혼사예요. 난 찰스 헤이터가 언제나 좋았고 지금 와서 달리 생각하지는 않을 겁니다."

"사돈어른들처럼 훌륭한 부모님은 따님들 혼사가 정말 기쁘실 거예요." 그녀가 큰 소리로 말했다. "기쁨을 주는 거라면 분명 뭐든 하시지 않겠어요. 그런 분들의 자녀라는 건 참으로 큰 축복이에요! 사돈어른들은 젊을 때나 나이 든 지금이나 잘못과 불행의 온상인 그런 과시욕에서 완전히 자유로우신 분들 같아요! 루이자는 이제 완전히 회복된 걸로 보면 되나요?"

그가 좀 머뭇거리면서 대답했다. "네, 그런 것 같습니다. 거의 회복되었죠. 하지만 동생은 변했어요. 뛰거나 뛰어 돌아다니는 일이 없어요. 웃지도 않고 춤추지도 않아요. 정말 달라요. 누가 문을 조금이라도 세게 닫을라치면 물 위의 새끼 농병아리처럼 놀라서 온몸을 떨어요. 그리고 벤윅은 하루 종일 그 애 옆에 붙어서 시를 읽어주거나 휘파람을 불어준답니다."

앤은 웃음을 참을 수 없었다. "찰스, 당신 취향이 아닌 건 분명해요. 알아요." 그녀가 말했다. "하지만 벤윅 대령은 멋진 청년인 것 같아요."

"그건 확실합니다. 의심의 여지가 없어요. 그리고 난 처형이 내가 세상 남자들이 다 나와 같은 취미를 갖고 즐기길 바랄 만큼 옹졸한 사람이라고 생각하지 않았으면 좋겠어요. 난 벤윅을 아주 높이 평가합니다. 누군가가 그 사람의 입을 열게만 한다면 그는 할 말이 엄청 많습니다. 독서가 해를 끼친 건 하나도 없지요. 많이 읽은 만큼 전투도 많이 치렀으니까요. 용감한 친굽니다. 지난 월요일 그 사람을 제대로 알게 되었습니다. 우리는 아버지의 큰 헛간에서 아침 내내 쥐잡기 시합을 했지요. 그

296

친구가 그 일을 너무 잘해서 그 이후로 난 그 친구가 더 좋아졌습니다."

이야기는 여기서 중단되었다. 찰스가 메리와 처가 식구를 뒤따르며 거울과 도자기에 감탄해야 했던 것이다. 하지만 앤은 그 정도면 충분히 들었기 때문에 지금 어퍼크로스에서 일이 어떻게 진행되는지 알게 되었고 그곳의 행복한 상황에 기뻐했다. 비록 기뻐하면서 한숨을 쉬었지만 그 한숨에는 부러움에서 나온 악의가 눈곱만큼도 없었다. 어퍼크로스 사람들 못지않은 자기의 행복도 말하려면 할 수 있었겠지만, 그런 말로 그들의 행복을 깎아내리고 싶지는 않았다.

그들의 방문은 전체적으로 아주 화기애애한 분위기 속에서 넘어갔다. 메리는 아주 기분이 좋아서 화려함과 변화를 만끽했다. 그리고 시어머니의 사두마차로 캠던 플레이스에 오게 된 것과 친정의 간섭에서 완전히 자유로운 처지라는 것에 아주 흡족한 상태였기 때문에 모든 것에 다 감탄하고 싶은 기분이었다. 그래서 그 집이 얼마나 멋진지 구석구석 설명이 나올 때 선뜻 빠져들었다. 그녀는 아버지나 언니에 대해 원하는 게 아무것도 없었다. 그녀의 지위도 그들의 멋진 응접실들 때문에 그만큼 올라갔던 것이다.

엘리자베스는 잠시 동안 아주 곤혹스러워하고 있었다. 머스그로브 부인과 같이 온 일행에게 식사를 함께 하자고 청해야 할 것 같았지만 식사를 하게 되면 달라진 생활 수준과 줄어든 시종 수가 드러날 수밖에 없는데, 늘 자기 식구보다 열등한 처

지였던 사람들에게 이런 상황을 보여주는 게 참기 힘들었던 것
이다. 예의범절과 허세 사이에 갈등이 일었다. 하지만 허세가
승리했고 엘리자베스는 다시 기분이 좋아졌다. 마음속에서 그
녀를 설득하는 소리는 이러했다. '구시대 사고방식이야. 지방
의 손님맞이 관습이지. 우린 저녁 만찬을 열지 않아. 바스에서
는 거의 안 하지. 레이디 얼리셔도 결코 하는 법이 없어서 친동
생의 시댁 식구한테도 안 했잖아. 한 달이나 와 있었는데. 어쩌
면 머스그로브 부인도 아주 불편할 거야. 아마 안 오고 싶어 할
걸. 우리와 함께 있는 게 거북하겠지. 모두들 저녁에 한 번 건
너오시라고 말씀드려야지. 그게 훨씬 낫겠다. 그건 색다른 경
험이고 특별한 대접이 될 거야. 그분들은 이렇게 멋진 거실 두
개를 본 적이 없을 테지. 내일 저녁 오라고 하면 기뻐할 거야.
제대로 된 파티가 되겠지. 작지만 아주 우아할 테니까.' 엘리자
베스는 이 생각이 마음에 들었다. 와 있던 두 사람에게 안 온
사람들과 같이 오라고 초대하니 메리 역시 아주 흡족해했다.
메리에게는 특히, 다행히 이미 오기로 되어 있는 엘리엇 씨도
만나보고 레이디 달림플과 카털릿 양에게 인사도 드리라는 말
을 했다. 그녀에게 그보다 더 고마운 환대는 없었을 것이다. 엘
리자베스는 예의상 아침나절에 머스그로브 부인을 찾아볼 예
정이었고, 앤은 찰스, 메리와 함께 머스그로브 부인과 헨리에
타를 만나러 바로 출발했다.

　레이디 러셀과 앉아 있으려는 계획은 지금으로서는 접어야
했다. 세 사람은 함께 잠시 리버스 거리에 들렀다. 하지만 앤은

작정했던 대화를 하루 정도 늦춘다고 크게 문제 되지는 않을 거라고 스스로를 타이르면서, 지난 가을 함께 어울렸던 친구들을 다시 보기 위해, 많은 기억으로 다져진 호의에서 나온 간절한 마음으로 화이트 하트로 발길을 재촉했다.

그들이 와보니 머스그로브 부인과 헨리에타가 두 사람만 안에 있었다. 앤은 두 사람에게서 살갑기 그지없는 환영을 받았다. 헨리에타는 최근의 좋아진 전망과 갓 결정된 결혼으로 마냥 들뜨고 행복한 바로 그런 상태였다. 그 때문에 이전에 자기가 좋아했던 모든 사람에게 배려와 호기심이 넘쳐났다. 그리고 앤은 그들이 고통에 빠져 있을 때 베풀었던 도움 덕에 머스그로브 부인의 진심 어린 애정을 이미 얻어놓고 있었다. 앤은 활기와 온정, 진심이 더욱더 반가웠다. 왜냐하면 슬프게도 자신의 집에는 그런 게 없었기 때문이다. 앤은 그들로부터 오래 있다 가라는 간청을 받았다. 매일 하루 종일 와 있으라고 했다. 아니 가족이나 마찬가지라고 주장했다. 그 보답으로 그녀는 몸에 밴 배려를 보여주었고 도움의 손길을 건넸다. 그들만 남겨두고 찰스가 자리를 뜨자 그녀는 머스그로브 부인으로부터는 루이자에 대한 이야기를, 헨리에타로부터는 본인의 이야기를 들었다. 그녀는 그들의 볼일에 대한 자신의 생각을 말하고 물품 구입에 좋은 가게를 추천했다. 그 와중에 메리는 이따금씩 리본을 고쳐달라, 계산을 봐달라, 열쇠를 찾아달라, 자질구레한 장신구 소품을 정리해달라며 사사건건 도움을 청했다. 그리고 사람들이 자기를 잘못 대하지나 않는지 확인하려고 했는데,

거의 창가에 붙어 펌프 사교장* 입구를 내려다보는 데 몰두해 있는 메리는 그런 상상밖에 달리 할 게 없었다.

완전히 혼란스러운 아침이 펼쳐질 예정이었다. 호텔에 많은 인원이 단체로 머물면 언제 무슨 일이 일어날지 모르는 법이다. 5분 있으니 전갈이 오고, 그다음엔 소포가 도착했다. 앤이 거기 있은 지 30분이나 될까 했을 때 원래 널찍한 객실 식당이 반 이상 찬 것 같았다. 머스그로브 부인의 오랜 친구들 일행이 그녀 주위에 앉았다. 그리고 찰스가 하빌 대령, 웬트워스 대령을 대동하고 돌아왔다. 그 순간 웬트워스 대령의 등장만큼 놀랄 일은 없었을 것이다. 그녀는 이렇게 서로가 아는 지인들이 왔으니 조만간 그와 마주칠 수밖에 없겠구나 하는 생각을 하지 않을 수 없었다. 지난번 만남은 그의 감정을 여는 데 아주 중요했다. 그 만남에서 그녀는 기쁨에 넘치는 확신을 얻었었다. 하지만 그의 모습을 보면서, 연주회장을 서둘러 떠나게 만들었던 그 유감스러운 믿음 때문에 그가 여전히 자신의 감정을 제어하고 있는 건 아닌지 두려웠다. 그는 이야기를 나눌 만큼 가까이에 있고 싶은 것 같지 같았다.

그녀는 마음을 가라앉히려 하면서 모든 게 순리대로 흘러가도록 놔두었다. 그리고 이성적인 믿음에 근거한 이런 주장을

---

*바스의 사교장으로 이용되었던 건물로 1789년에 짓기 시작하여 1799년에 완공되었다. 바스의 광천수를 마실 수 있는 대형 공간으로 그 이름도 건물 지하에 설치된 펌프들에서 따왔다. 코린토식과 이오니아식이 섞인 건축 양식을 사용하고 있으며 역사적 가치를 인정받아 영국 정부에 의해 보존 건물로 지정되었다.

깊이 생각해보려 했다. '두 사람 다 애정이 변함없다면 분명히 우리는 머잖아 서로를 반드시 이해하게 되어 있어. 우리는 트집 잡아 짜증내고, 실수할 때마다 오해하고, 경솔하게 사랑에 빠지는 철없는 소년 소녀가 아니니까.' 그렇지만 몇 분이 지나자, 그녀는 같이 어울리면서 이런 상태로 있으면 위험한 실수만 저지르고 좋지 않은 오해만 살 것 같았다.

"앤." 여전히 창가에 있던 메리가 소리쳤다. "저기 클레이 부인이야. 확실해. 주랑 아래 한 신사분과 같이 서 있어. 바스 거리에서 막 모퉁이를 도는 게 보여. 이야기에 심취해 있는 것 같은데. 누구지? 와서 말해줘. 세상에! 생각났어. 바로 엘리엇 씨야."

"그럴 리가." 앤이 재빨리 소리쳤다. "엘리엇 씨일 리 없어. 그는 오늘 아침 9시에 바스를 떠났어. 내일이라야 돌아와."

그 말을 하면서 앤은 웬트워스 대령이 자기를 쳐다보는 걸 느꼈다. 그의 시선이 느껴지자 그녀는 혼란스럽고 당황스러웠다. 단순한 사실일 뿐인데 너무 많은 걸 말했나 싶어서 후회가 됐다.

메리는 자기 재종도 못 알아보는 사람으로 여겨지는 것에 화가 나서 열심히 가족 특성을 들먹여가며 그 사람이 엘리엇 씨가 틀림없다고 더 확실한 어조로 말했다. 그리고 앤을 다시 부르며 와서 직접 보라고 말했다. 하지만 앤은 움직일 마음이 없었고 침착하게 신경 쓰지 않으려 했다. 하지만 거기 와 있던 여자들 두세 명 사이에 마치 무언가 안다는 듯 미소와 눈빛이

스치는 게 느껴지자마자 다시 괴로워졌다. 자신과 관련한 소문이 퍼진 게 틀림없었다. 잠시 침묵이 이어졌다. 이것 때문에 소문이 분명 더 커질 것 같았다.

"와보라니까, 앤." 메리가 소리쳤다. "와서 직접 봐. 빨리 안 오면 놓칠 거야. 둘이 헤어지려 해. 악수를 하고 있어. 그가 돌아서 가버리잖아. 엘리엇 씨를 모른다니, 정말! 라임에서 있었던 일을 모조리 잊어버렸나 봐."

앤은 메리를 달래고 당황한 모습을 감추기 위해 소리 없이 창가로 갔다. 때맞춰 그 사람이 정말 (결코 그럴 리가 없다고 믿었던) 엘리엇 씨인 걸 확인하고 나니, 그가 한쪽으로 사라졌고 클레이 부인은 재빨리 다른 쪽으로 걸어갔다. 원하는 게 완전히 정반대인 두 사람의 다정해 보이는 그런 만남에 놀라움을 금할 수 없었지만 그걸 가까스로 억누르며 그녀가 조용히 말했다. "그래, 엘리엇 씨가 분명해. 출발 시간을 바꿨나 보지. 그것뿐이야. 아니면 내가 잘못 알았을 수도 있고. 내가 주의 깊게 안 들었나 봐." 그런 다음 훌륭하게 처신했다고 믿으면서 마음을 가라앉히고 자기 자리로 되돌아갔다.

방문객들이 떠났다. 정중하게 그들을 전송하고 나서 그들이 찾아온 데 대해 싫은 내색과 싫은 소리를 하던 찰스가 이런 말을 꺼냈다.

"음, 어머니, 제가 어머니를 위해 좋아하실 일을 좀 했습니다. 극장에 가서 내일 공연을 위해 특별석을 예약했습니다. 착한 아들 아닙니까? 어머니는 연극을 좋아하시잖습니까. 우리 모두 들어갈 좌석이 있었습니다. 9인석입니다. 웬트워스 대령도 말해놓았습니다. 앤도 합석에 무리가 없을 겁니다. 다들 연극을 좋아하니까요. 잘했지요, 어머니?"

머스그로브 부인은 기분이 좋아서 헨리에타와 다른 사람들도 좋다면 당장 보러 갈 준비가 되어 있다고 말할 참이었다. 그때 메리가 흥분하여 끼어들었다.

"세상에, 찰스! 어떻게 그런 생각을 할 수 있어요? 내일 밤 특별석이라니! 내일 밤 캠던 플레이스에 가기로 한 것 잊었어요? 레이디 달림플과 따님, 그리고 엘리엇 씨를 만나게 해주려고 특별히 오라고 한 거 말이에요. 다들 아주 중요한 친척이라 일부러 인사시켜준다고 한 거잖아요. 어쩜 그렇게 잘 잊어먹어요?"

"쳇! 쳇!" 찰스가 응수했다. "저녁 파티가 대수라고. 기억할 가치도 없어. 장인이 우릴 보고 싶었다면 정찬에 오라고 했을 거야. 당신은 좋을 대로 해. 난 연극 보러 갈 테니."

"어머! 찰스, 가기로 해놓고 당신이 만약 그런다면 정말 끔찍할 거예요."

"아니, 난 간다고 하지 않았어. 그냥 히죽 웃고 인사하면서 '기쁘다'는 말만 했지. 간다는 말 같은 건 없었어."

"하지만 가야 해요, 찰스. 가지 않으면 용서받지 못할 거예요. 일부러 인사하기로 했단 말이에요. 달림플 가문과 우린 항상 아주 잘 지냈어요. 특별한 행사가 있을 때 양 쪽 집안에 즉시 알리고요. 우린 꽤 가까운 친척이란 말이에요. 엘리엇 씨도

요. 당신이 특히 안면을 익혀야 하는 사람이죠! 엘리엇 씨의 일
거수일투족이 관심의 대상이에요. 아버지의 상속자에다 향후
우리 가족의 대표가 될 사람이란 걸 생각해요."

"나한테 상속자니 대표니 하는 말 하지 마." 찰스가 소리쳤
다. "난 새로 떠오르는 세력에 잘 보이겠다고 현 권력을 무시하
는 그런 사람이 아니야. 장인 때문에 가지 않는다 해놓고는 장
인의 상속자 때문에 가는 건 말이 안 되지. 엘리엇 씨가 나한테
뭔데 그래?"

마구 내뱉는 말이 앤에게는 구원이었다. 그녀는 웬트워스
대령이 진심을 다해 눈과 귀를 열고 온 신경을 집중하는 걸 보
았다. 그리고 찰스의 마지막 말에 왜 그러느냐는 듯한 눈길을
자신에게 보내는 걸 보았다.

찰스와 메리는 아직 각자의 태도를 고수한 채 계속 말했다.
찰스는 반은 진지하게, 반은 장난스럽게 연극을 보러가겠다고
주장했다. 메리는 여전히 진지한 태도로 남편의 의견을 반박하
면서 캠던 플레이스에 가겠다는 자기 결심이 아무리 확고하다
해도 식구들이 자기만 뺀 채 연극을 보러 간다면 자긴 제대로
대우받지 못하는 기분이 들 거라는 말을 빠트리지 않았다. 머
스그로브 부인이 중재에 나섰다.

"연극 관람은 연기하는 게 좋겠다. 찰스, 가서 화요일로 좌
석을 바꾸는 게 좋겠어. 사람들이 나뉘는 건 애석한 일이지. 그
리고 집에서 파티가 있다면 앤 양도 못 오게 되지 않겠니. 앤
양이 오지 않으면 나도 헨리에타도 연극을 즐길 수 없을 거야."

앤은 부인의 자상함에 진심으로 고마운 마음이 들었다. 게다가 이런 말까지 확실히 할 수 있게 되었으니만큼 더욱 고마웠다.

"저 때문에 그러시는 거라면, 오늘 저녁 파티는 (메리가 가고 싶다는 것 말고는) 전혀 문제 될 게 없을 거예요. 전 그런 종류의 파티가 전혀 즐겁지 않아요. 그 대신 여러분들하고 연극을 보러 간다면 무척 기쁠 겁니다. 그렇지만 아무래도 그렇게 하지 않는 게 좋을 것 같아요."

그녀는 말해버렸다. 하지만 말을 끝내자 자기 말을 누군가가 듣고 있다는 느낌에 몸이 떨렸고, 그 말에 어떤 반응이 나올지 지켜볼 엄두조차 내지 못했다.

이윽고 화요일로 하자는 데 의견이 일치되었다. 찰스만은 아내의 약을 올리느라 확답은 않은 채, 가는 사람 아무도 없더라도 자기는 내일 연극 보러 가겠다고 계속 끈질기게 말했다.

웬트워스 대령이 자기 자리를 벗어나 난롯가로 갔다. 이내 거길 떠나서 표시나지 않게 앤 옆으로 가려는 속셈이었던 것이다.

"바스에 머문 지 오래되진 않으셨죠." 그가 말했다. "이곳의 파티를 좋아할 만큼 말입니다."

"오! 그래요. 파티라는 것에 전 별로 끌리지 않아요. 카드를 못하니까요."

"예전에 그랬지요. 압니다. 카드를 좋아하지 않았지요. 하지만 시간이 지나면 많은 게 변하지 않습니까."

"전 별로 변하지 않았어요." 앤이 목소리를 높였다. 그러더니 그가 무슨 오해를 할지 모른다는 생각에 두려워서 말을 멈추었다. 잠시 가만히 있던 그가 말했다. 마치 즉흥적인 감정에서 나온 말 같았다. "사실 긴 시간이지요! 8년 반입니다!"

그가 말을 더 했을지 어쨌을지는 앤이 좀 더 조용한 시간에 곰곰이 생각해봐야 했다. 여전히 그의 말소리가 들리고 있는데 헨리에타가 그녀를 깜짝 놀래키며 다른 얘길 꺼냈던 것이다. 헨리에타는 다른 사람이 찾아오기 전에 지금 한가한 시간을 이용하여 얼른 나가자면서 다른 일행들을 불렀다.

그들은 어쩔 수 없이 나가야 했다. 앤은 아무 문제없이 준비됐다면서 그런 것처럼 보이려 애썼다. 하지만 의자에서 일어나 방을 나갈 준비를 하면서 의자를 벗어나기가 아쉽고 싫었다. 이런 마음을 헨리에타가 알았다면, 그녀도 든든한 찰스 헤이터의 사랑 속에 그에게 온통 빠져 있으니, 가여운 자기 마음을 이해하지 않았을까 하는 생각이 들었다.

하지만 나갈 준비를 하던 그들은 곧 멈췄다. 심상치 않은 소리가 들렸다. 다른 방문객들이 찾아왔던 것이다. 문이 활짝 열리면서 월터 경과 엘리자베스가 들어왔다. 그들의 등장에 냉기가 싹 도는 것 같았다. 앤은 순간적으로 가슴이 답답해졌다. 어느 쪽을 보나 비슷한 반응이었다. 방 안에 넘치던 편안함, 자유, 활기가 사라졌다. 표정이 굳어졌고, 입을 굳게 닫거나 아니면 무미건조한 말을 건네며 차가운 태도의 아버지와 언니를 맞이했다. 이런 반응이라니 창피한 일 아닌가!

조심스럽게 살피는 그녀의 눈에 한 가지는 만족스러웠다. 두 사람이 웬트워스 대령을 알은 체했던 것이다. 엘리자베스는 이전보다 좀 더 살가웠다. 그의 이름을 한 번 부르기까지 했고 몇 번은 그를 바라보았다. 엘리자베스는 사실 대단한 걸 생각하고 있었다. 뒤이은 행동을 보면 이해가 됐다. 별 내용도 없는 인사치레가 오고가느라 몇 분이 소요된 뒤 그녀가 머스그로브 씨 댁에 되갚아야 할 초대 의무를 몽땅 청산해줄 초대장을 나눠주기 시작했다. "내일 저녁이에요. 지인들 몇 분만 모이는 거랍니다. 전혀 격식 차린 파티가 아니에요." 아주 정중한 초대였다. 그녀가 스스로 마련해온 "엘리엇 양"이라고 적힌 초대장들이 공손한 미소와 함께 모두를 향해 탁자 위에 놓였다. 한 번의 미소와 한 장의 초대장은 더 분명하게 웬트워스 대령을 향했다. 사실 엘리자베스는 웬트워스 대령 같은 분위기와 모습을 지닌 남자의 신분이 어느 정도인지 알 만큼은 바스에 있었다. 과거는 아무 문제될 게 없었다. 현재 웬트워스 대령이 자기 거실을 거닐며 돌아다니게 될 거라는 사실이 중요했다. 그에게 유별스레 초대장을 건네주더니 월터 경과 엘리자베스는 일어서서 사라졌다.

　　방해는 짧았다. 그렇지만 강렬했다. 그들이 나가고 문이 닫히자 방 안에 남은 사람들 대부분이 다시 심적 안정과 활기를 찾았지만 앤은 아니었다. 그녀는 놀란 눈으로 지켜본 그 초대 말고는 딴 생각을 할 수 없었다. 초대장을 받아들던 그 태도밖에 떠오르지 않았다. 그 태도는 의미를 알 수 없는, 만족감이라기보다는 경악, 초대의 수락이라기보다는 초대에 대한 의례적인 감사에 가까운 것이었다. 그녀는 그를 알고 있었다. 그녀는 그의 눈에서 경멸감을 보았다. 그랬기에 과거에 저질렀던 온갖 무례에 대한 속죄와도 같은 그런 초대를 그가 수락하기로 한 것이라고는 감히 생각할 수가 없었다. 그녀는 기운이 빠졌다. 그는 그들이 나간 뒤에도 초대장을 손에 쥐고 있었다. 마치 그 초대장에 대해 깊이 생각하고 있는 듯했다.

"멋지잖아. 엘리자베스가 모두를 초대했어!" 메리가 대놓고 다 들리게 속삭였다. "웬트워스 대령도 기쁜 게 틀림없어! 보다시피 초대장을 손에서 놓지 못하고 있어."

앤은 그와 눈길이 마주쳤다. 그의 뺨이 붉어지고 입술에 경멸감이 얼핏 서리는 게 보였다. 그녀는 더 이상 이런 심란한 상황을 보지도, 듣지도 않으려고 고개를 돌렸다.

일행은 나뉘어졌다. 남자들은 자기들 하고 싶은 걸 했고 여자들도 나름대로 할 일을 계속했다. 그들은 앤이 여자들과 있는 동안에는 더 이상 합석하지 않았다. 앤은 다시 와서 저녁 먹고 나머지 시간을 같이 보내자는 간청을 받았다. 하지만 그녀는 너무 오랜 시간 온 신경을 쏟은 터라 지금으로서는 더 이상은 무리일 것 같았다. 겨우 집에만 갈 수 있을 것 같았다. 거기서는 자기가 원하는 만큼 조용히 있을 수 있다는 걸 그녀는 알고 있었다.

그녀는 다음 날 아침나절에 그들과 있어주기로 약속한 뒤 현재의 피곤한 상태를 마감하고 캠던 플레이스를 향해 힘든 발걸음을 옮겼다. 거기서는 주로 엘리자베스와 클레이 부인으로부터 내일의 파티를 위한 분주한 준비 사항을 들으면서 보냈다. 초대 손님들의 이름이 뻔질나게 불렸고, 어떻게 하면 장식이 더 좋아질지에 대한 의견이 계속 나왔다. 이 모두가 바스에서 가장 품위 있는 파티를 만들기 위한 것이었다. 그러는 한편 그녀는 웬트워스 대령이 올지 안 올지에 대해 끊임없이 자문하며 남몰래 혼자 속을 썩이고 있었다. 그들은 그가 온다고 확신하고 있었다. 하지만 그녀에게 그 문제는 잠시도 쉬지 않고 신경을 들쑤시는 걱정이었다. 대체적으로 봐서 오는 게 도리니까 올 것 같기도 했지만, 그가 사교적 관례를 따를지 아니면 본인의 신중한 판단을 따를지는 한쪽 기분을 무시할 수 없는 만큼 쉽사리 예단할 수 없는 문제였다.

그녀는 이렇게 좌불안석하며 고심에 빠졌다가 겨우 정신이 들자 클레이 부인에게 그녀가 바스 바깥에 있어야 하는 엘리엇 씨와 세 시간 전에 같이 있는 걸 봤다고 말했다. 클레이 부인이 먼저 그 만남에 대해 넌지시 말을 꺼낼까 싶어서 지켜봤으나 아무 말도 나오지 않았기 때문에 자신이 말을 해야겠다고 마음먹었던 것이다. 앤이 보기에 자신의 말을 듣는 클레이 부인의 얼굴에 찔리는 듯한 표정이 서린 것 같았다. 표정은 순간적으로 나타났다가 금세 사라졌다. 하지만 앤은 그녀가 (두 사람의 공통적인 계략에 어느 정도 관련이 있어서거나 아니면 그의 고압적인 위세에 눌려서) 월터 경에 대한 자신의 수작에 대한 잔소리와 제지 사항을 (30분가량) 듣고 있을 수밖에 없었고, 조금전의 표정은 그 사실을 의식한 결과라는 느낌이 들었다. 하지만 그녀는 아무 일도 아니라는 듯 이렇게 소리쳤다.

"어머 세상에! 맞아요. 앤 양, 생각해보세요. 바스 거리에서 엘리엇 씨를 만나다니 얼마나 놀랐겠어요! 그렇게 놀란 적도 없어요. 그가 발걸음을 되돌려 펌프 사교장 앞 큰길까지 같이 걸어가주었어요. 손버리로 출발하지 못했더라고요. 하지만 뭣 때문인지는 잊어버렸어요. 경황이 없어서 잘 듣지도 못했어요. 돌아오는 시간에 늦지 않겠다고 한 것은 기억나요. 자기가 얼마나 빨리 입장할 수 있는지 알고 싶어 했어요. '내일' 생각뿐이던걸요. 저도 그랬나 봐요. 이 집에 들어와 지내게 되고 앤 양이 좀 더 있게 된 거하며 또 그사이 온갖 일들을 알게 된 뒤부터요. 그렇지 않고서야 그분을 만난 걸 그렇게 깡그리 잊고 있진 못했을 거예요."

11

스미스 부인과 앤이 대화한 지 겨우 하루가 지났다. 하지만 더 예리한 관심이 생겨나 있었다. 하지만 그 관심은 이제 엘리엇 씨가 특정인들을 대할 때로 국한되었기 때문에 다음 날 아침, 레이디 러셀을 방문해 상의하려던 계획이 계속 미뤄지는 건 당연한 일이었다. 그녀는 머스그로브 씨 가족에게 아침부터 저녁까지 내내 같이 있어준다고 약속을 했었다. 간다고 약속을 해놓았으니, 엘리엇 씨의 평판은 술탄의 아내 세헤라자데*처럼 하루 더 목숨을 부지하게 된 것이다.

하지만 앤은 약속을 그대로 지킬 수 없었다. 날씨가 좋지 않았다. 그녀는 친구들이 기다리는 걸 생각하며 내리는 비를 애석해했고, 그런 마음을 혼자서만 느끼고 있다가 비로소 나갈 수 있게 되었다. 화이트 하트에 도착해서 그들의 방으로 올라갔을 때 그녀는 자기가 제시간에 온 것도 아닐 뿐더러 첫 방문객이 아니라는 걸 알았다. 그녀의 눈앞에 머스그로브 부인과 크로프트 부인이, 웬트워스 대령과 하빌 대령이 서로 이야기를 하고 있었다. 메리와 헨리에타가 자기를 못 기다리고 날씨가 개자마자 밖으로 나가면서, 머스그로브 부인에게 곧 돌아올 테니 그때까지 자길 붙들어두라는 준엄한 명령을 남겼다는 말을 들었다. 그녀는 그 말에 따라 아무렇지도 않은 척 앉아 있어야 했고, 아침이 끝나기 전에 그저 약간 맛보리라 예상했던 불안 속으로 단숨에 빠져든 느낌이었다. 더 기다릴 것도 없었고 허비될 시간도 없었다. 즉석에서 그런 고통의 행복, 아니 그런 행복의 고통 속에 깊이 빠져 있었다. 방을 들어선 후 2분쯤 지나자 웬트워스 대령이 말했다.

"얘기하던 편지를 지금 쓰도록 하세, 하빌. 필기도구가 있으

---

*〈천일야화〉의 화자이자 여주인공. 아내의 배신으로 여성을 증오하게 된 술탄 샤푸리는 아내를 맞은 다음 그다음 날 아침 죽여 버리는 일을 계속했다. 나라 안 처녀들이 씨가 마를 지경이 되자 대신의 딸인 현명한 세헤라자데가 자진하여 술탄과 결혼한다. 그녀는 매일 밤 신비로운 이야기를 들려주며 하루씩 생명을 연장했고 결국 왕의 마음을 돌려놓는 데 성공한다.

면 말이야."

필기도구 일습이 바로 옆, 별도의 탁자에 놓여 있었다. 그가 탁자로 가더니 등을 완전히 돌리다시피 한 채 편지 쓰는 일에 몰두했다.

머스그로브 부인은 크로프트 부인에게 장녀의 약혼에 얽힌 이야기를 해주고 있었다. 속삭이는 것처럼 보이려 했지만 다 들으라는 듯 부자연스러운 어조였다. 앤은 자기는 대화에 끼지 못한 것 같았다. 그런데 하빌 대령이 생각에 잠겨 말할 기분이 아닌 것 같았기에 그녀는 별 수 없이 원치도 않은 내막을 듣고 있을 수밖에 없었다. 머스그로브 부인의 남편과 형부가 결혼 애길 하느라 어찌어찌 여러 번 만났고, 어느 날 형부가 여차여 차한 애길 하니까 그다음 남편이 여차여차한 제안을 했고, 그 런 다음 언니에게 여차여차한 일이 일어났고 그다음 딸과 찰스가 여차여차하길 원했고, 처음에 자기는 여차여차하니 절대 찬성할 수 없다고 했지만 그 뒤 잘 살 거라고 마음이 바뀌었다는 그런 내용이었다. 세세한 데까지 아주 솔직하게 털어놓는 특유의 방식이었다. 마음씨 좋은 머스그로브 부인에게 부족한 취향과 우아함까지 들어 있는 이 소상한 이야기에 흥미를 느낄 사람은 아마 결혼 당사자들밖에 없을지 몰랐다. 크로프트 부인은 아주 기분 좋게 듣고 있었다. 그녀는 여하튼 하는 말마다 아주 사려분별이 있었다. 앤은 웬트워스 대령과 하빌 대령은 각자 자기 일에 몰두하느라 이런 이야기는 듣지 않기를 바랐다.

"그래서, 부인, 이 모든 걸 고려했죠." 머스그로브 부인이 다

들리는 귀엣말을 했다. "그래도 우린 좀 다르게 하고 싶었는데, 다 생각해보니 더 이상 반대하는 건 옳지 않더군요. 찰스 헤이터가 혼사에 아주 적극적이었고 헨리에타도 그 못지않게 열렬했거든요. 그래서 우린 그전에도 많은 사람들이 그랬듯, 힘들지만 가급적 두 사람을 즉시 결혼시키는 게 좋겠다고 생각한 거예요. 어쨌든 약혼 상태로 오래 있는 것보다 좋다고 내가 그랬어요."

"내 말이 그 말이에요." 크로프트 부인이 목소리를 높였다. "난 젊은 사람들을 약혼 상태에 오래 두느니 수입이 적어도 즉시 결혼시키겠어요. 그다음 함께 경제적 어려움을 헤쳐 나가도록 하겠어요. 난 항상 양쪽의……."

"오! 크로프트 부인." 그녀가 말을 끝낼 새도 없이 머스그로브 부인이 외치며 끼어들었다. "젊은 사람들의 질질 끄는 약혼보다 끔찍한 건 없어요. 그건 내가 늘 내 아이들에게 반대했던 거랍니다. 난 젊은이들이 약혼하는 건 좋다고 말하는 쪽이었어요. 6개월이나, 하다못해 1년 있다가 결혼할 수 있다면 좋아요. 하지만 약혼을 질질 끌다니요!"

"그래요, 부인." 크로프트 부인이 말했다. "아니면 불확실한 약혼요. 기약 없는 약혼 말이에요. 결혼할 돈 한 푼 없는 그런 때에 그 사실도 모르고 약혼부터 해놓는 건 아주 위험하고 어리석다고 생각해요. 그리고 그런 건 부모가 될 수 있으면 막아야한다고 봐요."

앤은 이 대목에서 예상치 못한 관심이 생겼다. 그녀는 그게 자기 이야기 같아서 온 몸에 전율이 이는 걸 느꼈다. 그리고 본능에 따라 반사적으로 좀 떨어져 있는 탁자로 그녀의 시선이 돌아간 순간 웬트워스 대령의 펜이 멈추더니 그의 고개가 올라갔다. 그가 잠깐 귀를 기울이는가 싶더니 바로 몸을 돌려 그녀를 향해 재빨리 의식적인 눈길을 던졌다.

두 여인은 계속 이야기하면서 이미 아는 똑같은 이야기를 힘주어 반복했고 자기들이 지켜보았던 불확실한 약혼의 나쁜 예들을 강조했다. 하지만 앤의 귀에는 아무 소리도 분명하지 않았다. 귀에는 그저 단어들이 윙윙거렸고 머릿속은 뒤죽박죽이었다.

사실 아무 소리도 듣고 있지 않던 하빌 대령이 그때 자리에서 일어나 창가로 이동했다. 그를 바라보는 듯했던 앤은 완전히 넋을 놓고 있었던 터라 한참만에야 그가 자기를 오라고 하고 있다는 사실을 알아차렸다. 그가 그녀에게 웃음을 짓더니 살짝 고갯짓을 했다. '와보십시오. 할 얘기가 있습니다'라는 표시였다. 실제보다 더 오래된 지인 같이 자연스럽고 편한 표정을 지었기 때문에 가봐야겠다는 생각이 더 들었다. 그녀는 일어나서 그에게로 갔다. 그가 서 있던 창은 두 여인이 앉아서 이야기를 나누고 있는 방의 다른 끝 쪽이었고, 웬트워스 대령이 있는 탁자와 더 가까웠지만 아주 가깝지는 않았다. 하빌 대령의 얼굴에 다시 특유의 진지하고 생각에 잠긴 표정이 나타났다.

"이걸 보세요." 그가 손에 든 소포를 펼쳐 아주 작은 세밀화를 보여주며 말했다. "누군지 아십니까?"

"그럼요. 벤윅 대령이네요."

"그렇습니다. 누굴 위한 건지도 아시겠군요. 하지만 이 그림은 (깊은 저음으로) 그 아가씨를 위한 게 아니었습니다. 앤 양, 우리가 라임에서 함께 걸어가며 벤윅 대령 때문에 비감에 젖었던 일 기억나십니까? 그땐 별 생각 없었지요. 하지만 다 끝났습니다. 이건 희망봉에서 그린 겁니다. 그 친구는 거기서 재능 있는 젊은 독일인 화가를 만나, 불쌍한 내 여동생과의 약속을 지키려고 그 화가 앞에 앉았지요. 그리고 그걸 여동생에게 주려고 집으로 가져오고 있었어요. 그런데 지금 난 다른 사람을 위해 이 초상화의 펜던트 틀을 만드는 책임을 맡았습니다. 그게 제 임무가 되다니요. 하지만 달리 누구에게 맡긴단 말입니까? 내가 그 친구를 위한 아량을 베풀 수 있다면 좋겠습니다. 이 일을 딴 사람에게 넘기는 게 사실 유감스럽지는 않아요. (웬트워스 대령을 바라보며) 저 친구가 지금 그 일로 편지를 쓰고 있습니다." 그리고 입술을 떨며 자기 이야기를 마무리하더니 마지막으로 이렇게 덧붙였다. "불쌍한 패니! 내 여동생은 그 친구를 그렇게 금방 잊어버리진 않았을 겁니다!"

"그럼요." 앤이 숙연한 어조로 말했다. "안 그랬을 거라고 믿어요."

"천성적으로 못 합니다. 여동생은 그 친구에게 홀딱 빠져 있었지요."

"진짜 사랑에 빠진 여자라면 당연히 그러지 않을 겁니다."

하빌 대령은 마치 '같은 여자를 대신해서 하는 말입니까?'라고 물으려는 듯 미소를 지었다. 그녀 역시 미소를 지으며 이렇게 대답했다. "네, 우리 여자들은 분명 남자들이 잊는 만큼 그렇게 금방 잊어버리지 않습니다. 그건 우리가 뛰어나서가 아니라 아마 그게 우리의 운명이기 때문일 거예요. 어쩔 수가 없는 걸요. 우린 집 안에 조용히 갇혀 살아갑니다. 그리고 감정 때문에 괴로움을 당합니다. 남자들은 억지로 힘을 내지요. 남자들은 언제나 직업과 목표가 있고 무언가 몰두할 일이 있어서 즉각 세상 일로 복귀합니다. 끊임없이 할일이 있고 환경도 변하니 상실의 기억은 금방 약해져요."

"세상사로 남자들이 그렇게 금방 잊는다는 앤 양의 주장이 사실이라 하더라도(하지만 난 그렇게 생각하지 않습니다), 벤윅 대령에게는 적용되지 않습니다. 그 친구는 어쩔 수 없이 힘을 내야 하는 경우가 아니었어요. 힘을 내야 했던 그 순간 평화 협정 덕분에 뭍으로 돌아왔고, 그때부터 그는 쭉 우리 가정의 테두리 안에서 우리와 함께 살았습니다."

"맞아요." 앤이 말했다. "그렇네요. 제가 기억을 못했네요. 하지만 지금 우리가 무슨 말을 하겠어요? 외부 상황 때문에 변한 게 아니라면 필시 내부에서 변했겠죠. 벤윅 대령을 변하게 한 건 필시 본성, 남자의 본성일 겁니다."

"아니, 아닙니다. 그건 남자의 본성이 아닙니다. 본래 여자보다 남자가 더 지조가 없고 사랑하는, 아니 사랑했던 사람을 더 잘 잊는다는 말은 인정하지 않겠습니다. 난 그 반대라고 믿습니다. 난 신체 구조와 정신 구조 사이의 진짜 비유를 믿습니

316

다. 신체가 아주 강한 만큼 감정도 강하다는 거지요. 극도의 육체적인 시달림을 견뎌내고 강한 비바람을 이겨낼 수 있었던 신체니까요."

"어쩌면 남자들의 감정이 가장 강할지도 모르겠습니다." 앤이 대답했다. "하지만 대령님의 비유를 똑같이 쓴다면 우리 여자들의 감정이 가장 섬세하다고 주장할 수 있어요. 남자는 여자보다 강해요. 하지만 여자보다는 덜 오래 가죠. 바로 이런 이유로 제가 남자들의 애정을 그렇게 보는 거랍니다. 글쎄, 안 그러면 남자들이 너무 힘들지 않겠어요. 남자들에겐 맞서 싸워야 할 곤경과 결핍 그리고 위험이 충분히 많을 겁니다. 남자들은 모든 위험과 고난 속에서 항상 피땀을 흘리죠. 가정과 조국, 친지들을 모두 떼어 놓은 채 말이죠. 젊음도 건강도 삶도 온전히 당신들 거라 부를 수 없어요. 사실 너무 힘들겠죠. (떨리는 목소리로) 이 모든 악조건에 감정까지 여자 같다면 말이에요."

"이 문제는 절대 의견일치를 볼 수 없겠군요." 하빌 대령이 이렇게 말을 꺼냈다. 그때 작은 소리 하나가 지금까지 가장 조용하던 웬트워스 대령 쪽으로 신경을 잡아당겼다. 펜 떨어지는 소리에 불과했지만 앤은 그가 생각보다 가까이 있다는 걸 알고 깜짝 놀랐다. 그리고 그가 말소리를 들어보려 하면서 자기들의 대화에 집중하고 있었기 때문에 펜이 떨어진 게 아닌가 하는 생각이 살짝 들었다. 그래도 그가 자신의 말을 들었을 것 같지는 않았다.

"편지는 다 끝냈나?" 하빌 대령이 물었다.

"다는 아니고, 몇 줄 남았어. 5분이면 끝날 거야."

"내 쪽에선 급할 게 없어. 자네만 다 끝나면 난 기꺼이 준비되어 있으니까. 난 여기 아주 훌륭한 정박지에 있다네. (앤을 보고 웃으면서) 보급품도 훌륭하고, 부족한 게 전혀 없어. 서둘러 신호 보낼 필요 전혀 없다네. 그건 그렇고, 앤 양. (목소리를 낮추며) 내가 말했다시피 이 문제는 결코 의견 일치를 보지 못할 겁니다. 그 어떤 남자나 여자라 하더라도 아마 힘들 겁니다. 하지만 지나온 역사가 전부 여자들에게 불리하다는 말을 하고 싶군요. 소설이나 산문, 시들이 다 그렇습니다. 내가 벤윅만큼 기억력이 좋다면 내 주장을 뒷받침할 인용구 50개 정도는 제시할 수 있을 겁니다. 그리고 살면서 책을 들었다 하면 여자들의 변심에 대한 내용이 나왔던 것 같습니다. 노래나 속담, 모든 게 여자의 변덕에 대한 것들이죠. 하지만 앤 양은 어쩌면 이게 다 남자들이 쓴 거라고 말할지도 모르겠습니다."

"아마 그럴 겁니다. 맞아요. 괜찮으시다면 책에 나오는 얘기는 하지 않도록 해요. 남자들은 본인들에 대한 이야기를 하니까 여자들보다 모든 부분이 유리했지요. 교육도 남자가 많이 받았어요. 펜을 든 것도 남자들이었고요. 책으로 무언가를 증명하는 건 인정하지 않을래요."

"그렇다면 우린 어떻게 증명하지요?"

"결코 못할 거예요. 그 점에 대해 무언가를 증명하는 건 불가능해요. 이건 증명의 여지가 없는 의견 차이니까요. 시작부터 우린 다 자기 성별에 약간 편견을 지니고 있어요. 그리고 그런 편견을 바탕으로 우리가 속한 사회 안에서 일어나는 모든 상황을 그에 유리하게 해석합니다. 많은 경우 (아마 가장 충격을 주는 그런 경우들일 텐데) 우리는 비밀을 발설하거나, 어떤 경우엔 말해서는 안 되는 걸 말하지 않고는 정확히 예로 들 수가 없으니까요.”

“아!” 하빌 대령이 격한 어조로 탄식을 했다. “남자가 자기 아내와 아이들을 마지막으로 일별한 뒤 그들을 실은 거룻배가 시야에서 사라질 때까지 바라보는 심정이 얼마나 찢어지는지 앤 양을 이해시킬 수 있다면 얼마나 좋겠습니까. 남자는 돌아서서 말하죠. ‘다시 만날 수나 있을지!’ 그리고 가족을 다시 만날 때 남자가 얼마나 큰 행복감에 젖는지 앤 양은 모릅니다. 1년쯤 나가 있다 돌아오면서 피치 못할 사정으로 다른 항구로 입항하게 되면 남자는 얼마나 빨리 가족을 거기로 데려올 수 있을까를 계산합니다. 남자는 일부러 불리한 경우를 상상하며 말합니다. ‘온다는 그날까지는 볼 수 없어.’ 하지만 그러는 와중에도 남자는 반나절 먼저, 마치 가족들이 하늘에서 날개를 받기라도 한 듯 그래도 몇 시간 더 일찍 도착하는 걸 보리라는 희망을 품습니다. 내가 앤 양에게 이 모든 것을, 그리고 남자가 참고 해낼 수 있는 모든 것과 삶에서 없어서는 안 될 소중한 이들을 위해 남자가 추구하는 명예를 앤 양에게 설명해줄 수만 있다면 얼마나 좋겠습니까! 난 오로지 진심을 가진 남자들 얘기 하는 겁니다.” 말을 하면서 그가 감정을 꼭꼭 눌렀다.

“아!” 앤이 조바심치며 외쳤다. “제가 대령님과 대령님 같은 사람들이 느끼는 모든 감정을 제대로 평가할 수 있다면 좋을 텐데요. 저와 똑같은 인간의 따뜻하고 진실한 감정을 과소평가 하면 안 되니까요. 제가 오직 여자들만 진정한 사랑과 지조를 안다고 생각했다면 전 경멸받아도 할 말 없습니다. 그래요, 전 남자들이 결혼생활에서 매사를 탁월하고 성실하게 해낼 수 있 다는 걸 믿습니다. 남자들이 중요한 일에 모든 능력을 발휘하 고 가정에서는 관용을 베풀 수 있다는 걸 믿습니다. 다만, 이런 말 써도 된다면, 그건 남자들에게 목표가 있는 동안입니다. 제 말은 사랑하는 여자가 살아 있는 동안, 남자를 위해 살아 있는 동안이라는 거죠. 제가 여성을 대변하여 주장하는 특권은 (부 러워할 건 아니니 탐내지 않으셔도 돼요) 우리가 더 오래 사랑 한다는 겁니다. 사랑할 대상이 없어지거나 혹은 희망이 사라진 후에도 말이죠."

그녀는 곧바로, 말을 이을 수가 없었다. 가슴이 먹먹하고 숨 쉬기가 힘들었다.

"앤 양은 좋은 사람입니다." 하빌 대령이 그녀의 팔 위에 손 을 아주 다정하게 얹으며 말했다. "앤 양에게는 아무 불만 없어 요. 그런데 벤윅을 생각하면 말문이 막힙니다."

그들의 주의가 다른 사람들에게로 돌아갔다. 크로프트 부인 이 자리를 뜨는 중이었다.

"프레더릭, 이쯤에서 헤어져야겠구나." 그녀가 말했다. "난 집으로 갈 건데 넌 친구와 약속이 있잖니. 다행히 오늘 밤 파티 에서 다시 다들 만나겠군요. (앤에게로 몸을 돌리며) 앤 양 집에서 말이에요. 어제 언니의 초대장을 받았어요. 보진 않았지만 프레더릭도 받았다고 들었어요. 너도 우리처럼 다른 일은 없는 거지?"

웬트워스 대령이 급하게 종이 한 장을 접느라 정확한 대답을 하지 못했다. 아니 하지 않으려 했다.

"그래요." 그가 말했다. "여기서 헤어지죠. 하지만 하빌과 나도 곧 뒤따라 나갈 거야. 내 말은 하빌, 자네가 준비됐으면 나도 다 됐다는 말이야. 자네, 나가고 싶다는 것 알아. 잠깐이면 돼."

크로프트 부인은 떠났다. 급히 편지를 봉한 웬트워스 대령은 정작 준비하고서도 쫓기는 듯 어쩔 줄 몰라 하는 분위기였다. 나가고 싶어 조바심치는 모습이었다. 앤은 그 모습을 어떻게 이해해야 할지 몰랐다. 하빌 대령으로부터 "잘 계십시오"라는 아주 친절한 작별 인사가 있었지만 그로부터는 한 마디 말도, 한 번의 눈길도 없었다. 어쩜 얼굴 한 번 쳐다보지 않고 나갈 수가 있는 걸까!

하지만 그녀가 그가 있던 탁자로 다가갔나 싶었을 때 되돌아오는 발소리가 들렸다. 문이 열렸다. 그였다. 유감스럽게도 장갑을 놓고 갔다고 했다. 그는 곧바로 방을 가로질러 필기대로 가서 머스그로브 부인을 등지고 서더니 흩어진 종이 밑에서 편지 한 장을 꺼냈다. 그런 다음 잠시 간절한 눈빛으로 그녀를 빤히 보면서 그 편지를 그녀 앞에 놓았다. 그리고 장갑을 집어 들더니 다시 방을 나가버렸다. 머스그로브 부인이 그가 왔다

간 걸 알아차릴까 말까하는 시간이었다. 얼마나 순식간이던지!

삽시간에 앤에게 일어난 대변혁은 이루 말할 수가 없다. 수신인인 'A. E. 양'이 알아볼 수 없을 정도가 된 걸 보니 어지간히 서둘러 편지를 접었던 모양이었다. 벤윅 대령에게만 편지를 쓰고 있는 줄 알았는데 내게도 편지를 쓰고 있었다니! 그 편지내용에 그녀의 삶이 송두리째 달려 있었다. 무슨 얘기든 쓰여 있을 수 있었다. 무슨 얘기든 기다리느니 보는 게 나을 것이다. 머스그로브 부인은 탁자에서 나름대로 소소하게 준비할 게 있었다. 그것들이 보호막이 되어줄 것이라 믿으면서 그녀는 그가 앉았던 자리에 털썩 주저앉았다. 그가 몸을 숙여 글을 썼던 바로 그 지점 위에서 그녀의 눈이 다음의 단어들을 집어삼킬 듯 빨아들였다.

난 그저 조용히 듣고만 있을 수가 없습니다. 손에 닿는 수단으로 당신에게 말을 해야겠습니다. 당신은 내 영혼을 갈가리 찢어놓았습니다. 내 영혼의 반은 고통이고 반은 희망입니다. 너무 늦었다고, 그토록 소중한 감정은 영원히 사라졌다고 말하지 말아주십시오. 나는 진심으로 다시, 8년하고도 반년 전 당신이 내 마음을 찢어놓았을 때보다 더욱 오롯이 당신을 사랑합니다. 남자가 여자보다 빨리 잊는다고, 남자의 사랑은 여자보다 빨리 소멸한다고 말하지 마십시오. 내 사랑은 오직 당신입니다. 제가 부당했던 적은 있을지 몰라도, 나약하거나 분개했던 적은 있을지 몰라도, 마음만은 결코 변하지 않았습니다. 오로지 당신 때문에 내가 바스에 왔습니다. 오로지 당신을 위해 나는 생각하고 계획을 세웁니다. 당신은 이걸 보지 못한 겁니까? 내 바람이 이해 안 될 리가 없지 않습니까? 내가 당신이 내 마음을 간파했다고 생각한 것처럼 나도 당신의 감정을 읽을 수만 있었더라면 난 지난 열흘조차 기다리지 않았을 겁니다. 글을 쓸 수가 없군요. 매 순간 무언가 나를 뒤흔드는 말이 들립니다. 목소리가 가라앉는군요. 하지만 다른 사람은 알아채지 못할 때도 나는 당신의 그 어조를 알아차릴 수 있습니다. 참으로 훌륭하고 참으로 탁월한 사람이여! 당신은 사실 우리를 정당하게 평가하고 있습니다. 우리 남자들에게도 진실한 사랑과 지조가 있다는 것을 당신은 믿고 있어요.

더없이 열렬하고, 결코 변치 않는 당신의,

F. W.

내 운명이 어찌 될지 알지도 못한 채 난 가야합니다. 하지만 여기로 돌아옵니다. 아니면 최대한 빨리 당신 일행을 따라갈 겁니다. 집 안으로 발을 들일지 아니면 영영 발을 들여놓지 않을지는 한 마디 말, 한 번의 눈길로 족할 것입니다.

이런 편지를 읽고 쉬이 정신을 차리기는 힘들 터였다. 30분 정도 홀로 곰곰이 생각하면 마음이 진정됐을는지 모른다. 하지만 이제 겨우 10분 지났는데 다른 사람에게 신경 써야 하는 일로 방해를 받으니 마음의 안정은 꿈도 꿀 수 없었다. 아니 시시각각 새로운 동요가 일어났다. 아니, 그건 전신을 휘감는 행복감이었다. 그녀가 그 기쁨을 온전하게 느끼는 첫 단계가 끝나지도 않았는데 찰스와 메리, 헨리에타가 모두 들어왔다.

절대적으로 아무 일 없는 듯 보여야 한다는 것 때문에 당장 힘겨운 싸움을 벌였다. 하지만 잠시 후 그녀는 더 이상 견딜 수가 없었다. 그들 말이 하나도 귀에 들어오지 않게 되자 그녀는 아프다는 핑계로 자리를 뜰 수밖에 없었다. 그녀가 몸이 좋지 않아 보인다고 생각한 그들은 깜짝 놀라면서 걱정을 했다. 하늘이 두 동강 나도 그녀 없이는 꼼짝 않을 기세였다. 끔찍한 일이었다! 다들 자리를 비켜주고 그 방에 그녀 혼자 가만히만 놔두었어도 그녀의 증상은 해결되었을 것이다. 하지만 모두가 걱정하며 주위를 둘러싸고 있으니 정신이 어지러워서 그녀는 필사적으로 집에 가겠다고 했다.

"아무렴요." 머스그로브 부인이 외쳤다. "바로 집에 가서 안정을 취하면 저녁 파티에 참석할 수 있을지도 몰라요. 새라가 있으면 좀 봐줄 수가 있을 텐데, 난 민간요법 같은 건 잘 모르니. 찰스, 가마를 좀 부르도록 해. 걸을 수가 없을 게야."

하지만 가마로는 절대 해결되지 않을 것이다. 최악일 것이다! 혼자 조용히 시내로 올라가면서 웬트워스 대령을 만나 말을 건넬 기회를 잃어야 한다는 건 참을 수가 없었다. (그리고 그녀는 가면서 그를 만날 거라고 거의 확신했다.) 그녀는 가마를 타지 않겠다고 완강히 거부했다. 그리고 오직 한 종류의 질환밖에 생각 못하는 머스그로브 부인은 앤이 떨어진 일이 전혀 없었다는 것을, 앤이 최근 어느 때고 넘어져서 머리를 다친 일이 없었다는 것을, 어쨌든 확실히 떨어진 일이 없었다는 것을 불안하게 확인하고 나서야 회복된 모습으로 저녁에 볼 수 있기를 바라며 유쾌하게 그녀를 배웅할 수 있었다.

사전 예방조치를 빼먹지 않으려고 속을 태우며 앤은 이렇게 말했다.

"사부인, 정확하게 몰라서 그럽니다만, 일행 중 다른 신사 두 분께 오늘 저녁 파티에서 다 함께 뵙게 되길 바란다고 전해주시겠어요. 전달이 잘 안됐던 것 같아서요. 특히 하빌 대령과 웬트워스 대령께 저희 가족이 두 분 다 뵙고 싶어 한다고 꼭 좀 전해주시면 좋겠습니다."

"오! 잘 알았어요. 약속할게요. 하빌 대령은 분명히 갈 생각일 거예요."

"그런가요? 하지만 혹시 안 오실까 봐서요. 안 오신다면 매우 섭섭할 거예요. 두 분을 다시 보게 되면 제 말 꼭 좀 전해주시겠어요? 오전에 아마 다시 보게 될 겁니다. 꼭 좀요."

"원한다면 분명히 전하지요. 찰스, 하빌 대령을 어디서건 보게 되거든 앤 양의 말 잊지 않도록 해. 하지만 사실 걱정하지 않아도 돼요. 하빌 대령은 초대받은 걸로 생각하고 있으니 갈 거예요. 분명해요. 웬트워스 대령도 마찬가지일 겁니다."

앤은 그 이상은 어쩔 수 없었다. 하지만 완벽한 자신의 지복에 어떤 불운이 드리울 것 같은 불길한 예감이 들었다. 어쨌든 그런 불운은 길지 않을 수도 있었다. 비록 그가 캠던 플레이스에 나타나지 않더라도 하빌 대령을 통해 전갈을 보내는 방법이 있을 것이었기 때문이다.

다시 짜증스러운 순간이 닥쳤다. 천성이 착한 찰스가 진심으로 걱정하며 집까지 그녀를 바래다주려 했던 것이다. 그를 막을 방법이 없었다. 운명은 왜 이다지도 가혹한지! 하지만 그녀는 더 이상 호의를 거절할 수가 없었다. 그는 그녀를 바래다주기 위해 총포공과의 약속까지 희생하고 있었다. 그래서 그녀는 고마워하는 모습만 보이며 그와 함께 출발했다.

그들이 유니언 거리에 다다랐을 때 뒤에서 들려오는 어딘가 익숙한, 빨라지는 발소리에 그녀는 순간적으로 웬트워스 대령을 보리라는 마음의 준비를 했다. 그가 합류했다. 하지만 같이 갈 건지 아니면 그냥 지나칠 건지 마음을 못 정한 듯 아무 말도 하지 않고 바라보기만 했다. 앤은 충분히 자제할 수 있었기에 그의 시선을 물리치지 않고 받았다. 창백했던 그녀의 두 뺨은 이제 발그레해졌다. 머뭇거리던 그의 동작이 확실해졌다. 그가 그녀 옆에서 걸었다. 이윽고 찰스가 무언가 생각난 듯 말했다.

"웬트워스 대령, 어느 쪽으로 가십니까? 게이 거리까지만인가요? 아니면 시내까지 쭉 가십니까?"

"글쎄요." 웬트워스 대령이 놀라며 대답했다.

"벨몬트까지 가실 건지요? 캠던 플레이스 근처까지 말입니다. 만약 그러시다면 두 말 않고 저 대신 앤 양과 함께 집까지 가달라고 부탁하려고 그럽니다. 오늘 아침 앤 양이 좀 지친 상태라 부축할 사람 없이는 먼 길을 보낼 수가 없군요. 그리고 난

저기 시장에 있는 점포에 들러야 할 일이 있어서요. 거기 주인이 막 발송할 예정인 멋진 총 하나를 내게 구경시켜준다고 했습니다. 내가 보러 가는 마지막 순간까지 포장하지 않고 갖고 있겠다고 했습니다. 지금 가지 않으면 영영 볼 수가 없어요. 그 친구 말에 따르면 윈스롭 근처에서 대령께서 언젠가 쏜 적 있는 저의 세컨드사이즈 2연발총만큼 멋지다는군요."

반대가 있을 리 없었다. 사람들의 눈을 의식한 적당히 민첩하고, 아주 정중한 수락이 있을 뿐이었다. 절제된 미소와 날아오를 듯 벅찬 환희밖에 없었다. 1분도 안 되어 찰스는 유니언 거리 말미로 다시 내려가 있었고 나머지 두 사람은 함께 계속 걸어갔다. 곧 이어 두 사람 사이에는 충분한 말이 오갔기에 비교적 조용하고 한적한 그래블 워크 쪽으로 걸어가기로 마음이 모아졌다. 그곳에서 대화는 현재의 시간을 분명 축복으로 만들어줄 것이고, 이 시간은 그들이 향후 더없이 행복한 마음으로 추억하게 될 영원불멸의 시간이 될 것이었다. 거기서 그들은 한때 모든 것을 보장할 것 같았지만 그 뒤 수년에 걸친 불화와 소원함으로 이어졌던 그 감정과 약속을 다시 나누었다. 거기서 그들은 다시 과거로 돌아갔다. 어쩌면 처음 결혼을 계획했을 때보다 다시 만난 지금이 더없이 더 행복했다. 서로의 성격과 진심, 애정을 알게 되면서 더 세심하고 더 믿을 수 있고 더 확고해졌다. 행동에 나설 만했고 행동하는 것이 타당했다. 그래서 완만한 경사 지역을 주변의 온갖 부류의 사람들에 신경 쓰지 않은 채 천천히 올라갈 때 그들은 산책 나온 사람들, 분주한 가정주부들, 깔깔거리는 여자애들, 아이들을 데리고 가는 보모들 그 누구도 눈에 들어오지 않았다. 그들은 지난 기억들과 서로 알고 있던 사실들, 그리고 특히 이 순간이 오기 직전 일어났던 일의 해명에 푹 빠져 있었다. 참으로 가슴이 아렸고, 궁금증은 끝 간 데를 몰랐다. 조금 조금씩 다른 지난주의 이야기들을 모두 되새겼다. 그리고 어제와 오늘의 이야기는 끝나지 않을 수도 있었다.

그녀가 잘못 본 게 아니었다. 엘리엇 씨에 대한 질투는 그를 방해했던 짐이었고, 의심이었고 고통이었다. 질투심은 바스에서 처음 그녀를 만났던 바로 그 시간에 일기 시작했다. 잠깐 멈추었다가 되살아난 질투심이 연주회를 엉망으로 만들었다. 그리고 지난 스물네 시간 동안 그가 말하고 행동했던, 아니 말 못하고 행동하지 못했던 모든 것에 영향을 미쳤다. 그러던 질투심은 가끔씩 보여주던 그녀의 표정, 말, 행동에서 힘을 얻고서 더 나은 기대로 대체되었다가 급기야 그녀와 하빌 대령의 대화에서 전달된 감정과 어조로 극복이 되었다. 그리고 그 감정을 주체할 수 없는 상황에서 그는 한 장의 종이를 부여잡고 자기의 감정을 몽땅 쏟아 부었다.

편지 내용에서 취소하거나 단서를 붙일 건 하나도 없었다. 그는 끝끝내 자신은 다른 사람 아닌 그녀만을 사랑했다고 했다. 그녀를 대신한 사람은 아무도 없었다고 했다. 그녀와 비슷한 사람을 봤다고 믿은 적도 없다고 했다. 그 정도로 그는 무심결에 아니 자기도 모르게 지조를 지켰다는 걸 인정하는 꼴이 되고 말았다. 그는 그녀를 잊을 생각이었고 다 잊었다고 믿었다. 그는 자기가 냉정하다고 생각했는데, 그땐 그저 화가 났던 것뿐이었다. 그가 그녀의 덕성을 바로 평가하지 않았던 건 그 덕성으로 인해 고통 받는 이가 자신이었기 때문이다. 그녀의 인품은 이제 용기와 관용을 가장 멋지게 조화시킨 완벽체로 그의 마음에 자리 잡았다. 하지만 그는 겨우 어퍼크로스에서 그녀를 제대로 보게 되었고, 겨우 라임에서 스스로의 마음을 제대로 깨닫기 시작했다는 사실을 인정하지 않을 수 없었다.

라임에서 그는 하나가 아닌 여러 가지 교훈을 얻었다. 엘리엇 씨가 스쳐 지나며 경탄하던 모습이 최소한 그를 자극했고 코브와 하빌 대령의 집에서 목격했던 광경이 그녀의 우월성을 각인시켰다.

앞서 (자존심 때문에 화가 나서) 루이자 머스그로브에게 애정을 느끼려 한 부분에 대해서는 사실은 영원히 그럴 수 없을 것 같았다고 강변했다. 루이자를 좋아한 적이 없었고 좋아할 수도 없었다고 했다. 그렇지만 그날까지는, 사고가 있고 나서 천천히 되새겨보았던 그날까지는 루이자가 감히 근처에도 갈 수 없는 그녀의 완벽한 내면을, 아니 자신의 마음속에 자리 잡은 그녀의 독보적인 영향력을 그는 알지 못했다고 했다. 그때 그는 확고한 원칙과 자기본위적인 고집 사이의 차이를, 경솔한 만용과 침착한 결단력 사이의 차이를 구분하는 법을 깨우치게 되었다. 그때 그는 자신이 놓쳤던 여인에게서 칭찬할 가치가 있는 건 다 보았다. 그래서 그는 자신의 자존심을, 어리석음을,

걷잡을 수 없던 분노를 한탄하기 시작했다. 그런 감정들 때문에 그녀가 가까이 있는데도 그녀를 다시 얻고자 시도할 수 없었던 것이다.

그 시기부터 그의 참회가 가혹해졌다. 루이자의 사고 후 처음 며칠 동안 따라다니던 공포와 후회에서 자유로워지자마자, 자유의 느낌을 다시 갖게 되자마자 그는 자신이 자유롭지만 자유의 몸이 아니라는 사실을 깨닫기 시작했다.

"난 알았습니다." 그가 말했다. "하빌이 나를 약혼한 사람처럼 생각한다는 사실을 말입니다! 하빌도 그의 아내도 한 치의 의심도 없이 루이자와 내가 서로 좋아한다고 생각하더군요. 난 소스라치게 놀랐습니다. 어느 정도는 이걸 즉시 반박할 수 있었지요. 하지만 그때 다른 사람들도, 그녀의 가족, 아니 그녀마저 똑같이 느낄 수도 있다는 생각이 들기 시작하니 나는 더 이상 내 마음대로 할 수가 없었습니다. 그녀가 원한다면 명예를 위해 그녀와 결혼해야 했습니다. 난 무방비상태였지요. 그전에는 그 문제에 대해 깊이 생각해본 적이 없었습니다. 내 과도한 친밀감에 여러모로 악영향의 위험이 도사리고 있다는 사실을 생각 못 한 거지요. 설사 다른 악영향은 없다 하더라도 두 자매 중 어느 하나의 평판을 더럽힐 위험을 무릅쓰고 둘 중 하나를 사랑할 수 있을지 저울질해볼 권리가 내겐 없다는 사실을 깨닫지 못했습니다. 난 중대한 실수를 저질렀고 어떤 결과가 나오더라도 따를 수밖에 없었습니다."

요컨대 그는 자기가 이러지도 저러지도 못하는 상황에 빠져 있다는 걸 너무 늦게 깨달았다. 루이자를 전혀 사랑하지 않는다는 걸 확신하게 된 바로 그때, 그는 만약 그녀가 하빌 부부의 생각처럼 자기와 결혼할 생각이라면 자기는 그녀와 결혼할 의무가 있는 것으로 봐야 한다는 걸 알게 되었다. 그것 때문에 그는 라임을 떠나 다른 곳에서 루이자가 회복되기를 기다리기로 마음먹었던 것이다. 그는 정당하다면 무슨 수를 써서라도 자신과 관련한 모든 감정과 억측을 누그러뜨릴 작정이었다. 그래서 그는 형에게로 갔고, 얼마 후 켈린치로 돌아와서 상황이 요구하는 대로 행동하려 했다.

"에드워드와 6주간 있었습니다." 그가 말했다. "형이 좋아하는 모습을 보았지요. 그보다 더 기쁠 순 없었습니다. 그런 기쁨을 누릴 자격은 없었어요. 형이 당신에 대해 세세하게 묻더군요. 내 눈에 당신이 결코 변할 수가 없다는 건 상상도 못한 채 당신의 외모가 변했는지 궁금해 했어요."

앤은 그 말을 그냥 웃어 넘겼다. 뭐라고 하기엔 참 기분 좋은 실언이었다. 스물여덟 살의 여자로서 자신의 매력이 하나도 줄지 않았다는 사실을 확인하는 건 대단한 일이다. 하지만 그의 말을 예전에 했던 말과 비교해보면서, 그의 찬사가 그의 열렬한 사랑의 원인이 아니라 열렬한 사랑의 결과라고 느끼니 그것이 그녀에게는 벅찬 감동으로 증폭되었다.

그는 슈롭셔에 남아서 무분별하게 내세웠던 자존심과 혼자만의 어림짐작으로 저질렀던 대실수를 한탄했다. 그러다가 드디어 루이자가 벤윅과 약혼했다는 뜻밖의 반가운 소식이 들리자 그녀의 구속에서 즉시 벗어나게 되었다.

"이제, 최악의 상황은 끝났습니다." 그가 말했다. "지금은 적어도 행복하기 위한 준비를 할 수도, 힘을 내어 무언가를 할 수도 있을 겁니다. 그러나 아무것도 하지 않은 채 오랫동안, 나쁜 일만 기다리고 있는 건 끔찍했습니다. 그 소식을 들은 지 5분도 안 되어 난 '수요일엔 버스에 있을 거야'라고 말했습니다. 그리고 난 버스에 있었지요. 여기 올 가치가 있었다고 생각한 게, 어느 정도 희망을 안고 온 게 용서받지 못할 일이었나요? 당신은 미혼이었습니다. 당신도 나처럼 과거의 감정을 갖고 있을지도 모르는 일이었지요. 그리고 한 가지 사실이 내게 격려가 되었습니다. 다른 남자들이 당신을 따라다니고 청혼도 할 거라는 점에 의문이 있었겠습니까만, 나보다 더 그럴 듯한 남자 중에 적어도 한 사람을 거절했다는 건 분명히 알고 있었습니다. 그래서 종종 '나 때문인가' 하는 혼잣말이 저절로 튀어나왔습니다."

밀섬 거리에서 처음 만났을 때에 대해 할 이야기가 많았지만 연주회 날에 대한 건 더 많았다. 그날 저녁은 절묘한 순간의 연속인 것 같았다. 옥타곤룸에서 그에게 말을 걸려고 한 발 나서던 순간, 엘리엇 씨가 나타나 그녀를 떼어내던 순간, 그리고 그 후의 몇몇 순간들이 힘차게 떠올랐다. 희망이 되살아났던, 아니 실망이 더 커졌던 걸로 기억되는 날이었다.

"당신을," 그가 외쳤다. "날 지지할 리 없는 사람들 틈에 있는 당신을, 그리고 당신 옆에 바싹 붙어서 웃으며 이야기하는 당신의 재종을 보며 두 사람이 끔찍하게도 잘 어울린다고 느끼는 기분이라니! 그게 당신을 쥐고 흔들려고 하는 사람들의 한 결같은 바람이라고 여기는 기분이라니! 비록 당사자인 당신은 달갑잖고 무심했다 해도, 그가 얼마나 많은 지지를 등에 업고 있는지 생각해보는 기분이라니! 그거면 내가 바보처럼 보이고도 남지 않았겠습니까? 어찌 고통 없이 그걸 바라볼 수 있었겠습니까? 당신 뒤에 앉아 있던 당신 친구의 바로 그 모습이, 무슨 일이 있었는지에 대한 기억이, 그녀의 영향력을 안다는 것이, 한때 대단했던 그 설득의 잊지 못할, 지워지지 않는 인상이 내게, 이 모두가 다 내게 불리하지 않았습니까?"

"구별하셨어야죠." 앤이 대꾸했다. "이젠 저를 의심하면 안돼요. 경우가 다르고, 나이도 달라요. 한때 제가 설득에 굴복하는 잘못을 저질렀더라도 그렇게 한 건 안전해지기 위한 것이었지 위험해지기 위한 게 아니었단 걸 잊지 마세요. 제가 포기했을 때 전 그게 의무를 위해서였다고 생각했어요. 하지만 엘리엇 씨와 결혼하는 걸 제 의무라고 할 사람은 없겠죠. 아무 관심도 없는 사람과 결혼했다면 큰 위험을 무릅쓰는 것이었을 테고 의무는 하나도 지키지 못했을 거예요."

"어쩌면 그와 같이 논리적으로 생각했어야 하겠지만," 그가 대답했다. "난 그러지 못했습니다. 최근 알게 된 당신의 평판을 좋은 쪽으로 이용하지 못했어요. 그런 생각을 할 수가 없었어요. 당신의 평판은 내가 수년 동안 고통 받았던 초기의 감정에 억눌리고 파묻히고 길을 잃었습니다. 난 오로지 당신을 나 아닌 다른 사람에게 굴복하여 날 단념했던, 다른 사람에게 휘둘렸던 사람으로밖에 생각할 수 없었습니다. 당신이 참담했던 그 해에 당신을 좌지우지했던 바로 그 사람과 함께 있는 걸 보았습니다. 지금은 그렇지 않을 거라고 믿을 이유가 전혀 없었습니다. 그분의 말을 듣는 게 습관이 되었을 테니까요."

"저라면 생각했을 거예요." 앤이 말했다. "당신에 대한 제 태도가 그런 생각들을 많이, 아니 모두 떨쳐내게 해주었다고요."

"아니, 아닙니다! 당신의 침착함은 다른 남자와 약혼했기 때문에 나오는 태도일 수도 있었어요. 그렇게 믿으며 난 당신을 떠났습니다. 그렇지만 난 당신을 다시 만나기로 마음먹었습니다. 아침에 기력이 되살아났고, 아직 여기 있을 이유가 있다는 생각이 들었습니다."

마침내 앤은 집에 다시 돌아왔다. 그 집에 있는 그 어떤 사람도 상상할 수 없을 만큼 행복했다. 잠잠할 새 없이 고통스러웠던 아침의 놀라움과 조마조마함이 이 대화로 모두 사라졌다. 너무 행복한 마음으로 들어왔기 때문에, 오래 갈 수가 없는 순간적인 불안 때문에 그 행복이 줄어드는 것도 고마울 정도였다. 잠깐 동안 고마운 마음으로 곰곰이 생각해보는 것이 정교하게 빚어진 그런 행복의 모든 위험한 요소들을 중화시키는 최선의 방법이었다. 그리하여 그녀는 방으로 가서 자신의 기쁨에 감사해하면서 점점 심지가 깊어지고 용감해져 갔다.

저녁이 찾아왔다. 응접실에 불이 밝혀졌고 내방객들이 모였다. 그저 카드놀이를 하는 파티였다. 이전에 한 번도 본 적 없는 사람들과 일상적인 일로 뻔질나게 봤던 사람들이 뒤섞여 있었다. 친교를 나누기엔 수가 너무 많았고 다양성을 즐기기엔 수가 너무 적었다. 하지만 앤에게는 저녁 시간이 그렇게 후딱 지나갈 수가 없었다. 행복감 때문에 그녀의 얼굴은 빛이 나고 사랑스러웠고, 그녀는 생각했던 것보다 더 많은 사람으로부터 찬탄을 자아내면서, 주위의 모든 사람들에게 유쾌하고 관대한 기분을 느꼈다. 엘리엇 씨가 그 자리에 있었다. 피하기는 했지만 그가 불쌍한 마음이 들었다. 월리스 부부도 있었다. 그녀는 그들을 알게 되어 즐거웠다. 레이디 달림플과 카털릿 양, 그들은 이내 별로 신경 쓰지 않아도 될 것이다. 그녀는 클레이 부인에게는 관심 두지 않았다. 사람들 앞에서 아버지와 언니의 태도 때문에 낯붉힐 일도 전혀 없었다. 머스그로브 가족과는 아주 편안하게 행복한 담소를 나누었다. 하빌 대령과는 오빠와 여동생 같이 허물없는 대화를 주고받았다. 레이디 러셀과의 대화는 오래가지 않았다. 혼자 알고 있는 은밀한 생각이 가로막은 탓이었다. 크로프트 부부와는 특히 진심 어린 이야기와 깊은 관심을 교환했지만, 마찬가지 이유로 내색하지 않으려 애썼다. 웬트워스 대령과는 잠깐씩 계속 대화를 나누었다. 언제든지 더 얘기하리란 희망이 있었고, 언제든지 그가 거기 있는 걸 알고 있으니까!

이런 식으로 이따금씩 이야기를 나누던 중이었다. 두 사람이 멋들어져 보이는 온실 화초들*을 각각 감탄하며 들여다보는가 싶었을 때 그녀가 말했다.

"지난날들을 돌아보면서 전 옳고 그름을 공정하게 판단해보려 했어요. 제 자신과 관련해서 말이에요. 그 결정으로 고통을 겪었던 것만큼 전 제가 옳았고 당신이 지금보다 더 좋아하게 될 그분의 의견을 따랐던 게 전적으로 옳았다고 믿을 수밖에 없어요. 제게 그분은 어머니나 마찬가지에요. 하지만 오해는 마세요. 그분의 충고에 오류가 없었다는 말을 하는 건 아니니까요. 어쩌면 충고의 옳고 그름이 오직 그 결과에 따라 판가름 나는 그런 경우 중 하나일지도 모르겠어요. 저라면 웬만큼 비슷한 상황에서 분명 그런 충고는 절대 하지 않을 겁니다. 하지만 제 말은 그분 말을 듣지 않았으면 약혼을 유지하고 있어도 약혼을 포기했을 때보다 더 괴로웠으리라는 겁니다. 복종하지 않았다는 것 때문에 더 괴로웠을 테니까요. 그런 감정을 인지상정으로 허용할 수 있는 한, 이제 전 스스로를 질책할 게 전혀 없어요. 그리고 제가 잘못 판단한 게 아니라면, 강한 의무감은 여성의 덕목으로 전혀 나쁜 게 아니에요."

그가 그녀를 쳐다본 뒤 레이디 러셀을 쳐다보았다. 그러고는 다시 그녀를 보면서 마치 냉정하게 생각에 잠긴 듯 이렇게 대꾸했다.

"아직은 아닙니다. 하지만 때가 되면 그분이 용서받게 될 가능성도 있습니다. 머잖아 그분에게 너그러워지리라 믿습니다. 하지만 나 역시 지난날을 생각하면서 이런 질문을 던지곤 했습

---

*당시 영국에서는 온실을 두고 이국적인 식물이나 다른 계절의 식물들을 볼 수 있게 하는 것이 유행이었고, 고급 주택들에서는 구입한 화초가 아닌 자택 내 온실에서 가져온 식물들로 장식을 하곤 했다.

니다. 레이디 러셀 말고 내게 다른 적이 있었을 수도 있지 않는 가? 나 자신 말입니다. 말해보십시오. 만약 내가 1808년도에 귀국하고 나서 몇 천 파운드의 수입을 가진 라코니아의 지휘관 으로서 당신에게 편지를 썼다면 내 편지에 당신이 답장을 했을 까요? 그때 당신은 다시 나와 약혼했을까요?"

"했겠냐고요!" 그녀의 대답은 이것뿐이었다. 하지만 어조는 충분히 단호했다.

"어허, 맙소사!" 그가 소리쳤다. "했겠군요! 그러지 않았던 건 그것이 내가 이룬 다른 성공들의 최후를 장식하는 일이라고 생각지 않아서도 아니고 그러고 싶지 않아서도 아니었습니다. 다만 자존심 때문이었습니다. 다시 청혼하기엔 자존심이 허락 지 않았던 거지요. 당신을 이해하지 못했습니다. 눈을 감은 채 당신을 이해하지 않으려, 당신을 정당하게 평가하지 않으려 했 습니다. 그걸 생각해보면 나 자신을 제외한 다른 이들은 모두 용서할 수 있습니다. 나만 아니라면 6년 동안 떨어져 있어야 하는 괴로움은 겪지 않아도 되었을 테니까요. 이런 기억 역시 내겐 일종의 고통입니다. 새로운 고통이죠. 나는 내가 누리는 모든 은총의 자격이 있다고 믿는 데 익숙해져 있었습니다. 열 심히 노력하고 정당한 보상을 받는 스스로를 높이 평가했습니 다. 패배한 다른 훌륭한 남자들처럼," 그가 웃으면서 덧붙였다. "나도 내 운명을 받아들이려 노력해야겠지요. 내 분에 넘치는 행복을 견디는 법을 배울 필요가 있겠지요."

12

그다음 일어난 일은 빤하지 않겠는가? 결혼하기로 했으면 두 청춘남녀는, 아무리 가난하고 아무리 무분별하고 아무리 서로가 궁극적인 행복에 꼭 필요한 사람일 가능성이 낮더라도 끈기 있게 결혼을 밀고 나간다. 이런 말로 소설을 끝내는 건 부도덕한 일일지 모르지만 나는 이게 사실이라고 믿는다. 만약 이런 사람들이 결혼에 성공한다면, 성숙한 정신과 옳고 그름에 대한 인식이 있고, 둘 중 한 명이 충분히 부유하다는 장점이 있는 웬트워스 대령과 앤 엘리엇 같은 사람이 온갖 반대를 물리치지 못할 리가 없지 않은가. 사실 그들은 직면한 것보다 더 큰 어려움을 극복했는지도 모른다. 그들에게 정중함과 따뜻함의 결여보다 더 힘든 난관은 없었기 때문이다. 월터 경은 아무 반대도 하지 않았다. 엘리자베스는 그저 차갑고 관심 없다는 표정만 보였다. 2만5천 파운드 자산에, 무훈으로 올라갈 수 있는 최대한의 직급까지 올라간 웬트워스 대령은 더 이상 보잘 것 없는 사람이 아니었다. 그는 이제 어리석고 낭비벽 있는 준남작의 딸을 달라고 요청해도 될 만큼 존중받고 있었다. 그 준남작은 순리에 따라 분수를 지키기 위한 충분한 원칙이나 분별을 갖지 못했기에 현재로서는 딸의 몫인 1만 파운드에서 일부분밖에 지참금으로 줄 수 없었다.

월터 경은 사실 앤에 대해 애정도 없었고, 이 결혼이 정말 뿌듯하게 느껴질 만큼 허영심을 채워주는 게 아무것도 없었지만 이 혼사가 딸에게 나쁘다고는 전혀 생각지 않았다. 오히려 웬트워스 대령을 더 많이 보게 되고 밝은 낮에 자세히 반복적으로 관찰하면서 그의 용모에 깜짝 놀랐다. 그의 우세한 외모가 딸의 우세한 신분에 비해 기우는 게 아닐지도 모르겠다는 생각이 든 것이다. 그리고 이런 모든 조건에 지체 높은 집안처럼 들리는 그의 이름까지 가세하니 월터 경은 마침내 준남작 명부에 흔쾌히 그들의 결혼을 추가할 준비를 했다.

가족과 지인 중에서 반대하리라는 느낌 때문에 걱정이 되었던 유일한 사람은 레이디 러셀이었다. 앤은 레이디 러셀이 엘리엇 씨의 실체를 알게 되고 그를 단념하면서 필연적으로 약간의 고통을 겪고 있다는 것과, 웬트워스 대령과 진심으로 가까워지고 그를 바로 평가하기 위해 애쓰고 있다는 걸 알고 있었다. 하지만 이건 레이디 러셀이 지금 해야만 하는 일이었다. 그녀는 자신이 두 사람에 대해 오해했다는 사실을 알아야만 했다. 그녀는 겉모습의 영향에 휘둘려 두 사람을 공정하게 보지 못했다. 그녀는 웬트워스 대령의 행동거지가 자기 이상과 어긋난다는 이유로 너무 성급하게 그게 위험한 충동적 성격을 나타내는 것이라고 추측했다. 그리고 엘리엇 씨의 예절 바르고 방정하며, 정중하고 온화한 태도가 자기 마음에 쏙 든다는 이유로 너무 성급하게 그걸 정확한 판단력과 절제된 내면의 확실한 결실이라고 판단해버렸다. 레이디 러셀이 해야 할 일은 딴 게 아니라 바로 자신의 완전한 오판을 인정하고 일련의 생각과 희망을 새로 품는 것이었다.

성격을 보는 안목에는 민첩한 인식, 미세한 분별 즉 다른 사람이 따라올 수 없는 타고난 통찰력 같은 게 있는데, 레이디 러셀은 이런 부분의 이해가 천성적으로 앤보다 좀 약했다. 하지만 그녀는 아주 선량한 사람이기에 분별과 올바른 판단이 그녀의 두 번째 목표라고 할 것 같으면 첫 번째 목표는 앤이 행복한 걸 보는 것이었다. 그녀는 스스로의 능력에 대한 사랑보다 앤에 대한 사랑이 더 컸다. 그래서 처음의 어색한 순간이 끝나자 자식 같은 앤의 행복을 책임지는 남자에게 어머니로서 애정을 보이는 게 별로 어렵지 않았다.

가족 중에서 이 상황에 가장 즉각적으로 기뻐한 사람은 아마 메리였을 것이다. 결혼한 자매를 두는 건 좋은 일이었다. 그래서 그녀는 자기가 가을에 앤을 옆에 잡아두었기 때문에 이렇게 결혼하게 되었다고 혼자서 자화자찬하고 있는지도 몰랐다. 게다가 자기 친언니가 시누이들보다 확실히 더 낫기 때문에 웬트워스 대령이 벤윅 대령이나 찰스 헤이터보다 더 부자란 사실이 매우 만족스러웠다.

다시 만났을 때 앤이 서열상 윗자리를 차지하고 아주 예쁜 랜도렛*의 소유주가 된 걸 보면서 무언가 속이 편치 않았지만 그녀에게는 바라볼 미래가, 강렬한 위안거리가 있었다. 앤은 어퍼크로스 저택도, 토지도, 가장의 지위도 없었다. 그리고 그

---

* 독일에서 처음 만들어진 4인승 사륜마차. 지붕을 접었다 폈다 할 수 있는 컨버터블 형식으로, 마부가 좌석에 앉았던 일반적인 무개마차와는 달리 마부석이 따로 있었다. 여성용 마차로 주로 사용되었고 드물게 여성이 직접 모는 경우도 있었다.

들이 만약 웬트워스 대령이 준남작이 되는 것만 막을 수 있다면 그녀는 앤과 처지를 바꾸고 싶지 않을 것이다.

엘리자베스도 자기 상황에 똑같이 만족한다면 좋을 것이다. 왜냐하면 그녀의 상황에 딱히 변화가 있을 것 같지 않았기 때문이다. 그녀는 엘리엇 씨가 철수하는 걸 보자 이내 충격을 받았다. 그 이후로는 그와 함께 무너졌던 헛된 희망을 그녀에게 품게 만드는 적절한 신분의 남자가 한 명도 나타나지 않았다.

앤의 약혼은 엘리엇 씨에게는 날벼락과도 같은 소식이었다. 행복한 가정을 가지려던 최고 계획과 사위의 자격으로 월터 경이 재혼하지 못하게 지켜보려던 최고 희망이 어긋나버렸다. 하지만 비록 당황하고 실망했지만 그는 여전히 자신에게 이익이 되고 기쁨이 되는 무언가를 할 수 있었다. 그는 곧 바스를 떠났다. 클레이 부인도 마찬가지로 곧 뒤를 이었고 다음으로 들려온 소식은 그녀가 그의 비호 아래 런던에 터를 잡았다는 것이었다. 그가 어떤 식으로 양다리를 걸치고 있었는지, 그리고 최소한 여우같은 여자 하나를 잡아 두고서 상속에서 밀려나지 않으려고 어떤 결심을 했는지가 분명해졌다.

클레이 부인의 애정은 그녀의 이해타산을 제압했다. 그녀는 엘리엇 씨 때문에 월터 경 옆에 더 머물러 있을 수도 있었던 계획을 희생했다. 하지만 그녀는 애정뿐 아니라 능력도 있었다. 그래서 지금 의문이 가는 부분은 그의 간계 아니면 그녀의 간계 중 어떤 것이 끝내 승리를 거머쥐게 될까 하는 거였다. 클레이 부인이 월터 경의 아내가 되지 못하게 막고 난 그가 기어코 윌리엄 경의 아내가 되겠다고 자기를 구워삶는 그녀에게 넘어가지 않을지 어쩔지는 알 수 없는 일이었다.

월터 경과 엘리자베스가 자기들이 친구를 잃었으며 클레이부인에게 속았다는 사실을 깨닫고 충격과 굴욕감에 휩싸였음은 두말할 필요도 없다. 그들은 분명 위로를 구할 대단한 친척이 있었다. 하지만 다른 사람들을 아첨하면서 따라다닐 때 자기들한테 그런 사람이 없으면 즐거움이 반으로 준다는 걸 오래도록 느끼게 될 터였다.

앤은 다행스럽게도 레이디 러셀이 일찍이 웬트워스 대령을 좋아하기로 마음을 정했기 때문에 앞으로 순수한 행복만 누릴 예정이었다. 다만 상식적으로 존경할 만한 가족을 그에게 제시할 수 없다고 느끼는 데서 나오는 감정만이 그 행복에 섞여든 유일한 불순물이었다. 그게 약점이라는 건 그녀 스스로도 통렬하게 느꼈다. 그들의 재산이 차이가 많이 나는 건 전혀 중요하지 않았다. 그런 건 단 한 순간도 애석하지 않았지만 그를 제대로 인정하고 존중해줄 사람이 가족 중에 아무도 없다는 것은 유감이었다. 그녀는 그의 형과 누나 부부가 채워주었던 인격적 면모와 기꺼운 환영에 대한 보답으로 자기 쪽에서 예의와 화기애애한 분위기, 호의 같은 걸 전혀 줄 수 없다는 사실을 잘 알고 있는 만큼 더없이 고통스러웠다. 그것만 아니면 이런 상황에서 무척이나 행복했을 것이다. 그녀는 그의 지인 목록에 얹을 친구가 레이디 러셀과 스미스 부인, 단 두 명밖에 없었다. 하지만 그 두 사람에게 그는 매우 우호적이었다. 비록 레이디 러셀에게 과거의 과오가 있었지만 그는 진심으로 그녀를 존중할 수 있었다. 그녀가 애초에 자신들을 갈라놓았던 게 옳았던 것 같다고 말할 의무는 없었지만 그걸 제외하고는 거의 모든 일에서 그녀의 편을 들어줄 용의가 있었다. 스미스 부인은 즉시 그리고 언제든 좋아할 점이 여러 가지가 있었다.

앤을 위해 그녀가 베풀었던 최근의 호의만으로도 사실 충분했고, 두 사람의 결혼으로 그녀는 친구를 잃은 게 아니라 두 명의 친구를 확보하게 되었다. 그녀는 두 사람이 결혼한 후 가장 먼저 찾아왔던 사람이었다. 웬트워스 대령은 그녀가 서인도 제도에 있는 남편의 소유지를 되찾을 수 있는 길을 마련해주었다. 그는 두려움을 모르는 남자이자 꿋꿋한 친구로서 성심성의껏 그녀를 위해 서신을 작성하고 대리인이 되어주었으며, 본건의 자잘한 골칫거리들을 그녀가 이겨내도록 도와주었다. 그리하여 그녀가 아내에게 베풀었거나 혹은 항상 베풀 생각이었던 도움을 완전히 대갚음했다.

스미스 부인의 즐거움은 이렇게 수입이 증가하고 건강이 좋아지고 때로 만날 친구가 생겼다고 해서 변질되지 않았다. 그녀의 쾌활함과 민첩성이 그녀를 저버리지 않았기 때문이다. 이렇게 좋은 일이 일어나는 동안 심지어 더 큰 부가 찾아와도 개의치 않았을 것이다. 확실히 부유하고 충분히 건강했을 텐데도 그녀는 여전히 행복했다.* 그녀의 행복이 그녀의 열정에 그 원

---

*부가 불행의 근원이라는 낭만주의 개념에 근거를 두고 있는 표현이다.

천이 있듯이 앤의 행복은 그녀의 따뜻한 마음에 그 원천이 있었다. 앤은 다정 그 자체였고 그녀는 그것의 진가를 웬트워스 대령의 사랑에서 찾았다. 그녀의 친구들이 그녀가 좀 덜 다정하길 바라도록 만드는 게 있다면 그건 그의 직업이었다. 그녀의 행복을 흐리는 게 있다면 그건 언제 일어날지 모르는 전쟁에 대한 불안이었다. 그녀는 선원의 아내라는 사실을 자랑스러워했지만, (가당찮은 말로) 국가적 사명보다 가정의 미덕 속에서 더 빛나는 그 천직에 귀의한 대가로 비상소집의 부담을 지는 건 자신의 몫이랄 수밖에 없을 것이다.

설득으로 어긋난 사랑이
운명을 찾아가는 긴 여정

이미경(번역가)

'설득'이란 말을 생각하면 우선 설득이 가져오는 긍정적인 효과가 떠오르지 않는가. 결정해야 하는 일에 확신이 없을 때 누군가가 어떤 근거를 제시하면서 설득하면 우리는 자신도 모르는 사이에 상대에게 설득당한다. 《설득》의 여주인공인 앤 엘리엇이 열아홉 살 나이에 레이디 러셀에게 설득당할 때도 이런 마음이었을 것이다. 하지만 앤은 원치 않는 방향의 설득에 귀 기울인 결과가 자기에게 어떤 후회를 안겨주게 될지는 생각하지 못했을 것이다. 제인 오스틴이 죽음을 앞두고 썼던 작은 사랑 이야기 《설득》이 2백 년이 흐른 지금에도 사랑을 받는 이유는 작품을 관통하는 설득의 행위가 독자들에게 주는 묘한 울림 때문일 것이다.

제인 오스틴이 썼던 작품들의 모티프가 19세기 초 영국 상류층 여성들의 사랑과 결혼이라는 것은 익히 알려진 사실이다. 오스틴 본인은 행복한 결혼에 이르는 자신의 소설 속 여주인공들과는 달리, 한 번 청혼받은 적은 있으나 고심 끝에 거절하고 독신으로 생을 마감했다. 오스틴의 작품에서 사랑과 결혼이라는 주제가 반복적으로 나타나는 건 생각만큼 쉽지 않았던 오스틴 본인의 경험과 무관하지 않은데, 《설득》 또한 오스틴의 경험을 바탕으로 하는 작품이다. 오스틴은 청혼을 받고 조언을 구하는 조카에게 자신이 건네준 조언이 잘못된 것임을 나중에 깨닫고 충격을 받았다고 한다. 영문학 권위자인 질리언 비어는 작품 《설득》 속에 "설득과 책임감에 대한 제인 오스틴의 불안이 여실히 표현되고 있다"고 말한다.

《설득》에는 소설의 형식이나 내용 면에서 몇 가지 특징들이 눈에 띈다. 우선 《설득》은 다른 작품들에 비해 길이가 상당히 짧다. 대개 3부로 구성되는 다른 작품들과 달리 2부로밖에 구성되어 있지 않다. 그런 까닭에 등장인물들의 입체성이 다른 작품들에 비해 적다. 월터 경과 엘리자베스, 메리와 찰스, 머스그로브 부인, 크로프트 제독 부부, 셰퍼드 변호사와 그의 딸 클레이 부인 등 작품에 해학적 요소를 가미해줄 주변 인물들이 많지만 그들의 개성이 작품 속에서 많이 드러나지 않는다. 투병 중에 써나간 작품이어서 아마 부차적인 이야기를 끌고 나가는 인물들의 성격 구축에 할애할 시간이 많지 않았으리라는 짐작이 가능한 대목이다. 훌륭한 해학 소설을 써냈던 최초의 여성으로서 문학사적 상징성을 지니고 있는 작가답게 "작품 속 인물들의 정신 속으로 파고들기보다는 인물들에게 유머를 스머들게 하는"(존 베일리) 오스틴의 풍자적 필치는 시원하고 유쾌하다. 월터 경이 자신의 신분과 외모에 대해 갖고 있는 터무니없는 자부심, 자격지심이 있는 데다 변덕까지 많은 앤의 여동생 메리의 모순적인 생각과 말, 부산한 머스그로브 가족이 만들어내는 장면 등에서 독자는 실소를 금하지 못할 것이다.

《설득》은 해학적인 인물이 포진하고 재치 넘치는 대화가 주를 이루는 오스틴의 다른 작품들에 비해 주변 인물의 입체성이 상대적으로 적지만, 《이성과 감성》, 《엠마》 등과 함께 《오만과 편견》 다음으로 독자들이 좋아하는 작품이다. 《설득》이 예상과 달리 독자들에게 인기가 있는 이유는 무엇보다 작품의 플롯에 있다. 영국 상류층 여성들의 로맨스가 주를 이루는 오스틴의 다른 소설들처럼 《설득》도 결혼 적령기에 있는 남녀 간의 사랑이 내용의 중심을 이루고 있고, 이 주인공들은 마침내 사랑의 결실을 맺는다. 하지만 이 작품이 매력적인 것은 두 남녀 주인공인 앤과 웬트워스 대령의 사랑이 8년여의 세월을 고통으로 이끌었던 과거의 사랑을 그 배경으로 하기 때문이다. 이 때문에 《설득》의 결말은 독자들에게 특히 짜릿함을 선사한다. 웬트워스 대령이 앤에 대한 감정을 이기지 못해 "남자가 여자보다 빨리 잊는다고, 남자의 사랑은 여자보다 빨리 소멸한다고 말하지 마십시오. 내 사랑은 오직 당신입니다"라며 격정적으로 쏟아내는 편지 한 통은 앞서 두 사람이 겪었던 이별의 아픔과 배신의 상처를 한꺼번에 날려주고도 남음이 있다. 두 사람이 겪었던 고통이 있었기에 마지막에 맛보는 화해의 기쁨은 독자들에게 더욱더 강렬하게 다가오는 것이다.

《설득》에도 오스틴의 다른 작품들처럼 미혼 여성이 결혼이라는 제도에 성공적으로 편입할 때까지 겪는 우여곡절이 들어 있다. 여성에게 결혼은 예나 지금이나 인생에서 가장 큰 사건이고 상대의 경제적 능력이 첫 번째 고려 사항이라는 점도 예나 지금이나 별반 다르지 않다. 다르다면 지금은 결혼이 개인의 선택 사항이지만 오스틴의 시대에는 결혼이 인생을 좌우하는 절대적 사명이었다는 점일 터이다. 오스틴은 경직된 19세기 초 영국 사회의 신분 제도와 결혼 제도, 결혼을 앞둔 여성에 대한 사회인식을 특유의 풍자적 문체로 풀어놓는다. "취미 삼아 책을 드는 일이 없는" 월터 경이 신주처럼 모시는 것이 준남작 명부라는 첫 단락부터 상류층의 허위의식에 대한 오스틴의 시각은 날카롭다. 사회적 신분뿐만 아니라 성차별에서도 구분이 엄격했다. 아무리 귀족 신분이어도 남성에 비해 여성이 받는 차별에는 예외가 없었던 모양이다. 남성과 여성 사이에 존재했던 성차별은 여성을 배제했던 상속 제도에서도 잘 나타난다. 이것이 아들이 없는 월터 경의 재혼을 둘러싸고 엘리엇 씨와 클레이 부인이 보이지 않는 암투를 벌였던 이유로 작용한다. 이런 사회에서 여성이 사회적 지위나 경제적 안정을 공고히 하는 유일한 수단은 결혼이다. 그러니 결혼 적령기를 지나가는 미혼 여성의 불안감은 클 수밖에 없었다. 작품 속에서 앤과 엘리자베스를 통해 드러나는 혼기 놓친 미혼 여성의 심경은 더없이 절실하다. '어울리는 배필'을 찾는 것은 이들에게 인생의 목표나 마찬가지였기 때문이다. 그러나 비록 놓쳐버린 기회에 대한 후회는 있지만 앤이 언니와 여동생인 엘리자베스와 메리에 비해 결혼에 대한 사고가 진취적인 점은 눈여겨볼 만하다. 현대적 개념의 연애결혼을 옹호하는 쪽에 가깝다고 하겠다. '월터 경의 장녀에 어울리는 배필감'을 고집하는 엘리자베스와 결혼하기 전의 서열을 고집하며 시댁에서 상석에 앉지 못해 안달하는 메리와는 달리 앤은 첫사랑인 웬트워스 대령의 훌륭한 인품을 가장 중요하게 생각하는데, 이는 애정 없는 결혼을 경계했다는 오스틴의 생각과 일치하는 부분이다.

극적인 요소가 많지 않은 《설득》에서 앤 엘리엇은 작품을 전체적으로 끌고 가는 원동력이다. 앤은 오스틴의 다른 작품 속 여주인공들과 마찬가지로 영리하고 재치 있으며 사려 깊은 인물로 그려진다. 주변 인물을 관찰하면서 평가할 때도 객관성을 유지하려고 애쓴다. 그렇기 때문에 갓 스물을 넘길까 말까 하는 젊고 예쁜 다른 작품 속 여주인공들에 비해 나이도 많고 얼굴도 아주 예쁘다고 할 수 없지만, 사람들은 앤에게서 매력을 발견한다. 앤의 매력은 외모가 아니라 그녀의 지성이 발현

될 때 가장 큰 힘을 발산한다. 비록 다시 만나게 된 웬트워스 대령이 자신의 용모를 두고 "몰라볼 뻔했다"고 하더라는 말을 들었을 때 크나큰 상처를 받지만, 앤은 자신이 갖고 있는 지성과 인내력에 자부심이 있다. 앤은 엘리자베스처럼 심술궂거나 신경질적이지도 않고 메리처럼 변덕스럽지도 않다. 오히려 루이자가 사고를 당했을 때처럼 어려운 상황을 이성적으로 헤쳐 나간다. 이러한 장점들 때문에 작품 속에서 웬트워스 대령은 물론 엘리엇 씨나 그보다 앞서 찰스 머스그로브가 그녀와 결혼하고 싶어 했고 벤윅 대령 또한 그녀를 흠모한다. 앤이 당시의 전형적인 상류층 여성과 차별되는 인물이라면 웬트워스 대령도 전형적인 신사의 범주를 벗어나는 흥미로운 인물이다. 세습 토지와 신분으로 부여받는 기존의 '신사'와 대비되는 웬트워스 대령은 새로운 형태의 '신사'를 대변한다. 몸가짐이 훌륭하고 남을 배려하며 타인에게 친절한 웬트워스 대령은 존경받는 해군 장교의 자질인 전우애, 자립심, 용감성의 자질까지 갖춘 인물이다. 자신의 노력과 능력으로 부와 명예를 거머쥔 그는 물려받은 것만 흥청망청 써대는 허영심 가득한 월터 경과 완전히 대조를 이룬다. 상속받은 재산도 없고 귀족 혈통이 아니기에 앤 엘리엇의 지위에 어울리는 배필로 인정받지 못했지만 웬트워스 대령이 가진 인간적인 자질은 그런 신분상의 구분을 능가하고도 남는다. 소설 속에서 웬트워스 대령은 자존심 때문에 사랑하는 여인에게 다시 구혼하지 않았지만 결국 그런 것을 다 물리치고 사랑하는 여인에게 고백하는 용기를 보여준다. 이 시기 영국에서 '신사'의 개념은 점점 유연해지고 있었는데 오스틴은 이런 변화를 작품 속에서 웬트워스 대령이나 크로프트 제독과 같은 인물 속에 반영하고 있다. 같은 맥락에서 오스틴은 월터 경과 엘리자베스, 레이디 달림플 등 상류계층에 속하는 인물들을 희화화하면서 터무니없는 특권의식을 비판적으로 드러내는 한편 크로프트 제독 부부의 삶을 이상적인 패러다임으로 넌지시 제시하고 있다. 계급이나 성역할을 가리지 않는 크로프트 부부의 실용적인 사고는 나중에 앤에게 이상적인 부부의 본보기로 작용한다.

《설득》은 앤이 진정한 여성으로 혹은 진정한 인간으로 성숙해가는 과정을 그린 성찰에 가까운 작품이다. 열아홉 살의 앤은 소심하고 사회 규범을 위반하는 것을 두려워하는, 어쩌면 웬트워스 대령의 비수 같은 평가처럼 "나약한" 여성이었을 것이다. 작품 속 현재에서 스물일곱 살인 앤은 웬트워스 대령과 재회하기 전까지는 여전히 소심하고 소극적이다. 집 안에서는 언니나 동생에게 언제나 양보해야 한다. 가족들이 자신의 말을 '귓등으로' 들어 넘겨도 자기 목소리를 내는 법이 없다. 하지만 웬트워스 대령이 다시 나타났을 때 그녀는 더 이상 과거의 나약한 앤이 아니다. 그가 자신을 여전히 사랑한다는 확신이 생기자 앤은 달림플 자작부인이 후원하는 연주회를 기다리며 자신의 강인함을 확인하고 싶어 한다. 제인 오스틴의 여주인공들은 대개 실수를 깨닫고 잘못된 결과로 고통받으면서 어떤 실수를 저지르지 말아야 할지 어떤 행동과 태도를 피해야 할지에 대한 교훈을 필연적으로 터득하는데, 과거의 실수에서 교훈을 얻지 않았더라면 앤은 자신과 엘리엇 씨와 결혼을 기대하는 바스 사교계의 눈 때문에 원치 않는 결혼이라는 또 한 번의 실수를 저질렀을 것이다.

《설득》은 설득을 받아들이지 않고 본인의 확신을 고수하는 것이 좋은지 아니면 설득을 받아들여 다른 사람의 충고를 따르는 것이 좋은지를 독자들에게 묻고 있다. 8년 전 앤에게 거절당했던 아픔이 있기에 웬트워스 대령은 고향으로 돌아와 누나에게 "상냥한 태도에 의지가 강한 여인"이라면 누구든 결혼할 용의가 있다고 말한다. 반면 앤은 독립적인 의사를 가진다는 것의 장점을 인정하면서도 레이디 러셀의 충고를 받아들인다. 귀족에 대한 특권의식을 인정하지는 않지만 앤은 상류 계층에 속한 일원으로서 자신이 지켜야 할 도리는 분명히 깨닫고 있기 때문이다. 그녀는 "적절한" 배필을 찾는 것의 중요성을 존중하고 이해하며 혼인 관계가 작동하는 사회 구조를 인식한다. 따라서 앤은 나중에 레이디 러셀의 충고는 자신을 잘못된 길로 이끌었지만 자신이 레이디 러셀에게 설득당했던 행위는 옳았다는 결론을 내린다. 결국 설득의 힘이 소설 속에서 긍정적인 효과를 냈는지 아니면 부정적인 효과를 냈는지에 대한 판단은 독자의 몫일 것이다. 설득을 받아들인 잘못으로 8년 반이라는 세월을 보내고 나서야 운명적인 사랑이 결실을 맺는 이야기가 《설득》이다. 긴 세월을 고통 속에서 인내하며 점점 단단해진 앤과, 보란 듯이 성공하여 그토록 그리던 여인을 되찾은 웬트워스 대령의 사랑을 보면서 청춘남녀라면 누구나 이런 사랑을 꿈꾸지 않을까 싶다.

12월 16일 영국 햄프셔 주 스티븐턴에서 교구 목사 조지 오스틴의 일곱째 딸로 태어남.	1775
가족이 함께 첫 가족 공연으로 〈머틸다〉 상연.	1782
언니 커샌드라와 함께 옥스퍼드의 콜리 부인 기숙학교에 입학. 같은 해 콜리 부인을 따라 사우샘프턴으로 옮겨 갔으나 장티푸스에 걸려 학업을 중단하고 집으로 돌아옴.	1783
가족 공연으로 리처드 셰리든의 〈경쟁자들〉 상연. 이러한 공연을 통해 특유의 풍자와 유머가 싹틈.	1784
언니와 버크셔 주 레딩에 있는 레딩 수도원 여자기숙학교에서 수학. 많은 문학 작품을 접하기 시작함.	1785
학교를 그만두고 아버지와 두 오빠에게 독서와 작문 지도를 받음.	1786

친구나 가족에게 자신의 작품을 들려주는 것에 흥미를 느끼고 소설 습작을 시작함.	1787
6월 초기 습작 가운데 하나인 〈사랑과 우정〉을 탈고.	1790
초기 습작 〈레슬리 캐슬〉과 〈이블린〉 탈고 후 〈캐서린 혹은 은신처〉의 집필을 시작.	1792
〈찰스 그랜디슨 경 혹은 행복한 사람〉이라는 짧은 희곡을 쓰기 시작함.	1793
서간체 소설 〈레이디 수전〉 집필.	1794
첫 장편소설 〈엘리너와 메리앤〉을 집필. 12월 이웃의 조카인 톰 르프로이를 만남. 막 대학을 마치고 삼촌 댁에 방문차 와 있던 톰과 각별한 친분을 쌓음.	1795
1월 톰이 런던으로 떠남. 10월 《오만과 편견》의 초고인 〈첫인상〉 집필 시작.	1796
〈첫인상〉을 탈고하고 〈엘리너와 메리앤〉을 바탕으로 《이성과 감성》을 쓰기 시작함. 아버지의 권유로 〈첫인상〉을 출판사에 보냈으나 거절당함.	1797
《노생거 수도원》의 초고인 〈수전〉 집필 시작.	1798
가족과 함께 바스로 이사.	1801
여섯 살 연하인 해리스 빅위더에게 청혼을 받고 승낙했으나 하루 만에 마음을 바꾸어 거절함.	1802
크로스비 출판사에 〈수전〉을 10파운드에 팔았으나 출판되지 못함.	1803

1월 아버지 조지 오스틴 사망. 전해부터 집필 중이던 〈왓슨 가족〉을 중단.	1805
어머니, 언니와 함께 사우샘프턴으로 이주.	1806
아내를 잃은 셋째 오빠 에드워드의 권유로 초턴으로 이사.	1809
출판업자 토머스 에저턴과 《이성과 감성》 출판 계약.	1810
10월 넷째 오빠 헨리 부부가 거주하는 런던에 기거하며 《이성과 감성》 출간. 《맨스필드 파크》 집필을 시작함.	1811 《이성과 감성》
《오만과 편견》의 판권을 110파운드에 에저턴에게 넘김.	1812
《오만과 편견》이 큰 호평을 받음. 런던에 계속 머물며 이후 모든 작품을 익명으로 출간.	1813 《오만과 편견》
1월 《맨스필드 파크》 출간. 《에마》의 집필을 시작함.	1814 《맨스필드 파크》
10월 《에마》의 출간 직전, 섭정공(훗날 조지 4세)의 도서관장으로부터 《에마》를 섭정공에 헌정할 것을 권유받고 동의함. 12월 《에마》 출간.	1815 《에마》
《설득》 초고 완성. 건강이 악화되기 시작함.	1816
〈샌디턴〉을 쓰기 시작했지만 건강이 악화되어 중단함. 5월 요양을 위해 윈체스터로 이주. 7월 18일 42세의 나이로 영면, 윈체스터 성당에 안장됨. 12월 출판업자 머리가 《노생거 수도원》과 《설득》을 묶어서 출판함.	1817 《노생거 수도원》 《설득》

머리가 《노생거 수도원》과 《설득》의 판본을 폐기. 1820

리처드 벤틀리가 남아 있던 오스틴의 판권을 사들여 12년 만에 5권으로 출간. 1832

최초의 제인 오스틴 전집 출간. 1833

조카인 제임스 에드워드 오스틴 리가 출판한 전기 《제인 오스틴 회상록》 2판에서 〈레이디 수전〉과 〈왓슨 가족〉, 그리고 〈샌디턴〉 원고의 일부를 수록. 1871

《샌디턴》 출간. 1925 《샌디턴》

옮긴이 **이미경**

부산에서 태어났으며 동아대학교 영어영문학과를 졸업했다. 부산대학교 대학원 영어영문학과에서 19세기 미국소설을 전공하여 석사학위를 받았으며 동 대학 대학원에서 번역학 박사과정을 수료했다. 부산외국어대학교에서 강의하였으며 현재는 전문번역가로 활동하고 있다. 옮긴 책으로는 엘리자베스 개스켈의 《남과 북》, 배질 하팀과 이언 메이슨의 《담화와 번역가》(공역) 등이 있다.

설득

2016년 10월 27일 초판 1쇄 발행
2021년 7월 14일 초판 4쇄 발행

지은이 | 제인 오스틴
옮긴이 | 이미경
발행인 | 윤호권 박헌용
본부장 | 김경섭

발행처 | (주)시공사
출판등록 | 1989년 5월 10일(제3-248호)

주소 | 서울 성동구 상원1길 22 7층(우편번호 04779)
전화 | 편집 (02)2046-2817 · 마케팅 (02)2046-2800
팩스 | 편집 · 마케팅 (02)585-1755
홈페이지 | www.sigongsa.com

ISBN 978-89-527-7719-5(04840)
     978-89-527-7711-9(set)